A BALADA DO MEDO

A balada do medo

Copyright © Tordesilhas é um selo da editora Alaúde do Grupo Editorial Alta Books (Starlin Alta Editora e Consultoria LTDA).

Copyright © 2023 Norberto Morais.

ISBN: 978-65-5568-165-9.

Traduzido do original A balada do medo. Copyright © 2019 Norberto Morais. ISBN 978-98-96419-43-1. Edição em português brasileiro por Tordesilhas, Copyright © 2023 por STARLIN ALTA EDITORA E CONSULTORIA LTDA.

Impresso no Brasil — 1a Edição, 2023 — Edição revisada conforme o Acordo Ortográfico da Língua Portuguesa de 2009.

Dados Internacionais de Catalogação na Publicação (CIP) de acordo com ISBD

M828b	Morais, Norberto
	A balada do medo / Norberto Morais. - Rio de Janeiro : Alta Books, 2023.
	320 p. ; 15,7cm x 23cm.
	ISBN: 978-65-5568-165-9
	1. Literatura. 2. Romance. I. Título.
2023-1669	CDD 813
	CDU 82-31

Elaborado por Vagner Rodolfo da Silva - CRB-8/9410

Índice para catálogo sistemático:
1. Literatura : Romance 813
2. Literatura : Romance 82-31

Todos os direitos estão reservados e protegidos por Lei. Nenhuma parte deste livro, sem autorização prévia por escrito da editora, poderá ser reproduzida ou transmitida. A violação dos Direitos Autorais é crime estabelecido na Lei nº 9.610/98 e com punição de acordo com o artigo 184 do Código Penal.

O conteúdo desta obra fora formulado exclusivamente pelo(s) autor(es).

Marcas Registradas: Todos os termos mencionados e reconhecidos como Marca Registrada e/ou Comercial são de responsabilidade de seus proprietários. A editora informa não estar associada a nenhum produto e/ou fornecedor apresentado no livro.

Material de apoio e erratas: Se parte integrante da obra e/ou por real necessidade, no site da editora o leitor encontrará os materiais de apoio (download), errata e/ou quaisquer outros conteúdos aplicáveis à obra. Acesse o site www.altabooks.com.br e procure pelo título do livro desejado para ter acesso ao conteúdo..

Suporte Técnico: A obra é comercializada na forma em que está, sem direito a suporte técnico ou orientação pessoal/exclusiva ao leitor.

A editora não se responsabiliza pela manutenção, atualização e idioma dos sites, programas, materiais complementares ou similares referidos pelos autores nesta obra.

Produção Editorial: Grupo Editorial Alta Books
Diretor Editorial: Anderson Vieira
Editor da Obra: Rodrigo de Faria e Silva
Vendas Governamentais: Cristiane Mutüs
Gerência Comercial: Claudio Lima
Gerência Marketing: Andréa Guatiello

Assistentes Editoriais: Caroline David, Gabriela Paiva
Tradução: Evelyn Diniz
Copidesque: Vinicius Barreto
Revisão: Alberto Gassul, Rafael de Oliveira
Diagramação: Cesar Godoy
Capa: Marcelli Ferreira

Rua Viúva Cláudio, 291 — Bairro Industrial do Jacaré
CEP: 20.970-031 — Rio de Janeiro (RJ)
Tels.: (21) 3278-8069 / 3278-8419
www.altabooks.com.br — altabooks@altabooks.com.br
Ouvidoria: ouvidoria@altabooks.com.br

Editora
afiliada à:

A BALADA DO MEDO

NORBERTO MORAIS

TORDSILHAS
Rio de Janeiro, 2023

I

Cornélio Santos Dias de Pentecostes, caixeiro-viajante de profissão, entrou no Topázio com o ar satisfeito das tardes de amor clandestino. Pediu uma limonada ao balcão e foi sentar-se em uma mesa com vista para a praça. A tarde esfriara e dos cumes nevados da Cordilheira dos Grábios soprava a brisa fresca que nos meses primaveris amainava o clima avesso de Santa Cruz dos Mártires. Estava consolado, o caixeiro-viajante, podia se ver nos olhos acabados de amar, e, se não fosse uma insistente dor no dente, que desde a véspera o aporrinhava, poderia dizer-se o mais ditoso dos homens. Chegara no trem do meio-dia, que só naquele instante, cinco e meia da tarde, dava sinal de partida, mas só agora subira à cidade. Visitara Lídia de Jesus, a bela mestiça a quem um misterioso abastado montara uma casa afastada da povoação, onde vivia sozinha a maior parte do tempo, e só parara no Topázio por uma secura que lhe dera, antes de se fazer a casa para beijar a mulher e os quatro filhos que em três barrigadas lhe fizera e havia cinco meses e meio não via. A profissão desculpava-lhe as prolongadas ausências, e estas justificavam-lhe o vício contra o qual sabia inglórias todas as lutas. Era com elaborado engenho que mantinha uma vida múltipla, conjugando afetos em todas as províncias do Norte, onde tinha mulheres aguardando-lhe o regresso. A solidão e a lonjura entre as cidades amparavam-lhe os pretextos. Não no caso de Lídia de Jesus... Lembrou-se das palavras sábias do velho Sérgio de Niã Côco, que sempre o advertira:

— *Se não queres problemas com mulheres, começa por nunca ter duas na mesma terra.*

Sabia-o. Procurara sempre ter esse cuidado. Mas a fraqueza da carne é tanta que um homem, por vezes, até desafia a morte por dez minutos de felicidade. E pensando no sujeito que lhe montara casa e a sustentava, comentou para consigo:

— E o Cornélio sou eu! — num sorriso fungado que lhe saiu feito brisa do peito feliz.

A limonada chegou ligeira, glacial, acompanhada por umas sementes salgadas. Era um homem afortunado, Cornélio de Pentecostes. E a tal ponto de bem com a vida e consigo mesmo, que não reparara sequer nas portas e janelas fechadas por toda a cidade, na praga de moscas zumbindo por onde havia espaço, nem na pestilência que enchia o ar de Santa Cruz dos Mártires. A brisa dos Grábios e a felicidade que trazia no corpo, por estar de volta e amado, faziam-no sentir o cheiro doce das amendoeiras da Palestina que cobriam a praça de flores. O cheiro das amendoeiras tardias trazia-lhe sempre a lembrança de Rosa Cabrera. Mas Rosa Cabrera era uma outra história.

Como era bela a vida! — pensava, levando uma semente aos dentes. De um trago apagou metade da limonada. Prazer breve, que logo uma guinada o acordou para a mortalidade. Maldito dente! Bebeu o resto, para o outro lado, mais devagar, menos prazeroso. A dor acalmara, a sede acalmara, e o céu, todo ele, era de um anil tão profundo como se o oceano estivesse ali. O que mais ele poderia pedir a Deus? — sorria, quando um véu de sombra lhe esbateu a luz dos olhos.

— Senhor Cornélio de Pentecostes?

— Sim!?

— Chamo-me Tordesílio Mata Mãe.

O nome não lhe dizia nada, mas fez sinal ao homem para se sentar.

— Não carece. Serei breve. Fui contratado para o matar.

Cornélio estremeceu.

— Quê?

— Fui pago para lhe despachar a alma — reformulou a figura de negro vestida, barba cerrada, chapéu e botas de montador.

— Mas... Quem é que o mandou?

— Alguém contra quem só o poder de Deus se pode levantar!

O caixeiro-viajante sentiu um risco de suor se formar em sua testa. E porque uma alma aparvalhada exclama aparvalhadas coisas, perguntou:

— E vai me matar agora?

— Dependerá de você.

As palavras do matador provocaram-lhe um breve alívio.

— De mim?!

— Conforme corra o trato!

— O trato?! — ia repetindo Cornélio, incapaz de pensar. A dor no dente irradiara a face toda.

— Quero acertar contigo alguns detalhes.

O caixeiro-viajante limpou a testa, respirou fundo.

— Quer dizer que pode não me matar?

— Pelo menos não para já!

Os olhos de Cornélio arregalaram-se na direção da sombra.

— Deram-me um mês para cumprir o serviço. Mas dei contigo ao fim de dez dias! Pretendo saber: quanto está disposto a pagar pelo tempo que lhe resta?

Cornélio estava incrédulo. Por baixo da mesa beliscou a perna. Mal sentiu a dor. As palavras colavam-se à garganta seca.

— Diga-me: quanto está disposto a pagar para lhe prolongar a vida por mais três semanas?

— Quer vender-me dias que me pertencem, é isso?

— Não. Quero vender-lhe dias que pertencem a mim — esclareceu o sicário, afastando o casaco que ocultava o cabo enorme de um revólver. — Por isso, pergunto-lhe, pela última vez: quanto está disposto a largar para andar por aqui mais uns dias?

— Mas eu não tenho nada! — tornou o caixeiro-viajante, em jeito de súplica.

— Alguma coisa há de ter. Mas se acha que a sua vida não vale tudo quanto tem... Afinal, de que lhe serve guardar coisas se não vai poder fazer uso delas?

Cornélio sentiu o Inverno nos ossos.

— Escute, senhor Mata Mãe, eu sou um homem honrado, deve haver algum engano.

— Nenhum engano, senhor Pentecostes. Até os homens honrados têm uma razão e uma hora para morrer.

— Sou um homem casado, pai de quatro filhos — titubeou Cornélio, na desculpa irrefletida dos que parecem entender serem mais dignos de morte os desfamiliados do mundo.

— Isso não são contas do meu rosário. Quem aqui fica sempre se arranja.

O interior do caixeiro-viajante era um bote chapado pelas ondas. Só poderia ser uma brincadeira. Talvez um susto. Era isso, um susto! Alguém que lhe queria meter medo. Não podia ser verdade. Não podia! Sentia-se como se o doutor Carringuês lhe houvesse anunciado uma doença terminal para a qual a ciência não desencantara ainda cura.

— E tenho de lhe responder quando? — atreveu-se.

— Agora.

Cornélio não sabia o que dizer. E, de todas as imbecilidades que lhe podiam sair, atirou:

— Eu posso denunciá-lo ao sargento!

— Essa ameaça acabou de lhe encurtar a vida para metade, senhor Pentecostes.

— Quê?

— Não sou homem de ceder a chantagens. E gosto pouco de ameaças. Se continua a cantar grosso para o meu lado, garanto-lhe que não volta a erguer os fundilhos dessa cadeira. O senhor faça aquilo que bem entender, mas de uma coisa pode estar certo, quanto mais almas derem fé deste assunto, mais se encurtarão os seus dias.

Cornélio tinha no rosto a palidez dos finados. A língua endurecera e o amargor do limão se espalhara ao corpo todo.

— Mas como não sou homem de perder dinheiro, não aceito por cada dia que lhe poupo, menos de cem mil *cádos*[1].

Os olhos de Cornélio tremiam, rasos de medo e de incredulidade.

— Mas eu não tenho esse dinheiro!

— Bem, nesse caso... — insinuou o assassino, levando a mão ao cabo do revólver.

— Não! Espere! Quero dizer, não lhe consigo dar esse dinheiro de um dia para o outro. Preciso de tempo.

— Amanhã, quando os sinos estiverem a dobrar as seis da tarde, deverá deixar na igreja, atrás da pia batismal, um envelope fechado com cem mil *cádos*. E assim até ao último dia. O resto deixa por minha conta.

Cornélio emudecera. A cabeça toda era um dente dorido. Enjoava; o estômago feito uma moela subia-lhe à garganta. Não era possível o que

---

[1] Unidade monetária do país.

estava a lhe acontecer! Não havia dez minutos era o homem mais feliz na face da terra e agora estava a contar as horas de vida pelo bater do coração. De certa forma sentia já estar morto. Pelo menos de medo. Não tinha outro remédio. Acenou que sim com a cabeça. E como quem tenta negociar com uma mão cheia de duques, perguntou:

— E a minha família?

— Não mato mulheres, nem crianças. Além de que o meu negócio é contigo — disse o matador, acendendo um cigarro, acrescentando: — Não se aflija. Se fizer tudo como lhe digo, vai ver que morrer não custa nada.

— Como é que você sabe?

— Porque já matei muita gente.

Cornélio engoliu em seco. Quis ainda dizer algo, rogar, pedir ajuda... Ficou-se pela inércia que paralisa os bichos nos momentos de terror.

— Aviso-o apenas de mais uma coisa. Não pense sequer em fugir. Tenho um faro apurado. Iria atrás de ti feito uma matilha de cães. E quando o achasse, haveria de rezar para o ter matado neste preciso instante. Quem lhe encomendou a alma tem poder de o mandar matar mil vezes, onde quer que se esconda. De modo que, aconteça o que acontecer, daqui a uma semana e meia será um homem morto. E agora passe bem e aproveite, que a vida são dez dias! — sorriu Tordesílio Mata Mãe, levando a mão ao chapéu em jeito de cortesia.

Cornélio ficou sentado, sem reação, vendo o assassino se afastar, todo de negro, enorme, para as bandas da Alcaidaria. Na rua, pouca gente; no horizonte, pouca luz, e, no peito, um medonho desamparo de fé. Um cheiro a morte, a podre sobrepunha-se agora às amendoeiras em flor. O véu de sombra que o matador trouxera consigo envolvia tudo, e a tarde, que nascera bela, desfigurara-se de repente.

II

Havia cinco meses, duas semanas e quatro dias que não se finava uma alma em Santa Cruz dos Mártires. As opiniões se dividiam quanto ao fenômeno: umas acreditavam que se tratava da mão do Divino, outras, da do Seu rival. Num ponto apenas concordavam todas, prendia-se com a grande obra do padre Pôncio Leona. Rondava uma década que o cura de Santa Cruz dos Mártires se batia por um cemitério para a cidade, alegando que a constante escavação do solo da igreja e todo o terreno circundante estava, havia muito, a pôr o templo em risco. A própria parede da torre começara já a rachar e, quem a olhasse da frente do coreto, ao badalar das nove, constataria esta já não cobrir o sol na perpendicularidade de outros tempos. Ranulfo Pesseguinho, jornaleiro e figurante no Teatro das Artes, afirmara existir em Itália uma torre cuja mão de Deus amparava havia mais de oito séculos. Mas, ao contrário da população, o padre Pôncio Leona, que não cria em todos os milagres, não se contentou com a história. Não por Ranulfo Pesseguinho ser uma figura menor da sociedade ou por seu preconceito ser grande, Deus o perdoasse, mas por saber que a crença do povo não se agarra a verdades, mas ao que mais lhe convém.

Cada vez que alguém morria, era obrigado a levantar as ossadas dos familiares anteriores, aprofundar a cova e ressepultá-los um a um. Descontando o trabalho, que para a alma de um crente não se medem esforços, a humilhação de pôr a nu corpos em estado indigno, a par com a pestilência que durante dias se entranhava em tudo quanto era fresta e talisca, não justificava a superstição dos homens. E nem o desaguisado que, seis anos passados sobre o início das pendências, levantou-se entre os Bayas e Molinos — seus rivais — (em tempos uma família só, sepultada lado a lado), quando, aberta a cova larga para enterrar D. Justino Baya, do céu deu em cair água, por três dias e três noites, deixando mais de vinte ilustres cadáveres de ambas as famílias ao sol e à lama do quarto dia. As joias com que haviam sido sepultados, e os restos dos corpos que a bicharada não retalhara ainda, eram quanto indicava a quem pertencia cada corpo exposto. Mas porque nisto de brilhos que o sol avulta nunca os homens tiveram prudência, depressa se ergueram punhos e bengalas, pás e salvas de chumbo, que até das redondezas chegaram paladinos de ambas as partes para defender honras e tomar partidos. Uma guerra civil que durou onze dias e onze noites e só terminou quando Amândia Baya, a mais bela das mulheres nascidas algum dia em Santa Cruz dos Mártires, gritou

— Chega! Paz!

e disparou sobre si própria para pôr fim àquela loucura. O tiro que lhe encheu o coração de chumbo ecoou nos ares por mais de uma hora, na qual nem canto de pássaro nem gemido de gente se ouviu. Sequer de Dona Josefa Baya, recém-viúva e ceifada agora da única filha que lhe restava, ou dos trezentos pretendentes vindos dos quatro cantos da Província para ver a herdeira mais nova do falecido, soltaram um ai por essa cava reticência de tempo. No coração do padre Pôncio Leona uma certeza apenas, ninguém sairia vivo daquela cidade até o sol se pôr. Enganou-se. Como tantas vezes na sua vida. Antes mesmo do astro beijar o horizonte distante das copas altas que margeavam o rio Cay, já não havia almas na rua além de Pascuel e Painço, os dois loucos da cidade que viviam juntos e dormiam bêbados e abraçados onde a noite os agarrava.

Descontados os feridos, que mais estropiados ou menos estropiados seguiriam com suas vidas direitas, Santa Cruz dos Mártires amanheceu no dia seguinte em silêncio e com uma trintena e meia de cadáveres para sepultar. Pôncio Leona chorava diante das covas, entre as palavras que lhe pertenciam, não dando dois passos sem ser amparado, tal o estado de nervos em que ficou. Assim andou entre domingo e quarta-feira, sem levar aos lábios senão a cruz de pau que carregava ao peito, até todos se acharem sagradamente recolhidos no seio do barro criador. Quando por fim o deixaram, enlameado e seco feito um cão de rua, sobre o catre onde havia vinte e sete anos dormia, toda a gente lhe rezou pela alma, pois já só um milagre dos Céus o salvaria. Levou uma semana convalescendo entre delírios e febre e duas para sair da cama com uma certeza em mente: mesmo que fosse a sua última ação sobre a terra, haveria de se construir em Santa Cruz dos Mártires um tal cemitério que cada habitante poderia morrer e nascer cem vezes, que ainda assim não lhe faltaria chão onde enterrar quanto osso Deus lhe desse. Endureceu a luta, Pôncio Leona, que todos os dias se benzia ao olhar o frontispício cambado da igreja, sermoneando, no fim de cada cerimônia:

— E rezai também para que a casa de Deus não sepulte a todos nós de uma vez e para sempre.

Os fiéis, que à parte esse ponto, estimavam o cura, não arredavam um palmo a sua opinião. Nem quando este mandou vir um engenheiro da capital para avaliar a situação do templo. Conclusão: vinte escoras de cada lado foi quanto levou a sagrada casa do Senhor para se manter de pé até obras profundas que, nas palavras do engenheiro, carecia com a urgência de um padecente. Tudo caía nos ouvidos surdos da população. Vendo-se sem alternativas, Pôncio Leona resolveu desafiar o Patrão. Se Deus não ajuda, quem sabe o Diabo! Conhecedor dos podres mais infectos das suas ovelhas, decidiu apoiar para Alcaide, Arménio Batágua. Homem de negócios ilícitos, dono de uma fortuna avultada, Arménio Batágua ganhava dinheiro com tudo quanto mexia. E eram tantos os homens tidos a seu mando para fazer silêncio em torno do seu nome que jamais Pôncio Leona lhe haveria de conhecer as faltas se ele próprio não as entregasse à misericórdia do perdão com a regularidade de uma beata confessa. Não foi fácil convencê-lo. De poucas palavras, mal sabendo firmar o nome, Arménio Batágua não se achou seduzido pela ideia de passar os dias atrás de uma secretária a despachar papelada. Pôncio Leona teve de lhe falar ao orgulho e à vaidade: seria a figura de proa da cidade, com perspectivas de ascender um dia a Governador da Província; o homem que todos teriam de respeitar, até aqueles que apenas o temiam. Era aquele o seu ponto fraco. A sugestão pareceu tentá-lo, mas ainda assim gostava mais da vida que levava. Foi então que Pôncio Leona lhe falou em Eloisa Molino, uma jovem desabrochante de dezessete anos, cuja beleza começara já a fazer furor e cujo pai estava mais próximo da ruína do que Jó. Fora o argumento que faltava.

As eleições municipais — as únicas permitidas pelo regime — seriam daí a dois anos. Tempo bastante para orquestrar tudo sem lapsos nem erros. Até lá, era rezar para que a casa de Deus não viesse abaixo com tantas mexidas no chão. De bom grado Arménio Batágua se ofereceu para custear as obras da matriz, mas Pôncio Leona recusou. Afinal, estando a igreja a salvo das mexidas na terra, que argumento teria ele para convencer os fiéis a aceitarem a construção de um cemitério? Até à inauguração do campo-santo ficaria confiada a Deus e às quarenta escoras que o engenheiro da capital lhe designara. Preocupasse-se ele em vencer as eleições, que do resto se encarregaria a Providência. Arménio Batágua se desdobrava em promessas sem jamais pronunciar a palavra cemitério. Aos da terra, prometia este mundo e o outro; aos de fora, terras para quem quisesse ir viver para Santa Cruz dos Mártires. Não tardou a chegar gente. Nova, quase toda, que os velhos, feito cepos grossos, não havia quem os desenraizasse do lugar onde nasceram. Ainda mais para virem a ser cobertos por torrões de terra alheia. Arménio Batágua estava determinado a vencer a eleição, nem que para tal tivesse de comprar os votos, um por um. Arcava com todo o trabalho de fachada, mas o trabalho de fundo, esse, era suado pelas artes de Pôncio Leona. Arménio Batágua cumpriu a sua parte. Pôncio Leona também. Um ano depois, Eloisa Molino entrava na matriz de branco para casar e ser infeliz, e, passados onze meses, já de esperanças pronunciadas, subia ao palanque, montado na praça, para receber a ovação do povo ao lado do marido, o novo Alcaide de Santa Cruz dos Mártires.

No dia seguinte às eleições, chegaram madeireiros e bestas, e dez hectares de floresta foram arrasados, terraplanados e murados para dar lugar ao maior e mais desolado cemitério do país. Tudo a expensas do novo Alcaide, que, contrariando todos os políticos, cumpria a promessa que o povo jamais o ouvira fazer. O único pedido de Arménio Batágua ao padre Pôncio Leona fora que, a ser ele o primeiro defunto, findas as obras cemiteriais, este o sepultasse no terreno da igreja, junto com a sua rica mãezinha que o trouxera ao mundo e sozinha o criara.

— Pelo amor que tenho a Cristo, senhor Alcaide! — jurou-lhe Pôncio Leona.

Outro Alcaide haveria de levantar a cidade em peso contra a obra, mas a Arménio Batágua ninguém fazia peito. O cemitério ficou pronto. Agora só faltava morrer gente. E, porque mais do que o medo da morte, é o seu para lá que assusta os homens, os habitantes de Santa Cruz dos Mártires deixaram de morrer, que outra forma de afirmação não acharam seus espíritos assustados. O protesto do povo era grande, mas quase sempre dentro de portas. Ao cabo do primeiro mês, Pôncio Leona questionou Deus pelo fato de ainda ninguém ter morrido, e chegou a pensar terem as famílias começado a enterrar os corpos dos familiares em suas próprias casas, para eles, solo mais sagrado que o árido retiro do novo cemitério. Durante quatro dias correu todas as casas da cidade onde sabia haver gente acamada ou da qual havia muito não ouvia falar. Nada. Ninguém morrera.

Ao fim do segundo mês, a estranheza era geral, e depressa deixou de se falar de outra coisa em Santa Cruz dos Mártires. Os padecentes pediam para morrer; os familiares, para que o padre os aceitasse nos terrenos da igreja, e este a Deus por misericórdia, rogando, entre preces, que levasse à sua presença um padecente qualquer, um ímpio, de preferência, para acalmar o povo e dar exemplo. Mas do alto não vinha resposta outra além da comezinha e silenciosa passagem dos dias. Ao terceiro mês já a situação se havia tornado insustentável. Duas vezes por dia se enchia a igreja de gente a clamar a Deus por Clemência e ao senhor padre por bom senso. Nasceu o hábito, ou a superstição, de se despedirem entre si com a frase:

— *Que o dia amanheça com um defunto que não lhe pertença nem a mim.*

Epílogo Cegonha, o coveiro; Agostinho Salsa, da funerária; Xamiço Cavém, retratista afamado das últimas horas; o quarteto de sopro de Benjamin Candela, que cobravam bem para tocar em funerais e velórios, e dona Marcela Caravilha, a mais desvelada das carpideiras, desesperavam com a gazeta da morte.

Entrado o quarto mês, o Alcaide conseguiu um decreto do Governador da Província, assinado e selado, estabelecendo que, dessa data em diante, todo o munícipe de Santa Cruz dos Mártires haveria de ser sepultado no Cemitério Municipal, por *disposição legislativa, executiva e judicial*. O próprio Pôncio Leona conseguira trazer o bispo da diocese de Terrabuena para sacralizar o novo chão santo. Tudo quanto havia a fazer foi feito. Mas em Santa Cruz dos Mártires se continuava a não morrer. E como uma situação má nunca o está tão ruim que não possa piorar, a fama da terra se espalhou pelo país inteiro. Deus obrara milagre em Santa Cruz dos Mártires! Ali, houvesse o que houvesse, ninguém morria. Depressa, doentes de todos os lados começaram a chegar com esperança de cura. Mas se uns se atraíam pela ilusão de eternidade, outros fugiam dela o mais rápido que podiam, pois se o Inferno é mau, o Purgatório não lhe fica a dever. Que o dissesse Tércio Nazareno, que sete tiros levara no corpo sem nenhum o matar.

— Estão todas alojadas, as balas. Não acertaram em nenhum órgão vital — declarara o doutor Carringuês, atônito com o prodígio.

— Milagre! — gritava-se.

— Lotaria — afiançava o médico. — Se não infeccionarem, poderá viver assim até que melhor atirador o despache.

Mas as dores de Tércio Nazareno eram tantas, que a família se viu obrigada a construir um casebre na mata para que ninguém perdesse o juízo com os gritos que dava e o matasse de vez por misericórdia ou desespero. A aflição dos padecentes aumentava de dia para dia. A tal ponto que o Alcaide Batágua, a pedido do doutor Carringuês, enviou um telegrama para o Ministério da Saúde a solicitar, com a máxima urgência, mil ampolas de morfina, de modo a aliviar as aflições dos agonizantes e os ouvidos de toda a gente.

Em toda a nação se discutia o caso. Uma equipe de cientistas foi enviada para Santa Cruz dos Mártires para estudar o fenômeno. Moribundos eram expostos aos mais variados exames, sem que uma conclusão soasse unânime entre os peritos. Também entre os habitantes as opiniões divergiam. Se uns eram pela bênção de Deus, outros Lhe eram pela maldição, pois só um povo abandonado por seu criador poderia penar para sempre sobre a terra. Enquanto o povo se valia deste último argumento para dizer ao padre que Deus se recusava a recolher na Sua misericórdia gente que não fosse sepultada em chão sagrado, Pôncio Leona esgrimia que o que Deus não queria à Sua beira era gente arrogante a ponto de achar haver partes do chão de Deus sagradas e outras não. E que talvez não passasse de uma prova do Altíssimo, fazendo agonizar os orgulhosos de tal modo e por tanto tempo, que eles mesmos haveriam de implorar ser sepultados até no vale dos demônios.

O professor Mata-Juan, crítico íntimo das religiões em geral e do padre Pôncio Leona em particular, dizia haver este de ser o primeiro a se sepultar naquele lameiro, como lhe chamava, e bem fundo, rodeado de muros altos e com dois portões de ferro a proteger a cidade de si. Pôncio Leona, por sua vez, respondia que talvez Deus ouvisse as preces que todas as noites Lhe deitava e abençoasse Santa Cruz dos Mártires com a expiração dos ímpios e ateus. Andava de cabeça perdida, o cura da cidade. As missas eram tensas, a comunhão, pesada, e os pecados de confissão haviam deixado de ser ações concretas para passarem a pensamentos maculados, muitas vezes sobre Deus e aquele Seu servo atormentado. As velas enchiam a igreja, as promessas se multiplicavam, bem como os pedidos de extrema-unção. Por todo o lado se ouvia gritos a Deus por misericórdia

— *Que me leve, que não aguento mais!*

Havia histórias de mulheres que estavam uma semana para dar à luz porque as crianças, enroladas no cordão, não desciam, não morriam nem matavam as mães. E se dizia se ouvir pelas sombras, vozes conspirando contra a vida do pároco. A tudo isso resistia Pôncio Leona com a resiliência dos mártires, em nome daquilo que considerava um bem maior.

— Se o senhor padre quiser, e me perdoar do pecado, a Alcaidaria poderá providenciar um defunto — atirou Arménio Batágua, ajoelhado no confessionário. — Afinal, há tanta história de mortes encomendadas, acidentes bizarros...

Pôncio Leona se ruborizou, indignou-se, mandou-o rezar duas arrobas de padre-nossos e outas tantas de ave-marias, o expulsou da igreja como a um herege, mas passou a noite em claro às voltas sobre o assunto. Desde o fim da Guerra Civil, ia numa dúzia de anos, que hordas de bandoleiros a soldo batiam o país a cumprir vinganças ou fazer justiça onde esta falhava. A mão dura do Presidente Salvador Lemos, que se lhes referia como "os últimos vermes", resultava impotente diante de tanto sicário, forjados, muitos deles, nas fileiras revolucionárias que, findos a guerra e o contrabando, o regime não fora capaz de dizimar ou absorver. Não havia, dizia-se, em todo o território de São Gabriel dos Trópicos, uma só alma que estivesse deles a salvo. Quantas não entregara ele ao Altíssimo por conta de ninharias: de novos; de velhos; de mulheres, até, varados de chumbo?! Mas não queria pensar nisso. Todas as noites pedia a Deus que tivesse piedade do seu rebanho e o livrasse a si de tais pensamentos.

Ao quinto mês chegaram a pestilência e as moscas. O ar fétido emanado dos corpos que se decompunham em vida obrigava a cidade inteira a viver de janelas e portas fechadas. As ruas perderam o movimento, a tal ponto que, entre as dez da manhã e as seis da tarde, podiam se contar pelos dedos as almas que as cruzavam. Gente não parava de abandonar a cidade, e até os chegados meses antes, na esperança de chão ou de milagres, regressavam agora à procedência. Por fim, ao cabo do quinto mês, já pouco se falava do assunto. Quem havia ficado se resignara à situação, que a tudo uma pessoa se habitua, até à miragem da imortalidade. Porém, se o povo de Santa Cruz dos Mártires, padecentes e familiares, parecia disposto a aceitar a vontade de Deus, qualquer que ela fosse, o padre Pôncio Leona se revelava cada dia mais agastado. Não passava agora uma noite sem se indispor com o Altíssimo e contra a Sua provocação, e não caía no sono sem que as palavras de Arménio Batágua o fizessem dar voltas sobre a carpela moída do colchão.

— *Se o senhor padre quiser, e me perdoar do pecado, a Alcaidaria poderá providenciar um defunto. Afinal, há tanta história de mortes encomendadas, acidentes bizarros...*

Era nesse ponto que as coisas estavam quando Cornélio Santos Dias de Pentecostes desembarcou em Santa Cruz dos Mártires, cinco meses e meio depois de ter partido pela última vez.

III

Cornélio Santos Dias de Pentecostes acordou aflito, encharcado em suor. Não se lembrava de haver adormecido. Diria não ter dormido mais de meia hora. Um pesadelo medonho o deixara à beira do desespero. Ao seu lado, Mariana Cayomar dormia o sono tranquilo dos ignorantes. Não dera por nada. Era uma criatura de sono santo, como todos os seres simples que a vida não fizera senão para o propósito de se cumprir no nascer, no crescer, no reproduzir e se finar. Mulher de boa natureza, a quem os anos, os bolinhos de coco e quatro paridelas haviam arredondado, Mariana vivia para o lar, para os filhos, para o marido que adorava.

Às escuras pela casa, Cornélio foi às apalpadelas até ao cântaro da água. Tremia por onde havia corpo. A sensação de uma presença estranha na penumbra o aterrava. Acendeu a lamparina. Nada além da tosca mobília da cozinha. Sem tomar fôlego, despejou a caneca de água goela abaixo, mas ao contato com o frio os dentes lhe fizeram estalar os ossos da cabeça. Razão tem o povo quando diz que nunca um mal vem só! Sonhara que o queriam matar. Que o matavam, já. Fora igualmente um sonho, o encontro da passada tarde no Topázio? Por momentos teve a feliz sensação de o haver sido. Alívio breve.

Sentado à mesa da cozinha, fez a reconstituição da véspera, passo por passo: acordara às cinco e meia da manhã na cama de Serpentina Almodôvar em Rio Flaco; às sete apanhara o vapor; pelo render do meio-dia chegava a Santa Cruz dos Mártires; dez minutos depois entrava às ocultas em casa de Lídia de Jesus, onde amara, almoçara e sesteara até à fresca hora das cinco, quando, baixando ao cais, apanhou uma mula de carreira até ao centro da cidade. Cruzara-se com Ilídio Caixinha, escriturário da Import & Export; com Ataído Russo, jornalista e poeta; com o padre Pôncio Leona, em frente ao coreto, a quem por reflexo pedira a bendição e de quem por reflexo a recebera; com Chiu-Xiu, o chinês do Bazar Macau, que jurava ser tão português quanto um tal de Camões que pelo visto só ele e Ataído Russo tinham ouvido falar. Lembrava-se de pagar ao muleiro à porta do Topázio, da felicidade fresca que lhe corria nos ossos ao se sentar na mesa de frente para a praça, da brisa suave soprada dos Grábios, do aroma doce das amendoeiras da Palestina, dos frescos goles de limonada que o encheram de uma placidez divina até o dente o acordar para a finitude e o mundo se lhe turvar diante dos olhos à voz grosseira que lhe anunciara o fim dos dias. Tudo tão real, tão presente, tão... pesadélico, se tal palavra existisse ou se pudesse inventar. A partir daí tudo se esbatia: uma ideia tênue de entrar em casa, do rosto da mulher ao vê-lo chegar com o mais miserável dos ares do mundo; de os filhos lhe rodearem as pernas, aguardando as guloseimas que em cada viagem lhes trazia; de um cheiro vago de galinha cozida; algazarra, puxões; a porta do quarto como único horizonte, derretido; a voz de Mariana Cayomar à sua passagem, perguntando qualquer coisa; uma resposta frouxa em forma de uma dor de dentes que o impedia de manter os olhos abertos e um andar direito aos fundos da casa, esmorecido de frio e a tiritar de medo. Nada lhe era claro. Nem naquela hora da madrugada, acordado que estava. Tinha apenas uma certeza: estava entregue a si e ao destino.

Levantou-se, encheu nova caneca de água, abriu uma fresta da janela. A névoa da madrugada cobria tudo e só para a nascente as primeiras listas de luz iluminavam o firmamento. Um galo cantou na vizinhança. Naquele momento tudo lhe parecia um mau agouro. À parte disso, o mundo dormia, eterno e feliz. Mal o dia clareou, Cornélio de Pentecostes saiu de casa, carregando uma cruz de dúvidas que o atormentavam. O ar fresco da manhã lhe enchia o peito de alguma esperança, de alguma vida. Sempre gostara daquele respirar frio e cheio de promessas. Havia nele um quê de liberdade. Talvez por lhe lembrar sempre os dias em que partia de viagem; únicos nos quais madrugava. Pelos demais, permanecia entre lençóis até o corpo lhe doer. Seria o caso, se aquele não fosse um dia de exceção.

O movimento da rua era o habitual àquela hora: gente a caminho do rio, gente a caminho do mercado, gente a caminho de todo o lado, mas, por não ser homem de madrugar, o achou demasiado. Não sabia ser agora pelas horas matutinas que a gente da terra mais se movimentava, pois das dez em diante, e até o sol começar a perder ânimo, a pestilência e as moscas invadiam tudo. Enquanto Parrandilho Castro não vinha abrir as portas do Topázio, entreteve-se a olhar em volta os passantes, procurando, entre eles, o indivíduo da véspera, ou do sonho, como esperava. Cria reconhecê-lo entre mil.

— Bom dia, senhor Cornélio! — atirou, ao chegar, a voz simpática do botequineiro. — Vai me dar a honra de ser o primeiro cliente do dia? — Parrandilho Castro todo sorrisos e moleza nos olhos.

Por aqueles dias todo o cliente era uma bênção. Mas Cornélio não estava ali para tomar nada além de informações, saber se o dono do bar se lembrava do tipo que estivera conversando com ele na véspera, se o tornara a ver ou sabia algo a seu respeito: nome, proveniência, onde se hospedava... Parrandilho Castro lamentou não se recordar de ninguém e não saber de quem o caixeiro-viajante falava.

— Um tipo alto, mal-encarado, todo vestido de cabedal negro, das botas ao chapéu.

Não seria uma figura difícil de reconhecer, de esquecer, sequer, a havendo visto...

— Mas... — lamentava-se o dono do Topázio — ...não tenho ideia de alguma vez ter notado por aqui tal figurão.

— Mas se lembra de eu ter estado aqui? — perguntou o caixeiro-viajante, numa esperança infantil de tirar dúvidas.

— Perfeitamente!

Cornélio agradeceu, bebeu um copo de rum para se fazer pagar da presteza e saiu para a manhã clara da praça, onde toda a gente parecia de bem com a vida, exceto ele.

Teria sido um delírio seu? — pensou de novo. Há sonhos de tal forma siameses da realidade dos dias que o difícil é a quem os sonha separar uns de outros. Mas foi uma emoção sem asas. Queria se enganar. Não fora um sonho; uma partida dos sentidos. Não. Estava tão certo como se chamar Cornélio Santos Dias de Pentecostes. Tudo desde esse malfadado instante, até acordar do pesadelo, lhe indicava que fora real. Até aquela dor de dentes que o atormentava a intervalos cada vez mais curtos, parecendo crescer em proporção ao medo que o dominava. Puxou pela memória. Quem havia passado pela esplanada quando o matador o abordara? Não tinha ideia de nenhuma outra face além daquela, tisnada, com barba de bandoleiro e olhos de sem piedade. No meio das dúvidas duas imagens vagas sobressaiam: a das "viúvas" de Silas Sicário lhe deitando as boas-tardes e a do sacristão Semedo, a quem o povo chamava o Vassoura, passando, apagado, no seu arrastar de perna e cabelo de franciscano. Antes? Depois? Durante a conversa com o matador? Não conseguia precisar. Só havia uma forma de saber.

— Não — deu-lhe por resposta a cada pergunta, Semedo Fanfa, sacristão da casa de Pedro.

Cornélio insistiu nos pormenores. Em vão. Nem por coincidência vinham entrando as "viúvas" do finado Sicário, afamado prestamista que vivera solteiro, com duas primas (assim sempre as apresentara), mas que o povo, por maldade ou por manha, não cria serem-no, dizendo que "quanto mais prima mais em cima!". E a verdade é que, no dia em que morreu, foi tal o berreiro naquela casa, que as primas passaram a viúvas, o que só veio confirmar a desconfiança de toda a gente. Tementes a Deus e às Suas demandas, eram as mais fiéis freguesas da cristandade. A primeira reza da manhã lhes pertencia e as primeiras notícias do dia também. Por isso, quando Cornélio de Pentecostes as interpelou, apresentando o caso do forasteiro, os rostos das "viúvas", ganharam cores de Primavera.

— Alto?
— Moreno?
— Todo vestido de vaqueiro?
— Em couro negro?
— Uma figura dessas...
— ...não seria coisa que esquecêssemos.
— Somos boas observadoras.
— Não nos escapa nada, senhor Cornélio!
— O único homem de boa figura que vimos nos últimos tempos foi o senhor agrimensor que chegou ontem à cidade.
— Foi! É verdade! — foram as respostas intervaladas das primas viúvas de Silas Sicário, mais curiosas do que úteis.

Cornélio ficou na mesma. Agradeceu e partiu. Quando aquele trio de Marias não sabia de nada, quem poderia ajudá-lo naquela cidade pequena onde tudo se sabia?! Alguém haveria de ter visto aquele homem por ali. Angustiado, com o sol da manhã lhe farejando o cangote, dirigiu-se à Pensão Estrela d'Alva. Em algum lado teria o matador de estar hospedado. Pela descrição, o empregado lhe garantiu não estar presente tal pessoa. O nome? — esgravatava, o caixeiro-viajante, na memória. Qualquer coisa Mata Mãe. Não seria por certo verdadeiro.

— Não! — devolveu-lhe o empregado, torcendo o nariz.

Cornélio tentou depois o Hotel Europa, do outro lado da praça. A ser mandado por alguém endinheirado talvez estivesse bem instalado. Tampouco por lá haviam visto tal personagem. O mesmo na hospedaria das Bascas. Nada. Quiçá em alguma casa particular! Seria difícil de apurar. Havia sempre por ali quem alugasse quartos a forasteiros, mas... Os sinos badalavam para a missa das nove e o ar começava, aos poucos, a se encher de fedor e moscas. Cornélio, suado, parecia não dar por nada. Era pela vida que corria. Bateu, por fim, à porta de Augusto Nabateu, coronel acamado, cuja mulher alugava quartos para compor a pensão de guerra do marido. Dona Jenina o atendera já na rua, de mantilha na cabeça. Também nada. Parecia não haver naquela cidade uma alma capaz de o ajudar. Seria, porventura, que tudo não passara de coisas da sua cabeça? Pela terceira vez naquela manhã experimentou o momentâneo alívio dos crentes a caminho do patíbulo. E se um milagre?! Tinha a certeza de não o haver sonhado. Não sabia o que fazer; sequer onde se dirigir. Foi andando, sem destino. No pensamento, apenas a imagem daquele homem, todo vestido de negro, como a representação da morte em pessoa, e uma certeza: até às seis da tarde, só por um milagre arranjaria cem mil *cádos* para adiar a morte. Uma guinada no queixal lhe trouxe as lágrimas aos olhos. Maldito! E maldito dente!

Domingo, nove e quarenta da manhã. A cidade deserta. Quem não estava para a missa estava metido em casa. Ao passar pelo Teatro das Artes, cruzou-se com Vitalino, o filho anormal do alfaiate Pataca, que corria as ruas da cidade em passo de marcha, saudando toda a gente:

— Bom dia! — mugiu o rapaz, homem feito, com o seu ar bovino de olhos esbugalhados e lábios grossos.

Cornélio retornou o cumprimento. Vitalino já lá ia, acelerado, no seu fatinho de retalhos coloridos, que ele mesmo fazia, à procura de gente que cumprimentar. Assim andava o dia todo. Ao domingo sempre mais triste, que pouca gente pela rua, e agora mais ainda, visto as janelas não se abrirem nem para dar corda à curiosidade. Em circunstâncias normais lhe perguntaria como estava, o ouviria dizer: "Tô bom", sorrir com seu ar de bezerro capado e feliz. Mas não havia em Cornélio cordialidade bastante naquele momento. Deveria andar pela sua idade. Teve inveja dele. Ninguém o perseguia, ninguém o queria matar. Filho tolinho e manso da terra, fora mandado castrar por conselho do padre Pôncio Leona, que dizia ser nos seres mais débeis que o diabo se esconde para fazer das suas. Até essa parte lhe invejou por momentos.

À porta de Anselmo Macarroa, Cornélio sentiu um instante breve de felicidade lhe abraçar o desânimo: um cheiro morno a canela lhe chegou ao nariz. Não eram horas de senhoras estarem de volta dos fogões, mas Sigaia Lopes de Torre era uma mulher feliz e, portanto, senhora de poucas igrejas e aparentares. Em todas as casas, ao domingo, faziam-se queijadas de leite com canela e limão (tradição antiga deixada pelas freiras de Santa Rita), mas ninguém as fazia tão bem quanto ela. A ponto de lhe aceitarem o concubinato com Anselmo Macarroa, senhor de uma força de boi e homem destemido, que um dia lhe entrara na casa de casada e a roubara da cama do marido em noite de Natal. Até o padre Pôncio Leona se rendia às suas queijadas, embora as mandasse comprar por intermédio de Semedo Fanfa na Confeitaria Mistério, para onde Sigaia Lopes de Torre as fazia às centenas por semana, só para que jamais se dissesse levar ele à boca doçuras feitas pelas mãos pecadoras da concubina do ferrador. Era uma casa venturosa. Em noite de Lua, ouvia-se o seu amor até aos confins da cidade. Nunca conhecera homem tão completo e realizado como Anselmo Macarroa. Invejava-o também. Invejava até Feliciano Franco, marido corno a quem a esposa fora arrancada do leito matrimonial. Talvez, se tivesse encontrado uma mulher assim, ele próprio nunca houvesse petiscado fora de casa, e fosse um homem satisfeito, um homem que não estaria agora à beira da ruína. Veio-lhe à cabeça Rosa Cabrera. Mas Rosa Cabrera era uma outra história.

Na Rua da Fonte Nova viu a pálida mulher de Epílogo Cegonha, o coveiro da terra, de quem alguns durante anos, disseram tê-la matado e enterrado, pois desde que haviam se casado nunca mais ninguém a vira nem ouvira. E se desenvolveu tanto o falatório que o sargento Tendera foi obrigado a requerer mandato judicial e lhe invadir a casa, para a encontrar viva, sentada num canto da sala a bordar ornamentos para a funerária. Desse dia em diante, às dez em ponto da manhã, quando, finda a missa, mais gente parava pela rua a dar fé da vida alheia, dona Epíloga — como o povo lhe chamava — vinha abrir as janelas de casa por uns minutos e tornar a fechá-las, para que do marido se não dissessem mais insanas barbaridades. Mesmo naquela altura de pestilência; mesmo por aqueles dias em que o marido perdera a função e passava as manhãs no cemitério a sachar ervas, para que o campo santo não virasse um matagal, e as tardes pelo rio a jogar e a beber, mesmo que fosse segunda ou domingo. Até dela, Cornélio sentiu inveja; daquela vida estúpida e miserável, onde nem um raio de sol, uma saída à rua, que até o que em casa faltava era deixado na venda de Marcelino Gaio em forma de bilhete, para ser entregue a horas de Epílogo estar.

Ao cabo de uma hora a andar sem destino, Cornélio voltou ao Topázio. Sentou-se onde se sentara na véspera, levantou-se, olhou de todos os ângulos da esplanada, da rua... Havia um canto morto, um lugar entre o pilar da varanda e a parede do bar. Seria por isso que ninguém vira o bandido? Tinha tudo pensado, o malvado! Não era coisa feita à toa.

— Deseja tomar alguma coisa, senhor Cornélio? — perguntou Parrandilho Castro, que na volta aviara dois clientes saídos da missa.

— Que fedor é este, senhor Castro? — indagou Cornélio, como se acordado de um sonho.

— É o cheiro da morte! — devolveu o dono do bar, encolhendo os ombros.

Os olhos do caixeiro-viajante pararam. Um brilho de gelo se desenhou neles. Sem dizer nada, desceu para a praça com o coração preso por um fio. Quem por ele passava e lhe deitava os bons-dias não obtinha resposta. Até dona Amália Velasquez, esposa do patrão e madrinha da mulher, comentou com Mariana, ao lhe passar à porta, por estranhar não vê-la na missa:

— Que diabo mordeu o teu Cornélio, filha, que anda às voltas na praça como um pato descabeçado?

Mariana, que toda a manhã se ralara com a ausência do marido, e o vira chegar na véspera feito um padecente ao calvário, disse o que se lembrou da forma como lhe saiu:

— É um dente, madrinha, que não o deixou pregar olho toda a noite e lhe anda a dar conta do juízo!

IV

Ia para um ano que Cornélio Santos Dias de Pentecostes não visitava a mãe. A velha senhora vivia para as bandas do mercado velho, na casa onde nascera, casara, parira sete vezes, enviuvara e haveria de morrer numa manhã de Pentecostes entre o raiar da aurora e o meio-dia. Cornélio contornou a casa rumo às traseiras, que

— *A porta da frente é para visitas* — dizia a mãe todas as vezes que alguém se referia ao não se dar uso àquele acesso feito senão para enfeitar, visto que até o médico e o padre davam a volta a casa como toda a gente.

— *A porta da frente não é para entrar, é para sair* — dizia, com ironia, Adélio Moreno, pai de Cornélio, afirmando servir esta apenas para que um homem morto saísse de casa pela entrada principal.

Porém, nem no dia em que se finou, a bendita porta se abriu. Destinado a morrer bêbado, ou de mal de fígado, foi-se da picada de um escorpião que o fez tão inchado e roxo que tiveram de tirá-lo pelo telhado, com a ajuda de cordas, roldanas e uma junta de bois. Deu graças a Deus, dona Prisciliana Calo, que tinha por aquela porta mais apreço que pelo falecido, pois a alternativa seria arrancá-la, aduelas e tudo, visto lhe faltar mais de meio palmo para o corpo conseguir passar e as janelas não terem mais largura que esta. Era tal a estima por ela, que a limpava, polia, envernizava e lhe oleava os gonzos, como ao jazigo do ente mais querido, não fosse se dar o caso de ser preciso abri-la e o tempo a haver enferrujado. Tornara-se claro que aquela porta estava destinada a franquear-se em sua honra e apenas no dia em que se finasse.

Àquela hora, se o hábito se mantivesse, haveria o filho de encontrá-la no quintal, debaixo do umbuzeiro — que a finada Clemência Alendanina, avó paterna de Cornélio, dizia haver sido regado pela urina dos mil amantes da nora —, a tecer, com suas mãozinhas aranhentas, tapetes de restos, o magro sustento da casa. Com a mãe de Cornélio viviam ainda os gêmeos, Benedito Domingo de Pascoela e Prazeres da Mesma Tarde. Bêbado, ele; deficiente, ela: as duas traves da cruz dos seus pecados, que teria de carregar pela vida afora até que a morte a viesse buscar, numa manhã de Pentecostes, pela porta da frente. Adélio Moreno, que a nenhum dos filhos dera sobrenome, sempre achara graça à imaginação da mulher em dar nomes aos pequenos. Dona Clemência Alendanina, a mãe que se envergonhava de o ter parido, é que não conseguia perceber a vocação do filho para corno. A tal ponto que, no dia em que o quinto neto veio ao mundo, sentenciou do alto dos seus oitenta anos:

— Este há de se chamar Cornélio!

Em vão. O filho gostou, a nora não a contradisse e lhe decidiu apenas o sobrenome: Santos Dias de Pentecostes.

Entretida com os seus afazeres, dona Prisciliana Calo não deu pela chegada do filho. Tal como não lhe havia dado pela tão prolongada ausência. Cornélio lhe pediu a bênção, a recebeu num sussurro, e sentou junto a ela, numa raiz levantada da árvore. De dentro da casa lhe chegava a cantilena do irmão, que todas as manhãs regressava, cai-não-cai, e, se estatelando na cama, cantava enquanto dormia. Herdara do pai o gosto e a perdição pela bebida, dizia quem deles falava. Dona Prisciliana Calo que, dos sete filhos, sabia apenas ser Cornélio legítimo do falecido, nunca contradisse os comentários. Restavam-lhe apenas três, que a Guerra dos Coronéis lhe levara dois rapazes e duas meninas ceifadas pelo tifo. *Só ficou o que não presta*, ouviram-lhe desabafar as vizinhas, no dia em que enterrou a última filha, a que mais amava; aquela que, havendo morrido em casa, talvez tivesse saído pela porta da frente.

Cornélio não sabia por onde começar. Perguntou-lhe pela saúde, pelos irmãos. Recebeu respostas vagas. *Aqui ando! Por aí andam!* Dona Prisciliana Calo, que nunca fora de muitas falas, havia-se restringido ao essencial. Mais ainda com Cornélio, filho ausente, do qual, por uma década, não soubera nada além de haver fugido do tio que o levara para a capital, ainda garoto. Durante os primeiros anos, as únicas notícias que se lhe referiam eram as cartas do cunhado que o deixara escapar, dando conta das diligências feitas para o encontrar, jurando, entre pedidos de perdão, não regressar a Santa Cruz dos Mártires enquanto não o desencantasse. Mas com o passar do tempo a frequência das missivas foi diminuindo, até ao silêncio absoluto, já lá iam vinte anos. Todas as tentativas de Adélio

Moreno para saber novas do filho começaram então a ser devolvidas, uma por uma, com o carimbo dos correios: *DESTINATÁRIO IGNORADO*. Foi diferente, no entanto, a história contada por Cornélio no seu regresso a casa, dezenove dias antes da ferroada fatal despachar Adélio Moreno para o vale dos finados. Mas se o pai o creu e perdoou por tão longa e silenciosa ausência, dona Prisciliana Calo não, pois todas as consultas às virtudes proféticas de Manuela Canti revelavam, invariavelmente, estar ele vivo e gozando de boa vida. A relação entre mãe e filho, já de si morna, foi arrefecendo com o passar dos anos, e nem o seu regresso, nem os três meses passados em casa antes de casar, acalentaram o que o tempo e a distância gelaram. Não era culpa sua, nem dele, mas de um amor que ficara por gerar na hora da concepção. Assim, desde o dia da boda, Cornélio de Pentecostes e dona Prisciliana Calo não se viram nem falaram além de uma dúzia de vezes.

O desconforto do caixeiro-viajante era grande e o arrependimento de ter ido se adensava com o silêncio. Dava voltas à cabeça, procurando as palavras. Não sabia, ao certo, o porquê de ali estar. Talvez por ser domingo e não ter outro ente a quem pedir cem mil *cádos* de supetão. Talvez apenas por um instinto primitivo que leva os homens, não importa a idade, a procurarem pela mãe em horas de desespero. Queria tanto que aquela mulher que ali estava, de olhos postos na tela, fosse o seu porto de abrigo! Por instantes se sentiu menino e frágil, e teve vontade de lhe cair no colo, pedir que o protegesse, que não deixasse o matarem; dizer que sempre lhe havia sentido a falta e lhe pedir perdão por nunca ter sido capaz de a fazer amá-lo. Quis contar o verdadeiro motivo da sua visita, revelar-lhe a vergonha da sua condição, mas vivia tanto da mentira que dizer a verdade sempre lhe parecia a opção mais pobre. Pesavam-lhe, além disso, as palavras ameaçadoras do sicário, e, não menos, o receio de, ao dizer haver um homem contratado para o matar, a mãe não o cresse, ou julgasse, recusando-se a dar-lhe o dinheiro. Pensou então apelar-lhe para a saúde dos netos, os únicos que tinha, mas aos quais não ligava grandemente. A desculpa, no entanto, fê-lo se sentir culpado, como se o dizer estarem os filhos doentes os fizesse adoecer. Considerou ainda se justificar com uma doença terminal diagnosticada pelo doutor Carringuês, mas de novo a superstição lhe travou a língua. Então, por um impulso de aflição, ficou-se pela meia verdade:

— Ando a ser perseguido por uma figura medonha, toda vestida de negro, que me deu duas semanas de vida.

Dona Prisciliana Calo fungou e, sem parar de tecer o tapete, retrucou:

— Isso é a morte!

As palavras geladas da mãe lhe bateram em cheio no nervo do dente. Cornélio levou as mãos ao estalar das têmporas. Dona Prisciliana Calo pareceu nem dar pelo esgar de dor do filho. Não havia uma hora, Parrandilho Castro lhe tecera comentário parelho sobre a pestilência que velava a cidade. Começava a acreditar estar o mundo conluiado para o manter preso naquele labirinto de círculos, pesadelo no qual se acorda e acorda e acorda sem nunca acordar. Quando a dor moderou, Cornélio argumentou que não, que era real, a figura, de carne e osso, hálito ácido... Mas dona Prisciliana Calo, que lidava com a morte de perto e ia para uma cinquentena de anos, conhecia-lhe bem as artes e manhas.

— E você tem quem te queira matar? — perguntou a mãe, olhando-o pela primeira vez desde a chegada.

Cornélio hesitou na resposta. O que haveria ele de dizer?

— Não — tornou, sem firmeza na voz.

— Então é como te digo! Procura Manuela Canti. Ninguém melhor para te espantar essa nuvem negra do coração — disse a matriarca, certa e segura do seu alvitre.

E como se o corpo do filho, todo ele, revelasse duvidar de tais sortilégios, a velha senhora, mais crente nas visões da cartomante que nos milagres do Céu, lhe assegurou haver soberbo dom naquela família de videntes e lhe contou a história de Manaul Calo, seu avô paterno, que uma noite alarmou a casa toda, porque a morte em pessoa lhe falara e dissera estar para breve o seu dia.

— A minha bisavó o levou a casa da avó de Manuela Canti, que predisse vir ele a se finar debaixo de uma parede daí a três anos.

Assim sentenciado aos vinte e dois, vendeu a casa onde vivia, pegou na mulher e nos filhos e levou a família a viver num barco.

— Com a tua bisavó prestes a parir meu pai...

Havia mais casos na família de sortes acertadas, de modo que o jovem Manaul resolveu por conta e risco contrariar o destino.

— Pedreiro de profissão, virou pescador. Como a vida era dura e o dinheiro não chegava, procurou trabalho como freteiro no cais.

Desse dia em diante carregou e descarregou barcos, pescou e vendeu peixe, mas jamais se aproximou de uma casa de alvenaria. Três anos depois, quando carregava um barco, a roldana de um guindaste se partiu e uma jaula de macacos lhe caiu em cima o deixando entrevado para o resto dos seus dias.

— A minha avó, sem como criar dois filhos e ajudar o marido, entregou-o aos cuidados das freiras do hospital. Nem uma semana depois veio o Ciclone de Maio e a parede do quarto onde padecia desabou sobre ele, matando-o, aos vinte e cinco anos como estava escrito.

Cornélio, que nunca ouvira tal história, sentiu se eriçarem os pelos do corpo. Era tal a crença da família nos vaticínios das Canti, que a mãe, mal soubera haver de morrer numa casa amarela em manhã de Pentecostes, mandou pintar a sua de gemada — a única em toda a cidade — porque queria morrer nela e não noutra. Sabia não valer a pena contrariar o destino. De modo que, todos os anos, cinquenta dias depois da Ressurreição, Prisciliana Calo se levantava de madrugada, preparava um banho de alecrim e malva-branca, bebia uma grande xícara de café forte, amortalhava-se de preto dos pés à cabeça e ia se deitar sobre a cama, calçada, rosto velado de negro, e um rosário de prata nas mãos enluvadas, antes dos primeiros galos cantarem. O marido, que não contava os dias, acordava sempre sobressaltado, como se ao lado de um cadáver. Não se habituara nunca aos destemperos da mulher e de todas as vezes jurava matar Manuela Canti, que *morrendo o bicho*, dizia, *acaba-se a peçonha*. A mulher não respondia, pedindo-lhe apenas que a deixasse só e não se esquecesse de ir comprar o jornal desse dia para que, a se finar, ficasse de recordação tudo quanto do mundo se dizia no dia da sua morte. Quando as badaladas do meio-dia soavam nos ares de Santa Cruz dos Mártires, Prisciliana Calo levantava-se do leito, despia-se, dobrava cuidadosamente a roupa, embrulhava os sapatos no jornal novo, o rosário num paninho de flanela e guardava tudo no baú naftalinado, certa e segura de não voltar a precisar de nada daquilo durante um ano. Depois do almoço, quando o marido se recostava para duas horinhas de descanso, descia ao rio e, no marasmo tranquilo que precedia a hora da procissão, banhava-se nas águas correntes, numa espécie de purga e agradecimento a Deus. E se por ali houvesse homem que a cobiçasse, ali se entregava ao desgoverno do corpo, segura de que, emprenhando do ato, não morreria da paridura. Era o dia do ano em que estava mais longe da morte, mas aproveitava-o como se o último da sua vida.

No ano em que engravidara de Cornélio, Prisciliana Calo fez as contas e, pelas luas, percebeu trazer no ventre o fim dos seus dias. Morreria de parto na manhã de Pentecostes, disse ao marido. Adélio Moreno não fez caso. Na véspera, incapaz de vestir a mortalha que mandara fazer havia anos para a cerimônia do seu falecimento, Prisciliana Calo se deitou na cama como estava e esperou que a morte viesse. Preparara sempre tão bem aquela ocasião para acabar por morrer assim, em trajes de algodão, coberta de sangue e de trampa, sem nobreza nem brio. Lembrou-se das palavras de sua avó quando lhe trouxeram o marido embrulhado em ligaduras e tábuas: — *Os planos dos homens são as gargalhadas de Deus.* Pelas quatro da manhã começaram as primeiras contrações. Rezou ao Criador para que fosse breve a levá-la. Não quis parteira nem ajuda e, entre apertos e gritos, pariu para a vida Cornélio à hora limite do meio-dia, quando sabia já não haver mal que lhe chegasse.

Essa história conhecia Cornélio. Ao contrário da do seu bisavô, que o impressionara sobremaneira. Contudo, argumentou ser diferente o seu caso, ressaltando as características da figura.

— A morte é mais real do que se imagina — respondeu-lhe a progenitora. — E tem sempre uma figura.

Mas não fora a morte que o visitara. Tinha a certeza. Ou teria sido? Que poderia ele saber dos ardis da Cabrona? A verdade é que mais ninguém parecia ter visto a figura que o abordara. Mas para que quereria ela cem mil *cádos* por dia e ainda por cima deixados na igreja? Não era hora de considerações. Fosse como fosse, melhor seria arranjar os cem mil *cádos* para aquele dia, do que arriscar não acordar na manhã seguinte. Porém, esvaziara-se de razões. Insistira tanto numa figura, e não num assassino concreto, que não sabia agora como dar o dito pelo não dito. Pior: pedir-lhe dinheiro a propósito de quê? Sem saber como fazê-lo, ou a que argumentos recorrer, atirou-se, uma vez mais, sem porquês nem rodeios:

— Será que a mãe me podia emprestar algum dinheiro por uns dias? Por uns dias, apenas!

Não tinha grande esperança na sua bondade. Afinal, mulher sozinha, com dois filhos inúteis para sustentar, não haveria de ter muito nem vontade de dá-lo. Sabia, no entanto, ter ela as suas economias para um caso de aflição que, se precavida fosse um título, seria seu por justiça. De modo que tentou, não obstante as magras esperanças. E, ao contrário do esperado, viu a velha mãe levantar-se com uma presteza que lhe ignorava, dar a volta ao umbuzeiro, tirar do tronco uma caixa e de dentro desta um molho de notas atadas por uma guita, estendendo-lhe.

— É o que tenho.

Os olhos do caixeiro-viajante se abriram até à estupidez, feito os de um cantaril espantado. Uma caixa cheia de notas de cinco mil *lauréis*.

— Isto já não vale nada, mãe!

— Não vale nada?! Como é que não vale nada?!

Cornélio estava incrédulo. O regime mudara a moeda três meses antes do fim oficial da guerra. Fora assim que, da noite para o dia, o General Salvador Lemos, na pessoa do Presidente Carlos Ménes de la Barca, dera o primeiro golpe de morte nos contrabandistas e guerrilheiros, declarando nulas todas as notas de dez *lauréis* para cima e emitindo notas de crédito em troca do dinheiro apresentado. O pequeno comércio, que o povo levava a cabo, não sofrera grande golpe, visto viver de dinheiro miúdo. Um ardil planejado em silêncio e executado com a mestria de um ourives. Dona Prisciliana Calo não parecia menos admirada com a explicação do que este com o descuido da mãe. Aquele dinheiro, que uma dúzia de anos antes daria para mandar fazer uma casa da fundação ao telhado, não valia agora mais do que pedras.

— Se não serve agora há de voltar a servir, que isto das guerras é o que leva e o que traz — disse a velha, sem se preocupar, voltando a guardar o dinheiro na lata.

Cornélio estava branco de tão pasmo, não se apercebendo sequer da calma com que a mãe aceitara ter perdido as economias de uma vida inteira. Tampouco imaginara onde conseguira ela, mesmo em moeda antiga, tamanha fortuna. Fora o irmão Benedito, que uma noite chegara a casa com os bolsos forrados de notas ganhas na batota, julgando-se rico, acordando a casa inteira, quando na verdade apostara dinheiro novo contra dinheiro velho. Dona Prisciliana Calo, que desde cedo se habituara a ver o lado bom das coisas más, achou no despautério do filho um propósito do destino e guardou a fortuna de nada para o caso de algum gatuno lhe vir pedir contas um dia. Era tudo quanto tinha. Aquilo, um tear e dois filhos desgraçados. Não é possível! — repetia-se dentro da cabeça atordoada do caixeiro-viajante. Um peso no peito parecia puxá-lo para o ventre da terra. Sentia-se afogar a poucas braçadas de uma margem delirada que aquelas notas inúteis impediam de substanciar. Estavam alinhados, todos os astros, para que ele, Cornélio Santos Dias de Pentecostes, se finasse sem apelo nem agravo.

— E à parte isso, mãe? Não tem nada? — perguntou numa mistura de esperança rota e desespero.

— Sabe que não tenho grande coisa. Os tapetes já não dão muito e o teu irmão, coitado, nem sempre consegue trabalho. A maior parte, já sabe, bebe-o. E a tua irmã, coitadinha... — suspendeu a frase, apontando com o queixo para a entrada de casa, onde a filha se viera sentar, tímida, a petiscar do nariz e a chuchar no dedo. — Tudo junto não devo ter mais de quinhentos *cádos* — devolveu a mãe com o mais lamentoso dos ares, num denunciar de consciência que, por reflexo, lhe escapara.

Cornélio percebeu então ter sido enganado. Sabia bem a diferença entre uma moeda e outra. Teria de saber! Afinal, havia doze anos que o *laurel* estava fora de circulação. A ligeireza com que se aprontara para lhe revelar uma caixa cheia de dinheiro nulo era indicadora de não ter intenções de lhe dar nada. Juntou a isso o tanto que falara, sendo de palavras tão parca. Que bom filho fora ele para censurar uma mãe assim? Talvez lhe houvesse pressentido o único motivo da visita! Ou, quiçá, consultado Manuela Canti por esses dias, tanto lhe insistira no nome! Ainda teve o impulso de lhe implorar por ajuda. Mas algo mais profundo o impediu, resignando-se, feito um condenado ante a multidão delirante por vê-lo espernear. No fundo sempre soubera haver ido em vão. Olhou de novo para a irmã com a sua cara caprina. Que inveja da sua estupidez nata! Comia e bebia sem aflições de consciência. Inveja também do irmão, cuja voz lhe chegava entre roncos e assobios, irresponsável, sem ambições, vivendo de biscates e da caridade da mãe. Que importância tinha isso se vivia feliz e sem desassossegos?! E, mais do que tudo, não era ele. Baixou a cabeça. De novo uma vontade de cair no colo da mãe, fazer-se pequeno como no tempo do qual não guardava memórias, e se deixar ficar, imóvel, invisível, a salvo do mundo. Mas acabou por se levantar, beijar-lhe a mão e se despedir. Se não conseguisse cem mil *cádos* até ao badalar das seis, seria a última vez que se veriam. Também isso lhe apeteceu dizer. Não disse.

— Procura Manuela Canti. Ela que te diga o que te atormenta. Agora, se for a morte, desde já te digo, há que aceitá-la sem esperneios nem mugidos, como a um parente que vive por perto, mas que não ajuda nem estorva.

Era fácil dizê-lo, a ela que levava meio século se preparando para a morte. Para ele, no entanto, homem na força dos anos, com tanto ainda para viver... E sem prestar atenção ao remoque, anuiu com a cabeça e se foi dali com os ombros vergados pelo abandono; pela perdição de quem sozinho no mundo.

V

— Não está melhor, marido?! — perguntou Mariana Cayomar ao ver Cornélio entrar em casa com o ar acabrunhado dos capados.

O caixeiro-viajante sacudiu a cabeça desalentada. Mariana, que não dera por ele sair e toda a manhã andara numa ralação, que nem à missa fora, à sua espera, pôs de lado as indagações, perguntando apenas se tinha muitas dores.

— De criar bicho — disse Cornélio, com os olhos pesados.

— Bem te ouvi gemer toda a noite — tornou Mariana, referindo-se ao intervalo entre o marido cair à cama e ela mesma se deitar, depois do que, nem o fim do mundo às cambalhotas a despertariam. — Ontem vinha numa agonia de dar dó. Perguntei-te tantas vezes se queria alguma coisa, mas só pedia para te deixar estar.

Cornélio não respondeu.

— E hoje, por que não me disse nada?

— Dormia. Não quis te acordar.

Só mesmo ele, pensou Mariana, para se preocupar mais com o sono dela do que com o próprio padecimento. Enchia-lhe o coração de vaidade aquele marido que Deus lhe dera, e assim lhe conservasse. Quão injusta fora a mãe no dia em que lhe anunciara a vontade de aceitar o pedido por este feito ao pai para a sua mão:

— Valha-te Santa Luzia, que é a padroeira dos cegos! — disse-lhe, secamente, dona Eleonora Cayomar, virando-lhe as costas e se demitindo de qualquer responsabilidade pelo que a filha e o pai decidissem sobre o assunto.

Cornélio acabava de regressar de dez anos de ausência, sem que dele algo se soubesse, o que fizera, por onde andara, que não trazia fortuna nem patente militar. De quanto dona Eleonora Cayomar mandara apurar sobre o genro que parecia condenada a ter, o vazio a seu respeito era quanto lhe bastava para ter a certeza não ser aquele de confiança. Já para não falar no instinto de mãe e mulher lhe dizendo ter Cornélio os olhos moles dos homens que por uma tuta se vendem e por mais meia se dão. Fora injusta, no achar da filha, e continuava sendo, como se aquele homem lhe houvesse vindo poluir o sangue da família. Recebia os netos, mas jamais os visitava, e nem por uma única vez a família fora convidada para almoçar em dias que Cornélio estava. O pai, Artur Cayomar, fora um pouco mais condescendente. Confiava na esposa, mas também no tempo que amadurece as mulheres antes dos homens e, tendo Mariana passado a idade boa de casar, quando o jovem Cornélio apareceu lhe pedindo a mão, decidiu aceitar o risco. E para que o rapaz não ficasse à mercê de um trabalho menor, falou com Palmiro Velasquez, cuja esposa amadrinhava a filha, para lhe arranjar um emprego. Caixeiro-viajante lhe pareceu bem. Estaria a maior parte do tempo fora, o que deixaria Eleonora mais descansada quanto à filha e aos netos que haveriam de vir. Era a sua única filha. Não poderia correr o risco de se lhe perder a semente por conta de uma cisma da mulher. Concordou com o casamento para satisfazer Mariana, e se precaver da extinção, e com a exigência da esposa de não convidar jamais aquele homem para dentro da sua casa, que até a boda fora na quinta da madrinha. Assim foi. Assim continuava sendo. Cornélio não se incomodava. Se os encontrava na rua, cumprimentava-os com deferência e com cerimônia era cumprimentado. A Mariana, sim, custava-lhe. Mas não estava arrependida da decisão, pois melhor marido não poderia Deus ter reservado para si. E por isso, quando Cornélio lhe disse não haver querido a acordar por conta da dor de dentes, a ela que passaria a vida em claro se preciso fosse para o acudir, sentiu a injustiça da mãe lhe morder o peito e a justiça de Deus lhe pôr bálsamo sobre.

— Olha, vou te preparar uma papa de linhaça com aguardente, que é remédio santo.

— Remédio santo! — fungou Cornélio nas costas da mulher. Para Mariana, todos os males da vida se resolviam com orações e papas de linhaça. Uma dor de dentes, talvez, mas o medo não vai lá com mezinhas nem a morte se enxota com preces.

Os filhos, sentindo a presença do pai, correram a cercá-lo, reclamando afetos e as guloseimas em atraso. Cornélio lhes passou a mão pelas cabeças, prometendo recompensá-los mais tarde. As crianças, para quem *mais tarde* é uma imensidão de tão longe, exigiram presteza, pois já na véspera o procuraram em vão, e foi a voz da mãe a pô-las no lugar:

— Não importunem o vosso pai, meninos, que o pai de vocês está com dor de dentes.

Cornélio olhou para a mulher com um esgar de gratidão. Abençoada dor de dentes, que para alguma coisa servia. Espantada a criançada de volta para o quintal, Mariana Cayomar disse ao marido para se deitar. Já lhe levaria o preparado. Cornélio aquiesceu feito um condenado desesperançado a caminho do patíbulo. Recostado na cama, o caixeiro-viajante contemplava a mulher pela porta entreaberta do quarto. Era uma boa esposa, Mariana. O som do pilão de pedra triturando as sementes lhe chegava em jeito de embalo. Fechou os olhos. Por instantes sentiu a consoladora paz do mundo. Quando Mariana Cayomar lhe levou o santo remédio, Cornélio parecia meio dormido.

— Toma, marido. Põe em cima do dente.

Cornélio não contestou. O sabor não era agradável, mas a sensação era de alívio. Mariana pegou num lenço e lhe atou o queixo com todo o cuidado ao topo da cabeça.

— Agora encosta e descansa. Venho te chamar para o almoço.

Antes de sair foi a uma gaveta da cômoda procurar entre as pagelas a que convinha ao momento. Tirou a de Santa Apolónia e, pegando numa velinha, foi para a cozinha rezar a mártir dos dentes.

Deitada sobre a almofada, a cabeça do caixeiro-viajante era um carrocel de feira em dia santo. Cem mil *cádos* por dia?! Uma afronta à humildade de um pai de família! O ladainhar de Mariana lhe chegava feito um réquiem de viúva a espantar corvos do coração. Onde diabo haveria ele, a um domingo, de ir desencantar cem mil *cádos* até às seis horas da tarde? Voltou a pensar na caixa cheia de *lauréis* que a mãe lhe estendera como uma garrafa de areia para matar a sede. A dor de dentes, que parecia haver abrandado, voltou a lhe esporear os ossos. Pensou no sogro. Dono de uma pequena loja de secos e molhados, era homem de economias. Mas jamais o senhor Artur Cayomar lhe emprestaria um *cádo* sem dar fé à mulher, que o odiava, nunca percebera o porquê. Se nem a própria mãe o ajudara, o que dizer da sogra? E se lhe apelasse ao coração? Teria ela de ter um! — pensou Cornélio, que no meio da desdita ainda desencantou alma para o chiste. Se alegasse doença grave, um remédio caro para as crianças que teria de ir buscar a outra cidade? Nada que lhes não devolvesse na segunda-feira, mal o banco abrisse. Acabariam sabendo ser mentira, mais cedo ou mais tarde. Faltavam-lhe ideias, logo a ele que sempre fora fecundo em tê-las. E se falasse apenas com o sogro, contasse a verdade, dissesse-lhe que se não lhe emprestasse o dinheiro os netos haveriam de crescer sem pai, responsabilizando-o por isso em caso de desgraça?

Por ação do acaso, ou obra da Providência, os olhos lhe deram com o venerado São Calisto, e uma ideia súbita aliviou por momentos o fardo do mundo. Talvez Mariana tivesse razão. Talvez o alívio para as aflições estivesse mesmo nos santos. Com todo o jeito, levantou-se contra a denúncia da cama e, em passinhos de gato, foi até ao pequeno oratório onde, dentro do santo de louça, Mariana guardava as poupanças para um *nunca se sabe*. Não dera ainda dois passos na alfombra do quarto quando a figura do pai se lhe apresentou, diante dos olhos. No espelho abaulado do armário, que só permitia reflexos fiéis em ângulos perfeitos, Cornélio se viu à imagem do falecido: cara inchada, com um lenço atado na cabeça a fim de lhe fechar a boca por onde exalava o veneno que o finou. O coração batia tão forte que por pouco não perdeu os sentidos. Fechou os olhos, respirou fundo. Apoiado na parede avançou até à outra ponta do quarto. Enquanto na cozinha Mariana se entendia com a mártir de Alexandria, no quarto, Cornélio estava a pontos de se entender com o mártir de Roma.

Oitenta e quatro mil e setenta c*ádos*, nem uma moeda a mais, era quanto havia dentro do patrono dos coveiros. Nada percebia de santos, Cornélio de Pentecostes, porque senão maior ainda lhe haveria de ser a angústia pela coincidência da representação. Um cheiro a fritura lhe chegou aos sentidos. Mariana alinhavava o almoço. Com o mesmo cuidado com que despejara o santo, Cornélio voltou a colocá-lo no lugar, sem se atrever a fitá-lo nos olhos pintados. Sobre a cama separou as notas das moedas, guardando no bolso as primeiras e enrolando as segundas num lenço. Oitenta e quatro mil e setenta c*ádos*! Onde iria ele arranjar o restante? Haveria de ter algum consigo. Foi à carteira. Sete mil e trezentos c*ádos*. Ainda assim não chegava. Deixara a Lídia de Jesus dez mil de regalo, juntamente com um perfume dos mais baratos. O perfume bastaria, que de poucas precisões era a menina: bom trato de roupeiro e mesa. Vira-lhe nos olhos que não queria sequer aceitar o dinheiro, mas ele, sempre generoso com as mulheres que lhe queriam bem… Arrependia-se inutilmente do gesto, de todos os esbanjamentos da sua vida. Houvesse sido homem de saudáveis parcimônias e não estaria agora metido numa camisa de onze varas… Mas quê?! Era Cornélio Santos Dias de Pentecostes, caixeiro-viajante, remediado, de poucos gastos e um mãos-largas, um coração apalaçado como poucos na hora de dar. Dava voltas aos pensamentos quando Mariana voltou ao quarto.

— Está melhor, marido?

Cornélio teve o sorriso possível. A boca, cheia agora de uma massa salivada, o impedia de responder. Acenou com a cabeça. Mariana sorriu de volta, brilho nos olhos, orgulho de curandeira. Cornélio cuspiu para o vasinho de noite, tirou o lenço da cabeça, passou a boca por água.

— O almoço está pronto. *Salecas*[1] fritas! — sorriu Mariana, como se o melhor petisco do mundo.

Cornélio teve um gesto de cabeça. Não era peixe que apreciasse. Nunca lhe dissera. Mas nunca lhe dissera tanta coisa! Respondeu não demorar, voltando a passar a boca por água. Pelo intervalo da porta viu os filhos se sentarem à mesa e Mariana os servir: o menor primeiro, os gêmeos depois, e por fim a mais velha. O caixeiro-viajante pareceu contemplar a filha pela primeira vez em onze anos que já tinha. Estava uma mulherzinha, Ana Lúcia! O peito de Cornélio se encheu de alegria e pesar. Haveria de ser assim, sempre, aquela mesa, dentro em pouco. Como seria aquela casa sem ele? A princípio, silenciosa, triste, depois, ao cabo de algum tempo, a primeira gargalhada, em sua homenagem, talvez, depois outra e outra e o esquecimento a se sentar no seu lugar, a comer do seu prato, a deitar-se no seu lado da cama, a ocupar na casa todas as suas posições. O seu coração se apertou. Mariana era ainda uma mulher nova... Nem todas as viúvas são eternas. E, como nunca na vida, quis fazer parte daquela família, ficar ali, para sempre, em Santa Cruz dos Mártires, vendo crescer os filhos, aguardando pelos netos, enterrar todas as suas aventuras, todas as suas outras identidades... Porque não poderiam morrer no seu lugar cada um dos seus falsos eus? Uma vontade de chorar o sufocou. Não podia. Nem chorar podia, Cornélio Santos Dias de Pentecostes! Que maior suplício pode um homem passar que o de se ver impedido de chorar a sua própria miséria? Sem tirar os olhos daquele cenário de última ceia, o caixeiro-viajante percebeu estar diante de si a resposta à sua indagação: era assim a maior parte do tempo, visto apenas se fazer presente meia dúzia de vezes por ano e quase nunca por mais de uma semana. Pensando bem, não lhes haveria de custar assim tanto. Respirou fundo, foi à mala do trabalho e, dirigindo-se à cozinha, distribuiu pelos filhos festas e presentes. Queria que ficassem dele com as melhores recordações. Era a única

---

[1] Peixe pequeno, parecido com o pacu, originário do rio Cay.

forma de suplantar a morte. Mariana recebeu um perfume, igual ao de Lídia de Jesus e uma combinação de algodão fino. A algazarra encheu a cozinha, mas o almoço decorreu num silêncio diferente ao costumeiro, quando regressava cheio de risos, de histórias e mentiras para distribuir pela garotada: um peixe com asas enormes voando ao lado do barco; uma ilha assombrada governada por piratas; um gigante que vivia dentro de uma lamparina e concedia desejos a quem o libertasse... Apesar das suas tentativas, naquele dia os verbos foram poucos e pouca a vontade de os pronunciar. Faltavam-lhe oito mil seiscentos e trinta *cádos* para voltar a partilhar a mesa com eles por mais três refeições.

Depois do almoço, recolheu-se ao quarto. Era agora o lugar onde melhor se sentia. Especialmente quando sozinho. Não durou muito a tranquilidade.

— Como está o dente? — perguntou Mariana Cayomar da porta.

— Agora não dói.

— Nada?

— Nada — confirmou este, meio sem jeito, recostado na cama.

Mariana continuou de pé, sorrindo, junto à porta. Cornélio, percebendo suas intenções, disse:

— Bem, vou descansar um pouco.

Mariana, que não tinha tempo nem hábito de dormir à tarde, declarou:

— Se calhar me deito um bocadinho também.

— E as crianças? — apressou-se Cornélio a perguntar.

Mariana sorriu.

— Mandei-os visitar os meus pais.

O caixeiro-viajante engoliu em seco. Mariana sorria ainda, meio envergonhada. Tivera saudades dele, foi dizendo, enquanto se livrava da roupa maior, até ficar apenas com a combinação nova, fina, reveladora de todos os seus teres. A força do dia entrava pela janela mal fechada do quarto, iluminando-lhe as carnes morenas, denunciando-lhe por debaixo do tecido as auréolas negras dos seios.

— Quer que tire os seus sapatos? — perguntou, aproximando-se do marido, não lhe dando tempo para responder.

Havia mais de vinte anos que Cornélio não engolia em seco na presença de uma mulher. Sorriu por reflexo. Mariana, que lhe conhecia os apetites e não percebera naquele sorriso senão o necessitado que deveria estar, endireitou o tronco, levando os dedos à alça da combinação. Quando a fartura dos peitos começou a nascer, tudo em Cornélio se rendeu. Não tinha defesas contra aquelas carnes, contra aquela pele ainda tão dentro do prazo, contra toda aquela generosidade com que Deus dotara as fêmeas parideiras deste mundo. E, sem nada no espírito, além da vontade repentina de possuir e tomar, Cornélio de Pentecostes, caixeiro-viajante de profissão, jurado de morte, atirou a mulher para cima da cama e começou a se desfazer da roupa aos repelões.

— Ai, marido, parece que estava mortinho! — foram as palavras suspiradas de Mariana Cayomar.

Não poderiam ter sido mais fatais. Cornélio se levantou de pulo, como se uma agulhada no nervo.

— O que é que foi? — perguntou Mariana, meio despida, meio descabelada, olhando para o marido, com as calças pelos joelhos a gemer enrolado sobre a cama. — É o dente?

Os olhos de Cornélio se encheram de lágrimas.

— É o dente, sim! É o dente.

VI

Cornélio acordou pelas quatro da tarde sem lembrança de ter sonhado. À medida que o dia se aproximava da insólita hora da véspera, o coração se enchia de angústia. Tinha de sair de casa, mas só a ideia de pôr um pé fora da cama enrodilhava-lhe o estômago. Não havia nele uma gota de alento para abandonar o leito. Na cozinha, Mariana passajava as meias dos filhos, que a sesta ficara estragada. Tantas saudades tivera dele; tanta vontade de se entregar a ele... Fosse ela de elucubrar complexidades e talvez se perguntasse como poderia um simples dente parar todo o mecanismo do Universo a ponto de a vida ficar em suspenso por impossibilidade da demanda pela sobrevivência ser mais forte do que o sofrimento. Mas Mariana era uma mulher simples, e de tal modo boa, que jamais as contrariedades lhe haviam fixado raízes no coração, o qual lhe batia agora contraído de pena pelo marido e seu padecer. Cornélio lamentou tê-la rejeitado. Não havia em si memória de um episódio assim. E se lembrou do que diziam os homens, sempre que o assunto se levantava, sobre quanto fariam se tivessem apenas um dia de vida. Fanfarronice! Que um homem às portas da morte não quer senão não morrer. Também ele chegara a dizer que, restando-lhe um dia de vida, faria amor de manhã à noite. Ora aí estava agora a oportunidade. Tinha mulher e um casal de sogros que não se importariam de ficar com os filhos por vinte e quatro horas. Porque não aproveitaria ele para se despedir em grande da vida? Devaneava, Cornélio de Pentecostes. Vê-la ali, entre o quarto e a porta da rua, dava-lhe uma tênue sensação de segurança, como se Mariana, mulher e mãe, à guisa de uma muralha mágica, não permitisse, a quem fosse, entrar naquela casa para fazer mal aos seus.

— Oito mil seiscentos e trinta *cádos*! — murmurou o caixeiro-viajante. Era quanto lhe faltava ainda para completar a primeira prestação. Foi à gaveta dos seus papéis, procurou uma folha e um lápis e escreveu:

Caro senhor. Aqui lhe deixo tudo quanto possuo de momento. É domingo e não tenho como falar com o meu patrão ou ir ao banco. Espero que compreenda. Amanhã deixarei o restante. Grato pela compreensão.
Cordialmente,
Cornélio de Pentecostes

Leu o bilhete. À palavra *grato,* pensou reescrever. Era ridículo. Balançou o lápis sobre a folha, mas não teve coragem de escrever mais nada. Dobrou a carta, procurou um envelope, juntou-lhe as notas de São Calisto, guardou as moedas numa trouxa e, metendo tudo nos bolsos do casaco, saiu em direção à rua. Mariana andava agora pelo quintal. Cornélio, que além de homem não era de explicações, afastou-se no passo manso dos comprometidos.

— Está melhor, marido? — perguntou Mariana, quando este se esgueirava já pelo portão.

— Um bocadinho — tornou, contrariado.

— Onde vai? — perguntou ela, que nem tinha por hábito lhe pedir satisfações.

Cornélio, a quem as desculpas nasciam feito cogumelos na mata, tornou:

— Ao armazém — ajeitando o chapéu na cabeça.

— Hoje é domingo! — sorriu Mariana, que já havia relevado o episódio da sesta.

Cornélio percebera a patada na argola. Fez cara de surpreendido. Fora apanhado na impostura.

— Quê? — perguntou como se não houvesse ouvido, num ganhar de tempo para o argumento.

— É domingo. O armazém está fechado.

— Eu tenho a chave. Preciso de umas coisas.

Mariana sorriu apenas, que a rejeição daquela tarde não levantara nela véus de suspeita.

— Até logo — atirou Cornélio, fechando o portão atrás de si.

Já na rua, teve a sensação de não pertencer mais àquele lugar. A angústia e o medo lhe haviam conquistado quase todo o espaço do peito e sentia coisas no corpo para as quais nem nome tinha. Reconstruiu, uma vez mais, a tarde passada, e, uma vez mais, quis válida a hipótese de tudo não haver passado de confusão dos seus sentidos. De fato, entrara em casa com uma dor de dentes tal que... Ele há dores que alucinam! Mas não. Algo em si continuava a impedi-lo de crer não haver tudo passado de um delírio seu.

Faltava mais de hora e meia para a hora que o matador lhe marcara para deixar o dinheiro na igreja. Como um criminoso incapaz de não regressar ao local do flagício, Cornélio de Pentecostes cruzou a praça pelo mesmo lado do coreto, entrou no Topázio pela mesma porta, pediu ao balcão a mesma limonada, e foi se sentar à mesma mesa, na mesma posição da véspera, esperando ver e não ver o homem que lhe roubara já um dia de vida, quer viesse a matá-lo quer não.

Ao cabo de dez minutos, que lhe pareceram uma hora, o caixeiro-viajante fez sinal a Parrandilho Castro para lhe trazer um copo de aguardente, que para o efeito dava no mesmo e era por um quarto do preço do rum.

— Por acaso o amigo não tem precisão de moedas, não?

— Trocos dão sempre jeito! — devolveu o dono do bar.

Cornélio sorriu. Uma faísca de contentamento tocou os dois homens por igual. Como pode um lampejo de sol fazer tanta diferença em dia de tempestade?!

— É que tinha lá em casa uma latinha cheia e me lembrei que o amigo poderia querê-las.

— Quero, sim senhor. Quanto tem?

Cornélio tirou do bolso a trouxa que fizera.

— Nove mil trezentos e setenta *cádos*. Confira.

— Ora essa! Confio no que me diz.

— Bem, troque-me apenas os nove mil. O resto fica para a despesa.

— Parrandilho Castro foi ao balcão e voltou com as nove notas de mil.

— Aqui tem, senhor Cornélio.

Agradeceram ambos a simpatia do outro. Debaixo da mesa, o caixeiro-viajante contava, uma vez mais, o dinheiro que tinha. Atrás do balcão, Parrandilho Castro também confirmava a soma na qual dissera confiar. Nove mil *cádos*. Certíssimo! Noventa e um mil, contou Cornélio pela quinta vez. *Se o dinheiro crescesse de cada vez que se conta, não havia ninguém mais rico do que os pobres!* — Era a frase preferida do seu finado pai que, ao contrário de sua mãe, não ligava ao dinheiro mais que à sola gasta das botas. E se pedisse a Parrandilho Castro os nove mil *cádos* que acabava de lhe dar? Talvez não os negasse. Devolveria na segunda-feira, mal o banco abrisse. Encetou por várias vezes o gesto de fazê-lo, mas... E porque a coragem é coisa que se bebe, levantou o copo em sinal de *mais um, por favor*.

O tempo passava e em Cornélio um misto de quereres. Por um lado, que tudo fosse mentira, por outro, a ser verdade, que o assassino aparecesse para lhe poder falar, justificar-se pelo dinheiro em falta, apelar-lhe à razoabilidade, saber mais alguma coisa sobre o mandante e o motivo de tal azedume... Homem discreto, pacífico, nunca fora de inimizades. Nem durante a Guerra Civil, que por mais de uma década assolara São Gabriel dos Trópicos de fronteira a fronteira. Mas, *os piores inimigos*, dizia o velho Sérgio de Niã Côco, *não se granjeiam nas guerras, mas na cama das mulheres*. Era esse o seu vício: a obra-prima concebida pelo Diabo para subtrair almas a Deus. O conflito armado cobrira o país de viúvas jovens e noivas por casar. E era tal a oferta e tanta a carência, que não fora difícil a Cornélio, homem de poucos predicados, conseguir conquistas por onde passava. Modesto de charme e beleza natural, valia-lhe a finura do trato e uma conversa melosa e atrevida que, a par com a carência das escolhidas — para as quais tinha olhos de puma —, bastavam para a conquista. A tal ponto que o velho Sérgio não tardou a se arrepender de o haver apresentado a Balaena Carabonna, ao percebê-lo condenado pelos impulsos do coração que lhe pulsava carente no deserto das calças. A constante itinerância não lhe permitia prolongadas conquistas. Razão pela qual as solteiras maduras e as jovens viúvas, cujos humores e esperanças andavam pela mesma aflição, tornaram-se o alvo preferido das suas investidas. Não demorou, no entanto, a perceber o quão ardilosas e fortes podem ser as mulheres carentes, em especial as viúvas, cuja vida ensinara a ferrar unhas e dentes na oportunidade segunda que lhes deitava. Porém, o vício cozinhado no caldeirão da guerra não arrefeceu, restabelecida a paz, e as finuras da Casa Velasquez depressa substituíram os livros como isca melhorada para granjear conquistas.

Tragado o segundo copo, Cornélio procurou, no leque das suas amantes, razões para o ressentimento exagerado que por vezes acomete as mulheres em momentos sensíveis de animosidade, a ponto de... E logo lhe veio à ideia Roccio Galena, a mais impetuosa de todas, a mais excessiva, a que estimava menos, mas à qual estava preso pela carne como Cristo às traves. Conhecera-a em Vila Terra de Antares, quando o brilho dos seus olhos verdes ofuscou a esmeralda que procurava vender ao joalheiro Natanael, marido que a deixaria viúva e endividada no espaço de meio ano, tempo durante o qual, uma vez por mês, fora vê-la, sob o disfarce dos negócios. Todas as vezes a jovem lhe perguntava se tinha ainda "aquela pedra" que o marido recusara a comprar e que continha na alma, dizia, "todas as esperanças do mundo". Cornélio a tirava, então, do fundo falso da mala, onde transportava os objetos de maior valor, só para ver os seus olhos brilharem, garantindo-lhe, no código dos olhares secretos, estar guardada e haver um dia de ser sua.

Seis meses passados do primeiro encontro, o caixeiro de Pentecostes não teve coragem de lhe levar por ela senão cinco semanas de amor desgovernado, resultando num destempero tal que quase o arruinava. Mês e meio depois, quando regressou a Santa Cruz dos Mártires, magro e seco feito um bacalhau de quinta, passou uma semana de cama sem dizer coisa com coisa. Dera-se por assaltado, por raptado, por torturado... O estado em que chegara testemunhara por ele, que nem marcas no corpo faltavam, nem uma barba de quarenta dias para o acreditar. Quem poderia duvidá-lo? O patrão Velasquez acionou o seguro e toda a mercadoria foi coberta, que o resto dos pertences ficaram para cobrir a dívida que o falecido lhe deixara por herança e cujo peso a debulhava em lágrimas no fim de cada maratona de amor destemperado.

Fora a única vez que o caixeiro-viajante precisou de tal desculpa. No entanto, mal se recuperou, regressou à cama de viúva de Roccio Galena, que aos vinte e dois anos enterrara já dois maridos e poderia bem enterrar um terceiro, não fosse Cornélio se recusar ao matrimônio, alegando superstição, medo de ser terço-finado. Roccio, que nas veias carregava o sangue de mil ciganos, compreendia as superstições do amante, jurando levá-lo à presença da cigana mais insigne para lhe ler a sina e descansá-lo. Cornélio, todavia, temeroso da morte tanto quanto de quem dela se governava, ia protelando

— Para a próxima vez, meu tesouro!

as exigências de Roccio Galena, que a cada visita se mostrava mais impaciente. Mas porque a vez seguinte não diferia da anterior, a jovem viúva depressa compreendeu não haver jamais de convencer aquele homem escorregadio a desposá-la senão o atingindo no ponto onde era mais fraco. Três adiamentos depois, quando Cornélio regressou, Roccio Galena o recebeu com toda sedução e lascívia que a compunham, arquejando-lhe ao ouvido que o amava, que enlouquecia na sua ausência, que o sonhava todas as noites e todas as noites acordava encharcada em suores e carências dele. E lhe gemeu de corpete tão apertado sobre os peitos abençoados que Deus lhe dera, que Cornélio por pouco não a levou ao altar nesse mesmo dia.

Por nove meses não foi a casa, telegrafando para a firma dizendo que bons negócios se cumpriam e mandando saudações a Mariana e aos meninos. Fazia a volta mais curta que podia, inventava produtos exóticos que a Casa Velasquez não tinha, e granjeou mais clientes para a Import & Export que algum dia Palmiro Velasquez pudera sonhar. Quando regressou e expôs ao patrão o número e variedade de artigos esperados nas quatro províncias do Norte por conta da sua perícia, Palmiro Velasquez levou as mãos à cabeça, deslizou os óculos até ao queixo e se deixou cair na cadeira do escritório com o ar derrotado dos falidos.

— Onde diabo vou eu arranjar as loucuras que andou a impingir por esse mundo afora, Cornélio?! — gritou o patrão, despido de formalidades.

Mas o caixeiro da casa não se perturbou. Bom de mentiras e desculpas, já trazia o discurso ensaiado, dizendo para se não preocupar. Mandariam vir tudo da Europa. No espaço de três ou quatro meses teriam quanto pretendessem nas mãos.

— Os europeus são bons na expedição — argumentou, passando à explicação do plano.

Palmiro Velasquez foi-se deixando convencer, mas lhe jurou que se este arruinasse a casa que seu avô fundara, o enterraria vivo no centro da praça, embora pesasse toda a estima que tinha pela afilhada da esposa. Correu tudo como previsto e, três meses e meio depois, ao voltar à Vila Terra de Antares, Cornélio de Pentecostes levava as malas forradas com amostras que nem na Pérsia as havia tão ricas. Vendo as preciosidades que trazia, ouvindo-lhe as histórias dos seus promissores negócios, a jovem viúva de dois maridos, que por muito pouco o não havia feito capitular, o encostou à parede, lançando-lhe o ultimato:

— Ou se casa comigo ou me monta casa na capital, onde ninguém me conhece! Não estou mais para ser falada na rua como uma viúva de dois maridos que recebe um amante em casa.

Cornélio se sentiu tentado pela segunda, mas, porque a volta do sul já tinha dono e havia em si razões bastantes para não voltar a cruzar a Cordilheira dos Sete Demônios que dividia o país ao meio, apresentou-lhe a última cartada das suas desculpas, pedindo

— Perdão, meu tesouro!

por lhe ter mentido, confessando

— Não trabalho para patrão nenhum...

mas para a mãe

— ...uma senhora viúva e doente...

que o deserdaria até aos interiores que trajava caso se casasse

— ...com uma mulher cigana, viúva...

ainda para mais de dois maridos

— E se não te contei antes, meu tesouro...

fora tão somente para poupá-la ao desgosto dessa cruel realidade!

E como Roccio Galena demorasse a lhe crer no dito, Cornélio lhe lembrou, *meu tesouro*, a esmeralda que lhe dera quando se conheceram e tudo quanto se desfizera para a aliviar da vergonha e da dívida herdada.

— Crê que se tais bens fossem propriedade de um patrão, eu continuaria a trabalhar para a mesma companhia, ou estaria aqui vivo e feliz diante de ti?

O argumento era de tal modo válido que o caixeiro-viajante viu amainar a fúria nos olhos de Roccio Galena. Aproveitou então a incandescência do ferro para dar a última martelada no coração daquela mulher temperada na forja das astúcias:

— Sou o único filho que tem; a única família que lhe resta. E o médico já me desenganou quanto ao seu estado... Infelizmente a pobrezinha já não tem muitos anos de vida.

E disse de tal modo entristecido que Roccio Galena, órfã de mãe desde os sete anos, achou-se à briga entre a compreensão e a fúria. Eis porque nunca podia passar o Natal com ela, sempre sob a desculpa das viagens longas; do assoberbamento de trabalho nessa altura do ano; de um colega falecido e da pouca sorte de lhe calhar a ele substitui-lo à última hora... Eis porque se ria todas as vezes que ela lhe gritava haver de o matar se este lhe mentisse; tivesse outra mulher, outra família.

— Porque nada tinha a temer, meu tesouro!

Sim, dera-lhe provas de quanto a queria; de quanto era dela: o dinheiro; os presentes; a sofreguidão com que a procurava mal entrava em casa, ainda de malas na mão... Admitia o receio inicial em lhe falar dos seus negócios, da sua abastança, por modo a lhe testar a veracidade do sentimento, e depois

— E depois se foi passando o tempo!

que é o melhor fermento para enredos impostores. Não obstante tudo isso, Roccio Galena quis gritar; bater-lhe; dizer que desaparecesse da sua vida, de uma vez e para sempre, mas, *infelizmente a pobrezinha já não tem muitos anos de vida*. E mãe há só uma. No entanto, porque não podia deixar aquilo por aquilo mesmo, fê-lo jurar por Deus, pela sua vida, que, assim a senhora sua mãe falecesse, casaria-se com ela e lhe daria apelido pomposo. Raul Pontevedra de Alencar, assim sempre se lhe apresentara, prometeu:

— E vamos viver para a capital! — acrescentou, com a ligeireza com que todas as promessas lhe saíam.

Àquelas palavras, Roccio Galena lhe entregou no chão do pátio, como da primeira vez, como ao único herdeiro da fortuna da qual se imaginava já dona. Nesse dia não almoçaram nem cearam, percorrendo as divisões da casa sem falhar uma. O destempero de Roccio foi tal que, de cada vez que o amor recomeçava, Cornélio pressentia não voltar a se desentrançar das coxas vivo ou capaz para a vida. Quando, de exausto, pediu-lhe tréguas, Roccio Galena olhou-o da cama revolta com o ar desconfiado das mulheres traídas:

— Sonhe eu que divide fôlegos com outros saiotes e te furo todo com aquele fuso que ali vê!

Foi a forma de o punir; de o lembrar que não lhe passara em branco a mentira nem lhe toleraria outra. À data não atribuíra substancial importância à ameaça, mas por lhe ter esta já rezado parelhas sentenças anteriormente, foi a primeira de quem se lembrou naquela hora. Havia três meses que a não visitava. De algum modo a temia. Mas não, não fora Roccio. Se soubesse algo da sua vida, ela mesma se encarregaria de descobrir o seu paradeiro para cumprir, por mão própria, a sentença rezada. Tremenda, sanguínea, Roccio Galena possuía nos olhos a fúria cega das mulheres que Deus fizera insatisfeitas até à partícula, e, tal como o fogo, o que tinha de atração tinha de morte. Mas não fora ela a mandante. Tinha a certeza de que não.

Ia na quarta aguardente, Cornélio, e o mundo lhe pareceu, de repente, um pouco mais leve. Nenhum sinal do matador. O calor da tarde, o fedor e as moscas, despiam a praça de gente, e as janelas fechadas conferiam a tudo o ar fantasmagórico das cidades mortas. O sol lhe batia no corpo amolentado e teve, por instantes, a sensação boa do embalo materno que só conhecera nos braços de Consuelo V. de Vilaça, uma dama dos seus cinquenta aquilatados, abastada, viúva de um desembargador e dona de uns peitos desafiadores da gravidade e da passagem do tempo. Cornélio pediu a Parrandilho Castro que lhe deixasse a garrafa por conta. Seria ela? Não podia garantir. Era uma dama, porém, possuidora de um temperamento e vaidade bastantes para não se deixar humilhar por quem fosse. Afinal, não há nada mais cego do que o orgulho de uma mulher traída. A haver quem mandasse fazer o serviço por si, seria ela. O matador lhe dissera se tratar de alguém contra quem só o poder de Deus se pode levantar. Consuelo V. de Vilaça era mulher poderosa, de contatos sem fim. Poderia ter mandado saber dele; descobrir-lhe as amantes, a vida múltipla...

— Eu que sonhe...

Também ela lhe jurara, daquele jeito que só as mulheres alcançam, haver de lhe dar cabo da vida se este a enganasse. Diferença apenas para o fato de sabê-lo casado e pai de filhos. Era um homem carente, o compreendia bem — viúva que era ia para mais de uma década —, que passava a maior parte do ano longe da família e cujas necessidades também percebia. E ela ali, tão sozinha e abonada. Era Consuelo V. de Vilaça quem mais financiava a vida que Cornélio levava, pois sustentar três casas não era tarefa fácil. Ela mesma lhe dissera, um dia, assumir a família dele tal qual fosse sua e que lhes queria bem, mulher e filhos, como se os conhecesse de sempre. Ele lhe falava dos pequenos, da esposa, sempre adoentada, por mais que em Santa Cruz dos Mártires não houvesse quem vendesse mais saúde que Mariana Cayomar.

Crente, religiosa, devota, Consuelo V. de Vilaça dizia para si mesma se dedicar àquele homem viajante por caridade, visto nos seus aposentos estar mais protegido de más vidas que fora deles, pois sabia ser difícil a um homem na força da idade não procurar entre as profissionais das mantas pintadas o alívio para as suas carências primordiais. E na sua consciência, com essa desculpa para o Criador dos homens e seus defeitos, recebia e tratava Cornélio de Pentecostes, ou Teolindo Macedo de Souza, como se apresentava, tal qual um peregrino a quem se dá cama e mesa, ou um pecador enviado por Deus para resgatar do abismo. Servia-o e o deixava se servir dela, sem limites nem protestos. De tal modo que, antes de se apresentar em casa, Cornélio se abstinha de esforços que lhe pudessem quebrar o ímpeto amoroso que esta lhe aguardava. Não possuía o fôlego voraz de Roccio Galena, mas tinha no ventre a sofreguidão do atraso irreparável das virgens tardias. Mulher que nunca parira, nem haveria de parir, Consuelo V. de Vilaça era senhora de um corpo branco, voluptuoso, franco e feliz, que no fim do amor ria até às lágrimas de júbilo, findo o que, ia-se ajoelhar com ele diante do oratório, coberta apenas com uma túnica de seda, a pedir, no seu hálito fresco de alcaçuz:

— Perdão, Senhor, se pecamos! — de mão sobre o peito farto, justificando: — Mas é por boa causa que o fazemos.

E porque gostava que Deus a perdoasse, também ela era generosa, e dizia para Cornélio:

— Perdoo-te tudo, Teolindo, exceto que engane a mãe dos teus filhos com outra mulher que não eu.

Não por conta da ameaça, antes pelo suplício das orações, chegou a considerar deixá-la, não aparecer nunca mais, mas de todas as vezes que a volta o levava a Santa Maria da Natividade, lá se desviava quatro léguas até à quinta onde Consuelo V. de Vilaça vivia sozinha com um caseiro, duas criadas e um par de galgos afegãos. Conhecera-a numa das suas raras idas à cidade, quando a charrete em que seguia o atirou por terra na distração que levava. Tratadas as desculpas e as apresentações, Consuelo V. de Vilaça convidou-o a acompanhá-la à quinta para o compensar do percalço e lhe fazer este mostra dos seus leques, pelos quais tinha, desde nova, uma paixão de colecionista. Cornélio aceitou, foi e ficou. Havia qualquer coisa de maternal no seu colo pesado que Cornélio carecia e tanto lhe fazia lembrar Balaena Carabonna, a mulher que duas décadas antes o desflorara por uma semana sem tréguas. Mais do que as mulheres, eram os peitos que carregavam o mais mortal dos seus pecados. Mamara pouco, sempre a mãe lhe dissera. Não era culpa sua a fraqueza de que era escravo.

Ao contrário de Roccio Galena, cujas finanças e poder eram escassos e o impulso lhe suplantava a inteligência por léguas, Consuelo V. de Vilaça era rica, prestigiosa e sábia o bastante para não só mandar matá-lo mil vezes, como ainda fazê-lo pagar do próprio bolso cada uma das suas mortes. Embora a hipótese não fosse despicienda, algo em Cornélio parecia não acreditar nela. Quem a via rezar a Deus até às lágrimas e bater no peito depois de cada cópula cega não poderia crer que aquela mulher pudesse algum dia, por maior vilania a que o seu orgulho fosse sujeito, encomendar a morte a um ser de Deus, correndo o risco de passar o resto da eternidade entre as labaredas altas do Inferno. Não. Algo lhe dizia também não ser Consuelo V. de Vilaça.

A garrafa ia a meio e a cabeça de Cornélio dava mostras de fraquejar. O dente não lhe doía já. Atrás do balcão, Parrandilho Castro o olhava com a pena da compreensão. Um homem só bebe assim por duas coisas na vida: ou por amor não correspondido, ou por dor de corno. Era dono de um bar ia para trinta anos; não havia douto de ciência capaz de lhe dar lições sobre a cabeça e o coração dos homens.

À ideia de Cornélio veio então Serpentina Almodôvar, de Rio Flaco. Era a única das três que tinha um filho. Não seu, mas de um tropeço do coração. Um rapazinho, que desde cedo se habituara a chamar-lhe "paizinho" e ao qual, por pena, nunca tivera coragem de dizer não ser, embora fizesse de tudo para jamais sair à rua com o pequeno, que já contava dez anos e um buço de fazer inveja a muito rapaz novo. Conhecera-a à saída do cemitério, onde acabava de entregar à eternidade o gêmeo que nascera com Isalino e, por complacência com a sua pobreza, Deus decidira levar para lhe aliviar o fardo. Vinha chorosa, sozinha, com uma criança ao colo. Era cuidado de Cornélio nunca se meter com mulheres com filhos. Exceto quando o corpo era mais forte que essa regra de ouro. Não fora o caso de Serpentina Almodôvar. Mulher de poucos atributos, poucas graças, Cornélio não sabia porque se havia comprometido com ela e, de todas as vezes que se questionava, chegava sempre à conclusão de haver sido por pena, esse sentimento maior do que a caridade e que não reside na míngua de quem recebe, mas na carência de quem dá. Abriu-lhe portas para esta se entregar, e lhe foi ganhando afeto e ficando.

Serpentina Almodôvar era uma fraca figura. Se ao menos tivesse peitos! Mas nem isso, que até aos cinco anos Isalino tratara de lhos mamar ambos até às peles. Dizem que as mulheres feias têm um feitiço no corpo que deixa os homens atolados sem compreenderem por quê. Cornélio não o cria, e insistia para si mesmo ser pena. Porém, quando se metia na cama com ela, sempre de luz apagada, havia nos seus lábios e nas suas coxas um tal sugar, que todo ele se perdia, e repetia a coreia dos corpos até não poder mais. Serpentina ferrava os dentes nos lençóis, gemendo como uma mártir pelos queimores que sentia, pelos arrepios que sentia, pelo formigueiro indômito do ventre que sentia, e para que Isalino, no quarto ao lado, não ouvisse mais que o chiar contrariado da cama onde a mãezinha e o "paizinho" se mexiam toda a noite à conta dos percevejos que, como lhe diziam, empestavam a carpela dos colchões. Era nessa altura, e só nessa altura, que Cornélio Santos Dias de Pentecostes, compreendia o porquê de ali estar e continuar estando.

Das três consideradas, Serpentina Almodôvar era a menos compensada, a menos exigente, a única que se satisfazia com duas breves visitas por ano, recebendo-o sempre com um sorriso que mal sabia fazer, mas de uma sinceridade tal que, mesmo imaginando muito, não conseguia ver nela a costureira da sua mortalha. Jamais pedira para a desposar; para perfilhar Isalino, ou reclamara por lhe não permitir o trabalho passar uma consoada em família. Nada. Por isso, também, parecia impossível considerá-la. Por outro lado, era uma mãe feroz e intrépida do filho que Deus lhe poupara. E sendo Cornélio, ou Manuel Castro Garrincho — com o dinheiro gordo que Consuelo V. de Vilaça lhe dava para ajudar a família de cinco filhos que dizia ter —, o sustento daquela casa e o garante do futuro do seu menino — dado os arranjos de costura para pouco lhe darem, pois as senhoras de Rio Flaco não entregavam suas cozeduras às mãos de mulher pecadora, valendo-lhe um cavalheiro ou outro para uns botões, umas bainhas, e as meninas da rua, às quais levava barato para passarem a palavra e trazerem mais —, quem sabe o que aconteceria se descobrisse não ser o homem bom que todos aqueles anos fora para ambos, mas um fraldiqueiro de quilate e tanto, ainda por cima com outros filhos mais legítimos do que o seu? Para um traidor, dois aleivosos, dizia o povo e com razão. Mas ainda assim, não cria Cornélio, por mais que Serpentina Almodôvar fosse mãe e mulher traída. Até porque não possuía meios sequer para mandar matar o mais desgraçado dos indigentes.

— Não! Todas menos Serpentina! — sentenciou Cornélio com uma martelada de copo no tampo da mesa.

As ideias do caixeiro-viajante flutuavam no éter da aguardente. Finda a garrafa sentiu uma confiança postiça e, porque a boca lhe amargava, pediu uma nova, de licor de anis, mas importada, como se o mais rico fazendeiro da região. Gastaria o dinheiro todo em álcool, ali, naquela tarde, e, quando o matador viesse, já ele estaria morto com noventa mil *cádos* da melhor destilação que havia em Santa Cruz dos Mártires a fermentar no bucho. Tal ideia o fez soltar uma gargalhada que assustou Parrandilho Castro. Nunca o vira beber tanto. Nem o tinha por homem que bebesse. No entanto, fez o que lhe pediu, trazendo, por conta própria, uma tacinha com gelo lascado, pois fresco rendia-lhe mais. Àquela hora, em tempos normais, teria a casa cheia, mas de uns meses para cá... Por isso, abençoado fosse o motivo da bebedeira.

Cornélio viu dois homens entrarem no bar sem o cumprimentarem. Não os reconhecera. Mas o que não faltava na cidade era gente que desconhecia. Espreitou para dentro do botequim. Parrandilho Castro lhes falava familiarmente. Eram da terra ou, pelo menos, conhecidos do dono do bar. Descansou um pouco. Fechou os olhos. A cabeça pendia sob o peso da destilação. Dormitou por minutos e acordou ao som de pancadas secas sobre madeira surda. Era Parrandilho Castro moendo gelo sobre o balcão. Preparava *calamiras*[1] para os dois homens que desconhecia. Cornélio reconheceu entre a pestilência o doce aroma das limas que sempre lhe lembrava Deolinda Fá de Menezes: a única das suas amantes casada e com família composta. Uma pachorra de mulher que de três em três meses deixava o marido para "ir a banhos", e se fechava com ele num chalé alugado, donde só saía uma semana depois, cheia de boas cores. Motivo pelo qual o marido nunca desconfiara, era por ser notório o bem que tais banhos lhe faziam. D. Horácio Fá de Menezes era um homem manso, no contar

---

1 Bebida preparada à base de rum, açúcar e neve de gelo, servida dentro de meias limas, após maceração da polpa.

da mulher. Mas nem as mulheres traidoras conhecem bem os atraiçoados que têm em casa, nem estes são tão dóceis que não possam varar um homem a golpes de chifres em momentos de alteração. Político, senhor de negócios e figura da sociedade de Porto Barreto, por certo teria o seu orgulho, apesar das amizades ternas que talvez cultivasse também. Afinal, o tempo livre concedido à mulher beneficiava-o de igual modo, sem perguntas nem ponteiros. Fora nele, e não em Deolinda Fá de Menezes, que pensou quando a essência das limas lhe vibrou nas cordas do olfato. Para si não se tratava de uma relação como as demais, embora pesasse lhe dedicar mais tempo que a Serpentina Almodôvar. Contava-a como a Lídia de Jesus, uma intimidade sem compromissos ou cobranças. Mas uma coisa era o que ele sentia, outra era o sentimento do corneado. Homem de relativa influência e posses bastantes para lhe encomendar a alma mil vezes, D. Horácio Fá de Menezes, na paciência característica dos homens silenciosamente pertinazes — que a grosseiro olhar aparentam tibieza —, poderia ter mandado vigiar a mulher em suas ausências —, afinal, mais do que esposa, era a garantia da imagem familiar e a mãe de seus três filhos —, dando-lhe a folga necessária para se deixar enlear, pois isto da confiança é quanto nos deita a perder. Dissesse-o ele, Cornélio Santos Dias de Pentecostes, que por cada fio puxado mais se lhe emaranhava a meada dos dias. Culpa sua, pois nunca conseguira cumprir as regras de ouro frisadas e refrisadas pelo velho Sérgio de Niã Côco para se dar bem com a vida e com as mulheres ao mesmo tempo. Metera-se com mulheres mães, com mulheres esposas, com mulheres amantizadas... Chegava ao desplante de ter duas na mesma terra, como era o caso de Lídia de Jesus e Mariana. Pensou em ambas ao mesmo tempo, mas não havia, nem numa nem noutra, sequência a dar ao pensamento. De todos os suspeitos, era D. Horácio Fá de Menezes o mais habilitado ao mando de lhe fazerem contas aos dias.

Desde que a Guerra Civil terminara e regressara a Santa Cruz dos Mártires, havia doze anos completos, que estas haviam sido suas únicas escapadelas. Com a devida ressalva para uns encontros fortuitos com Juregaia de Santa Maria, mulher de Cornejo Boia, o dono da Pensão Paraíso em São Francisco de Vale Caiado, com quem se amassara a princípio nas sestas do marido. E a jovem Patagónia, filha de dona Maria Alta, proprietária da hospedaria Pérola Negra, em Pico-Bello, que o provocava com a fogosidade dos seus verdes anos e os seus peitos imperativos a que ele não resistia, assim fossem da mãe de Jesus! Mas quer um caso quer outro eram agarrações momentâneas, fugacidades de não deixar rasto. Pelo menos assim o cria. E era tudo. Não tinha outras mulheres, outros fios soltos. Havia histórias antigas; agravos salinados, talvez. Mas não queria crer, por não se lembrar de cada uma, e por tanto tempo haver passado já sobre suas histórias, existir, entre todas, alguma que... Perdera a conta a quantas mulheres jurara casamento nos anos loucos da Guerra Civil, só para poder, enfim... Com uma chegara mesmo a casar, Aldonina Bon-Guzmán, uma solteira tardia cujo pai não permitia convivências desacompanhadas antes da bênção divina. E eram tais as negaças que lhe fazia com os suores que lhe emanavam das cavas dos vestidos, só de estar na sua presença, que Cornélio não descansou enquanto o velho Sérgio não lhe apadrinhou a esdruxularia, em nome do Pai, do Filho e de Pedro Crasso de Almeida, nome falso, mas devidamente lavrado em cédula timbrada pela paróquia de Ambanito, a qual, como tantas desde os tempos das Guerras da Independência, acostumara-se a deixar linhas em branco nos livros paroquiais, para o caso de ser preciso, de repente, registrar alguém. Fora o presente de Niã Côco, forjado especialmente para a ocasião, sob promessa de aquela ser uma vez sem exemplo.

Durou pouco o matrimônio, que o bom daquela fantasia era a fantasia em si, pois em cinco anos que já levava de experiência com mulheres, nunca conhecera uma tão enfadonha no leito, que até as flores desabrochando do outro lado do mundo se faziam mais audíveis do que ela à hora da intimidade. De tal modo que, findas as núpcias, deixou-a, sob a desculpa da revolução, para fazer dela viúva, duas semanas depois, por uma missiva pesarosa elogiando seus feitos heroicos ao serviço da causa do povo, libertando-a, de novo, para a vida sem ele, e submetendo-se a si mesmo a um desvio de oito léguas pela mata de todas as vezes que a rota do seu serviço o obrigava a viajar entre Santa Bárbara de Guraima e Rio Belo, só para não passar na terra onde agora havia uma viúva sua a lacrimejar pelos cantos. E por ser seu mal não aprender com as cabeçadas dadas, tentou, meses mais tarde, repetir a graça. Mas, mal lhe ouviu a primeira frase sobre o assunto, o velho Sérgio tomou-o pelos colarinhos, berrando-lhe como este nunca ouvira berrar:

— Arre, caralho, que até a loucura tem limites!

Durante meses não lhe dirigiu a palavra senão para o estrito e necessário, até Cornélio esgotar todas as juras e perdões que a imaginação lhe desencantou. Fora remédio santo! Até regressar a Santa Cruz dos Mártires e conhecer Mariana Cayomar, não tornou a propor alianças a outra mulher. Salvo a Rosa Cabrera. Mas Rosa Cabrera era uma outra história.

A doçura do anis parecia lhe amainar o desespero. E no meio do enleio daquelas recordações antigas, vieram-lhe à memória nomes como Alécia

Alcanar; Cassiana de São Roque; Célia Caim de Tello; Paulina Vangoreto; Cecília Mato Miranda; Sardélia Honoro; e rostos que se misturavam com nomes sem nenhuma certeza de correspondência. Casos havia nos quais, nem nome nem rosto, uma sensação apenas boiando no álcool, que nunca fora preciso muito para o deixar lerdo e leve. Chegara a ser tal o descontrole que optou por as chamar todas de

— *Meu tesouro!*

como meio de não lhes trocar os nomes e com isso deitar tudo a perder. Como uma bolha de ar num mar de lama, um nome lhe rebentou diante dos olhos pesados: Clementina Loyola. Se havia mulher com poder e ódio bastantes para lhe acabar com a semente era ela. Mas logo se lembrou haver perecido às mãos de um amante corso que a loucura do ciúme não permitira imaginá-la de outro. Mulheres, mulheres, mulheres... E, pairando sobre todas elas, Rosa Cabrera. Mas Rosa Cabrera... Ou não? Cornélio não sabia já o que pensar. Imaginá-la como a arquiteta da sua morte era o matar. Não. E como sucedia sempre que Rosa lhe floria no pensamento e espinhava no coração, enxotou de si explicações e fundamentos. E bebeu, que quem bebe amortece a dor das memórias boas tornadas más.

A tarde se cobrira de tons ferrosos, turvos, e os edifícios ganharam, de repente, a aparência melosa dos objetos distorcidos pelo calor e pelo álcool. Os olhos pesavam, a cabeça pesava, o corpo inteiro uma bigorna onde as marteladas do pensamento ressoavam desamparados. Pensou então nos maridos e pais, nos amantes e tios, nos pretendentes e primos, nos afilhados e filhos, e no diabo a quatro que cada uma daquelas mulheres carregava consigo. Correu o pensamento pelos anos da guerra, quando percorria o país austral com a sua malinha de romances e as tripas forradas com esferas de ouro. Teria ele prejudicado alguém inocentemente? Ele, que em dez anos ao lado de Niã Côco nunca percebera muito bem qual a sua função, embora desconfiasse, finda a guerra, poder estar com esta relacionada de algum modo. Poderia ter algo que ver com esses tempos? Para onde quer que se virasse, não via senão inimigos, a ponto de pensar que só por milagre ainda continuava vivo. A pergunta, contudo, mantinha-se: quem? O único suspeito concluído, D. Horácio Fá de Menezes, parecia-lhe agora tão risível, que o colocou de lado e ficou na mesma.

Encheu o copo e ficou a contemplar o licor a se aleitar ao contato com as lascas de gelo que três vezes por semana chegavam dos picos nevados dos Grábios. Era assim que agora lhe parecia a vida: turva e gelada. Ninguém na praça. Só o Topázio sustentava as portas abertas, e não muito. Nunca a expressão *estar tudo às moscas* fizera tanto sentido. O frenesi na cabeça era tanto que nem dava por estas lhe pousarem sobre e zumbirem ao redor. Ao balcão os dois homens bebiam, conversando com Parrandilho Castro. Quem seriam? A simpatia do dono do bar poderia ser apenas comercial. De quando em quando, os olhares se cruzavam com o dele. Tanto mais os mirava, tanto mais comprometidos lhe pareciam. Seu corpo era uma armadura desengonçada, dentro da qual um espírito quixote via em cada moinho de homem um gigante torcionário.

Ao badalar solitário das cinco e meia, Cornélio havia perdido a conta de quanto havia bebido. Do matador, nem sombra. Outro copo de anis, e o medo à garreia com o álcool dentro de um corpo que não era grande nem forte, nem corajoso sequer. Nada daquilo fazia sentido. De novo aquela sensação que a espaços tão capciosamente o iludia. Cria crê-la, mas tinha a esperança ferida de morte. Dividia-se entre dúvidas. Porque não uma partida da imaginação, cujo poder, quando levedada pela culpa ou pelo medo, não conhece limites? Afinal, sempre temera ser descoberto. Não raras vezes o sonhara. Se a tudo isso juntasse o calor, o cansaço da viagem... Talvez houvesse passado pelas brasas o tempo bastante para aquele sonho demente...

— O senhor deu por mim a dormir ontem aqui? — perguntou para dentro do bar.

Os três homens abriram os olhos na sua direção. Parrandilho Castro, que não percebera a pergunta, mas perfeitamente ser dirigida a si, tornou:

— Como foi que disse, senhor Cornélio?

— Se deu por mim, ontem, a dormir aqui?

O dono do bar desconfiou ser o álcool falando por ele. Sem saber o que retornar, atirou a primeira coisa a lhe vir à língua:

— Não reparei, senhor Cornélio. Mas é possível que tivesse dormido um bocadinho, sim.

Era isso! Era isso que precisava de ouvir. Tinha dormido um bocadinho. E se deixou ficar a repetir o mantra que Parrandilho Castro lhe ditara:

— ...é possível que tivesse *dormido um bocadinho*...

— ...é possível que...

Era tudo quanto seus nervos precisavam para vibrar baixinho. Serviu-se de gelo, encheu novo copo de anis, respirou fundo e fechou os olhos para gozar por instantes a paz, como um bálsamo que, não durando muito, alivia no ato de aplicar.

Rente às seis, quando tentou se pôr de pé, sentiu-se pregado ao chão. A paisagem se baralhava, a praça parecia bêbada de tão torta. Respirou fundo, ajeitou a compostura, ensaiou passos resolutos rumo ao balcão, pagou os oitocentos *cádos* de diferença entre o consumido e o já dado, agradeceu, sorriu, despediu-se e se foi dali a acertar o passo com o bamboleio do mundo. A cidade começara a sair de casa. A quem se cruzava consigo deitava boas tardes e sorrisos. Afinal

— ...*é possível que tivesse dormido um bocadinho.*

Os conhecidos estranhavam, os demais, de igual modo. Até Cornélio se surpreendia com cada comportamento do corpo, como se outro, que não ele, acenasse e sorrisse por si aos passantes. Sensação burlesca aquela de ser alheio, tal qual num sonho onde se não manda nada, à laia das marionetas de feira. Iria para casa. A fome apertava. Não comera ainda nada que se visse desde o regresso. Os passos pesados, o corpo tão lento... O dente dormia, bem como o resto de si. Depois descansaria uma hora ou duas e, quando Mariana se fosse deitar ao seu lado, atirar-se-lhe-ia às carnes, que já lhe devia duas partidas de bem-querer. Lá ia, entre cambaleios e planos, Cornélio Santos Dias de Pentecostes. O dia era agora uma paleta de matizes indistintos na qual os olhos do caixeiro-viajante procuravam fixar horizontes breves, etapas cumpríveis sem violência de esforço: a loja de ferragens de Passos Mira; a Tabacaria Império; o consultório do doutor Carringuês; a confeitaria Mistério; o Café Central, que rivalizava com o Topázio, do outro lado da praça, mais fino, mais arejado; a drogaria de Vitélio Pestana; o quartel da Guarda Civil, com a sua bandeira branca a drapejar contra as moscas... Parecia um bailarino dançando sem par. À passagem pela Alcaidaria, Cornélio, que levava o passo afinado pelo diapasão da sombra, desequilibrou-se, ao chamado de uma voz que o interpelou. Para poente, no ponto preciso onde o sol o impedia de divisar os contornos do mundo, a silhueta de um homem montado a cavalo.

— Amigo Cornélio, como vai isso? — Era Edmundo Carlos, o colega de profissão que fazia a volta para sul de Santa Cruz dos Mártires. Edmundo desceu da montada, perguntou-lhe pela vida. Cornélio, que não tinha amigos e se dava com Edmundo de um modo esquisito, procurou o tom, mais do que as palavras, para lhe dizer:

— Está tudo como Deus quer que esteja! — e, preparando-se para acrescentar mais discurso, foi-se esmorecendo o sorriso, até ficar com o ar apatetado dos atores menores.

Junto ao coreto, de cigarro na boca, o homem que havia vinte e quatro horas lhe declamara a sentença de morte, afastava a aba do casaco, onde qualquer coisa indistinta luziu ao sol declinante das seis da tarde. Edmundo Carlos, sem lhe perceber a turvação, falava sem ser escutado. Cornélio petrificara. Estava pálido e imóvel feito uma vela. Só quando Edmundo Carlos lhe sacudiu o ombro deu mostras de vida:

— Hum?!

— Que foi, homem? Parece que viu a morte!

— Conhece aquele tipo? — perguntou Cornélio, apontando com o canto dos olhos para o coreto, no tom sóbrio das bebedeiras suspensas.

— Qual tipo? — devolveu o outro, que não via ninguém além dos garotos matando moscas na praça.

Também Cornélio já não o via. Desaparecera feito um fantasma à conta de ser olhado.

— Qual tipo? — repetiu Edmundo Carlos.

Cornélio não respondeu. Ao invés, perguntou, numa aflição de jogador arruinado à porta do casino:

— Tens dez mil *cádos* que me empreste?

A obnubilação dos sentidos e a dormência embaladora do corpo em que vinha tinham passado de repente.

— Dez mil *cádos*? Assim?

— É uma questão de vida ou de morte, Edmundo. Devolvo-os amanhã. O colega, que sempre o achara raro, percebeu-lhe a aflição. E por nunca este lhe haver pedido nada e terem em comum o patrão Velasquez, abriu a carteira e lhe estendeu duas notas de cinco mil.

— Toma.

Cornélio agradeceu à pressa, despediu-se à pressa e à pressa cruzou a praça, desaparecendo na boca da igreja, vergado, como se um peso invisível lhe cavalgasse o lombo. As badaladas das seis soaram nos ares de Santa Cruz dos Mártires e um bando de pássaros se desprendeu da torre da igreja cruzando a praça feito um xale de luto.

VII

Cornélio nascera a "ferros", crescera tímido e, nas palavras da avó paterna que ajudara a criá-lo, haveria de ser sempre um "espinha mole", que "nem para olhar para as moças tinha ação!". Assim seria, talvez, se sempre por ali houvesse vivido, mas aos quinze anos foi levado por um tio para a capital com a promessa de lhe arranjar um emprego decente e livrá-lo das garras das milícias rebeldes que desde o rebentamento da Guerra Civil andavam pelo país a recrutar rapazes para as suas fileiras. Adélio Moreno, a quem a guerra levara já os dois mais velhos, depositou nas mãos fraternas o filho, na esperança de que este o protegesse. Porém, da mesma estirpe que o irmão, o tio haveria de perder o rapaz ao jogo no porto de Monte-Goya, a capital que levavam por destino.

— Fica com este senhor esta noite, que amanhã arranjo dinheiro para vir te buscar, hem!

Cornélio acenou um sim com a cabeça, que mais o medo lhe não permitiu fazer. Esse senhor era, não mais, não menos que Raymundo Jose Torres de Navarra, o homem mais procurado de todo o território de São Gabriel dos Trópicos e que Cornélio haveria de conhecer a vida toda por Sérgio de Niã Côco. Niã Côco cumpriu a palavra dada ao tio do rapaz e, às quatro da tarde, lá estava, na mesma taberna, à mesma mesa, tomando da mesma aguardente, aguardando Celso Moreno chegar para resgatar o sobrinho que deixara de caução pela aposta falida. Mas até ao badalar das seis nem sinal do pilantra.

— Bem, vejo que o teu tio não é homem de honrar a palavra — disse o velho Sérgio na direção do rapaz.

O jovem Cornélio baixou os olhos sem responder. Niã Côco, que apenas o aceitara como garantia por não supor ser o tio capaz de entregar o sobrinho por cinquenta mil *lauréis*, não sabia agora o que fazer com ele. A ter de o alimentar, não tardaria a lhe ficar cara a batota. Ou o apostaria também, ou teria de o mandar à sua vida e dar por perdido o dinheiro que, em verdade, não lhe custara assim tanto a ganhar. Voltaram no dia seguinte e no seguinte. De Celso Moreno, porém, nem sombra. Na tarde do terceiro dia, Niã Côco perguntou, desconfiado:

— Tem a certeza de que aquele homem era teu tio?

Cornélio confirmou.

— Grande pulha! — rosnou entre dentes o batoteiro foragido, antes de perguntar pela centésima vez ao dono da taberna se, de fato, não passara ninguém a perguntar pelo mancebo.

— Grande pulha! — maldisse, de novo, à negativa do taberneiro.

Não era pelo dinheiro que barafustava. Nem sequer por haver sido enganado, mas por ter nas mãos um lucro improfícuo e não saber que destino lhe dar. Mandá-lo embora apresentava-se a melhor opção. Mas o ar abandonado do rapaz despertou nele um sentimento desconhecido, um misto de pena e cuidado. Esperaram ainda uma hora, em silêncio. O velho Sérgio, pitando o cachimbo, de olhar posto no movimento do porto; Cornélio, mirando, tímido, aquele homem estranho de cabelo comprido, barba branca, camisa larga sob um colete de camurça velho, pala de pano no olho esquerdo, abanando-se, impaciente, com a aba ruça do seu chapéu de camponês precisado. Porém, a coisa que mais o intrigava eram as três letras no centro do medalhão de madeira que trazia ao pescoço: CMB. O que quereria aquilo dizer?

O movimento no porto não dava mostras de abrandar, e, apesar do avançado da hora, fora daquela sombra de caniços onde aguardavam sentados, tudo era ardência e suor. Quando a paciência se esgotou, Sérgio de Niã Côco percorreu, com o único olho que via, a figura descuidada do rapaz, desde o cabelo desgrenhado à biqueira estafada dos sapatos cambados. Por fim, perguntou:

— Como é que se chama? — ele que havia três dias o tratava tão só por rapaz.

Cornélio respondeu.

— Cornélio?

— Isso lá é nome de gente?! Vou te chamar Coralino. Gosta?

O rapaz encolheu os ombros.

— Então fica assim. Diz-me lá, ô Coralino, o que é que você sabe fazer?

Sem levantar os olhos, Cornélio respondeu:

— Nada.

— Bem, nesse caso pode aprender a fazer qualquer coisa! — e com a calma de um marinheiro velho a quem os mil dentes do mar já não assustam, puxou fogo ao cachimbo e tornou: — Estou precisando de um companheiro para trabalhar. Quer ser meu sócio?

Uma vez mais, Cornélio acenou apenas com a cabeça. Sentia-se perdido, sem saber o que fazer. Tão pouco sabia quem era aquele homem que, desejoso de se ver livre dele, propunha-lhe sociedade. Porém, mais do que tudo, ignorava lhe haver saído a sorte grande. Nessa mesma tarde, sob o Arco dos Mártires de Jerusalém, Niã Côco pagou ao velho Samuel Levy duas identificações falsas para o seu novo parceiro: Raul Pontevedra de Alencar e Manuel Castro Garrincho. Mandou depois lhe fazer três mudas de roupa: um fato completo e dois trajes vulgares, e lhe disse que esquecesse tudo quanto aprendera até àquele dia, porque uma nova vida começaria daí para diante. Durante dois meses, o enigmático velho ensinou ao jovem Cornélio tudo quanto este precisava saber para cumprir sem falhas o serviço que destinara para si: de geografia a história, de literatura a bons modos. Nos tempos mortos lhe contava peripécias deste mundo e do outro, fazendo-o repeti-las depois, porque um dia, dizia, poderiam lhe servir para algum aperto imediato. A tudo correspondia Cornélio com a aplicação de um esforçado aprendiz. Em silêncio, quase sempre, que não era de seu feitio, naquele tempo, falar muito. Nove semanas depois de o haver ganhado ao jogo, Sérgio de Niã Côco olhou para o jovem Cornélio como um artista orgulhoso para a sua obra. E vendo nele o filho que o destino lhe não permitira ter e criar, agravou a voz e disse:

— Hoje vai conhecer a vida como ela é, e para que serve.

Na tarde desse mesmo dia o levou ao Bairro da Praia, a casa de Balaena Carabonna, uma mulher de amores fáceis que tinha o dom de tirar o medo aos meninos. Por uma semana viveu Cornélio em casa de Balaena a expensas de Niã Côco. Era o investimento da sua vida, pensava o velho Sérgio, que tinha um túnel para escavar e uma vingança para cumprir. Sete dias depois, o jovem Cornélio de Pentecostes saía de casa da mulher onde entrara garoto, como se de um alambique de aguardente: torto, embriagado e sem dizer coisa com coisa.

— E que tal? — perguntou o velho Sérgio à mestra-meretriz do Bairro da Praia.

— Pronto para a vida! — atirou Balaena da porta de casa, descalça e dentro de um vestidinho curto que lhe deixava ver todos os pecados de que era feita.

Vendo-o mais alienado do que no dia em que o ganhara à batota, Sérgio de Niã Côco resolveu lhe curar a bebedeira daquele rum refinado com a aguardente mais áspera que abundava nas tascas do porto.

— Bebe dois copos disto e ouve o que te vou dizer — sentenciou o velho Sérgio, vendo-o de olhos brilhantes e fixos nas nódoas da mesa: — Se te embeiçares de todas as vezes que uma mulher te abrir as pernas diante das ventas está bem fodido da tua vida!

Cornélio acenou com a cabeça. Mas o teria feito de igual modo ante outra frase qualquer. Bebeu de trago os dois copos que Niã Côco lhe enchera, tomou um terceiro por sua conta, picou duas batatas do ensopado de alpaca e se deixou ficar, distante, onde estava, à espera que o anjo da morte chegasse para o levar consigo. Vinha tarde o conselho e Sérgio de Niã Côco o sabia. Naquele momento, porém, nada havia a acrescentar. Assim, no silêncio sobrante daquela metamorfose sofrida, os dois homens, que o eram agora, um e outro, beberam até Cornélio ser um peso morto nos ombros largos de Niã Côco. Quando voltou a si estava sobre a montada de braços e cabeça pendidos para o chão, quatro léguas a leste de Monte-Goya. Com a cabeça num copo de cristal e o estômago numa rodilha torcida, o jovem Cornélio de Pentecostes se ajeitou sobre o lombo enjoante da mula que o carregava e, sem proferir um som, além do gemido do corpo se ajeitando sobre a sela, aceitou a vida nova que tinha pela frente e os onze dias que faltavam de jornada pela floresta até à fronteira.

Por todos os dias da viagem Sérgio de Niã Côco se arrependeu da decisão tomada. Havia no rapaz uma fraqueza de espírito que pressagiava desgraça. Em contrapartida, ter nas mãos aquele pedaço de barro tão por moldar, fazia-o arriscar, légua a légua, contra as sensações que, por serem dúbias, não vingavam. Todas as decisões da vida são boas e más, sabia-o. E porque aquela estava tomada, teria agora de a encaminhar. Afinal, poucos rios manam de grandes nascentes. A viagem se fez quase sempre em silêncio e por uma semana e meia não viram senão a exuberância da natureza nos mil tons de verde com que Deus a dotara para encantar os homens. O velho Sérgio parecia conhecer as entranhas daquele mundo úmido e denso feito um animal por ali nascido e criado, embora não houvesse seis meses que cumpria o percurso, o qual, se tudo corresse como esperava, deixaria em breve de fazer. Comiam do que levavam, bebiam de regatos e nascentes e dormiam em redes penduradas nas árvores: Sérgio de Niã Côco, como se dorme; Cornélio, de olhos fixos nas raras estrelas que o corpo da floresta permitia divisar. Na tarde do oitavo dia entraram em território controlado pelos guerrilheiros, mas, da única vez que foram mandados parar, duas palavras de Niã Côco bastaram para arrancar continências aos homens armados e mandá-los avançar com todas as honras. Cornélio pouco dera pelo episódio, delirante ia sobre a montada. O corpo avançava floresta adentro, mas a cabeça ficara cativa no Bairro da Praia, na cabana de Balaena Carabonna. A cada instante cheirava os braços à procura do odor daquela mulher cujo corpo, a pele e a rouquidão dos gemidos o eriçavam de todas as vezes que a pensava. E pensava nela a toda a hora. Não sabia o que o futuro lhe reservava, mas de uma coisa estava certo, acontecesse o que acontecesse, o quarto maior do seu coração pertenceria para sempre a Balaena Carbonna. Não levaria muito tempo à realidade desdizê-lo, uma, outra e outra vez, até ao dia destinado a Rosa Cabrera lhe entrar por todas as janelas e portas de si. Mas Rosa Cabrera era uma outra história. Naquele momento, todavia, tal certeza era ainda uma verdade.

Chegados, enfim, a Lagoa da Prata, a última cidade antes da fronteira oriental do país, Sérgio de Niã Côco disse a Cornélio que o aguardasse na pensão para jantar e saiu. Uma hora e meia depois estava de volta, imperturbável, como sempre. Saíram juntos, engalanados em suas roupas mais elegantes, rumo à Albarrana de Talavera, o mais bem frequentado restaurante da cidade, onde uma reserva para dois os aguardava. E tão alienado ia Cornélio que já se achavam sentados quando reparou na figura arranjada de Niã Côco que de repente lhe pareceu outro: cabelo atado, barba aparada e, mais do que tudo, sem a pala sobre o olho.

— O senhor vê dos dois olhos?

— Hoje, sim, Coralino — sorriu Niã Côco, que assim se disfarçava agora para quanto os aguardava.

Na mesa ao lado, duas damas eram servidas de champanhe: a mais velha, Rafaella di Matera, antiga marquesa a quem a Segunda Guerra da Independência levara tudo, até o nome, que se vira obrigada a estrangeirar, para não morrer às mãos dos independentistas; a mais nova, Clementina Loyola, uma dama andaluza da qual nada se sabia além de haver chegado a Lagoa da Prata no mesmo vagão que a peste bubônica, mas que fizera mais estragos na cidade do que onze meses de epidemia. Dizia-se dela depredar até ao último *laurel* todo aquele cujo coração lhe caísse nas mãos, e que, não obstante as fortunas gastas consigo, não tinha de seu além de quanto a cobria, tal a excentricidade dos gostos e a avidez com que tudo consumia. Foi em relação a esta última que Sérgio de Niã Côco sussurrou para o seu pupilo, entre duas garfadas de perdiz.

— Parece que aquela dama não tira os olhos de ti!

Cornélio se fez da cor do vinho que tomava. Em menos de um padre-nosso parecia se haver esquecido de Balaena Carabonna, quando nem uma hora antes ainda suspirava por ela a cada dois fôlegos. Parecera-lhe, de fato, que a referida dama o mirava desde que se haviam sentado. Mas, por ser pouca a confiança, julgou se dever a algo em si denunciar não pertencer ele àquele meio. Assim, quando Sérgio de Niã Côco lhe disse para se apresentar à saída, Cornélio sentiu gelar, um a um, todos os nervos do corpo. Respirou fundo, endireitou-se na cadeira, aplicou sobre os talheres a nobreza postiça ensaiada mil vezes e, com a arte de um ator dramático, cuidou em não falhar um gesto, um tom, um olhar, como se aquele encontro dependesse das suas habilidades e figura e não do arranjo feito entre Rafaella di Matera e Sérgio de Niã Côco, para o qual, tal como Clementina Loyola, fora convocado às cegas. Procurando não se comprometer nem desmaiar, o rapaz absorveu cada palavra do mestre que o tutoreava.

— Vai fazer exatamente como vou te dizer — declarou o velho Sérgio, começando a lhe tecer, ponto por ponto, a colcha de seda onde haveria de ser feliz essa noite.

Findo o jantar, Cornélio se apresentou e Clementina Loyola o convidou a acompanhá-la até sua casa; depois, a subir para um cálice de licor e dois dedos de prosa, e, por fim... Só um ligeiro nervosismo o acompanhou entre o salão de visitas e os aposentos da dama andaluza, onde empregou tudo quanto Balaena Carabonna lhe ensinara, representando, sem mácula, o papel desenhado à medida por Niã Côco. Contava agora dezesseis anos, embora aparentasse vinte, graças à verticalidade que seu tutor lhe imprimira em cada gesto novo e ao negrume do rosto que, pela insistência deste, havia dois meses raspava todas as manhãs a fim de puxar pela barba.

Bem entrada era a madrugada quando Raul Pontevedra de Alencar se despediu da dama andaluza, deixando-lhe sobre o tocador um envelope que Sérgio de Niã Côco lhe passara por baixo da mesa, enquanto lhe explicava, entre garfadas, como deveria proceder. Talvez por nunca haver recebido gratificação por seus méritos em invólucro tão barroco e perfumado, ou quiçá pelo hábito de conferir a honradez da visita, Clementina Loyola abriu o sobrescrito com uma curiosidade e pressa infantis.

— O que é isto? — perguntou, de cenho carregado, com um pedaço de papel entre as unhas polidas, onde uns riscos desordenados lhe pareciam o desenho de uma criança.

— Um mapa — tornou Cornélio, com o ar fingido dos homens enigmáticos.

— Um mapa?! — repetiu Clementina, com brilho e desconfiança no olhar.

— *Quer ter uma mulher na mão, mantém-na sempre curiosa. Os gatos têm a curiosidade de mil homens, e as mulheres, de mil gatos* — dissera-lhe Niã Côco a meio da explanação, estendendo-lhe uma pedra de fantasia para aprimorar a conquista.

— O mapa de uma mina — completou Cornélio.

Clementina desconfiou que o jovem a enganava.

— Já vinha preparado para me conquistar, o cavalheiro?

— Nunca se sabe quando a vida nos reserva uma deusa para adorar — improvisou o rapaz com uma tirada subtraída das histórias que o velho Sérgio lhe contara.

Mas o elogio de Cornélio não teve em Clementina Loyola o efeito desejado, habituada estava a se sentir única entre todas. Contudo, quando este lhe estendeu um diamante com tanto de grande quanto de falso, todo o despeito se lhe esvaneceu da fronte.

— Na próxima visita trarei nova parte do mapa.

Clementina alternava o olhar entre o diamante e o papel que segurava nas mãos.

— E um dia a mina será minha, é isso? — sorriu com ar provocador.

— É isso — devolveu Cornélio, num esforço para se não desmanchar.

— E quando pensa em me visitar de novo?

— Dentro de umas semanas, no meu regresso a Lagoa da Prata. Se a senhorita me permitir.

— Mande-me avisar, quando voltar — sorriu a dama andaluza, prendendo o fragmento do mapa na liga de renda negra que contrastava, primorosamente, na coxa de alabastro.

Com o vento do polo nos ossos e o coração em carne viva, Cornélio despediu-se para sempre de Clementina Loyola. Não voltaria a ver aquela mulher senão de longe, que a falsidade do mineral e a nulidade do mapa haveriam de espalhar cães raivosos por todas as veredas de acesso à intimidade da cortesã que Lagoa da Prata temia mais do que a febre, as dores ou os bubões negros da peste. Mas fora esse um dos propósitos de

Niã Côco, que depressa compreendera ser aquele um coração sem fundo, pronto para amar este mundo e o outro, e que nenhuma palavra, nenhum silêncio, surtiriam tanto efeito quanto aquela noite irrepetível na cama de Clementina Loyola. O outro propósito fora lhe enxotar Balaena Carabonna dos sentidos. Estava convencido de que, naquela fase de se esculpir, quanto mais os sentimentos se lhe confundissem, mais difícil seria amar uma mulher só ou se prender por ela, pois apenas sofre de amor aquele cujo coração se cativa. Antes, pois, o vício, que quaisquer mil *lauréis* acalmam, do que a paixão que nenhum império veda. Afinal, se grandes homens deitaram tudo a perder por conta do coração, o que esperar daquele pobre rapazinho mal iniciado a ser homem?! Não poderia correr tal risco. Não depois de ter investido tanto. Chegara o momento para o qual o vinha preparando. Era ainda uma pedra bruta. Sabia-o. Mas sabia também que, bem talhada, toda a pedra se afigura. Era essa a sua esperança. Até porque, naquele momento, não tinha mais tempo para perder.

Assim, na manhã seguinte, Cornélio Santos Dias de Pentecostes, ou Manuel Castro Garrincho, cruzou a fronteira pela primeira vez; instalou-se na Pensão Carronera de Sá, em Marmeridon; entregou quatro livros a Palain Bosco, o dono da carvoaria que traficava pólvora para a guerrilha do país vizinho; recebeu deste um saquinho com esferas de ouro e quatro livros de volta; andou pelos arcos da Avenida Radamel Maturibá vendendo romances a senhoras e estudantes — que a língua ser a mesma de ambos os lados da fronteira facilitava o disfarce —; trocou simpatias com dona Alécia Alcanar, viúva madura que lhe encomendou "dois livrinhos" para a visita seguinte, e que haveria, no espaço de poucos meses, de ser a primeira das suas grandes amantes; jantou no Farol de Alexandria, vitela com molho de café e pimenta em cama de cebolada, e regressou à pensão, para tomar, a goles de vinho, feito um peru empanturrado, as vinte esferas de ouro, antes de se atirar sobre a cama, para acordar na manhã seguinte, de estômago e cabeça pesados, enjoar cinco léguas de volta a Lagoa da Prata, juntar-se a Niã Côco e regressar à capital: ele, pelas estradas provinciais; o velho Sérgio, pelo ventre da mata. Cumprira, sem mácula, a primeira missão. Estava satisfeito, Sérgio de Niã Côco. Podia, finalmente, libertar-se daquela empreitada, que tão precioso tempo lhe roubava, e se entregar por inteiro à execução estrita do seu plano de vindita. Também o jovem Cornélio se mostrava animado. Notava-se nele um quê de atrevimento nos olhares que agora dirigia às mulheres. Um sentimento novo rasgara em si os primeiros fios de seda naquela noite à porta do número 57 da Rua General Bonduel, onde Clementina Loyola morava, e um imago libertino e fraco eclodia aos poucos para se tornar, em menos de um ano, um vício difícil de açaimar.

Durante dez anos, Cornélio Santos Dias de Pentecostes responderia por todos os nomes, exceto pelo seu; transportaria nas tripas esferas de ouro entre Marmeridon e Monte-Goya; percorreria o país austral a entregar, a quem Niã Côco destinasse, livros contendo, no secretismo do limão, informações capazes de cambiar e manter o curso da guerra por tempo indefinido. E tudo isso a coberto dos romances que lhe encobriam diante das autoridades e dos guerrilheiros sempre que interpelado em zonas de intransigência, e da fúria de Clementina Loyola à passagem por Lagoa da Prata, pois jamais a *dama da peste*, como lhe chamavam, haveria de dirigir o mais casual dos olhares ao rapazinho das fabulações. Durante dez anos, amaria, nas horas vagas, as mulheres mais carentes que o desespero haveria de colocar em seu caminho, sem deixar, no entanto, de cumprir cada incumbência destinada, sem falhas nem atrasos, observando escrupulosamente as regras de ouro que Niã Côco lhe impusera à porta de Samuel Levy:

— A partir de hoje só tem de te preocupar com duas coisas: fazer o que eu te disser e nunca levantar perguntas.

Durante dez anos, Cornélio ignorou por completo o propósito de cada serviço, sem jamais uma interrogação, um satisfazer de curiosidade, longe de imaginar que aquele rapazinho, levado pelo tio para a capital a fim de o livrar da guerra, haveria de servir o conflito armado como poucos em São Gabriel dos Trópicos. Durante dez anos viveu tranquilo e feliz ao lado daquele homem misterioso que ninguém parecia conhecer, mas de quem um simples gesto abria todas as portas do mundo e cuja presença, não obstante o tempo que passavam apartados, tornou-se para ele mais forte que a de um pai, mais segura que a de um deus. Assim, até à morte súbita do Presidente Carlos Ménes de la Barca e Sérgio de Niã Côco começar a beber e perder por completo o interesse pela vida. Assim, até ao fatídico dia em que o destino os haveria de separar para sempre, num algures da floresta, entre lágrimas e interrogações. Assim, até se achar de novo perdido e só, longe de tudo e de desvendar aquele enigma chamado Sérgio de Niã Côco.

VIII

Sentado no chão do quarto, Cornélio Santos Dias de Pentecostes contava, pela quarta vez, a invariável soma de suas posses. Trezentos e vinte mil e duzentos *cádos*. Contas redondas, três dias de vida, pelo estimar do assassino. Toda a manhã andara num afoito a recolher por onde havia o que havia. A imagem daquele homem encostado ao coreto da praça com o sol a raiar o cabo da morte não lhe saía da cabeça. Não, não fora ilusão o primeiro encontro. Nem um delírio do álcool, ampliado pelo medo, a visão da véspera. Antes a temida verdade de ser um homem condenado pela mais torcionária realidade dos dias.

Cornélio não dormira em casa e só chegara de madrugada para mudar de roupa, dar um jeito na figura, desfazer a barba, engravatar o colarinho, dizer

— Dorme. Não se preocupe. Está tudo bem. Depois explico.

ao acordar baralhado da mulher, e sair em silêncio, antes de Mariana dar por ele, rumo ao Banco Nacional de Aforro, onde às oito em ponto haveria de ser o primeiro cliente do dia para, dez minutos depois, receber das mãos de Elias Vengar, o gerente, o relatório das suas economias:

— Noventa mil *cádos*, senhor Cornélio.

— Quero levantar tudo. A poupança também — declarou o caixeiro-viajante.

— A conta de aforro não pode ser mexida, senhor Cornélio.

— Não pode?! Como não pode?

— Só daqui a cinco meses. Por causa dos juros.

— Não importam os juros. Quero levantar.

— Mas isso só com um requerimento enviado para a sede do banco. Não será coisa para menos de um mês.

— Mas se o dinheiro me pertence!

— Lamento. Não posso fazer nada.

Cornélio insistiu na urgência; no escândalo que tal representava; que, a dar-se uma desgraça na sua família por conta daquela obstrução burocrática, haveria de ser ele, Elias Vengar, a amargar o remorso e a dar contas à justiça... Debalde. O gerente do Banco Nacional de Aforro de Santa Cruz dos Mártires não podia contornar as regras, cujo cumprimento escrupuloso lhe havia granjeado e mantido tão ilustre cargo. Cornélio não conseguia acreditar em tamanha desdita.

— É uma questão de vida ou de morte!

— Lamento — era tudo quanto o gerente lhe conseguia dizer.

O caixeiro de Pentecostes limpou a testa, folgou o colarinho. O ar parecia não querer entrar. O gerente lhe ofereceu um copo de água. Cornélio recusou. De que lhe valeria um copo de água?! Queria o seu dinheiro. O seu dinheiro! E, ao cabo de muito espernear em vão, entregou a caderneta a Elias Vengar, levantou tudo quanto pôde em notas de dez mil e, sem dizer uma palavra, saiu do banco com os olhos languinhentos dos impotentes tristes. Inconcebível! Com mais de quinhentos mil *cádos* de aforro estava condenado a morrer cinco dias mais cedo. O desespero era tanto que nem pensava no ridículo da situação.

O sol reinava pleno a leste de Santa Cruz dos Mártires, mas ao caixeiro-viajante tudo parecia sombrio. Não sabia aquilo que o afligia mais, se o desarranjo enjoativo da ressaca, se a pestilência do ar, o cheiro agridoce da morte que agora sentia por todo o lado. Ficaria louco muito antes do prazo estipulado pelo matador, pensava, consigo. Onde iria ele arranjar até às seis da tarde os dez mil *cádos* faltantes? Nove mil e oitocentos — se lembrou dos duzentos sobrados da véspera. De novo a mesma soma do dia anterior a lhe ensombrar as horas. Era Deus ou o Cabrão a brincarem com os nervos de um homem! E onde mais cem mil no dia seguinte? Não falando já no que devia a Edmundo Carlos. Olhou ao redor. Só mulheres pelas ruas, com lenços cobrindo nariz e boca, como se ele já morto; como se ele já podre, como se elas cada uma das suas viúvas por chorar. De súbito, uma ideia, à laia de um enxame de moscas, o fez cruzar a praça, se meter a marcha pela Rua dos Benjamins, para casa de Benjamim-o-Novo, para lhe plantar, sobre o balcão, um relógio de bolso, a aliança de casado e um fio de ouro com uma medalhinha da Virgem que trazia ao pescoço havia mais de vinte anos. Não precisava de dinheiro, alegou, mas lhe surgira um negócio repentino, um investimento que lhe traria lucro dobrado em dois dias. O judeu, conhecedor de todos os negócios, e sabedor de que nenhum se duplicava da noite para o dia, lhe deu o que lhe daria se este o houvesse procurado por fome, ou enfermidade dos filhos:

— Oitenta mil *cádos*!

— Como oitenta mil *cádos*? Sabe quanto vale este relógio? — se exaltou o caixeiro-viajante, como se o penhorista fosse o culpado da sua desventura.

— Não mais de quinze mil *cádos*.

— Mas isso é preço de penhora ou de venda?

— De penhora. Não é o que pretende?

— E se fosse de venda?

O judeu pegou no lápis e, como se precisasse de grandes contas para declarar a soma, rabiscou num caderno meia dúzia de parcelas.

— Noventa e cinco mil *cádos* — declarou por cima dos óculos dourados.

— É uma afronta! — bradou o caixeiro de Pentecostes.

— Bem, se não quer... Parece que a dona Mercedes Coxia faz bons preços!

Cornélio percebeu a ironia do judeu, referindo-se à agiota dos agiotas, mas, porque os dias de vida lhe faziam falta, aceitou a exploração do penhorista, saindo da loja praguejando contra a tardia semente do Patriarca.

— Oitenta mil *cádos*?! — ia esbravejando de si para consigo.

Sabia não tornar a recuperar aqueles objetos, mas um resto de dignidade falara mais alto e, contas feitas, não seriam aqueles quinze mil *cádos* que o poderiam salvar. A sê-lo, logo voltaria a renegociá-los. Guardou o dinheiro no bolso, achando, no gesto, o bilhete escrito na véspera. Tomado por uma fúria incapaz de materializar no alvo da sua revolta, amassou-o com toda a força, atirando-o ao chão, como se à face escarninha do matador.

— Pulha! — rosnou entre dentes, metendo-se pela Rua da Misericórdia acima, direito no escritório do patrão Velasquez.

— Sabe, senhor Velasquez, precisava com urgência de um adiantamento.

O patrão, que o empregava havia mais de uma década, não tendo dele uma queixa, um pedido de adiantamento, ficou espantado com a solicitação. Em particular por este vir antes das cordiais saudações. Cornélio se desculpou. Uma urgência com o irmão, o patrão sabia, desregulado com o álcool, fizera dívida e... a família, a honra... Enfim, uma vergonha!

— Quanto é que precisa, homem?
— O que o patrão puder adiantar.
— Cem mil, chegam?

Cornélio teve um gesto hesitante.

— Mas que diabo andou esse seu irmão a beber, homem? Reservas de Porto? — perguntou abismado o velho Velasquez, rodando os códigos do cofre.

A pergunta era retórica. Cornélio não achou necessidade de responder.

— Cento e cinquenta mil? — perguntou o patrão no tom receoso dos incrédulos.

A cabeça do empregado aquiesceu. Com o ar miserável de um condenado que houvesse ganho dia e meio de vida, o caixeiro-viajante da casa que fazia a Volta Norte agradeceu a bondade e a compreensão, pedindo, pela amizade que lhe tinha, o favor excepcional de não mencionar o caso. Especialmente por causa de Mariana.

— Mal tenha este assunto tratado passarei para lhe dar satisfações das contas e encomendas — disse antes de sair, como se não tivesse por hábito enviar por carta ou telegrama as encomendas recebidas em cada terra; como se estas não houvessem já seguido todas seus destinos nos primeiros barcos de cada dia; como se, depois do assalto fingido, não depositasse na conta da Import & Export o valor das amostras que no regresso sempre vendia; como se gastasse além do fundo de viagem — repartido em numerário e cheques — ou deste lhe sobrasse, entre quanto poupava nas estadias e gastava com suas mulheres, mais de dez mil *cádos*, os quais metia nas contas à laia de arredondamento; ou, mais do que tudo, como se fosse este, e não Ilídio Caixinha, quem conferisse, linha por linha, o grande Livro de Registos.

Palmiro Velasquez nem prestou caso à referência, tão desaustinado o vira. Descia a escada do escritório quando a voz de Edmundo Carlos lhe chegou aos ouvidos. Cumprimentava Evaristo Palmin, o fiel do armazém.

— Com mil diabos! — rosnou Cornélio, subindo ao andar do escritório, onde se escondeu entre os armários do patamar atulhados de papelada. — Deus! Deus! Que mal eu Te fiz? — murmurou em direção ao teto.

— Encontrou-se com o Cornélio? — perguntou a voz mansa do patrão Velasquez?

— Ontem. Na praça.

— Digo, agora. Acabou de sair daqui.
— Não. Mas o achei esquisito. É um tipo raro, o Cornélio.
— Como assim?
— Pediu-me dez mil *cádos*. Uma questão de vida ou de morte.

Depois de um silêncio, a voz do patrão Velasquez, que assegurara não tocar no assunto, relatou:

— Parece que o pobre anda aflito a pagar as contas que o irmão deixou por aí penduradas.
— Jogo?
— Bebida!
— Oh, diabo! Coitado!
— Família! — concluiu a voz paternal de Palmiro Velasquez.

De pé leve, Cornélio desceu as escadas rumo à rua, atento à entrada do armazém, para não dar de caras com nenhum dos empregados da casa. Vendo-se dono do dinheiro e senhor da sua vida por mais três dias, logrou finalmente respirar fundo. Não era uma paz duradoura, sabia-o, mas sentia que, aquele tempo, pelo menos, pertencia-lhe. Só nessa altura lhe vieram todas as dores do corpo: as das costas, pela noite dormida sob as escadas do coreto, onde os filhos, a mando da mãe, não deram com ele no tanto que o procuraram; as do estômago e tudo o que a este se ligava, que até a bílis lhe saíra de vomitar aguardente e licor de anis; as da cabeça, num sino, pelo badalar da ressaca, e as do espírito, pela contrariedade antecipada de ainda ter de explicar a Mariana a razão porque dormira fora sem mandar ao menos um recado para os descansar. Diria ter ficado na casa da mãe, por conta do irmão que encontrara estendido na rua, o qual, alterado, não se desabraçara dele toda a noite, lamentando ser um desgraçado e jurando pela alminha do pai não tornar a levar uma gota de álcool aos lábios. Até o vomitado da roupa tinha assim uma razão. E se esta lá tivesse mandado os pequenos a saber dele? Melhor, não daria desculpa nenhuma, que a verdade e a embriaguez, de vez em quando, não fazem mal a ninguém. Enfim, no meio de tudo, só o dente se apresentava silente, morto, quem sabe, de tanto sofrer em vão.

Agora, sentado no chão do quarto, Cornélio de Pentecostes olhava para a miséria a que a sua vida estava reduzida. Trezentos e vinte e um mil e duzentos *cádos,* e um resto de cascalho miúdo desencantado no bolso de um casaco que não pagavam dois caramelos. Mais valia atar uma corda ao pescoço. Se era para morrer, pelo menos que não fosse às mãos de ninguém. Três dias de paz. Se é que um homem condenado pode ter paz em algum dia que lhe reste. Dividiu as prestações por envelopes (um por cada dia de vida), guardando-os dentro do caderno das suas escritas. Três dias! Lembrou-se de novo da conta de aforro. Que sínica e reles a vida! Não eram grandes, as economias, mas garantiram uma semana descansada; tempo para respirar e pensar numa solução que talvez houvesse. Teria de haver! Sentou-se na cama com o vazio entre as mãos. Três dias! Todo o corpo lhe desfalecia.

— Então, marido? — perguntou Mariana da porta do quarto.

Cornélio, que a não esperava, deu um salto.

— Que susto! Então o quê?

— Está melhor?

— Melhor do quê? — indagou, branco, olheirento, feito a morte em manhã de Inverno.

— Ora! Do dente!

Cornélio, que toda a manhã não se lembrara ter dentes, mas lhe dissera ter sido por conta deste que se embebedara na véspera e acabara por adormecer nas escadas do coreto, devolveu:

— Ah, isso! Não. Nada.

— Então tem de ir arrancá-lo! Não podes andar assim.

— Se arrancando o dente me acabassem os males! — murmurou para si, o caixeiro-viajante.

— Quê?

— Estou sem dinheiro — emendou Cornélio, sem um segundo de reflexão.

E, como a mulher abrisse os olhos de espanto, lá remediou como pôde a precipitação imponderada:

— Passei há pouco no banco e o senhor Vengar me disse que se mexesse na poupança perderíamos os juros. E o patrão Velasquez ainda não me pagou. Mariana, cuja gestão do mês quase sempre lhe deixava sobras, se abriu num sorriso:

— Não há de ser por isso, marido! Tenho ali no São Calisto uma reserva para as aflições.

Cornélio soltou um grito, como se uma agulhada nos nervos todos do corpo.

— Que foi isso?!

— O dente! — disse, quando na verdade era a cabeça que lhe estalava por todo o lado.

— Eu não te digo? Tem de ir arrancar o maldito! — sentenciou Mariana, andando para o oratório de São Calisto.

— Não mexa nesse dinheiro, por favor! — gritou Cornélio, pondo-se de pé em frente ao santo, como se o quisesse escudar contra o mais vil dos assaltos.

— Olha! Então, mas por quê?

— Esse dinheiro é para o caso de alguma desgraça, alguma coisa para as crianças. Ainda para mais agora que não posso mexer nas poupanças. Deixa estar. Eu aqui me arranjo com o que tenho.

— Não hão de ser dois ou três mil *cádos* que farão diferença.

Cornélio insistiu que não. Ele mesmo o arrancaria se não aguentasse mais, pois lhe custava a ideia de gastar um *cádo* por conta de um dente que não valia meio *laurel* furado. Mariana Cayomar, que tinha o marido na conta de homem honrado, encheu-se de vaidade. Pena o trabalho levá-lo a andar tantos meses por fora, que melhor esposo e melhor pai não havia no mundo.

— Eu falo com o patrão Velasquez. Peço para me adiantar o ordenado. Também já não falta muito para o fim do mês — garantiu o caixeiro-viajante com as mãos sobre as têmporas latejantes.

Mariana acedeu. No fundo sabia não ser o dinheiro a razão pela qual não queria arrancar o dente, mas por ter mais medo da torquês de Mastian Peneda do que das dores que o tolhiam. E no aparente crer que só as mulheres sabem simular ante as desculpas dos homens, fingiu se fiar nos porquês que o marido lhe deitou.

— Então vou arranjar uma papa de linhaça?

— Não, deixa estar.

Mariana encolheu os ombros. E, com ar de mãe, declarou:

— Vou, sim. Nem que seja para poder almoçar com jeito.

Cornélio, que só de pensar em comida se lhe enrodilhava o estômago, ainda ponderou argumentar, mas porque naquele instante afastar Mariana do quarto, e os seus sentidos de São Calisto, era tudo, resolveu-se pelo menor dos males. Mariana sorriu. Apiedava-se do marido. Sabia bem o que eram dores de dentes. Certo que os homens, no atinente a doeres, são delicados como nenhuma mulher, mas, ainda assim, tinha a certeza de ser mal de sofrimento pungente. Via em seu rosto o desgaste, os olhos moídos, a magreza das faces, ele que nunca fora gordo. As papas de linhaça com aguardente não curavam, mas aliviavam o sofrimento por umas horas, permitindo-lhe comer qualquer coisa, que só as almas penadas vivem do ar. Por sorte não lhe disse, ou lhe teria despertado dores de verdade. Já se preparava para deixar o quarto quando os olhos bateram nas mãos do esposo que seguravam a cabeça.

— A aliança, marido? — indagou, no timbre desconfiado das mulheres crédulas.

— Quê?

— A aliança. Não tem aliança!

Cornélio se esquecera de preparar desculpa para a eventualidade. Ele, cujo primeiro gesto ao regressar de viagem era coroar o dedo, pois sabia que até as mulheres mais distraídas, como era o caso da sua, têm os sentidos afinados para os pormenores dissonantes. Quanto mais errante um homem anda, mais errado tudo lhe sai. E por aqueles dias não tinha espaço no espírito senão para a própria salvação. Contudo, era de tal força o jeito de mentir que não perdeu tempo, declarando, com o ar convicto dos impostores doutos:

— Depositei-a num cofre do banco.

Os olhos de Mariana piscaram de espanto.

— Num cofre do banco?!

— As estradas estão cada vez mais perigosas. Já se mata um homem por um par de sapatos. Ainda no outro dia mataram um caixeiro de Caraíbo, para lhe roubarem uma mala de lenços que não valia mais de vinte mil *cádos*!

— Credo!

— Não quer ficar viúva, nem criar filhos órfãos de pai, quer? — atirou Cornélio, sem perceber as palavras.

— Ai, bate na boca, marido! Mas por que no banco?

— Ora, por que no Banco?! Porque no banco... Olha, porque é no banco que as coisas estão mais seguras!

Sem hábito de argumentar com o marido que adorava, Mariana aceitou a resposta e rumou à cozinha para preparar a mezinha de Santa Apolônia. Quando regressou com a tigelinha da papa, Cornélio sentiu o estômago se encolher feito um cão batido à imagem de um pau, e lhe vieram à memória os piores momentos da véspera, ajoelhado sob as escadas do coreto em arrancadas de morte. Só o cheiro da aguardente lhe dava vontade de vomitar a moela. Aguentou firme o amargor da mistura, mas se recusou a ter os queixos atados, que a semelhança com o pai era de mau agouro, e, mal Mariana o deixou sozinho para que descansasse uma "horinha antes do almoço", cuspiu a pasta negra para o vaso de noite, que para amargo de boca já lhe bastava como veneno dos dias.

IX

Às cinco da tarde, com a segunda prestação da sua vida dentro de um envelope fechado, Cornélio de Pentecostes saiu de casa destinado à igreja do Nazareno. O fresco do templo, o cheiro acre e doce a cera e mofo, transmitiram-lhe uma paz amigável. Não tivera esse sentimento na véspera. Nem se lembrava de ter entrado, de ter saído, de ter colocado o dinheiro atrás da pia batismal, de haver ou não gente na casa do Senhor; apenas medo, suores frios, um enjoo grassando pelo corpo todo, o calor da tarde à bulha com a pestilência da cidade e as escadas do coreto como meta segura para a morte que lhe parecia certa muito antes do assassino o executar.

Sem ser homem de consideráveis fés, crente apenas em dias de aflição, Cornélio de Pentecostes sentia-se bem dentro daqueles lugares sagrados, erigidos pelos homens em honra do medo. Estava, pois, no lugar certo. Não alcançava tanta filosofia, o caixeiro-viajante, mas ainda assim se sentiu seguro, como se ali nada senão a vontade de Deus o pudesse atingir. E se se recusasse a abandonar aquele lugar? Se pedisse asilo ao padre? Nenhum assassino se atreveria a pisar tal chão sagrado para o matar. E sendo a casa de Deus, tão pouco o padre ousaria expulsá-lo, ainda para mais alegando ele ser perseguido, ameaçado de morte. Viveria ali, feito um monge; ajudaria o sacristão Semedo nas suas funções, trataria da igreja... Os filhos poderiam visitá-lo; Mariana levar as refeições e, quem sabe, nos momentos mais solitários, nas desertas horas da sesta, em que as almas se recatam em casa, vir rezar com ele uma novena no varandim do coro. O entusiasmo do caixeiro-viajante crescia ante a possibilidade de salvação, que um homem aflito aceita tudo, até a mais estúpida das existências. Passaria a fazer parte da igreja, feito uma relíquia ou um santo; viveria da caridade dos fiéis... Ainda ganharia estatuto de venerável, formar-se-iam romarias a Santa Cruz dos

Mártires para o adorar, orar, escutar uma palavra da sua boca, tocar numa aba das suas humildes vestes. Nunca se ouvira tal caso na vida. Seria ele o primeiro: Cornélio Santos Dias de Pentecostes, todo ele um título sagrado. E se o padre Pôncio Leona lhe temendo a fama se recusasse a aceitá-lo ou o expulsasse da benta morada da fé, gritaria, até lhe gastarem os bofes, que o queriam matar. Que autoridades o poderiam arrastar para fora da igreja? As laicas? Quem poderia tirar à força um homem para fora da morada de Deus se não Deus, Ele mesmo? Apelaria para os sentimentos cristãos mais fortes da cidade, da região, do país e do mundo; escreveria ao bispo de Terrabuena, ao cardeal patriarca de Monte-Goya, ao santo padre de Roma, pedindo guarida, proteção, auxílio. E se mesmo assim se atrevessem a levá-lo para o adro do templo — que as leis dos homens são fracas para os fortes, mas fortes para os fracos —, não o poderiam expulsar da porta da matriz, onde se deixaria ficar até que viessem matá-lo. No caso de tal infelicidade, que todo o povo daquela terra amargasse a culpa, principalmente o padre Pôncio Leona, pois seria ele o responsável último pelo seu decesso. A culpa e o remorso o tornariam uma lenda. Dariam seu nome a uma rua, a um largo; erigiriam sua estátua na praça como mártir da cidade, cujo nome não fazia jus a quaisquer padecedores que por ali houvessem vivido ou morrido. Tais ideias deram-lhe um alento especial, que a morte só custa quando se morre para sempre, e quem vira lenda, nome de rua ou estátua, alcança a eternidade na memória dos que aqui ficam, que no fundo é tudo quanto existe e há. Assim passeava Cornélio pelos seus sonhos, animando-se com tais pensamentos, pois é na cama do desespero que se sonha mais alto. Afinal, tudo era possível!

A igreja estava vazia. Sentou-se num banco a meio do templo. Limpou o suor da fronte. Teve vergonha, por instantes, de enfrentar o altar, onde a imagem de Cristo parecia não ter ainda despertado da sesta. Passeou o olhar em redor. Era bonita: um barroco de setecentos todo em rosa e branco. Parecia ser a primeira vez que a olhava e ali se casara, havia doze anos, com Mariana Cayomar — a mais legítima das suas mulheres —, ali batizara cada um dos filhos, os únicos que sabia seus. Aquela referência às suas mulheres era de si pecaminosa o bastante para Deus lhe fazer cair um capitel no lombo. Mas que diabo (perdoe-lhe, Senhor, a expressão), não é Deus infinito na Sua misericórdia, assim um homem se arrependa dos seus excessos?! Arrependia-se, Cornélio Santos Dias de Pentecostes, aflito que estava, e, aflito que estava, não lhe veio à ideia uma oração completa que deitar ao Céu. Encetou conversa com o Altíssimo em jeito de justificação. Em sua defesa disse ser

— ... bom pai, bom marido...

mas depressa lhe faltaram palavras com que se elogiar mais. As mulheres eram a sua perdição, reconhecia-o. Não por vaidade, que nem para consigo se gabara algum dia, mas por uma necessidade vinda de um qualquer deserto do corpo, à laia de uma fome, de uma sede de morte. E nunca faltara ao respeito a nenhuma, garantia, que o desrespeito pressupunha humilhação e a humilhação, conhecimento de causa. E todos esses cuidados tivera sempre em cada relação, em cada amorico. Pois não é mais honrado aquele que conta a penosa verdade do que outro que a omite por piedosa nobreza. Procurava justificações para os seus vícios e argumentos para convencer Deus a ajudá-lo, quando um picotar de saltos o fez se voltar para trás, deixando o Criador à espera de fundamentos. Vestida de negro, véu condizente, uma mulher avançava na nave. Apesar de velada, algo lhe dizia jamais a ter visto, que o rosto era apenas um pormenor para o seu talento analítico. Cornélio tornou a cabeça para diante. Sabia esperar. Oxalá não tomasse lugar atrás de si! Ainda o pensava, quando a ponta do vestido lhe entrou pelo canto do olho e um aroma alimonado pelas narinas adentro até à penúria da alma. Nunca mais se lembrou de Deus que o criara, nem do homem que o iria matar. A mulher, pelos abençoados trinta, acomodou-se do outro lado do corredor, duas filas adiante. Seria viúva? — perguntou-se Cornélio, que tinha um fascínio particular por mulheres desamparadas, especialmente naquelas idades em que o corpo padecia mais do que o espírito pelo tanto que ainda podia. Poderia lhe haver falecido um parente chegado: pai, mãe, filho, irmão... Não! Era viúva. Tinha a certeza, ele que as conhecia bem. E vinha rezar a Deus por si mesma, pelo futuro em branco e não pelo presente enlutado ou pelo defunto, o qual, acreditava, em boa hora se finara. Mal esta se ajoelhou e o contorno da perna esticou a seda das meias, o coração lhe soltou um suspiro que até Deus se espantou.

— Porque me tentais desta maneira, Senhor, se me fizeste tão fraco? — sussurrou o caixeiro-viajante, de dedos entrançados, mordendo a dobra do indicador.

Havia nele um vício mais forte que qualquer outra coisa na vida. A ponto de haver obscurecido, por instantes, a razão atormentadora de ali estar. Resistira a Mariana, era um fato, mas estava certo de que nem com o demônio à espreita, resistiria à imagem despinte daquela santa que ali se apresentava. Teve vontade de se aproximar da rezadora, da redondeza daquelas pernas, de perguntar qualquer coisa que os apresentasse:

— *Desculpe! A que santo roga em horas de aflição?* Já as molas do corpo o punham de pé, quando uma voz nas suas costas o petrificou feito aos anjos do altar.

— A falar sozinho, senhor Cornélio?

Era o padre Pôncio Leona. O caixeiro-viajante, que o esperava, pareceu não esperá-lo naquele instante.

— A me aconselhar com Deus, senhor padre — retrucou, no imediatismo das desculpas prontas.

O sacerdote teve um sorriso irônico. Sabia bem ser outra coisa a trazer aquele tresmalhado até ali. Não era homem de igreja. Tinha a desculpa de andar sempre por fora. Comungava onde podia, dizia sempre que este o interpelava sobre a questão.

— *O senhor padre sabe...* — e não dizia mais nada, como se o senhor padre soubesse, de fato, o que nem ele próprio saberia acrescentar.

— Que faz aqui a esta hora? Não me diga que vem se confessar?

Cornélio engoliu em seco. Atrapalhado, pediu-lhe bênção, acenou com a cabeça, disse:

— Sim.

Pôncio Leona, conhecedor atento das ovelhas do seu rebanho, fez cara de "conta-me histórias, Cornélio", mas por não ser sua função julgar sem saber, e dada a curiosidade nascente pela presença do caixeiro-viajante, pediu-lhe que aguardasse por ele no confessionário. Não tardaria a atendê-lo. Regressava das obras do orfanato com o Alcaide Batágua e o calor da tarde não estava para delicadezas. Precisava apenas de passar o rosto por água, refrescar-se um pouco e buscar a sua estola de renda, sobre a qual este haveria de jurar dizer a verdade.

Cornélio mordeu a língua. Que confessaria ele ao padre? A última vez que se confessara fora para se casar e mentira. Maldita língua! E logo ela, cuja ponta era fonte de desculpas abundantes! Amaldiçoou si e a sorte rameira que o pastoreava. Teve vontade de fugir. Para um lugar remoto e distante onde nem o Diabo desse com ele. Havia dois dias que não tinha outro desejo, mas: *Iria atrás de si feito uma matilha de cães.* E nisto foi andando, rumo ao confessionário, onde Pôncio Leona lhe dissera que o aguardasse. Pensava palavras para deitar ao cura de Santa Cruz dos Mártires, quando a mulher, que cria viúva, passou por ele, deitando-lhe as boas-tardes. Como por milagre, todo o corpo se lhe rejuvenesceu. Devolveu a saudação, de forma abobalhada, e, ao ver aquela imagem de negro afastar as cortinas da entrada e transpor a porta da igreja para a claridade da rua — no preciso instante em que a silhueta se lhe rodeou de luz a lembrar uma aparição dos céus —, precipitou-se atrás dela feito um condenado no rastro de um santo. O dia estava colorido qual tarde alta depois de um aguaceiro. Nem uma mosca no ar. Nem o mais leve aroma da pestilência dos dias! Nada além de pinceladas fortes de azul e verde e branco e matizes vários sobre a tela que se abria diante dos olhos cativos, onde uma sombrinha violeta contrastava sobre uma pincelada de negro. E, pairando sobre tudo, um aroma alimonado com um suave travo a transpiração, harmonizando, sem defeitos, a perfeição que compunha o mundo. Ainda teve a veleidade de ir atrás dela, de lhe rezar a cantilena do seu mister: *Tão jovem ainda! Tão mal empregada para a dor! Uma mulher tão bonita não pode se deixar definhar pelo peso do luto!* E nisto, um lencinho; uma essência; um leque para aliviar a raridade do ar; *uma corzinha para as faces; para os lábios, tão mortiços, tão enxotadores... discretas, claro está!* Um toquezinho de nada para ajudar a levantar o pesar do coração... Por breves instantes, tudo em Cornélio foi paz e felicidade. Efêmeras, que logo a voz grave do padre Pôncio Leona lhe murmurou sobre o ombro:

— Dona Cayara Bella.

Cornélio estremeceu. Não dera pelos passos do cura.

— Como disse, senhor padre?

— Dona Cayara Bella — repetiu Pôncio Leona. — Viúva de três maridos e ainda pela casa dos trinta.

Cornélio se benzeu forte. Fora apanhado na antecâmara do pecado. Mas desta vez a desculpa veio pronta sob a forma de um lamento:

— Estava a olhá-la e a ver nela a minha mulher.

Pôncio Leona sorriu. Tinham tudo a ver uma com a outra, pensou.

— Vamos à confissão?

O caixeiro-viajante acenou com a cabeça, seguindo-o até ao confissionário. Ajoelhado e benzido, passou a explicar o motivo de ali estar: não bem os pecados, que como todos os mortais os teria também, mas a procura de auxílio da única pessoa conhecedora dos segredos e podres de todos, ou quase todos, os habitantes de Santa Cruz dos Mártires.

— Estou ameaçado de morte, senhor padre! — suspirou Cornélio, como quem tira de cima dos ombros um peso maçudo.

— Mas isso não é um pecado seu — tornou o sacerdote do outro lado da rótula.

Cornélio contou a história do matador e a aflição em que andava desde a véspera, pedindo, por amor a Cristo, que o senhor padre se apiedasse dele e lhe dissesse se sabia de alguém lhe querendo tamanho mal. Pôncio Leona declarou o óbvio: não poder revelar segredos de confissão, mas acrescentou

— Tanto quanto me lembro...

nunca ouvira lhe pronunciar o nome no resguardo daquele lugar sagrado senão pelas bocas da sua legítima esposa e santa sogra. Cornélio sentiu um alívio que tão depressa como veio se foi.

— O senhor padre não viu ninguém suspeito pela cidade nos últimos dias?

— Eu não julgo as pessoas pela aparência, senhor Cornélio!

— Não me interprete mal, por favor! Mas a minha vida está em risco. Ajude-me, senhor padre! — pediu o caixeiro de Pentecostes, com mãos de roga.

— Não sei como ajudá-lo. Tem inimigos?

— Que eu saiba, não.

— Fez mal a alguém? Enganou alguém? Usou indevidamente alguma coisa de alguém? — perguntou Pôncio Leona, acentuando a última questão.

Do outro lado da rótula só uma respiração arrastada se ouvia. Pôncio Leona se fazia duvidoso com a demora. Depois de um longo silêncio, como se houvesse pensado em cada pormenor da sua vida, o caixeiro-viajante lá disse:

— Não, senhor padre — no tom claro de quem mente.

Pôncio Leona começava a se impacientar.

— O senhor devia procurar o sargento e não um padre.

— O que acha o senhor que o sargento vai fazer? Mandar inspecionar a cidade ou bater mato por aí à procura de um homem que, pelo visto, assemelha-se mais a uma assombração do que a um vivente? Além de que essa ideia já me custou semana e meia de vida!

— Essa questão não posso lhe responder.

Cornélio se fez mudo. Carecia de ajuda e conforto, mas, estava bem de ver, não seria ali que os encontraria.

— Quer se confessar ou não? — perguntou Pôncio Leona em tom irritado.

— Não tenho assim grandes pecados, senhor padre.

— Olhe que Deus sabe de tudo, senhor Cornélio!

— Saberá, pois, ser verdade quanto lhe digo. Vivo de tal maneira aterrado com o que lhe contei, que não tenho cabeça para pecar — confessou Cornélio.

— Mas isso é de dois dias para cá, pelo que me disse! — atirou o cura, que nem há vinte minutos o vira ofender a Deus com os olhos todos que tinha no corpo. — Há quanto tempo não se confessa?

— Há uma semana e pouquinho, senhor padre — atirou de chofre o caixeiro de Pentecostes, cujo vício de mentir era tão grande quanto o das mulheres. Confessei-me uns dias antes de sair de Rio Flaco.

— Ao padre Benedito? — atirou o vigário de Santa Cruz dos Mártires, para ver se o apanhava na mentira.

— Confesso que não lhe perguntei a graça. Foi a primeira vez que me confessei por lá.

Era manhoso aquele Cornélio! — pensava de si para si, Pôncio Leona.

— Quer dizer que de há uma semana "e pouquinho" para cá não pecou uma única vez?

— Não que me lembre.

— E pensamentos?

— Como assim?

— Pecaminosos...

— Isso sim.

Pôncio Leona se ajeitou no banco à espera de ouvir, por fim, uma confissão de verdade.

— Pode confessar, meu filho — tratando-o com benevolência pela primeira vez.

— Desejo que o homem que me abordou, e o seu mandante, morram antes de mim.

Não era o que Pôncio Leona esperava. Porém, nada mais havia no coração de Cornélio que desejasse confessar ou achasse confessável.

— É tudo, senhor Cornélio?

— Acha pouco, senhor Padre?

— Falo de pecados.

Um suspiro profundo soou do outro lado da rótula. Um suspiro cavado, como se o último de um homem à hora de se finar.

— Oh, senhor padre! Acho que não.

Percebendo não haver de lhe arrancar mais nada dos bofes, Pôncio Leona lhe ditou que deitasse um terço ao Céu por conta dos pensamentos e outro pela falta de lembrança, que homens sem pecados, dizia, nunca conhecera um. E por um desabafo de última hora, exclamou:

— Reze e se arrependa de algum mal que haja feito e não se lembre!

— E que resultado dá isso, senhor padre?! — enxofrou-se Cornélio.

— Dá o resultado que Deus entender que há de dar! — atirou Pôncio Leona, para quem aquela confissão estéril já ia longa.

Cornélio esteve a pontos de soltar um impropério. Mas, a se pôr de mal com Deus e os Seus, seria pior a emenda que o soneto.

— É tudo o que o senhor padre pode fazer por mim?

— Se o senhor não quer falar com o sargento, não posso fazer nada. Reze e se arrependa! O resto, Deus providenciará.

Cornélio se ficou. Agradeceu, sem saber por que, benzeu-se, sem saber por que, levantou-se e se despediu. A ideia de pedir ao prior que o deixasse ficar ali para sempre lhe pareceu descabida, que as ideias absurdas só fazem sentido acabadas de ter. Já se encaminhava para a porta, quando a voz de Pôncio Leona lhe disse do meio da nave:

— Não se esqueça de um donativo para os carenciados.

Cornélio sorriu, amarelento. Claro que sim! Os carenciados?! Ninguém naquela cidade carece mais de donativos e caridades do que ele. Cada *cádo*, um suspiro de vida a menos. Foi até à caixinha das esmolas, tirou do bolso a carteira e, remexendo nas moedas, tirou de entre elas as mais negras, plantando-as, uma a uma, na ranhura aberta na parede. Mal o padre virou costas, pôs-se a perceber como funcionava o depósito. Abria apenas da parte de dentro, do outro lado da parede, tal a confiança que os homens de fé têm na Obra de Deus. Que era feito da sorte que toda a vida o acompanhara? — perguntou-se, olhando ao redor em jeito de quem busca um milagre. E lhe veio à memória uma frase de Niã Côco: "a vida de um homem se vai nos pequenos desaires que não o matam". Tivera as suas sete vidas, as suas setenta mulheres, as suas setecentas oportunidades de ser um homem sério e honrado, e as desperdiçar todas, ignorando os sinais, como se a sorte fosse infinita e a vida uma boda. Não era. Deveria sabê-lo. Deveria, enfim, ter visto a sua desgraça na desgraça dos outros, que para alguma coisa serve a vida alheia.

O sacristão Semedo acabava de subir à torre para dar as horas. Distraído que estava, Cornélio nem o viu, e a primeira badalada lhe soou dentro do peito feito uma martelada no esquife. Seis da tarde! A segunda não lhe custou menos. Eram golpes de bronze lhe descontando os dias. E já lá iam três: *Dalão!* Apressou-se a colocar o envelope da prestação atrás da pia batismal. *Dalão!* Por quanto tempo mais suportaria ele aquela agonia? Vontade de subir ao campanário, tirar a corda das mãos de Semedo Fanfa, atá-la ao pescoço, atirar-se à rua, e badalar por si mesmo a finados até que Deus aquietasse o pêndulo do desespero em forma de homem arruinado. A quinta badalada lhe troou nos ossos, saindo porta fora rumo à luz ofuscante do dia que, oblíqua, valia toda pelo contraste. *Dalão!* Seis em ponto, e duzentos mil *cádos* assim desbaratados sem mais nem menos: não para salvar a vida; não para aliviar a angústia ou adiar a morte, mas apenas para prolongar o sofrimento, que a esperança, por esperança, alimenta. De que lhe valeria mais um dia, se não o poderia viver senão no desespero padecente das almas no Purgatório? Mais cristão seria deixar aos filhos o pouco que tinha; à mãe, que teria ainda de os criar; a São Calisto, a quem assaltara sem escrúpulos; aos desvalidos, aos quais, apesar de tudo, restava ainda essa imensa fortuna de estar vivo. Não queria pensar mais, Cornélio de Pentecostes. Tinha a sensação de andar a abrir duas covas para tapar uma. Com a luz decadente do dia a bater-lhe nos olhos, alcançou o outro lado da praça, onde se sentou à sombra de uma tília torcida. Para que serve um padre e as suas relações com Deus, se não pode valer a um fiel paroquiano? — pensou para consigo. A última badalada ainda ressoava nos ares de Santa Cruz dos Mártires, quando se decidiu ficar ali, até ver o matador entrar na igreja e o roubar na sua cara escanhoada de fresco. E se o esperasse à saída e lhe desse com qualquer coisa na cabeça? Morto o assassino, o mais que lhe aconteceria seria ir preso. Mas quem encomendara a morte àquele depressa encomendaria a outro. E encarcerado, então é que não tinha como se defender ou escapar. O ponteiro esguio da torre se arrastava, na infinita paciência dos carcomas moídos. Só do matador, nada.

Pelas seis e vinte o padre Pôncio Leona cruzou a porta da igreja, de chapéu posto, no passo tranquilo daqueles que não têm família nem com que se ralar. Do Café Central vinha saindo Edmundo Carlos. Cornélio se levantou, colou-se ao tronco da tília, de costas, fingindo consultar as horas no penhorado relógio de bolso. Por sobre o ombro viu o colega trocar cumprimentos e cortesias com o cura. Que simpático lhe pareceu Pôncio Leona! Ao contrário de si, Edmundo Carlos era um paroquiano bem-visto, fiel devoto, exemplar chefe de família, um modelar cidadão.

Com a vida facilitada deste também ele passaria mais tempo em casa, entre os seus! Não só o Sul era menos povoado e navegável, traduzindo-se numa volta mais curta, como para lá da Cordilheira dos Sete Demônios a concorrência dos grandes atacadistas da capital reservava poucos clientes para a Casa Velasquez. Certo haver sido ele quem propusera ao patrão expandir o negócio até onde os rios se navegassem, que em todas as cidades, por mais pequenas, há carências e vaidades. Mais uma razão para ser considerado! Mas quem não se faz presente não se sente. E ele, ao contrário de Edmundo Carlos, que todos os meses era presença certa em Santa Cruz dos Mártires, andava desterrado estações inteiras, por vezes meio ano, conforme tocasse o improviso. Assim era fácil ser benquisto; bem julgado; respeitável; respeitado... — pensava Cornélio, que nem se ouvia pensar. Que o Diabo o levasse! A um e a outro! Demoravam-se. Que tanto teriam para se dizer?! Quando se separaram, o caixeiro-viajante da Volta Sul cruzou a praça. Escondido pela tília, Cornélio pedia apenas para não dar este por ele.

— Uma moeda para as securas, cavalheiro!

— Uma moeda, uma moeda, uma moedinha!

Pascuel e Painço cercaram Edmundo Carlos à passagem pelo coreto.

— Uma moeda, uma moeda, uma moedinha! — cantava Painço, à volta do caixeiro-viajante.

Pascuel, mais versado e cortês:

— Uma contribuição para uma tacinha, cavalheiro! Para duas, na verdade. As primeiras do dia! Tenha a gentileza de prover abono a estes dois pobres de espírito que o destino atraiçoou!

Edmundo Carlos ainda tentou afastá-los, mudando de rumo, mas Painço começou a abraçá-lo, querendo lhe beijar as mãos, sem abrandar a ladainha:

— Uma moeda, uma moeda, uma moedinha!

Não teve outro remédio senão lhes dar o que pediam. Eram assim, aqueles dois: contumazes, feito uma praga de chatos. Juravam-se gêmeos, embora nem a cor da pele os irmanasse: negro, Painço; pálido de gesso, Pascuel. Cornélio ria por dentro, esquecido, por instantes, da sua condição malparada. Escondido pela tília, viu o colega lhe passar ao lado, danado, sem reparar nele. Para o outro lado, Pascuel e Painço fisgavam nova vítima, alguém que ele não alcançou distinguir. Respirou de alívio. Por Edmundo Carlos não tê-lo visto e por aqueles dois alienados não terem topado que, se o tivessem, tê-lo-iam exposto aos olhos do colega e aos dez mil *cádos* que lhe devia. Voltou a fixar a atenção no pórtico da igreja. O relógio da torre marcava seis e quarenta. Declinava o dia. Do assassino, porém, nem sombra. Pensamentos avulsos lhe passaram pela cabeça azamboada. De esperança, até. E no entusiasmo de que ele houvesse desistido ou, melhor ainda, de tudo não haver passado da golpada única de um impostor que andasse de terra em terra a ludibriar pategos como ele, correu à igreja na expectativa de o dinheiro ainda lá estar. Não estava. Como não estava?! Por onde passara o sicário sem ser visto? Não desviara a atenção da porta, tempo bastante para que... Culpa de Edmundo Carlos! E se houvesse o sacristão ou o padre dado com o envelope e o tomassem por um donativo silencioso? O espaço entre a pia batismal e a coluna onde se encostava era mínimo. Só quem fosse dele ciente o acharia! O estômago, que todo o dia andara esquisito, apimentou-se. Se o assassino não desse com o pagamento estaria desgraçado! A respiração acelerava; o coração acelerava, as pernas acusavam a fraqueza dos últimos dias e, na boca, a aspereza rugosa de quem houvesse comido um cesto de caquis verdes. Tudo nele era pavor e angústia. Não sabia o que fazer, o que pensar, para onde ir.

— Para pouca sorte melhor fora não ter nenhuma! — resmungou para si Cornélio Santos Dias de Pentecostes, acabrunhado, assaltado, humilhado, de volta à praça com a derrota dos dias encavalitada no lombo.

Sentou-se num banco, procurando se acalmar. Teria de ficar ali. Esperar que o matador aparecesse para se poder justificar, se fosse o caso; pedir desculpa, que correria a casa — não morava longe — e depressa lhe traria outros cem mil, que ainda tinha — a descontar de um dia de vida —, mas que lhe poupasse por tão honesto ser como podia constatar. Talvez apenas não tenha dado por ele! Afinal, deveria ser discreto. Quem sabe não andaria disfarçado de pessoa de bem?! Por algum motivo ninguém parecia tê-lo visto. Pascuel e Painço! Era isso! Como não pensara neles mais cedo?! Como podia ser tão néscio, se não havia muito, Deus lhes pusera diante dos olhos para o salvar? Se havia alguém naquela cidade que via tudo, que estava em todo o lado, que falava com toda a gente, eram aqueles dois. Seria fácil seduzi-los. Uma garrafa de aguardente, e os melhores amigos do mundo. Cresceu de novo o entusiasmo do caixeiro-viajante. Iria procurá-los mais tarde. Agora teria de ficar ali, esperando pela aparição do matador. Não podia arriscar mais.

De olhos pregados no pórtico da igreja, Cornélio de Pentecostes esperou até Semedo Fanfa vir fechar as portas da casa de Deus e Desidério

Maciel aparecer a acender, um por um, os candeeiros da praça. Só a cabeça lhe dava voltas inglórias no escuro. Pela incontésima vez pensou em quem poderia querê-lo morto.

— ... *nunca ouvi lhe pronunciar o nome no resguardo deste lugar sagrado senão pelas bocas da sua legitima esposa e santa sogra.*

Teria sido dona Eleonora Cayomar? O matador o tratara pelo nome! Onde, senão na sua terra, o conheciam por Cornélio de Pentecostes? Razões não lhe faltariam! Faltava-lhe, no entanto, abastança para mandar despachá-lo mil vezes. E se lhe houvesse ela pagado de outra forma? Ao dinheiro que o assassino lhe cobrava por cada dia, não precisaria ela de lhe pagar mais nada, assim o abonasse com outras gratificações. Imaginou-a então em trajes menores e depressa concluiu não existir em toda ela valor bastante para cativar um cego. Fosse quem fosse, seria alguém dali. E, só descobrindo quem, se salvaria. Restava, todavia, o mais difícil: — Como?

— *Usou indevidamente alguma coisa de alguém?* — A voz do padre Pôncio Leona lhe espreitando de novo entre os pensamentos. E de súbito um nome; um nome sobranceiro entre tantos; um nome ao qual não dera devida importância porque o pensara do ângulo errado, que tudo na vida tem dois lados. Doze letras iluminadas à guisa de revelação: Lídia de Jesus! Não ela, coitadinha, que talvez lhe não esperasse melhor sorte que a sua, mas o ricaço que a mantinha. Não podia ser outro senão o homem que fazia da bela mestiça uma iguaria de luxo para seus momentos de presumida glória, e que ele, Cornélio Santos Dias de Pentecostes, depenava feito um melro guloso em horas de descaramento. Tudo correspondia. A ligação dos pontos não podia ser mais perfeita. E o dinheiro que deixava na igreja não era para se fazer pagar, pois de tal não carecia o *fidalgo*, mas uma dádiva para os pobres, em jeito de indulgência, de modo a amenizar junto de Deus o crime que não tardaria a lhe pesar na alma até ao dia do juízo final. Tudo se confundia e aclarava na cabeça de Cornélio, que voltara a latejar, comprimindo e dilatando tal qual o Universo lhe pulsasse dentro. De súbito, já não era a vinda do matador que lhe ocupava o pensamento — talvez houvesse perdido o instante —, mas a mestiça da beira do rio. Tinha de lhe falar o quanto antes! Ali, sozinho na praça, como no mundo, Cornélio Santos Dias de Pentecostes teve uma certeza: só Lídia de Jesus poderia salvá-lo.

X

Depois do jantar Cornélio alegou assuntos a tratar com Edmundo Carlos e saiu. Não demoraria. Mariana, que nunca desconfiara do marido, ficou a vê-lo sair. Os pequenos estranhavam o pai; perguntavam o que se passava, que parecia não gostar mais deles. Mariana o desculpava com o dente que o atormentava e dizia que os crescidos são assim mesmo quando tomados de apoquentações. Mas por dentro entristecia, pelas crianças que via agora silenciosas e tímidas na presença do pai. Se pudesse, tomaria para si todas as dores que o supliciavam, só para poder ver no rosto dos pequenos a alegria encantadora que tomava conta da casa sempre que Cornélio voltava.

Àquela hora o movimento das ruas era fraco e, tirando os bares, pouca vida se via em Santa Cruz dos Mártires. A noite andava pelas dez e meia e a Lua pelo crescente quarto. As casas tinham as luzes apagadas, apesar das janelas abertas, que à hora das moscas dormirem era quando se podia aproveitar a brisa fresca descida dos Grábios para purificar o ar deteriorado dos lares. Cornélio meteu-se pelo caminho menos procurado que guiava ao cais, distante mais de meia légua da porta de sua casa. Por dentro levava um medo que o impelia a andar e se deter em igual medida, baralhando-lhe a marcha. Não tornara a ver o assassino, mas a sua presença, à laia de um fantasma, pesava-lhe por todo o lado. Ainda mais agora, duvidoso estava sobre quem recolhera o envelope do dinheiro. A sensação de uns olhos perseguindo-o crescia a cada passo dado. E se o perseguisse de longe; se o esperasse a uma esquina qualquer? Que incauto fora sair de casa àquela hora da noite! E que incauto continuava sendo a caminho da toca — bem podia dizê-lo — daquele que lhe rezara já a sentença de morte. Mas se era tarde para se arrepender, não era menos para voltar para trás. E nisto de imprudências foi andando. Precisava de falar com Lídia de Jesus, pedir-lhe por todos os santos que lhe dissesse quem era o homem que a mantinha, pois andavam, a seu mando, atrás de si para o matar. Também ela teria de se cuidar. Afinal, se este ainda a não confrontara ou causara dano, era — só poderia ser — por guardar para si a pior parte.

Que diabo o mandara se meter com a mestiça?! Quantas vezes não se lembrara já das palavras do velho Sérgio de Niã Côco: — *Se não quer problemas com mulheres...* Lembrava-se de cada vez que abandonava a casa de Lídia de Jesus. Mas fora sempre fraco ante a tentação de regressar. Mesmo agora, ao pensá-la, e à sua pele de café pingado, aos seus cabelos escorrendo negro pelas espaldas abaixo... Nem um único sinalzinho em todo o corpo! Nada. Uma lisura de pele... Perfeita! Mesmo agora, vinha-lhe uma vontade de cair com ela na brancura perfumada da sua cama sustentada a lençóis de algodão fino, sempre engomados, sempre frescos, rescendendo a alfazema, e ir direito ao Inferno, pois se é para um homem morrer, que morra regalado e feliz. Era fácil pensá-lo; dizê-lo alto... Toda a vida tivera esse cuidado. Toda a vida resistira (quanto pudera) à tentação de acumular sarilhos na mesma terra. Toda a vida cuidou de jamais se apresentar com a sua própria identidade. Toda a vida, até que, não havia dois anos, a jovem mestiça esbarrara consigo no mercado do peixe e não parara de lhe pedir perdão até ao momento de se despedir dele, oito horas depois, quando teve, "Desculpe!", de o mandar embora, porque "à noitinha é que não pode ser", por conta de um senhor que a mantinha, um "amigo" (como lhe chamava), um cavalheiro, enfim, não podia ser, e, por tudo, se a quisesse visitar, jamais aparecesse depois do sol se pôr. Toda a vida, todo o cuidado... Só com Lídia de Jesus, nenhum. E não só não lhe bastara ser na mesma terra onde era casado e pai de filhos, e sob o seu nome de batismo, como ainda a sabendo amante de um bem-posto cavalheiro, ciumento, por certo, da polidez da sua fronte. Tudo isso, naquele momento, não importava nada. Apenas saber quem a mantinha. Durante todo aquele tempo, jamais se interessara pela graça do "amigo" que a custeava, mas agora era, em toda a extensão da verdade, uma questão de vida ou de morte. Rezava para que não estivesse acompanhada. Se sim, esperaria. A noite toda, se preciso fosse. Necessitava apenas de um minuto. Nem entrar carecia. Iria chamá-la na janela, contar-lhe o sucedido, rogar-lhe pela orfandade dos filhos e desaparecer feito fumo em dia de ventania.

Ao passar pelas últimas casas, antes de entrar no caminho de mato, ampliou-se em Cornélio a sensação de que alguém o seguia. O medo era a ponto de em cada sombra ver um homem e em cada brilho o cabo de um revólver. Duas vezes se encostou às árvores da berma, olhando ao derredor até onde o breu permitia, mãos no peito, no qual o coração galgava dias, insistindo, com as pernas que lhe tremiam, em rogos, para voltarem para casa. Perto do chalé do professor Mata-Juan, a última habitação a oeste da cidade, três homens conversavam na sombra. Olharam-no com desconfiança. Era já hora de suspeitas, pois gente de bem pouco teria para fazer a tais tardanças por aquelas desabitadas bandas do mundo. Cornélio hesitou. Todas as células do corpo lhe pediram para correr. Por instantes pensou ser ali mesmo que encontraria a morte naquela noite. Não os conhecia. E porque o medo era tamanho, mas o instinto de sobreviver não lhe ficava pela sombra, deitou-lhes as boas-noites e andou adiante, afastando-se, sem resposta, por uma trilha aberta no mato que o conduziu, em corrida, a casa mais isolada das redondezas, aquela que algum comerciante rico ou fazendeiro abastado montara à jovem Lídia de Jesus.

As tripas do caixeiro-viajante eram uma tempestade dentro de si. Sentia-se um sonâmbulo acordado sobre uma corda a meio de um abismo. Para onde quer que andasse era já um homem morto. O coração lhe batia desembestado. Suava, tinha frio e uma vontade de se atirar ao chão em gritos de piedade. O dente lhe deu uma guinada tão forte que as lágrimas lhe turvaram a vista. Era só o que lhe faltava! Desde a véspera que andava calmo, esquecido de si. Seguiu andando, mão no rosto, condenado ciente do destino, mas incapaz de não ir, que quem tem vida tem esperança.

O cão de Lídia de Jesus deu sinal ao lhe ouvir os passos.

— Sarilho, sou eu! — sussurrou.

Calou-se, o bicho. Não pelo sussurro, mas pelo cheiro que reconhecia.

— Sou eu, Sarilho! Vim ver a dona.

Lambeu-lhe a mão, o vira-lata, esganiçando um mimo.

— Hoje não trago nada, Sarilho — desculpou-se, ele, que todas as visitas lhe trazia uma guloseima do cais. Não pelo cão, mas pela mestiça que o adorava, e pelo dito que afirma que quem meus filhos beijam, minha boca adoça, e atende de igual modo bichos e gente. O cão não se ralou. Uma luz dançava dentro da casa. Estava acordada, Lídia de Jesus. Estaria acompanhada? Era à "noitinha" que o "amigo" a visitava. Mas não tinha hora nem dia certos. Com todo o cuidado deu a volta a casa. Nem carro, nem montada. Um homem rico, por certo, não viria a pé ou desacompanhado. Aumentava a esperança de que estivesse só quando uma gargalhada surgiu de dentro da habitação. Tudo em Cornélio gelou. Aproximou-se da janela, gestos mansos de gato, e, por entre as grades encostadas, viu a menina, de peitos despidos, sentada no colo de um homem barbudo, todo vestido de negro, que a tomava nos braços como a uma criança crescida. A primeira reação foi de terror. Julgou ser o assassino. Ao segundo olhar, no entanto, percebeu não ser. Lídia de Jesus ria, satisfeita, no colo do "amigo". Pela primeira vez, em muitos anos, sentiu o travo do ciúme lhe amargar a boca. Por que tinham os velhos de procurar menininhas novas para se esquecerem da idade? Nua da cintura para cima, a mestiça tirou o chapéu ao homem, depois os óculos e, puxando-lhe pelas barbas as tirou do rosto, revelando aos olhos incrédulos de Cornélio a figura magra e seca do enviado do Diabo.

— Quê?! — tossiu o caixeiro-viajante, de órbitas vidradas e queixo no peito. Não podia estar a ver bem. Oculto por sob as vestes de um homem comum, óculos, chapéu, barba assíria, revelava-se, nem mais nem menos que o impoluto padre Pôncio Leona, o mais poderoso e cínico homem de Santa Cruz dos Mártires. — O grande cabrão! — exclamou Cornélio, todo tomado pelo espanto.

Então era aquele o "amigo" que a sustentava?! Tudo em si era atordoamento. Como haveria ele de desconfiar daquele figurão por mais que suspeitasse de toda a gente?! Por isso não havia ninguém de vela. Quem o guardava era o disfarce e os mil demônios a quem servia. De peitos à mostra, toda feita em sorrisos, Lídia de Jesus foi puxando o cura pelas barbas até desaparecerem no corredor escuro da casa. Do lado de fora, agarrado ao queixo, o caixeiro-viajante escorregava pela parede feito uma sombra ao poente. Os fragmentos daquela diabólica maquinação começaram então a ligar-se na sua cabeça. Com a frouxidão de um corneado que percebe finalmente a obviedade das evidências nas quais os sentidos recusavam crer, Cornélio foi compondo, peça por peça, o maquiavélico mosaico magicado pela perfídia do padre de Santa Cruz dos Mártires para lhe pôr fim aos dias. Os pensamentos lhe surgiam avulsos, atropelando-se uns aos outros. De súbito tudo se tornou claro: a escolha do local onde deixar o dinheiro; o lhe conhecer, o assassino, apelido e nome; o desaparecimento do envelope nessa tarde sem ter alguém entrado na igreja para o recolher... Só de pensar que não havia meia dúzia de horas estivera ajoelhado no covil com o lobo e só por sorte ou milagre lhe não revelara segredos inconfessáveis... Bem tentara, o mequetrefe, puxar-lhe pela língua

— *Usou indevidamente alguma coisa de alguém?*

fazê-lo declarar o seu caso com a amante, legitimando ainda mais o castigo. Fora Deus quem o protegera, pensou para consigo. Afinal, sempre estava do lado certo da vida! Lembrava-se, porém, de lhe dizer que andara sendo perseguido, ameaçado de morte. Confessar-se ao algoz dos seus dias; ele que não arriscara confessar-se a ninguém, nem à mulher que o trouxera ao mundo!

— *Quem lhe encomendou a alma tem poder de o mandar matar mil vezes, onde quer que se esconda.* — Recordou, de novo, as palavras do matador sobre o mandante do crime. — *Alguém contra quem só o poder de Deus se pode levantar!*

Pois claro! Tudo encaixava na perfeição... A coincidência precisa dos acontecimentos: cruzara-se com ele no dia da sua chegada, à passagem pelo coreto, e, nem meia hora depois, a sombra do assassino lhe afastava o sol do rosto até àquela hora em que se achava. Mas Deus parecia estar por si, pois entre favorecer quem nunca Lhe prometera nada e, por tanto, jamais O traíra, e outro que toda a vida jurara em falso, fingindo Lhe viver em função e ao serviço dos homens, pecando de enfiada e sem vergonha... Bendita a hora em que presumira se tratar de alguém da terra! Abençoado o instante em que o amante de Lídia de Jesus lhe aflorara ao espírito! Obrigado, Senhor! — pelo sim, pelo não. Sabia agora a verdade. Aquilo que não sabia era o que fazer com ela.

Se certezas se levantavam, também interrogações ficavam por responder. Por que motivo, sabendo Pôncio Leona se dar a mestiça ao desfrute, não sofrera esta, pelo menos no parecer, qualquer punição? Com que dedicação e presteza conseguia sentá-la no colo, sorrir, trocar com ela mesuras, deixar-se guiar feito um bode manso pelas barbas postiças, à semelhança de quem nada soubesse? Era um homem astuto, Pôncio Leona! Fizesse a menina pagar antes do tempo pela injúria, correria o risco de levantar suspeitas, sobretudo depois da morte que destinara para si, Cornélio Santos Dias de Pentecostes. Afinal, não podia garantir não haver quem soubesse ou lhe desconfiasse do amorico. E uma coisa é um padre ter uma "amiga", outra bem distinta é matar um semelhante, assim seja com as mãos com que leva à boca dos fiéis o corpo de Cristo, ou com mãos alheias e pagas, sabe Deus como. Por isso, como anteriormente pensara do rico comerciante ou fazendeiro abastado que supusera mantê-la, Cornélio acreditava ter Pôncio Leona reservado para ela a mãe de todas as penas. A seu tempo, porque os homens de Deus são forjados no cilício da demora, amestrados para protelação do deleite, pois a promessa lhes garante recompensa noutra vida, e não nesta pouca que têm e mal sabem o que fazer com ela. Era isso a religião: um delírio projetado pelo medo no deserto da duvidosa esperança. Pouca coisa existiria de mais diabólico nisto de ser humano. Tal pensamento acordou nele outro mais macabro: e se Pôncio Leona planejasse assassiná-la naquela noite? Seguramente faria questão de matá-la com as próprias mãos. Cornélio desesperava. Não sabia o que fazer. Parecia, de fato, estar tudo nas mãos de Deus, como aquele diabo lhe dissera nessa mesma tarde. Um latido ao largo despertou o ladrar do cachorro.

— Sarilho! — sussurrou Cornélio para o bicho que agora o ignorou. — Sarilho! Xiu! — Nada.

O caixeiro-viajante contornou a casa. A janela do quarto estava fechada, as grades trancadas. Pôs-se à escuta. Nem a sombra de um ai. Já a teria matado, o diabo? A desgarrada dos dois cães lhe ensurdecia os pensamentos. E se arrombasse a porta, invadisse a casa? A não se ter dado desgraça alguma, desmascararia o vigário. Negaria, o poltrão! A própria menina se poria do lado do sumo pecador. Pobre Lídia de Jesus, ignorante de quanto a aguardava! Do nada, uma gargalhada desbragada lhe chegou de dentro da casa. Porém, ao invés de alívio, Cornélio sentiu um quê de ironia e contrariedade. E se a menina lhe tivesse contado outra história? Que fora ele quem a tentara seduzir; quem lhe entrara um dia em casa sob a desculpa de umas quinquilharias para vender e, entrementes, ousara abusar dela... Expulsara-o! Mas ele ameaçara contar tudo a toda a gente — *Não sei como soube, senhor padre!* — e prejudicar a vida de um digníssimo representante de Deus. De modo que ela, sem saber a quem recorrer — visto nem em confissão poder dizê-lo — ficou-se com a verdade e calada, rezando para tal episódio não tornar a se repetir. *Mas se repetiu, senhor padre! Repetiu-se!* E de repente, a pena que instantes antes sentira por ela, transfigurara-se em antipatia. Qual a verdade no meio de tudo aquilo? Só isso poderia significar a forma como o padre agira com ela. Ou isso ou o estar este a amansando para a entregar em holocausto ao Deus sádico dos homens. A onda de medo crescia em Cornélio a cada minuto. Por um lado, tinha vontade de censurá-la, por outro, uma grande pena dela. Não sabia já o que pensar.

Como fora ele se meter com a mulher do homem que sabia de tudo naquela cidade?! Por isso não se poderia ele culpar, mas sim a Lídia de Jesus. Por que não o prevenira ela contra aquele diabo de saias?! Seria de prever que, mais dia, menos dia, o mexerico lhe chegaria às orelhas peludas, pois quanto se não conta pelos corredores das influências, sabe-se na estreiteza do confessionário. Alguém o terá avisado. Numa confissão, quiçá! Uma mulher, seguramente, maldosa, invejosa das perfeitinhas formas de Lídia de Jesus, relatando, pela rótula, ajoelhada no mogno da confissão: — *Sabe, uma pequena que mora para os lados do cais? Uma mestiça? Parece que é sustentada por um homem!* Uma solteirona encruada; uma viúva tardia; uma malcasada que, conhecendo o namorico do cura, aproveitara para, de uma tacada só, abater dois coelhos. Imaginava-a, Cornélio, a suspender o discurso, a entrever pelo entrançado do confessionário o rosto de Pôncio Leona ganhando cor, até dizer, por fim, com a maldade própria dos mal-amados: — *Vi sair de lá o caixeiro Cornélio! O da tediosa Marianinha!* Como fora ele meter o nariz naquele vespeiro?! Como?! Parecia ouvir o velho Sérgio de Niã Côco lhe bradar aos ouvidos: — *Oh, valha-te São Caralho, que é o padroeiro dos bem fodidos! Só você, Cornélio! Só você!*

Achava-se num dilema. Sabia agora quem lhe encomendara a morte, mas não poderia de tal fazer prova. Nenhuma autoridade na terra lhe daria ouvidos, nenhum paroquiano o creria. Era o crime perfeito! Mais depressa uns o prenderiam por difamação e outros o linchariam em praça pública por atentado ao bom nome do senhor padre, do que dariam crédito à sua convicção. De repente, sentiu-se menos seguro do que antes de saber a verdade; mais desprotegido do que quando o matador lhe virou costas, deixando-o suspenso no meio do Universo em forma de praça aberta para o horizonte. Estava entregue a Deus, essa coisa tão grande e desconhecida, como o Universo, entidade tamanha incapaz de ouvi-lo, de vê-lo, de lhe conhecer sequer a existência. E estar nas mãos de Deus, para um homem de tão pouca fé, pecador de tão pouco arrependimento, sagrado apenas no nome, era um desamparo de tal modo vasto que o peito se lhe vergava feito uma duna pelo peso de si mesma. Agora, sim, não tinha a quem recorrer. Nem sequer em confissão. Só lhe restava uma alternativa: matar. E nisto, principiou a pensar se não seria ele um instrumento do Divino para castigar aquele padre podre e velhaco em forma de sacerdote investido para ligar as almas entre a terra e o Céu. Procurava forças e desculpas para perpetrar aquilo que na sua cabeça crescia como a única saída: matar em legítima defesa. Até Deus outorgaria tal propósito. Afinal, quem suspeitaria de si? O imaginar a cara da cidade dando com a figura de Pôncio Leona estendido dentro de um terno de homem distinto, sob uma barba de barão do tabaco, deu-lhe uma breve vontade de rir. Estava decidido, Cornélio de Pentecostes. Seria matar ou morrer. Assim, pegando na maior pedra que achou nas redondezas, foi se esconder atrás de uma árvore, no trilho por onde Pôncio Leona teria de passar a caminho da eternidade.

XI

Passava da uma da manhã quando Cornélio de Pentecostes entrou em casa, leve como um homem acabado de redimir. Um candeeiro aceso sobre a mesa da cozinha indicava o cuidado de Mariana. Era uma mulher como poucas! Por vezes esquecia-se da sorte que tinha. Na verdade, só agora parecia dar valor à ventura que fora a sua vida desde que a conhecera. Houvesse sabido controlar o vício e seria um homem honrado e feliz. Sempre pensara, antes do sucedido, que um dia, quando o corpo não desse para mais, haveria de se aposentar e viver por ali até ao fim dos seus dias, na sua companhia, na dos filhos e dos netos. Talvez montasse o pequeno negócio com que tantas vezes sonhara, passando as manhãs na cama, as tardes na loja e as noites entre a mesa de jogo no Café Central e os braços de Mariana, que a seu tempo lhe bastaria para as necessidades espaçadas do corpo, visto a idade vergar tudo, até as ilusões de eterno vigor. Seria um homem feliz, pensava-o à distância de meia-vida, ainda. Mas o que são os sonhos senão o engodo que leva os homens a aguentar sempre mais um dia?! Naquele momento não tinha planos senão para a manhã seguinte, e não iam além de acordar vivo e livre.

Avançou pela casa. Tudo em silêncio. As crianças dormiam e a mãe, que costumava fazer serão com a roupa e seus remendos, pelos vistos já estava deitada. No quarto, porém, a cama se apresentava por desfazer. Estranhou. Pela janela aberta para o quintal viu uma luz tímida nascida do quarto de banho anexo à habitação. O rosto sorriu-lhe sozinho por um reflexo de antecipação. Gerou-se um formigamento bom no ventre. Saltou pela janela, como nos tempos de juventude, e em passo felino se aproximou do casinhoto. Por entre as frestas da madeira espreitou para o interior do aposento, todo iluminado, feito um ovo ao qual houvessem acendido uma lamparina no seio. Metida na tina de madeira, Mariana lavava, sem pressa, os ombros redondos, sobre os quais um ninho de cabelo se apanhava pingante.

Sempre gostara de espreitar as mulheres na sua intimidade. Hábito que lhe ficara de garoto, num tempo em que a coragem não tinha coragem para mais e espiar as mulheres da família era o único consolo para o seu vício germinante. O corpo arredondado de Mariana, bondoso, contentor, atraía-o. Apesar das paridelas, tinha ainda a firmeza das carnes trintadas e as cores saudáveis das mulheres de bem com a vida. Recordava-se da primeira vez que a viu, estendendo roupa de braços alçados, numa blusa branca, úmida nas cavas, cujo odor não sentiu, mas imaginou ser de mato ensopado em manhã de outubro quente. Havia nos suores femininos um poder de atração ao qual nunca soubera resistir e tantas vezes lhe despertaram impulsos irrefletidos ao passar por mulheres cujos aroma a brisa lhe trazia. Aprendera em casa de Balaena Carabonna que, mais do que o corpo de uma mulher, é o cheiro emanado dele, aquilo que desperta num homem a paixão que lhe devota. Também o velho Sérgio de Niã Côco afirmava: — *Mais guerras se iniciaram por causa do cheiro das mulheres que por conta do orgulho dos homens.* Mariana vivia na casa dos pais e ele acabava de regressar a Santa Cruz dos Mártires, sozinho, sem fortuna, dez anos após ter partido rapaz e sem noção de nada. Vinha com o coração se desfarelando de saudade e culpa, mas quando a viu, por sobre o muro, solfejando camisas no varal da roupa, ergueu-se dentro de si o soldado íntegro ao qual os ferimentos das balas não quebram a vanglória da farda trajada. A sua pátria era o amor, e a sua bandeira, um lençol de cama amarfanhado. Lembrava-se de cada pormenor de Mariana nesse dia: o moreno dourado da pele; a cabeleira tão negra e brilhante, penas de um corvo em noite de tempestade; a saia esverdeada, revelando-lhe a barriga das pernas torneadas pelo esforço de chegar à corda; uma anca prometedora da boa parideira que haveria de ser, e um peito tão maciço que a blusa cingida só a custo alcançava conter. Fora o bastante para guardar por uns tempos Rosa Cabrera no baú das recordações dolorosas, que aquilo que não pode ser, não pode ser. Tudo nela o atentou toda a noite, e toda a noite aquela blusa suada se rasgou e caiu no soalho do quarto alugado numa pensão de meia tarde no porto de Monte-Goya, onde a sonhou, com nada mais sobre a pele do que aquilo que à pele pertence, tocada pela brisa ventada do golfo, para o qual duas janelas altas se abriam com suas cortinas de gaze amarela num drapejo a anunciar quarentena. Mas foi quando a ouviu rir, na manhã seguinte, à saída da igreja, acompanhada dos pais e de uma prima com pé boto, que teve a certeza, pelas covinhas que fazia no rosto, de haver ela de ser sua mulher e mãe dos dez filhos que contava ter. Não fora um pensamento novo em Cornélio, cujo coração era de rendição fácil e tinha mais quartos vagos do que uma pensão de amores encardidos. Nessa mesma tarde lhe chegou a falas, com a ajuda da prima a quem seduzira primeiro e à qual estenderia o convite de lhe amadrinhar o feliz dia do casamento. Mariana, que, por um mistério desconhecido, nunca tivera pretendentes e avançava na idade à guisa de uma canoa desgovernada num rápido do rio, ficou encantada com aquele rapaz de fala fácil e trajar elegante, natural dali, como lhe dizia, mas o qual jamais vira lhe passar diante. Sete dias depois, a coberto da noite, Cornélio haveria de saltar a janela da casa dos Cayomar, que ela mesma deixara aberta, para lhe desselar o corpo carente e atrasado de amor. A mancha de sangue que amanheceu no lençol causou em dona Eleonora Cayomar um desgosto tão grande quanto se houvesse sabido da filha nas mãos de mil homens por dinheiro. Mas foi quando esta lhe apresentou o autor do assalto consentido, com o seu ar de vadio educado e olhos de pouco confiar, que o mundo se lhe desmoronou por dentro e uma dor lhe ferrou dentes no ventre como não sentiria se a houvesse parido mil vezes. Pesasse embora a virgindade conquistada, e ter dona Eleonora preferido perder a filha para a vida do que vê-la casada com aquele gavião em potência, Cornélio cumpriu, pela primeira vez na vida, sem truques nem manhas, a palavra dada no leito a uma mulher com a qual jurara casar.

Um arrependimento afiado lhe brotou nos intestinos na manhã do casamento, ainda em casa da mãe. Hesitara ao se vestir; ao sair de casa; ao entrar na igreja ao lado do irmão, seu padrinho... Plantado no altar, feito um condenado diante de uma plateia de juízes a aguardar veredito, Cornélio de Pentecostes pensou em Rosa Cabrera uma última vez. Um aperto no coração, como se uma mão lhe apertasse... Tinha de esquecê-la! E, no entanto... Que estava ele ali a fazer diante de todos aqueles olhos que o miravam? Dez anos de ausência haviam tornado estranha toda aquela gente. Inclusive os parentes mais chegados. Quem era ele? Quem eram eles? Procurou entre todos o rosto saudoso do velho Sérgio de Niã Côco, e lamentou-lhe a ausência, mais que a do pai, recém-falecido. Estava sozinho e longe de tudo, ele que era dali e se achava entre os seus. Mas quando viu Mariana entrar, contrastando no branco, toda covinhas no rosto, de olhos postos em si, não pensou em mais nada e a vida pareceu fazer sentido pela primeira vez. À pergunta se a aceitava para esposa, disse "sim" sem hesitações, não obstante quão desabituado estava a responder ao próprio nome. E à noite, finda a boda, ao entrar na casa de casados — alugada com a única esfera de ouro que conseguira salvar de uma diarreia repentina tida a bordo no regresso —, teve, como nunca antes, a sensação de pertencimento e de lar.

Poderia ter sido um homem infeliz se por ali tivesse permanecido, tantos anos fora nômade, mas, findas as núpcias partiu de viagem ao serviço da Casa Velasquez. O emprego que a dona Eleonora Cayomar parecera um castigo foi para ele a melhor das bênçãos. Ainda por cima a volta do norte, pois se havia jurado não tornar a atravessar a Cordilheira dos Sete Demônios, para lá da qual fora tão feliz e tão triste. Acontecera tudo tão rápido, tão sem intermeios que, não fosse a ausência do velho Sérgio de Niã Côco, Cornélio mal teria dado pela passagem de uma vida para a outra. Durante dezoito meses foi um homem honrado e honesto, apesar das tentações. Por ser pouca a prática e longa a volta do serviço, não se detinha, nas terras por onde passava, tempo bastante para grandes desfrutes. Nas horas solitárias pensava em Mariana, mas todas as noites o último bater do seu coração, antes de adormecer, pertencia, saudoso e culpado, a Rosa Cabrera. E para não cometer a loucura de se perder, foi aos poucos afastando dela o sentido; enxotando para longe o pensamento que a procurava, até esta se tornar numa imagem perfeita eternizada no âmbar da memória.

Depois do nascimento da filha, Cornélio passou a apressar a volta o mais possível, dormindo nas viagens, no lombo de uma mula; nas redes dos vapores. Mas a ânsia de regressar a casa logo era frustrada pelo motivo da sua pressa: aquela criaturinha de nada que, não obstante a infimidade, invadia, como água, tudo ao seu redor. Depressa os dias passados em casa passaram a ter um travo de revés. Desde os choros da pequena, aos peitos de Mariana esguichando leite ao menor aperto, tudo, de uma volta para a outra, dizia-lhe não ser bem-vindo ao ninho por aqueles dias. Quando oito meses depois do nascimento da pequena Ana Lúcia a viagem o hospedou na Pensão Paraíso, em São Francisco de Vale Caiado, e Juregaia de Santa Maria lhe apareceu no quarto, a meio da tarde, a perguntar se tinha precisão de alguma coisa, Cornélio não hesitou em se fazer necessitado. E porque no comer e no pecar, que é outra forma de coçar, está o mal no começar, não tardou ao vício vir à tona e com ele todos os nomes, todas as histórias, todas as mentiras de que se lembrou.

Naquela hora, doze anos depois de a haver anilhado diante de uma igreja cheia de gente e sob a bênção do pad... Enfim! Doze anos depois, tinha a certeza, pesassem embora todos os amores, todos os desvios, todo o sentimento que nunca fora avassalador por Mariana, de haver casado com a mulher certa, a melhor que Deus poderia ter posto no seu caminho. Doze anos depois, percebia, finalmente, quão bem lhe queria e porque algo em si a escolhera para esposa e mãe dos seus filhos.

O cheiro do sabão de alfazema com que todas as noites a mulher se banhava antes de dormir alcançou Cornélio, acordando-o do devaneio. Despiu-se onde estava e entrou no anexo tal qual viera ao mundo. Mariana não se assustou nem disse palavra. Era como se a vida não tivesse o poder de a surpreender, de a assustar. Olhava para o marido. Era tarde. Fora longa a espera. A de Cornélio e a sua por ele. Aguardava-o, como todas as noites da sua vida, assim tivesse partido na véspera e soubesse que só um milagre ou uma desgraça o trariam de volta tão cedo. Não fez perguntas. Estava ali. Era quanto importava. Um sorriso franco se desenhou em suas bochechas rosadas pelo vapor do aposento. Gostava de ver o marido nu e de tudo quanto tal representava. Cornélio a fixou nos olhos mansos, depois nos mamilos negros, que ao nível da água se revelavam, e, sem proferir um som, sorriu de volta, entrou na tina, ajeitou-se entre a madeira e o corpo da mulher que era sua como nenhuma outra, pela lei de Deus e para sempre.

— Tem sangue na mão, marido! — reparou Mariana, abrindo-a sobre o peito.

Cornélio a mergulhou na água.

— Devo ter me cortado em qualquer lado.

Um suspiro se soltou dela quando os braços do marido lhe rodearam o ventre submerso. Era aquele o seu homem. Cornélio fechou os olhos, respirou fundo o vapor calmante de alfazema. Estavam dentro de um ovo como no princípio dos tempos. Tudo correria bem. Também precisava de um banho, e de tirar do corpo o peso que havia três dias o vergava de medo.

XII

Ninguém parecia acreditar numa morte assim. Um homem tão bom, tão querido de toda a gente... Um pecado! Um sacrilégio! Uma ignomínia! Uma covardia! Uma traição! Desde as primeiras horas da manhã que não havia outro assunto em toda a cidade. Não só por se tratar de quem era, mas porque, ao fim de cinco meses e três semanas, Deus se lembrara, finalmente, de fazer descer o mais diligente dos Seus anjos sobre Santa Cruz dos Mártires. Haveria agora que dar paz ao corpo e caça ao bandido que o matara. Numa época em que por quaisquer vinte mil *cádos* se encomendava o despacho da mais protegida figura da nação, e os matadores a soldo excediam os homens condenados, não seria fácil a tarefa do sargento Tendera de fazer cumprir a palavra dada pelo Alcaide Arménio Batágua, o qual, em jeito de campanha, jurara não ficar por desvendar tal crime, nem por fuzilar o miserável que o cometera.

Cornélio recebeu a notícia na bandeja do café da manhã, que às dez não se tinha ainda levantado da cama. A noite fora reparadora. Não dormia assim desde a véspera da sua chegada, em casa de Serpentina Almodôvar. Mas, às palavras de Mariana tudo nele se alvoroçou. Até o dente, com o seu roer de bicho moído.

— Foi encontrado morto numa poça de sangue. Parece que o mataram.

A bolha placentária onde desde o seu regresso a casa parecia metido, estourou de repente, e Cornélio se sentiu cair, desamparado, no chão do mundo, coberto pela geleia gordurenta da realidade.

— E sabem quem foi? Desconfiam de alguém? — perguntou, alarmado, o caixeiro-viajante.

Mariana encolheu os ombros. Haviam sido as crianças a trazer a notícia. Fora tudo quanto souberam dizer. Mas de uma coisa estava certa:

— Hão de apanhá-lo!

Cornélio acenou com a cabeça.

— Mariana! — chamaram da rua. Marido e mulher se entreolharam. Era a voz de Prussiana Castrione, vizinha, costureira, e uma das mais fiéis alcoviteiras de Santa Cruz dos Mártires.

— Ô, Mariana!

— Já vou! — gritou esta, sorrindo para o marido que a olhava catatônico. Sabia não haver senão que responder. Notícias na certa.

A bandeja do café permaneceu como Mariana deixara. O professor Mata-Juan?! Assassinado?! Ainda na véspera lhe passara à porta a caminho da casa de Lídia de Jesus. A imagem daqueles três homens conspirando na penumbra se iluminou. Teriam sido eles? Deus quisesse que não! A reconhecerem-no; a tomarem-no por testemunha, estaria perdido — pensou, como se não estivesse já. Acharia-se entre eles o matador que o procurara no Topázio? Não lhes recordava a face. Não olhara senão de relance. Era de noite e o crescente da Lua não bastara para minudências, mas tal não garantia não lhe terem estes fixado a figura. Afinal, eram três. E se o acusassem? Três palavras contra a sua! Que diria em defesa própria quando o sargento lhe perguntasse onde estivera na noite anterior e fazendo o quê? Estava perdido! — era tudo quanto a cabeça processava. Agora, mais do que nunca, estava perdido. Nisto se achava, quando Mariana voltou com pormenores:

— Parece que afinal o professor se matou com dois tiros no coração.

— Dois tiros no coração?! — tornou Cornélio com os olhos em O.

— Sim — devolveu Mariana, igualmente incrédula, mas por motivo diferente. — Com tanta gente a querer viver e se vai aquela alminha se matar por quê?! — acrescentou, num misto de censura e incompreensão, como se a razão da morte fizesse diferença.

— Dois tiros no coração?! — repetiu Cornélio, a quem não ocorria perguntar mais nada.

— Foi o que a Prussiana disse.

O estômago de Cornélio deu uma volta, depois outra. Mariana, mulher de sensibilidade menos epidérmica, estranhou o marido. Era o professor das crianças, sabia a estima que todos lhe tinham, inclusive ele, mas não lhe parecia caso para tanto. Sem tirar os olhos do chão, Cornélio fazia o possível para aguentar a agonia.

— Numa coisa Prussiana tem razão — declarou Mariana —: pelo menos acabou-se o enguiço do cemitério!

A testa de Cornélio se plissou toda. Não percebera a referência da esposa.

— O cemitério novo! — enfatizou Mariana Cayomar, em jeito de quem reitera o óbvio.

Um breve silêncio encheu o quarto. Marido e mulher se olharam por razões distintas: Mariana esperando que Cornélio retorquisse, ele pensando nas palavras acabadas de proferir. Como não obtivesse resposta, Mariana lhe lembrou a polêmica obra do padre Pôncio Leona (coisa da qual estava a par já antes de partir), contando-lhe a desgraça que, por conta disso, havia quase seis meses se abatera sobre Santa Cruz dos Mártires.

— Mais ou menos desde que tu partiste que não se fina uma alma nesta cidade. Anda toda a gente desesperada, em especial o senhor padre, de quem foi a ideia teimosa.

Cornélio se fez branco, depois mais branco, e por fim, revirando os olhos, desmaiou sobre a cama feito um boneco de trapo. Acordou à força de chapadas e da voz da mulher:

— Marido! Marido!

Perdido, o caixeiro-viajante foi aos poucos voltando a si. Olhava desanimado para aquela mulher, bondosa e tola, prestes a ficar viúva e ainda tão enérgica. Como era balsâmica a ignorância! A palidez lhe passara, que pesada era a mão de Mariana Cayomar, mas o quebranto se manteve. E quando esta lhe disse, numa mistura de nervoso, graça e falta de taco.

— Vê lá se não quer ir fazer companhia ao professor!

Cornélio não aguentou o estômago e se baldou em espuma para o vasinho de noite.

— Oh, valha-te Deus, homem! Pois como é que você não quer estar assim?! Não come nem dorme por causa desse maldito dente! — Ele que na véspera ceara por três e dormira toda a noite. — Nem tocou nas torradas! Ao menos dá um golinho no leite.

— O padre, Mariana! — gaguejava Cornélio. — O padre!

— Para que você quer o padre, marido?

Mas Cornélio insistia:

— O padre!

Por instantes, Mariana se assustou. Acharia ele estar a morrer e querer se confessar? Os homens acham sempre que morrem de uma unha que se lhes parte.

— Quer que chame o senhor padre, marido?

— Não! — gritou Cornélio. — Foi ele! Foi o padre que matou o professor!

Os olhos de Mariana Cayomar se abriram até meio da testa. Era delírio de febre; teimosia do dente. Não o quisera arrancar e agora, mais aquela notícia, delirava. Ainda na véspera chegara tão bem, tão cheio de si... Nesta coisa de dentes, sabia-o, ou se arranca o mal pela raiz feito erva daninha ou é um crescer de moléstia até ao desespero dos nervos. Já se levantava para lhe trazer uma taça de água fria e um trapo para a cabeça, quando este lhe segurou o braço:

— Foi o padre que matou o professor, Mariana! — sem medir o peso da acusação.

— Ai, valha-te Deus, marido! Que disparate! Acabei de te dizer que o pobre de Deus se matou.

— É mentira!

— E como você sabe?

— Não disse primeiro que tinha sido morto?

— Era o que se achava.

— E por que não se acha mais?

— Parece que o sargento encontrou a pistola caída entre a cama e a parede.

— Dois tiros no coração, Mariana? Quem é que dá dois tiros no coração?

— Pois sei lá? Se calhar não acertou o primeiro, coitado.

— Oh, Santa Ignorância, que é a padroeira dos néscios! — bradou Cornélio. — E por que você acha que apareceu uma arma agora?

— E eu lá vou saber por quê?

— Pois eu te digo: para poupar o padre de apodrecer na cadeia e o sargento a ter de o prender!

O rosto de Mariana era o reflexo acabado dos pasmados.

— Pois não era o padre o maior inimigo do professor? — perguntou o caixeiro-delirante, com toda a legitimidade.

Mariana encolheu os ombros, não entendendo a relação entre uma coisa e outra. Cornélio estava lívido.

— Foi ele! Foi ele! Tenho a certeza que foi ele!

— Você não está bem, marido! O senhor padre é um homem santo — atirou Mariana Cayomar do alto da sua inocência.

— Um santo demônio, é o que ele é! — rosnou o caixeiro-viajante, agarrado o dente que lhe dava pontadas na cabeça como estocadas de ferro em brasa.

Mariana se benzeu; pediu a Deus que perdoasse o marido e a este que não repetisse tal sacrilégio, e atentasse às crianças. Se alguém fora daquelas paredes lhe ouvisse tal desatino, o que haveriam de pensar dele?! Que endoidara, por certo! Cornélio se silenciou. Jamais o creriam. Nem sequer a mais leal e lícita das suas mulheres, a mãe dos seus filhos. E temperando a voz, devolveu:

— Não me sinto muito bem, não!

— Ainda há bocado estava uma riqueza! É o dente, não é? — Só podia, pensava Mariana. Que outra razão para tanta maluquice?

Cornélio acenou com a cabeça. Não disse mais nada. Era preferível encher a boca de papa de linhaça do que de palavras reveladoras que jamais teriam eco, assim viessem Pôncio Leona a matá-lo com as próprias mãos. Sabia as limitações da sua acusação, as limitações de Mariana; de todo o povo de Santa Cruz dos Mártires.

— Encoste um bocadinho que eu já venho.

Cornélio não contestou nem obedeceu. Uma tontura o desequilibrou ao se pôr de pé. Sentia um pouco de febre. Seria do dente? Do medo? Da destemperança do corpo, talvez.

— O padre?! Que disparate! — ainda lhe ouviu Mariana repetir a caminho da cozinha.

Mas fora. Se dúvidas pudesse ter, cairiam por terra ante aquele estrondoso detalhe. O cemitério novo! Como não pensara nisso?! Estivera demasiado tempo fora para ter acompanhado os acontecimentos dos últimos meses, e, desde a chegada, fora tal o alheamento que não se inteirara de nada. Como não o prevenira, Mariana?! Como fora que, tal como Lídia de Jesus, deixara-o assim, à mercê daquele pilantra batinado?! Duas vezes traído pelo silêncio. Por que, no meio de tanta tagarelice, não lhe tocara ela no assunto?! Uma palavra sua na véspera e não seria agora o professor quem inauguraria o cemitério novo, mas o próprio padre Pôncio Leona! — queria se convencer, Cornélio de Pentecostes, como se não tivesse estado nas suas mãos cambiar as escrituras de Deus. Diabo! Talvez Mariana houvesse dito qualquer coisa. Não tinha ideia. As moscas, a pestilência, "o cheiro da morte" nas palavras de Parrandilho Castro. Tudo fazia sentido, de repente. — Como é possível?! Como é possível?! — repetia, impotente, o caixeiro-viajante. — Dois tiros no coração?! Quem é que se mata com dois tiros no coração?!

Mariana voltou ao aposento com uma bacia numa mão e um almofariz na outra. A figura daquele homem a zaranzar de um lado para o outro, branco, mole, feito um fantasma em cuecas, apresentou-se tão despropositada quanto aquilo que da boca lhe saíra.

— Deite-se, marido, para eu te pôr isto — ditou Mariana, tirando um pano de dentro da bacia.

Tal qual uma criança obediente, Cornélio fez o que a mulher ordenou. Enquanto lhe atava o pano espremido em volta da cabeça, falou-lhe do almoço: do seu purê de abóbora predileto; das costeletinhas de cordeiro

— ... que o meu pai mandou pela Ana Lúcia...

e já estavam em sumo de lima, alho e alecrim, para

— ... aquela cebolada de pimentos que você adora!

Mas Cornélio não ouvia nada. Apenas uns pensamentos avulsos, peças soltas de uma geringonça avariada e sem proveito.

— Abre a boca, marido.

Cornélio abriu, sujeitando-se, sem resistir, corpo indolente embalsamado em vida.

— A minha mãe também mandou umas flores pela pequena.

Cornélio fez uma careta. Não pelo presente fúnebre da sogra, mas pelo contato frio da papa de linhaça com o dente.

— Pronto, já está! — declarou Mariana toda trejeitos de mãe. — Agora deixa ficar aí sossegado e não penses em disparates, que eu depois te chamo para o almoço. Vou ver dos pequenos, que silêncio a mais não é sinal de boa coisa — e recolhendo as tralhas, desapareceu pela porta que fechara atrás de si, a fim de lhe dar descanso, para ir tratar dos seus afazeres, pois alguém precisava garantir o bom rumo daquela casa.

Cornélio se levantou, que o embalo do corpo apazigua a mente. Debalde. Com a cabeça agitada, andou de um lado para o outro a mastigar lamentações de linhaça. Numa das passagens pelo espelho teve a sensação clara da sua finitude. Com o pano amarrado à volta da cabeça, lembrando um queijo na cura, o caixeiro-viajante suspirou, desolado:

— Está bonito, está!

Se estivesse morto não o pareceria tanto. A boca enchera-se de saliva por causa do remédio. Estava farto daquela solução. Foi à janela, cuspiu para a rua, uma, duas, três vezes. Se pudesse ele se purgar assim de todos os mal-estares que o supliciavam! Voltou a vaguear, mas, por mais voltas dadas tudo era arrependimento e tardança. Maldição das maldições! Tivera nas mãos a oportunidade pétrea de eliminar o miserável e a atirara fora. Talvez não fosse a tempo de salvar a vida do professor Mata-Juan, mas a sua, sim, que era a que lhe interessava. E nisso pensou na perfeição da ironia: os dois inimigos estreando juntos o cemitério da discórdia, sepultados, lado a lado, por toda a eternidade, que a morte, embora não perdoe, apazigua tudo. Chegaram no mesmo barco e partiriam, no mesmo dia, cada qual na sua canoa, para outra vida que talvez houvesse. Uma espécie de excitação tola lhe perpassou os sentidos. Coisa de pouca duração, pois a realidade era outra. Poderia ter sido diferente. Mas era apenas tarde.

Fora com alívio que, à passagem de Pôncio Leona, Cornélio deixara cair a pedra assassina que entregaria a Deus o padre de Santa Cruz dos Mártires. Durante duas horas pensara alto, dirigira-se aos céus, rogara indulgência pelas suas faltas e uma centelha de luz que o iluminasse. Passou em revista a possibilidade de execução de todas as suas hipóteses, prometendo, entre impossibilidades, não tornar a visitar Lídia de Jesus, nem o leito de qualquer outra mulher além da mãe dos seus filhos, e empenhou a palavra, sob pena de castigo, que antecipadamente pediu para si mesmo se a não honrasse, em como escreveria a cada uma das suas mulheres, despedindo-se e pedindo perdão, cartas que enviaria, todas no mesmo dia, de uma qualquer povoação remota e sob o mesmo remetente, não Cornélio Santos Dias de Pentecostes, mas um outro que a seu tempo haveria de inventar. Prometera ainda, na febre do momento, doar todos os meses cem mil *cádos* para os desvalidos, bem como mandar rezar uma missa por ano pelas alminhas do Purgatório. No entanto, embora pesassem todos os pensamentos, todas as boas intenções, só a morte de Pôncio Leona se lhe afigurava como única salvação para a sua vida. Não era um homem violento, Cornélio de Pentecostes. Jamais entrara numa briga. Nem sequer nos tempos conturbados da Guerra Civil. Um amante inveterado, admitia o vício, mas não um assassino. De todos os seus defeitos, a maldade era o menor. Mas era lei da Natureza: quem não mata morre. Estava já disso convencido e munido de trezentas desculpas para se dar, e a Deus, pelo ato que se aproximava, que entendeu como milagre a epifania do momento, libertando-o de passar o resto dos seus dias com o peso de um cadáver lhe boiando no coração. De modo que, quando Pôncio Leona passou rente à árvore onde se escondia, caiu de joelhos por terra, agradecendo a Deus por lhe segurar a mão. E se trezentas desculpas achara para o ato de matar, não menos desencantou para não tê-lo feito: que a imagem do vigário à porta de Lídia de Jesus, despedindo-se, amoroso, era sinal de benevolência; que talvez tudo não passasse de um susto para lhe dar uma lição e afastá-lo da mestiça; que a frase que lhe deitara nessa tarde

— *Reze e se arrependa! O resto, Deus providenciará.*

tinha tom de um perdão antecipado; que até o tempo estipulado pelo assassino soava a truque velado para lhe aumentar o medo e o desespero, fazendo-o crer que a encomenda da sua morte vinha de outro lado que não dali.

Por fim, para remate das desculpas dadas, pensou que matar Pôncio Leona só pioraria a situação, pois a se tratar de um susto, como cada vez mais lhe parecia, tirar o padre do caminho faria com que o matador deixasse de ter a quem responder, não o impedindo, por tal, de continuar a chantageá-lo até não ter mais o que lhe extorquir senão a vida e o garantido silêncio. Afinal, era ele quem pagava ao assassino o trabalho que Pôncio Leona lhe encomendara, sabe Deus sob que estranha negociata. De uma coisa estava certo, Cornélio de Pentecostes, naquele momento, por mais irônico que pudesse parecer, Pôncio Leona era um escudo entre si e a eternidade. E no pensamento mágico das crianças que não entendem a morte ou como pode o mundo existir sem elas, sentiu-se despertar do pesadelo que havia dois dias e três noites o consumia sem tréguas. Um susto! Não poderia ser senão um susto! Não conseguia se imaginar morto. Não lhe fazia sentido. Aceitaria o jogo do cura. Iria procurá-lo no dia seguinte; diria que havia pensado em suas palavras a noite toda. De fato tinha pecados a confessar: *uma jovem mestiça que vivia para as bandas do rio*, com a qual *esbarrara por fraqueza*, mas *estava arrependido*, e por tal queria *pedir perdão a Deus e ao cavalheiro que a mantinha*, mas não sabia de quem se tratava, pelo que, *senhor padre, queira me ministrar a penitência que entender pelo meu delito e aceitar a contrição genuína do meu coração*, apelando-lhe à sensibilidade e jurando, pela saúde dos filhos, não tornar a pecar. Era um homem de Deus, Pôncio Leona, e, à semelhança d'Aquele, estava condenado a perdoar um pecador deveras arrependido, como julgava ser seu caso nesse instante. Um misto de alegria e alívio se apoderou do seu coração naquela hora. Foi assim, convencido de quanto desejava ser — pois um ser de pouca temperança facilmente se deixa levar pelas fraquezas do espírito —, que regressou a casa; meteu-se na tina do banho com Mariana, tomou-a com a sofreguidão dos vinte anos, ceou por três dias de atraso e caiu na cama, para dormir logo em seguida sem pesadelos nem sobressaltos, até à maldita hora em que esta lhe trouxe, entre torradas e café com leite, a notícia que trocava tudo de lugar outra vez. Mas, porque jamais a serenidade com que um homem se deita lhe garante a paz do alvorar, Cornélio dava agora voltas pelo quarto a falar consigo mesmo:

— Que estúpido! — dirigindo-se ao espelho, cujo reflexo lhe parecia exterior a si. — Que estúpido! — repetia, ante a tardança da hora.

Como pudera ser tão incauto, tão inocente? Como pudera carregar às costas a lenha para a sua própria pira sacrificial, subir ao Moriá para o holocausto e nem se perguntar pelo cordeiro? Creu na Divina Providência, que a fé dos homens nunca foi senão medo, e deixou-se levar pelo logro da covardia. Não fora temperado na forja da veemência, Cornélio de Pentecostes. Era um pobre diabo que tinha por grandeza o coração e por fraqueza a incapacidade de lhe resistir sempre que este se rendia à firmeza de um peito ou a um torneio de perna. E porque nem Deus nem o Monte da Providência passam de histórias para amansar os homens, o caixeiro de Pentecostes se sentia agora enganado pelos sentidos; pela esperança que ilude e promete, mas não redime nem salva. — *Reze e se arrependa! O resto, Deus providenciará.* — Claro que Deus providenciará! Já providenciara um! Não tardaria a providenciar outro. Primeiro o seu inimigo figadal, depois o melro que lhe andava a petiscar a iguaria mais cara, e sabe o Diabo quem mais. Que estúpido! — ia repetindo entre puxares de cabelo de um lado para o outro do quarto. Uma dor fina na palma da mão suspendeu-lhe os gestos. A ferida feita na véspera tornara a abrir. Não deixava de ser irônico que o único sangue que tinha nas mãos fosse o próprio, de uma feridinha de nada, fruto do apertar nervoso de uma pedra afiada.

Com a morte do professor Mata-Juan tudo mudava de figura, e as ideias pacificadoras da véspera perdiam toda a valia, feito notas de cinco mil *lauréis* em tronco de umbuzeiro. Mas o pior é que era tarde para reparar o erro à pedrada. Com o arrependimento lhe vinha de novo a coragem que na noite anterior lhe faltara. A carne lhe tremia sob a pele eriçada: medo, frio, vertigem, enjoo. Não havia doze horas entrara em casa com um sentimento florido de esperança e já agora se amorrinhava feito um condenado a caminho da forca, que morrer talvez não custe, mas custa muito cada instante que antecede a morte. Não, não se tratava de um susto, mas do plano diabólico engendrado pelo mais cruel e mesquinho arquiteto do mal; um plano astuciado minuciosamente para, de um golpe só, livrar-se dos seus inimigos e inaugurar o cemitério da discórdia. O que poderia ele fazer agora? Voltar a casa de Lídia de Jesus? Mais do que nunca tinha a certeza de que eliminar o maldito não afastaria de si a sombra do assassino ou assassinos contratados para expurgar Santa Cruz dos Mártires. Pelo contrário. Não lhe dava senão para dois dias, o dinheiro conseguido, e esgotara já todas as fontes onde se valer. Só uma revolução poderia salvá-lo; só ateando fogo à cidade, pondo tudo em pé de guerra contra Pôncio Leona, se libertaria do jugo tirano do destino alinhavado que o aguardava. Desmascarar o pilantra. Tinha de desmascarar o pilantra! Mas como? Como? Como? — repetia o caixeiro-viajante em voltas de leão enjaulado.

Meia hora depois, quando Mariana o chamou para o almoço, obedeceu-lhe à voz feito um hipnotizado; sentou-se à mesa alienado, comeu sem dizer palavra e, de olhos postos na porta da rua, esperou ver entrar Agostinho Salsa da funerária para lhe tirar as medidas para as tábuas da eternidade.

XIII

Sentado na beira da cama, com as mãos entre os joelhos, Cornélio de Pentecostes olhava para as franjas do tapete que, apesar de gasto, haveria de lhe sobreviver. Não dera por ter almoçado; pelas gargalhadas dos filhos por causa do pano que lhe rodeava a cabeça; pela repreensão que a mãe lhes dera; por ter regressado ao quarto — único lugar onde ainda se sentia a salvo —, nem sequer por Mariana andar dentro e fora mexer nas roupas, e só acordou quando o cheiro a naftalina tomou conta do ar e o atingiu em cheio no peito com o peso das coisas mortas.

— O que faz aí? Fecha isso!

Com o baú aberto no meio do caminho, Mariana Cayomar fixava o marido. Aquele dente andava a dar-lhe cabo do juízo! Mas porque as coisas da vida lhe eram simples e não tinha nem ideia dos demônios que o atormentavam, respondeu o óbvio, da forma menos lavrada, que era a sua:

— Estou à procura do teu terno para o funeral. Ou quer ir em cuecas? — riu, estendendo sobre a cama o terno completo dos velórios e funerais, o terno que ele mesmo haveria de trajar no dia de descer à terra.

Cornélio sentiu uma língua de gelo pelas costas abaixo. As palavras se emaranhavam em sua cabeça feito um saco de gatos. Ele que sempre fora prolixo. Tudo em si era medo e tortura. Queria pedir à mulher que o abraçasse; protegesse-o como aos filhos; apequenasse-o e o guardasse entre os seios, junto à imagem de Cristo. Será que ela o defenderia? Se ficasse para sempre ali, naquele quarto, o defenderia? Um homem que me quer matar, Mariana! Não sei por quê. Contas de outra vida; de outro tempo, talvez. Não faças perguntas. Interpoe-te apenas entre mim e a morte! Sou o teu esposo, testemunhado por Deus, o pai dos teus filhos, o homem que, na alegria e na tristeza, na saúde e na doença, na coragem e no pavor, na vida e suas ameaças, Mariana. Mas não disse nada. E uma vez mais foi a mulher quem puxou da palavra para quebrar o silêncio constrangedor que agora sobrava de todas as vezes que alguma coisa se dizia:

— Em janeiro não vai haver poesia! — referindo-se ao professor Mata-Juan que, todos os anos, no dia treze, fazia um recital de poesia de atrair a cidade em peso ao Grêmio Santa Cruzense, para fúria do padre Pôncio Leona.

Cornélio, a quem frases contendo terminações absolutas provocavam agora uma vontade irreprimível de chorar — que quem tem mazelas, assim sejam na alma, tudo parece lhes bater —, foi até à janela, levando a mão à cara por uma fisgada no dente. Aguentou a dor, do dente e da frase, que só de pensar em papas de linhaça lhe vinha o almoço às goelas. Mariana percebeu ser o seu silêncio mais benéfico do que quanto dissesse e, porque afazeres lhe competiam, pediu-lhe para dar um olhinho nos pequenos, pois tinha de ir bater à porta de Crespim Neto a ver se este lhe abria a loja de tecidos por meio metro de pano negro que não tinha para fazer as fitas para as crianças. O pedido foi mais para o distrair do que propriamente pelo cuidado, visto Ana Lúcia se encarregar sempre de vigiar os irmãos. Cornélio aquiesceu, indo se plantar à janela. Por entre as cortinas viu os gêmeos subirem à pitangueira do quintal, içarem o irmão mais novo pelos braços para um ramo baixo e começarem a comer da árvore com a inocência que ele não se lembrava de algum dia ter tido. Os ramos vergavam com o peso dos pequenos. Pensou em os avisar. Mas por não ser grande a queda, se a dessem, decidiu não lhes roubar a alegria do instante e a si a de vê-los realizados. Só Deus sabia quantas oportunidades teria ainda de olhar para eles. O galho onde o menor se empoleirava estalou. O coração sobressaltou. Na varanda, a filha levantou os olhos para os irmãos.

— Cuidado — disse a pequena, sem exageros de entoação, no seu nascente instinto de mãe.

Cornélio se absteve, uma vez mais, de abrir a boca. Estavam nas mãos de Deus, como tudo, e não lhe competia a ele fazer frente ao destino traçado. Além de que estavam felizes; pássaros livres caçando pitangas.

— Úcia! Úcia! — gritou o menor, estendendo uma mão cheia.

Ana Lúcia se levantou, foi até à árvore. Sorriu, aceitou e comeu. Os gêmeos, nos ramos mais altos, enchiam a boca de frutos grenás.

— Toma! Mais! — exclamava o pequeno, estendendo a mão para a irmã.

Cornélio parecia olhar os filhos pela primeira vez. De algum modo, não os reconhecia. Quantas vezes estivera presente na vida de cada um deles?

Quantas vezes os olhara, de fato? Que ideia guardaria de si o mais novo quanto tivesse a sua idade? Os gêmeos, um pouco mais. Não muito. Só Ana Lúcia se haveria de lembrar de ter tido pai. Só ela haveria de lhes contar uma história ou duas de que ainda se lembrasse das tantas mentiras que ele inventara para a entreter nos dias em que esteve em casa. Os pequenos não lhe deram pela presença. Aproveitavam a folga que a morte do professor lhes dava. À exceção do mais novo, que ainda não tinha idade para obrigações — todos eram alunos do professor Mata-Juan, que na mesma sala ensinava da primeira à quarta classe. Haviam ficado consternados com a notícia, mas passara depressa, que na infância tudo é breve, o bom e o mau, e já faziam planos para os dias felizes que se adivinhavam sem escola até à vinda distante de um novo professor. Apenas Ana Lúcia parecia sentida com o sucedido. Seria assim também no dia da sua morte? Um espaço em branco lhe surgiu no lugar da resposta. Afinal, quem era o pai para eles senão uma figura que viam meia dúzia de vezes por ano, chegando sempre num terninho engomado, sorridente, perfumado, com a mala recheada de presentes e por poucos dias? E porque a angústia recomeçava a ganhar espaço, Cornélio deixou os pequenos nas mãos da mais velha e de Deus, afastando-se da janela. Mirou-se ao espelho. Estava envelhecido. Aos trinta e sete anos aparentava agora cinquenta. Talvez fosse o cabelo desgrenhado, algumas sementes nascendo daquele pano ridículo que ainda não desamarrara da cabeça. Talvez a barba pontilhando, negra, o rosto sombrio; talvez os olhos papudos de pouco dormir, a boca inchada de um lado, o lábio mais grosso, a magreza das faces de quem havia três dias pouco comera...

Às três da tarde Mariana estava de volta com a notícia de que o corpo do professor fora levado para a igreja onde podia ser velado até à hora do cortejo sair para o cemitério. E porque Cornélio não se expressara, acrescentou que, apesar de toda antipatia que o afastava do professor, o padre Pôncio Leona estava abalado, dissera-lhe Crespim Neto, o qual nessa manhã se cruzara com ele na praça e ao pedido da bênção

— ... nem bom dia ouviu! — sublinhou Mariana, em jeito de justificar ao marido o sem fundamento da sua desconfiança.

Cornélio acenou com a cabeça. O que haveria ele de dizer? Mas pensou: tendo Pôncio Leona sido a vida toda tão hostil ao falecido, revelar-se agora consternado, só cimentava em si a certeza da sua culpa. Calhando, arrependia-se do mal feito. A ideia o alentou por uns instantes. Talvez o arrependimento o poupasse a si. De novo foi lampejo breve. Andava metido com a sua amante. Que pior inimigo poderia um homem ter em tempos de paz?

Mariana pediu ao marido para se aprontar, pois tinha de tratar dos pequenos e o tempo já não era muito.

— Temos de nos despachar. O funeral está marcado para as cinco.

— Pressa em estrear o cemitério — suspirou Cornélio.

— Quê? — perguntou Mariana, já saindo do quarto.

— Hum?

— Não falou?

— Eu? Não!

— Pareceu-me te ouvir dizer qualquer coisa.

Cornélio encolheu os ombros. Mas porque o parecer das mulheres quase sempre se confirma, Mariana acrescentou, como quem intuísse o conteúdo do suspiro que o marido dissera não dar:

— Com o tempo que está, e a praga de moscas que aí anda, não podem deixar o cadáver ao ar até amanhã — explicando, tal qual ouvira do dono da loja de tecidos: sendo o professor falto de família, decidiram, Alcaide e padre, descer-lhe o corpo à terra nesse mesmo dia, antes do sol se pôr.

Havia uma crueza natural em Mariana que Cornélio parecia nunca ter notado. As razões apresentadas eram válidas, mas desconfiava não ser esse o motivo de tamanha premência, antes a urgência do padre em se livrar do professor e estrear, enfim, a obra da discórdia. Quanto mais depressa fosse sepultado, mais depressa se quebraria o enguiço do cemitério. Desde o caso do major Maurício Candela, ia para uma década, cujo corpo descera à terra três vezes e três vezes fora içado pelos gritos que dava dentro do ataúde, que, mesmo nos meses de estio, passara-se a sepultar os mortos apenas quando o cheiro fosse claro o bastante para não restarem dúvidas quanto ao estado do corpo. Mas agora havia uma desculpa perfeita para não esperar, visto o medo de uma epidemia ser maior que o da própria morte. Além de que, no caso do professor, poucas dúvidas havia quanto ao seu estado de defunto, pois ninguém ressuscita com duas balas metidas no coração, por maior que seja o milagreiro. Até nisso estava do lado da sorte, Pôncio Leona!

— Pois — foi quanto Cornélio retrucou às palavras de Mariana, que já ia a chamar pelos filhos.

De olhos postos no fato que o aguardava, o caixeiro-viajante hesitava em dar o passo de se vestir. Mas Mariana tinha razão. Era o professor das crianças; teriam de lhe ir ao enterro. E ele, com tão poucos dias de vida, a desperdiçar tempo em funerais alheios! Gostava do professor, mas não era seu amigo. Trocaram algumas vezes palavreado sobre mulheres em casuais partidas de damas e pouco mais. Afinal, Cornélio era e não era da terra que o vira nascer no perigoso limite de uma manhã de Pentecostes, visto ser mais o tempo andado por fora do que o passado por ali. Mas como não ir? Que desculpa dar? O dente? Servia perfeitamente. Mas a ideia de ficar sozinho em casa, à mercê da má fortuna, fez com que vestisse a mortalha de finados. Estava em dia com as prestações, mas... Quem lhe poderia garantir segurança? No meio da multidão, pelo menos, parecia-lhe estar mais protegido.

Diante do espelho, Cornélio de Pentecostes sentia se vestir para o seu próprio enterro. Fizera a barba, penteara o cabelo, aceitara até umas gotinhas de colônia que Mariana lhe colocara no colarinho. Os gestos lentos, arrastados, davam a sensação de dormir acordado e de nada o atingir. E assim, dentro do sonho, ajustou a gravata ao pescoço, condenado se enforcando. Seria a primeira vez que um morto se trajava sozinho para ir a sepultar. Na cozinha, Mariana acabava de aprontar os pequenos: a trança da mais velha, os laços dos gêmeos, o cadarço do mais novo. Era aquela a sua família! — pensou, com uma estranheza de saudade, o caixeiro-viajante. Ali estavam todos, bonitos, elegantes, pela pior razão do mundo. Suspirou. Encostou a porta do quarto, foi ao livro das suas escritas, tirou-lhe o penúltimo envelope de dentro e, benzendo-se, guardou-o no bolso do terno.

Todas as considerações feitas na véspera acerca do padre Pôncio Leona eram agora nulas de significado. Nunca se conhece verdadeiramente as pessoas, pois cada um é dois, é dez...; é bom, é mau; amoroso — como ainda na véspera vira o cura de Santa Cruz dos Mártires com a mestiça ao colo —, ou assassino, frio e calculista, que até o mais gélido algoz tem ternura no coração, quando beija os filhos, ao voltar para casa, ainda com as unhas encardidas de sangue, porque a culpa do mundo ser como é não é sua e o trabalho que Deus lhe destinou para sustentar a família é com Deus e só com Deus. Vagueava no pântano das ideias vagas, Cornélio de Pentecostes, quando os sinos da igreja dobraram para a missa, alvoraçando-lhe o coração. Chegara, enfim, o instante derradeiro.

— Está na hora! — gritou Mariana para toda a casa.

A voz de carcereiro da mulher o fizera estremecer feito um condenado ante a volta metálica da fechadura. Havia naquele chamado um quê de excitação, semelhante ao que antecede uma festa, próprio das almas simples que pouco têm para se animar.

Às quatro em ponto, o caixeiro-viajante, acompanhado da mulher e dos filhos, entrou, engravatado e alheio, na matriz de Santa Cruz dos Mártires. Mariana cumprimentava à direita e à esquerda. Cornélio, por sua vez, avançava na nave, olhos postos no vago, qual noivo para desposar a própria morte. Junto ao altar, sustentado por seis cadeiras, um ataúde aberto revelava ao povo que o rodeava o rosto exangue e nobre do professor Mata-Juan. Cornélio não se atreveu a aproximar. Mariana não se conteve: galinha poedeira, com quatro pintos na cola, lá foi, indiscreta, com as crianças atrás. A dois bancos de onde na véspera vira passar a viúva de perna torneada, Cornélio esperava agora a tortura acabar. Quem o conhecia lhe deitava as cordialidades, com o ar postiço que a ocasião impunha, e as vozes, as indignações, as incredulidades lhe chegavam aos ouvidos tal qual a si se dirigissem. Sentia-se um espírito pairando sobre as suas próprias cerimônias fúnebres e que o vozeado das gentes, o dobre dos sinos, o cheiro a flores, diziam-lhe respeito de algum modo.

Estava ali toda a gente. Com exceção dos acamados e para dona Epíloga. Também sua mãe não estava, nem os irmãos. Estariam, porventura, no dia do seu funeral? Viu os sogros na terceira fila, os filhos lhes tomando a bênção. Aqueles, tinha a certeza, não faltariam, em especial dona Eleonora Cayomar, para se certificar lhe cobrir pesada a terra o esquife chumbado. Mariana gesticulava para o pai com a leveza de uma viúva alegre. Cornélio sentiu os olhos da sogra em si. Olhou para o teto, cujas tábuas careciam de uma pintura. O coração lhe batia tão forte que o ouvia sobre a crescente surdina. Quem mais faltaria por ali? Olhou para trás. Edmundo Carlos, sentado ao lado do patrão Velasquez, fez-lhe um sinal com a mão. Cornélio acenou com a cabeça. Percebera-lhe o gesto: *dez mil cádos, ó Cornélio, não se esqueça!* O patrão trocava palavras com a esposa, cujo leque se moía sem proveito. Felizmente não o viram. Na fila da frente, abraçados um ao outro, Pascuel e Painço eram dois órfãos num pranto. Nem dona Marcela Caravilha pranteava tanto. Adoravam o professor Mata-Juan, que sempre lhes dava *para os tônicos*, como lhes dizia, sem nunca moralizar a esmola. Como era injusta a vida! — pensou. Aqueles dois palermas cuja existência não valia mais que as dos cães da rua, ali, sobrevivendo ao professor, a si dentro de uns dias. Não podia ser! Não se conformava. Tão saudável, ele, tão novo ainda; tão cheio de amor pela vida e aqueles dois... Em especial Painço, com o ar abismado dos patetas que parecem se espantar a todo instante com o mundo que os rodeia. Até o velho Malarico Cova, no seu banco de rodas, a quem a lepra, os foguetes e as brigas de facas haviam levado dois quintos do corpo. Tanta gente naquela terra a quem levar primeiro, por que diabo o havia Deus escolhido a ele?!

Quando o padre Pôncio Leona subiu ao altar, Cornélio sentiu uma rajada de vento nas tripas. A falazada deu lugar ao burburinho e a um restolhar de corpos tomando lugar. Não havia espaço no templo para mais uma alma. As emanações dos corpos, o cheiro das velas, das flores, o perfume das mulheres, a colônia dos homens, que a aflição dos leques misturava, saturavam o ar da igreja, no qual as moscas boiavam, como se mortas, não obstante as sete fiadas de cortinas que as viúvas de Sicário haviam costurado para a entrada, a fim de defender o templo da praga e da peste, mas tanta entrada e saída impossibilitaram conter. De olhos fechados, atrás do altar, Pôncio Leona demorava-se. Havia vozes lhe comentando a humanidade, a grandeza de ter aberto as portas da igreja ao corpo do professor Mata-Juan para que o povo se pudesse despedir do mestre-escola e pela missa que lhe rezaria, contra todos os concílios, pela salvação da alma e remissão dos pecados. Afinal, sendo batizado, embora se afirmasse ateu convicto e confesso, e malgrado todas as suas faltas, coroadas por aquele atentado contra a vida que Deus lhe dera, poderia ser que o Criador, na Sua infinita misericórdia, concedesse-lhe, por interposição de Seu fiel servo, Pôncio Leona, a graça de, um dia, habitar o Reino dos Céus.

— A um ímpio! A um suicida! A um homem que sempre o destratou! Só a capacidade de perdão infinita de um grande cristão pode tanto! — exclamou para os que o rodeavam, Abílio Neto, escrivão da Alcaidaria e beato como uma solteirona encruada.

À sua volta todos pareceram concordar. Não tanto quanto à índole do falecido, mas à grandeza de alma do senhor padre. Os amigos do professor, por outro lado, reunidos junto à porta, diziam não passar aquele ato de uma cruel vingança, de uma vilania; que ter ali o corpo defunto do professor era uma humilhação que este, a lhe estar a alma a caminho sabe Deus de onde, haveria de sentir como facadas no corpo. Cornélio não ouvira uma opinião nem outra. Tinha a sua. Fora o padre que o mandara assassinar e a missa servia apenas para encapotar ainda mais o crime. Pôncio Leona tomou por fim a palavra. A cada frase Cornélio lhe notava um trejeito de felicidade nos cantos da boca, semelhando um coiote que sempre parece rir de alguma coisa, mesmo se faminto e velho. Ao seu lado, Mariana ia ajeitando a roupa aos filhos, puxando-os para que estivessem quietos, limpando a umidade dos olhos que a beleza rara daquela solenidade lhe provocava. Não se imaginava sem o seu Cornélio, por mais que passassem tempo separados. Três bancos à frente, do outro lado da nave, o caixeiro-viajante viu a viúva da véspera olhando para ele. O coração reagiu. Por pouco tempo, que logo Mariana enganchou o braço no seu, sem deixar de mirar em frente. Cornélio sentiu contrariedade e conforto. De todas as vezes que Pôncio Leona nomeava o defunto, era o seu nome que ouvia; em cada palavra um duplo sentido, uma confissão do seu crime e de um ódio que só ele parecia compreender. Teve vontade de o denunciar diante da cidade inteira. Se algo lhe acontecesse, não poderiam esquivar-se à cumplicidade diante dos olhos de Deus. Ainda por cima feita a denuncia em casa Sua. Não resultaria, o sabia. E, se ao invés, representasse ali mesmo a cena do perdão, implorando-lhe para renunciar este à sentença que lhe rezara? Fora um descuido; uma fraqueza de ser homem e pecador. Não tornaria a visitar Lídia de Jesus

— Juro!

sublinhando-lhe o nome

— Mas desista, por favor, do castigo!

que a morte é demasiado para um pecado tão reles e as vinganças não são do agrado de Deus, único e absoluto juiz dos homens. Se o não quisesse fazer por ele, considerasse, pelo menos, a viuvez da sua esposa, a orfandade dos seus filhos, aos quais aproveitaria igualmente para pedir

— Perdão! Perdão!

E se? E se, Cornélio? E se? Contra a morte vale tudo! Ao contrário do confronto da denúncia, o rogo bem poderia salvá-lo. Mas sentiu o embaraço antecipado; a condenação nos olhos dos presentes; o enxovalho de Mariana; a desilusão dos filhos; a felicidade encabulada da sogra... Ignora os pareceres! É a tua vida, Cornélio! Não há mais nada! De que vale a honra sem vida? E que honra é essa, homem de Deus?! Que honra é essa?! Não arriscar tudo em horas de agonia não é pudor, é burrice! Olha que o constrangimento não serve senão para um homem se perder! E quanto mais a voz da consciência o incitava, mais o corpo se lhe tolhia. Flutuava, incorpóreo, num limbo entre dois mundos. O tempo passava e nem uma coisa nem outra. A despeito do desespero, o orgulho, que é outro nome para a vergonha, levou a melhor sobre o caixeiro-viajante, que não moveu um músculo e se deixou imóvel, no seu terno preto, feito um guarda-chuva pendurado no braço da mulher.

Os leques buliam sem alívio o ar saturado do templo. Não havia quem não suasse. Seria breve a cerimônia, o bastante apenas para cumprir a formalidade. O lenço que Cornélio trazia na lapela murchara de tanto lhe enxugar testa e pescoço. Por duas vezes esteve a ponto de desmaiar.

— Está bem, marido? — sussurrava Mariana, balançando o leque na sua direção.

Cornélio acenava que sim com a cabeça. Mas ela sabia fazê-lo apenas para a não preocupar. Estava-lhe estampado no rosto a dor daquele maldito dente. E, malgrado tudo quanto sucedia naquele momento ao seu redor, Mariana Cayomar tomou uma decisão: mal se levantasse, na manhã seguinte, pegaria nas poupanças de São Calisto e iria ela mesma à barbearia de Mastian Peneda para lhe pagar adiantada a extração daquele infeliz molar que estava a dar com o marido em doido.

Pronunciada a última oração, feito o sinal da cruz sobre o esquife, Pôncio Leona beijou a própria mão com que desenhara o gesto, naquilo que a Cornélio pareceu um aceno de glória sobre o inimigo morto a seus pés. Finda a missa, o cortejo organizou-se no adro: padre e Alcaide à frente, debaixo do pálio, depois o caixão, sobre os ombros dos amigos mais chegados, os quais fizeram questão de dispensar a carreta da funerária, e, atrás, o resto da cidade, ao sol ardente do fim da tarde, que no céu imenso resplandecia esplendoroso e alheio ao destino dos homens. De braço dado com a mulher, os quatro filhos na sombra, o caixeiro-viajante se deixava levar, hipnotizado, por aquele mar de gente que daí a dias se haveria de esquecer dele para sempre. Era seu o funeral, para si cada palavra, cada comentário ouvido. As mulheres lamentavam-no; os homens lhe enalteciam o carácter, a nobreza, a distinção, fazendo-o se sentir importante, querido daquele povo que, sendo o seu, tão estranho lhe era. Jamais imaginara ser tão admirado. Talvez fossem verdade os ditos sobre os mortos e todas as suas qualidades. Por vezes acordava do devaneio, percebendo não ser ele quem ali ia naquela urna coberta de flores. Então o coração disparava e voltava a sofrer, que é isso e mais nada que distingue os vivos dos mortos. Era grande, o professor Mata-Juan, comprovava-o, que a grandiosidade de um homem se mede pela quantidade de cabeças vergadas à passagem do seu caixão. Até pessoas que não eram dali; gente chegada havia poucos meses, faziam-se presentes no cortejo. E isto que não fora possível espalhar a notícia pelas redondezas! Que inveja! — pensou sem pensar. Quanta daquela gente se faria presente no dia do seu funeral? Quantos, além da mulher e dos filhos, se lembrariam dele no dia seguinte? Pôncio Leona fingiria tristeza ao lhe rezar a missa?

— Morremos sempre um pouco quando os nossos inimigos partem! — ouvira-o comentar ao doutor Carringuês.

Que parte de Pôncio Leona levaria o professor consigo? Que parte haveria ele de levar no dia em que o assassino... Deveria ter trazido um chapéu. O sol parecia mais forte à medida que o dia caducava, deixando-o numa intermitência de consciência, inconsciência. Os sinos da igreja continuavam a dobrar. Ordens do senhor padre, por sugestão do Alcaide.

— Toca até se te acabarem as forças — fora a instrução dada a Semedo Fanfa que haveria de dar corda ao bronze por meia hora sem parar.

Apesar da tristeza, da consternação geral, um halo de consolo cobria o cortejo. Porque vivos; porque o professor apenas um homem querido de toda a gente — com a devida exceção —, e não um marido, um pai, um familiar chegado; porque, enfim, quebrado o jejum da Libitina. A multidão avançava lenta, feito uma lagarta para poente. Um som surdo de passos, numa harmonia de marcha, comandada pela batuta estafada de Semedo Fanfa. Era tudo quanto se ouvia a caminho do campo-santo, esse lugar indefinido entre a vida e a morte. E no seu seio, sem remédio, Cornélio de Pentecostes, a quem tudo parecia ordenado, consonante, em seu lugar correspondente. Até Pascuel e Painço, mais calmos, agora. Tudo conforme, condizente, concorde. Tudo, exceto ele. Ao seu lado seguia Marcela Caravilha, a mais afamada das carpideiras. Dizia-se dela trazer sempre na manga da blusa um lencinho embebido em cânfora, para as eventualidades. Ia para mais de meio século que não faltava a um velório, a um enterro, quer lhe pudessem pagar, quer não. Fazia-o, sobretudo, pelo amor à profissão, garantia, mas também por um prazer à dor, sua e alheia. Tinha os olhos inchados, papudos de quem sente suas todas as penas do mundo. Quando o doutor Carringuês lhe dissera, certa vez

— Conjuntivite, dona Marcela.

não se ralou com o diagnóstico e dispensou os remédios, que curá-la da moléstia era matá-la de tristeza e de fome, pois tal era o ganha-pão do seu corpo, o sustento da sua alma. Sempre de negro, lenço à cabeça, sombreada pela sombrinha sombria, na sua palidez de freira defunta. Nunca casara. Nunca tivera com quem. Chamavam-lhe a viúva solteira. Não carece explicar por quê. Ninguém tinha ideia do sofrimento que fora o seu por aqueles cinco meses e meio sem uma alminha para chorar, fechada em casa a recordar grandes enterros para que lhe não murchassem as glândulas lacrimais. Cornélio se arrepiou ao imaginá-la chorando por ele. Abrandou o passo. Que se adiantasse aquela ave de mau agouro que parecia assombrá-lo a caminho da cova. De braço enganchado no seu, Mariana lhe sentia o corpo tremer.

— Não te sabia tão amigo do professor, marido! — sussurrou, apertando-lhe o braço.

Cornélio não contestou. Pobre mulher, viúva já de um marido vivo! E avançava, numa resiliência de mártir, a carne toda em chagas, rumo ao Gólgota das suas últimas horas. O sol parecia cada vez mais baixo, cada vez mais quente, e o caminho do cemitério uma Via Dolorosa sem fim à vista. Foram dos últimos a transpor os portões do campo santo. Era assustador! Com os seus muros altos — como para proteger os mortos dos vivos, que o contrário não faz sentido —; o cheiro ainda a argamassa e cal... Nenhuma campa; nenhum jazigo; nenhuma lápide com eterna saudade; nenhuma flor; nenhuma emoção ainda; nenhuma vida ou o que tal significa num lugar assim. Um pequeno altar sob um telheiro, ladeado por dois querubins de gesso, e árvores transparentes, incapazes de sombrear um anão, mas cujas raízes haveriam de disputar aos vermes os corpos que a eternidade dispensa. Não se lembrava, Cornélio, de algum dia ter visto um lugar tão morto quanto aquele. Tão vasto; tão vago; a terra tão por revolver, tão bruta, tão à espera daquela gente toda, porque toda aquela gente haveria de ali ser sepultada, sobre os torrões que ora pisava, pois a terra tem toda a paciência do mundo, e sabe esperar o regresso do barro que dela se levantou um dia. Estreava-se, enfim, o cemitério novo de Santa Cruz dos Mártires, a obra prima sonhada pelo padre Pôncio Leona e cumprida pelo Alcaide Arménio Batágua, contra todas as vontades do povo, que ali estava graças a Deus e ao professor Mata-Juan, o mais consensual dos cidadãos, que até na morte fora generoso, até na morte fora amigo daquela terra, daquela gente que adotara como sua desde o dia em que ali chegara, e pela qual fizera, garantindo amigos e reconhecidos, mais do que todos os alcaides juntos, que jamais hesitara em se desfazer de bens para acudir a um pobre ou desvalido. Não obstante ter o mal da aguardente, era, na boca de quem o nomeava, pouco menos que um homem santo.

Ataído Russo leu um poema, ao qual dedicara toda a noite, em homenagem ao amigo defunto. Cornélio não distinguia senão palavras soltas. Quem lhe faria um discurso no dia do seu embarque, a ele que não tinha amigos na cidade? Uma mãe, um irmão bêbado, uma irmã deficiente, quatro filhos pequenos e uma mulher que não o conhecia. Tivera apenas um amigo na vida; um amigo que... Enfim! Foi depois a vez do Alcaide Arménio Batágua dizer umas palavras. Político que agora era, não exagerou menos que o poeta, vincando profundamente o exemplo do professor, o qual, numa cidade onde a discórdia reinava e até o mais padecente dos vivos se recusava a morrer por medo de enfrentar sozinho o chão daquela tão gloriosa obra, o professor Mata-Juan aceitara, na coragem silenciosa dos únicos, dar a própria vida, qual mártir para salvar os seus. Se tal não era ser cristão; se tal não era amar profundamente o próximo, então o que seria?! Toda a gente aplaudiu. Agradeceu o Alcaide, cuja vaidade era larga, mas foi o rosto de Abílio Neto, o escrivão beato, a se ruborescer todo. Haviam-lhe saído bem as palavras, especialmente por não ser admirador do falecido, que assim se vê a gama de um artista. Um pigarreio de Pôncio Leona indicou ao Alcaide exagerar na qualificação. Mas estava escrito, lido e aplaudido, e era assunto encerrado. Afinal, por conta da polêmica, não tivera direito a uma inauguração devida e conforme, com palanque, discurso, fita e fanfarra, como merecia a sua primeira grande obra ao serviço do povo e da terra. Chegara, enfim, a hora do para sempre. De olhos fechados, apoiado na pá de pôr fim às horas, Epílogo Cegonha esperava o fim de todo aquele falatório para rematar o trabalho e rumar a uma das bodegas do rio. Havia lágrimas junto à cova. De mulheres mais do que de homens, criados, esses, para a contenção. E, por sobre todos, o pranto afetado de Marcela Caravilha, que não deixava por olhos alheios a vanglória da sua arte. O sentimento era plural. Se por um lado reinava a tristeza, por outro imperava o alívio. A mortificação generalizada que por meses se apoderara daquela gente ante a ideia de ali ser sepultada, mitigava-se, agora que ali estava, visto o dramatismo, por vezes, não ser além de mania ou voga. Uma coisa era certa: Pôncio Leona tinha vencido.

 Cornélio não tirava os olhos do padre. Cada gesto parecia denunciá-lo: desde a frequência com que limpava a fronte, ao modo sinistro como guardava o lenço na manga ruça da batina. Mariana avançou um pouco mais, puxando-o e aos filhos. Queria estar na primeira fila, ou o mais próximo possível da proeminência do precipício. Cornélio desesperava. Tudo lhe pesava e doía. A todo o instante perguntava as horas a quem se achasse a seu lado. De todas as vezes o instinto lhe levava a mão ao bolso, mas o relógio estava com Benjamim-o-Novo.

 — Tem compromissos, marido? — perguntou Mariana por um reflexo sem intenções.

 O caixeiro-viajante teve um esgar de rosto, como quem dissesse: "só com este maldito dente que me mata". Mariana o abanou com o leque, sem tirar o sentido da sepultura. Mal arranjou espaço avançou mais um pouco.

 — Tem horas que me diga? — tornou Cornélio a perguntar na distração da mulher.

Faltavam vinte minutos para as seis; e as últimas palavras de Pôncio Leona, a benzedura do caixão, a oração conjunta daquela gente toda, a marcha da praxe do quarteto de sopro de Benjamin Candela... Não dava para avançar mais. Mariana parecia contrariada. Com tanto espaço, estava aquela gentinha toda ao monte! Deviam ter vindo mais depressa!

— Pai, não vejo nada! — queixou-se o menor, puxando-lhe pelas calças.

— A gente também não! — reclamou um dos gêmeos.

Cornélio não os atendeu e foi a irmã a encaminhá-los por entre as pernas dos presentes até à beira da cova. Mariana era uma catatua espreitando sobre os ombros que se irmanavam espartanamente à sua frente. Só ele parecia aterrado no meio de toda aquela gente, pois nenhum dos presentes, por mais perto da cova, cria-se próximo da própria morte. Mas mais do que a morte, era o abandono, ali, naquele lugar inóspito, debaixo da terra fria, sozinho, na noite mais triste do mundo e para sempre, aquilo que o penetrava de medo até ao âmago dos ossos. Sabia se tratar de um disparate, visto o medo ser coisa de vivos. Todavia, era vivo que estava, apesar de tudo. Os olhos de Xamiço Cavém, o retratista das últimas horas, bateram nos seus, eriçando-lhe de enfiada todos os pelos do corpo. Parecia estudá-lo como a um potencial cliente. Abutre! — rosnou para consigo o caixeiro-viajante, apertando os polegares entre os indicadores e os médios, na fundura dos bolsos, e mordendo a língua, que mais truques não conhecia para espantar o mau agouro. Quando a multidão se afastou para permitir as manobras do ataúde e a cova aberta no chão que divide os vivos dos mortos se revelou, negra, diante dos olhos, Cornélio Santos Dias de Pentecostes sentiu os joelhos falharem e a vida deixá-lo numa náusea de perder os sentidos. E se não caiu redondo no chão, foi tão somente por não haver espaço entre tanta gente onde estender dois corpos ao mesmo tempo. Amparado pela gente que o rodeava, o caixeiro-viajante se recuperou do desmaio breve no peito da esposa, que o abanava a golpes de leque.

— Está bem, marido?

Cornélio garantiu que sim, uma vertigem, apenas, por conta do calor. Esperaria por eles à entrada. Mariana chamou os filhos. Iriam todos. Cornélio insistiu para ficarem, *por favor*, que o representassem. Mariana, a contragosto, aquiesceu. À passagem por Ilácio Pataca tornou a perguntar as horas. O alfaiate da Travessa das Tecedeiras declarou com simpatia:

— Dez minutos certinhos para as seis, amigo Cornélio.

Cornélio, que não era seu amigo, nem cliente tão pouco, agradeceu e furou como pôde a multidão. A banda dava os primeiros acordes quando transpôs os portões do campo-santo. Ninguém na rua. Dez minutos, *certinhos*, para as seis da tarde. Correu como quem quer salvar a vida. Visto de cima, se os pássaros pensassem, talvez lhes parecesse uma alma penada a caminho do além. Não pensava senão em chegar na hora à igreja. A vida ficava para trás: mulher, filhos, a cidade em peso chorando por ele, desejosos, todos, de que o culto findasse depressa, pois a vida continua, dizem os homens, como se o descontar dos dias fosse a continuação de estar vivo e não a antecipação da morte. Cornélio corria. O sol das seis nos olhos; o coração num aperto rumo ao coração da cidade. Tudo deserto. Cem mil *cádos* no bolso. No peito, todas as pedras do mundo. A ser Pôncio Leona quem recolhia o dinheiro, haveria de chegar mais do que a tempo. Mas se não fosse... O mal do medo é a dúvida. E por ter uma coisa e outra, corria. Suado, arquejante, chegou, enfim, à praça, faltavam no relógio da torre três minutos para as seis. Respirou fundo, mãos nos joelhos. De súbito, o sentimento de haver chegado a uma cidade-fantasma; ao campo aberto do Purgatório. Um silêncio absoluto envolvia tudo. Era assustadora a vastidão do nada; a ausência completa de vida. Nem um cão pelas ruas! Moscas, que é outra forma de morte, e as sombras ameaçadoras das casas abandonadas. E, pairando sobre tudo, um cheiro impossível de descrever. Seria assim a morte: um lugar assombrado onde nada além da angústia de estar só? Que bizarra sensação aquela, em que toda a gente sepultada e apenas ele sobre a terra, vagueando sem destino nem sentido, ante a indiferença de Deus e das moscas entediadas a varejar infinitamente até ao cabo do tempo. Que diferença entre aquilo e estar morto de verdade?

Por trás das venezianas do Hotel Europa, Cornélio viu o que lhe pareceu um vulto. Uma alma penada, como ele, talvez. Por certo alguém de passagem pela cidade à espera de vê-la voltar ao normal para sair. Seria o assassino? Dali poderia vê-lo perfeitamente. Perguntara por ele, pelas características, pelo pouco que se lembrava do nome... Haviam lhe dito que não. Mas bastaria ter deixado indicação na recepção para dele nem uma palavra se dizer. Inquietava-se, Cornélio, arquejando ainda, quando os sinos da igreja deram sinal de vida. Às primeiras badaladas nem se questionou. Por fim, o pensamento se levantou: Se estão todos no cemitério, quem tocará os chocalhos da torre? Foi reflexão passageira, que as seis em ponto soavam, indolentes, espaçadas como se dadas por uma alma sem força. Tocara por meia hora seguida, Semedo Fanfa. Mas disso não se lembrou o caixeiro-viajante, metendo em corrida para a santa casa de Deus.

O ar pastoso que pairava ainda dentro da igreja lhe bateu em cheio nas narinas ofegantes. Um momento de atonia lhe tomou conta do espírito.

Era tudo quanto restava das gentes de Santa Cruz dos Mártires: uma mescla de cheiros, pesados, grudentos, à laia de um prostíbulo em manhã de domingo. Cornélio olhou ao redor. Uma sensação de paz e assombro. Aquele lugar era, ao mesmo tempo, um templo e um mausoléu. Sacudiu a cabeça, colocou o envelope do dinheiro atrás da pia batismal e, ao invés de sair como lhe pertencia, foi se esconder entre as sete fiadas de cortinas que permitiam franquear as portas do santuário doze horas por dia, como o padre Pôncio Leona se orgulhava de ter tido sempre desde a sua chegada a Santa Cruz dos Mártires. Por um delírio do espírito que o calor acendera, Cornélio de Pentecostes se decidiu, contra todos os medos, a arriscar no palpite e esperar Pôncio Leona recolher o dinheiro, acabando com todas as dúvidas de uma vez.

A mistura de cravinho e limão com que as viúvas de Sicário todas as manhãs borrifavam as cortinas por conta das moscas provocaram em Cornélio uma crise de espirros que só a custo continha entre as mãos. Era só o que lhe faltava! A ressonância da última badalada se dissipara por completo. O silêncio era de novo tudo. Só o maldito comichão no nariz parecia disposto em quebrá-lo. Um som arrastado vindo da igreja o fez espreitar entre as cortinas. Era o sacristão Semedo, no seu coxear invulgar. Esclarecia-se o dobrar dos sinos. Quem mais, afinal?! Mas Cornélio nem se deteve na constatação que logo se pasmou com a direção que aquele levava. Seguro de se achar sozinho, Semedo Fanfa foi direto à pia do profeta, sem hesitações ou surpresas, pegou no envelope com o dinheiro e meteu rumo à sacristia, com um pé a calcanhar direito e o outro, tinhoso, de vermelho, a apagar o rasto dos maus passos.

— O Vassoura?! — exclamou num sussurro o caixeiro-viajante.

Se alguma dúvida lhe restava quanto ao envolvimento de Pôncio Leona em tudo aquilo, ali mesmo se acabara.

— O Vassoura?! — foi repetindo entre espirros, pasmo, Cornélio de Pentecostes, até chegar a casa, e se enrolar na rede da varanda, larva insegura em casulo de seda, em pensamentos murmurados, qual defunto que rezasse por si mesmo uma oração de finados.

XIV

Ainda o sol se não alçara por completo e já Cornélio de Pentecostes levava meio caminho andado rumo a casa de Manuela Canti. Talvez dona Prisciliana Calo tivesse razão quanto às virtudes da vidente. Talvez só mesmo esta pudesse espantar a nuvem negra que desde sábado à tarde lhe pesava sobre o coração e se adensara na véspera, a ponto de não poder suportar mais. Toda a noite cruzara possibilidades, e nenhuma lhe parecera mais certa do que a de ter Pôncio Leona incumbido Semedo Fanfa de recolher a doação que um reservado "benemérito" ali deixaria nos próximos dias. A hipótese de se tratar de obra solitária do sacristão lhe pareceu possível como outras tantas. Mas não lhe reconhecia nem habilidade nem espertza para tamanha empreitada. No entanto, as palavras de Sérgio de Niã Côco se sobrepunham à avaliação que deste fazia: — *Só há um* ânimo *mais perigoso que o das mulheres traídas*, é o dos *corneados mansos*! No fundo era isso, Semedo Fanfa, um manso cuja vida corneava desde o dia em que viera ao mundo. Ainda assim, e apesar da perfeição do crime, Cornélio não o cria. Depois de uma noite em branco, na qual os sobressaltos do sono o arrancaram do limbo entre a vida e a morte cada vez que os olhos se rendiam, nenhuma dúvida lhe restava do plano do padre e de lhe haver Lídia de Jesus contado outra história, por mais verosímil tal lhe parecia do que havê-la este perdoado por nada. O dente lhe dava guinadas cada vez mais fortes e a dor alastrara ao ouvido, à garganta, à cabeça toda. Era impossível pensar com aquela bigorna de bronze a ressoar nos nervos. Não lhe dera tréguas, ainda, o maldito, desde a tarde anterior. Várias vezes tivera vontade de pegar numa torquês e se aliviar, ele mesmo, do suplício. Mas era arremesso da exasperação, pois o desespero, quase sempre, é quanto dá, e toda a noite se enrolou sobre si mesmo num embalo de condenado entre pensamentos meados e pontadas de ferro em brasa.

Desde a sua chegada a casa até aos primeiros sinais da madrugada, Cornélio não saíra da rede da varanda, onde Mariana e os filhos o encontraram no regresso do cemitério. Fingira-se adormecido mal os ouvira chegar, e assim todas as vezes que Mariana Cayomar se lhe dirigiu: para jantar
— Já vou.
para dormir
— Já vou.
sem nunca abrir os olhos ou ir. Mariana, decidida a procurar Mastian Peneda mal despachasse os primeiros afazeres da manhã, não insistiu com ele. Quem já esperara até ali, esperaria mais umas horas. Cornélio, ignorante dos planos da mulher, tinha assim menos um problema com o qual se preocupar. Era tanta a informação, tantas as variáveis, que não sabia para onde se virar. Quanto mais pensava, menos concluía. Em tudo, apenas uma constante: o arrependimento por ter poupado a vida a Pôncio Leona. E porque as dúvidas da madrugada não eram menores que as da véspera, decidiu seguir o conselho da mãe e procurar Manuela Canti, que soluções não achava e dinheiro já não tinha senão para adiar a morte até às seis da tarde do dia seguinte. Assim, tal qual se deitara, Cornélio saiu de casa, despenteado, terno nos vincos, rumo aos confins da cidade, onde sabia morar a vidente mais afamada de toda a Província de Sacramento.

À medida que se afastava da cidade o ar fresco da manhã, ganhava aromas de viço. Cornélio, no entanto, não tinha leveza de espírito para o apreciar. Que ninguém o visse. Que ninguém aguardasse pelas intuições, ou lá que nome dessem, da mestra vidente. Mulher afamada, Manuela Canti recebia gente dos quatro cantos da Província, que os desesperados têm mais fé nos sortilégios de mulheres dotadas que nas graças da Providência. Afinal, ao contrário de Deus, a profetisa de Santa Cruz dos Mártires não deixava sem resposta quem a procurasse, se assim fosse sentença de morte. Era esse o terror do caixeiro-viajante: dizer-lhe esta que ele tinha os dias bem contados e nada havia que o pudesse salvar. Maldita dor de dentes que o não largava!

O dia clareava aos poucos, mas em Cornélio era noite cerrada. Precisava de uma luz, de uma ideia, de uma esperança, por mais ilusória que fosse. A cada dois passos o coração lhe batia em falso, num rogar de mendigo pelo regresso a casa. Porém, não obstante a agonia que uma má notícia lhe despertava, havia, no canto mais sombrio de si, uma intermitência de fé. E nisto ia, vacilante, apoiando os passos nas varas do medo. Sabia morar Manuela Canti num cume à saída da cidade na estrada para Galauara. Era tudo. Foi andando. Esperança e pavor. Um caminhão, à mão esquerda, subia uma colina desgrenhada, no topo da qual, o telhado de um casebre podia ser visto. Era ali. Só podia. Duas galinhas bravas atravessaram à sua frente, sumindo no mato rasteiro. Uma volta nas tripas o fez ir atrás delas, lutando com os botões das calças. A urgência não deu tempo para delicadezas e Cornélio de Pentecostes se desfez em água, que o nervosismo era tanto e o canal tão pouco. Recompôs-se como pôde e, branco, frio, suado, chegou, por fim, onde Manuela Canti morava.

Sobre uma grande pedra, coberta por uma pele de boi, uma mulher enorme, enegrecida, adornada de penas e ossos, fitas e chocalhos, jogava pequenos ossos para dentro de uma meia vasilha. Um cachimbo tosco lhe fumegava entre os dedos anelados e grossos, e os olhos, comidos pelo destino, que a fizera nascer sem precisão de luz para ver o mundo e o seu provir, deram ao caixeiro-viajante a sensação de estar na presença de uma criatura diante da qual até a luz se curvava. Deu dois passos atrás, iniciando o movimento de arrependido, quando a voz cavernosa da profetisa lhe chegou aos ouvidos, cava, rouca, como se a própria morte se lhe dirigisse:

— Quem tem medo, morre cedo! — Estendendo-lhe o gesto para que se sentasse na grande pedra onde já a sua avó revelava, a quem a procurava, o horizonte dos dias. Cornélio se angustiava de tal modo que as mãos lhe não paravam quietas. Obedeceu ao gesto, sentou-se, estendendo os dedos trementes diante dos olhos mortos da profetisa. Não lia as mãos, Manuela Canti. A sua avó já não as lia. Ao invés disso lhe tomou o pulso e, sem um som que se ouvisse, descortinou-lhe, nota por nota, a música aflita do coração. Cornélio não sabia se deveria falar ou permanecer em silêncio. Não proferiu um som, respirando tão devagar quanto o corpo permitia. Manuela Canti levou à boca uma garrafa onde boiava o que parecia serem os restos de tudo, bochechou e cuspiu. Depois, puxando o visitante para si, palpou-lhe a cabeça, o rosto, cheirou-lhe o cabelo, o alento que das narinas lhe manava, disse

— Estica a língua.

e a chupou, suavemente, como quem prova uma iguaria rara.

Tudo em Cornélio se contraiu. A acidez do hálito daquela mulher de mil demônios atingiu-o em cheio na fraqueza do estômago. Conteve como pôde os sobressaltos indelicados do corpo. Com tiques de medição, Manuela Canti procurava sinal de um lugar que lhe indicasse porvir. Por fim, com a calma de quem está habituada a tratar com a morte, sentenciou:

— Morrerá de velho, na tua cama, ao lado da tua mulher, durante o sono e sem dar por nada.

O caixeiro-viajante sentiu os órgãos voltarem ao lugar, um por um.

— Quê?

— Não repito vaticínios.

Cornélio ficou suspenso. Ouvira o que dissera. Só não sabia o que dizer, o que perguntar. Saiu-lhe então:

— E o homem que quer me matar?

— Isso custa mais cinco mil *cádos*.

Parecia que toda a gente estava para ganhar dinheiro com a sua desgraça.

— Não posso pagar mais — gemeu Cornélio em jeito de avaro piegas.

— Então se contente com o que sabe.

— Rogo-lhe por tudo! Estou aflito!

— Aflitos andamos todos, desde que nascemos até à morte — tornou Manuela Canti, pitando o cachimbo.

E porque a curiosidade é o pior dos vícios, não teve outro remédio. Naquele momento, perante aquela mulher, estava determinado a saber quanto pudesse.

— Quero saber!

Manuela Canti levou de novo a garrafa à boca, repetindo o proceder. Servia a beberragem para expurgar o palato e lhe facilitar a compreensão dos humores que cada morte fermenta dentro do corpo que habita. Levantou-se, então, pesada, tinindo ossos e chocalhos; contornou a pedra onde Cornélio se sentava, apertou as pálpebras murchas, como se precisasse de mais escuridão ainda para divisar o além e, tomando-lhe a cabeça nas mãos, cheirou-lhe o pescoço, lambendo-lhe do colarinho à nuca, numa passagem lenta de quem procura distinguir no corpo da língua os vários calibres de sal. Toda a pele de Cornélio se fez de ave depenada. O silêncio de Manuela Canti era tal que todas as vísceras lhe ouviam. Ao cabo do que a Cornélio pareceu tempo infindo, disse:

— Não sei nada desse homem.

— É o padre? — perguntou o caixeiro-viajante com um trinado na voz.

— Para que eu não veja há de estar coberto pelo Diabo — tornou Manuela Canti.

Era quanto temia. O padre Pôncio Leona!

— Tem certeza de que morrerei de velho?

— Eu não tenho certeza de nada. Só repito o que os humores dos espíritos me ditam. Mas se acha que isso é uma felicidade, desengane-te?

— Há um homem que quer me matar. E tudo indica ser o padre Pôncio Leona.

— O que tudo indica é que mais depressa morre desse dente que te mói do que de uma morte matada.

Cornélio se espantou. Como poderia ela saber do dente? Da mesma forma que, sem este lhe ter dito nada, soubera lhe responder ao que ia, só pela cadência do coração. Não se deteve em considerações. A figura daquela mulher enorme, adornada dos pés à cabeça, lembrando mais um altar de magia negra do que um corpo de gente, atemorizava-o tanto ou mais que a do matador que o sentenciara. Lidavam ambos com a morte. Ou eram-na, de algum modo. Cornélio quis insistir, mas teve medo. E no meio da névoa que parecia dominar o lugar, perguntou apenas:

— Quanto lhe devo?

— Dez mil.

O caixeiro-viajante lhe estendeu sobre o negrume das mãos as notas do pagamento. Manuela Canti nem contou. Sabia não haver, sobre a terra, coragem de lográ-la, tal a fama dos seus sortilégios. E guardando tudo no abismo dos seios, pitou o cachimbo e voltou a sentar-se na polidez do seu trono de pedra, feito um gênio retornado ao coração exíguo da lamparina. Cornélio se despediu, sem resposta. Manuela Canti voltou à tarefa em que se achava antes deste chegar, não por artes de adivinhação, mas pela excentricidade do som que as coisas pequenas produzem no interior de um receptáculo vazio.

Não cria em previsões, Cornélio de Pentecostes. Nem sabia por que diabo ali fora. Parecia ele nadar em dinheiro! Dez mil *cádos* para ouvir quanto já sabia! Não sei nada desse homem. Claro que não sabia! *Para que eu não veja há de estar coberto pelo Diabo*. Claro que não via nada! Claro que estava coberto pelo Diabo! Dez mil *cádos!* — repetiu, furioso, aos pontapés às pedras. Melhor fora pegar no dinheiro e pagar a quem pusesse fim aos suspiros de Pôncio Leona. Mas até isso... Não conhecia gente de tal calibre e, conhecendo, tampouco lhe valeriam, pois todo o assassino é supersticioso e matar um padre é arranjar sarna com Deus. Ficariam por conta de Edmundo Carlos, deu-se por desculpa, ante a estupidez do desperdício. E se tivesse razão? A mãe garantia não haver como Manuela Canti errar. Desde sempre lhe ouvira. E não era a única. Mas até as boas adivinhas se enganam um dia. Quem lhe poderia garantir não ter sido aquele o dia falho de Manuela Canti? Se confuso fora, não menos confuso regressava. Fazer o quê, com tudo aquilo? *Morrerás de velho, na tua cama, ao lado da tua mulher, durante o sono e sem dar por nada.* Fosse assim tão simples e poderia se mandar ao mar com uma arroba de pedras atada aos pés, que nada lhe aconteceria! Poderia ganhar a vida desafiando a morte da forma mais provocadora que o destino estaria por ele! Ora, balelas! Creria nela, porventura, se lhe houvesse dito estar por dias a sua vida tal qual o assassino lhe sentenciara? Por certo sim, mas... Que interessavam agora todos os 'ses' desta vida? A um "se" apenas se resumia o eixo da sua existência naquele instante: o "se" não arranjasse cem mil *cádos* até às seis da tarde do dia seguinte, seria um homem morto. Cornélio não sabia mais o que fazer ou a quem recorrer. Precisava de tempo para organizar a cabeça. Tempo! O bem mais precioso para um homem às portas da morte.

À passagem pela redação do Diário de Santa Cruz, Cornélio se cruzou com o sargento Tendera. Foi este, inclusive, quem lhe deu o bom-dia, tão ausente que estava dos sentidos. Mal deu por ele o sargento já lá ia, no seu passo de leque a marcar dez para as duas. Sentiu o ímpeto de o alcançar, de lhe contar o sucedido, apresentar-lhe as suspeitas... Mas ficou por isso. Não era um sobrevivente, Cornélio de Pentecostes, que qualquer filho digno da Natureza haveria de fazer quanto pudesse para salvar a vida. Que força era essa que tolhe os condenados à rebelião, pensou, de olhos postos nas costas tortas do sargento? Na embocadura da rua, a carreta de Agostinho Salsa aguardava à porta de alguém. Quem mais teria morrido?

— Quem foi que se finou? — perguntou ao empregado da funerária que, encostado à carreta, aguardava ordens do patrão.

— A dona Graciete — atirou Abílio Mascavém a contas com um fósforo teimoso.

O nome não lhe dizia nada.

— Era nova? — tornou o caixeiro-viajante, numa tentativa desesperada de juntar pontos.

— Quase cem! Tem fogo?

Cornélio não tinha.

— Fósforos de merda! — resmungou o empregado da funerária a insistir com a lixa.

Cornélio se foi. *Quase cem* não era alguém que lhe interessasse; alma com a qual o padre Pôncio Leona se ralaria. Uma morte, apenas. Coincidência, e coincidência nenhuma. Se um milagre se não desse, daí a dois dias seria à porta de sua casa que Abílio Mascavém acenderia o seu cigarro desinteressado, pronunciando-lhe o nome se lhe perguntassem pelo falecido. Não podia morrer. Não podia. Teria de fazer alguma coisa. Mas o quê? Tentava se concentrar, mas a dor era já tão pontuda que nenhum pensamento lhe nascia direito. Uma vontade de gritar era tudo: que estava farto; que não aguentava mais; que o deixassem em paz! Maldito dente que o matava! Talvez tivesse razão, Manuela Canti, no vaticínio do dente. O desespero ia nos píncaros quando, entrando na praça, viu as portas da Barbearia Central abertas e, refastelado na grande cadeira do ofício, Mastian Peneda de jornal aberto sobre o peito.

Barbeiro, alcatraz, tira-dentes, Mastian Peneda era, a par com o padre Pôncio Leona, o homem mais procurado de Santa Cruz dos Mártires. Não era tarde nem cedo, pensou o caixeiro-viajante, numa resolução baseada em agulhadas nos nervos. Mas foi decisão de ímpeto. Quando o grande e peludo artífice da extração, tirando da gaveta a dolorosa torquês de eliminar as dores, exclamou, orgulhoso:

— Esta foi oferecida ao meu avô por um sobrinho neto do inquisidor Torres de Molina! — Cornélio sentiu umedecer o mundo de estopa sobre o qual, desafortunadamente, se sentara. — Então que dente é que lhe dói? — perguntou o imenso Mastian Peneda, dobrando-se sobre ele.

Cornélio, a quem as dores havia quatro dias não davam tréguas, pareceu se sentir aliviado, de repente. Mas, porque ninguém pisava a Barbearia Central para sair como entrara, Mastian Peneda abriu-lhe a boca e, batendo com a cabeça da torquês num dente que achou condenado, fez com que ele saltasse na cadeira com um grito de suplício.

— É este bandido! — exclamou, orgulhoso, o mestre de várias artes.

Sem tempo para pensar, Cornélio sentiu que lhe arrancavam a alma dos ossos. O abanar da mão peluda de Mastian Peneda, procurando folgar a raiz, provocava no condenado caixeiro-viajante uma sensação de agonia, de falta de ar, de desmaio. Quando pensava nada poder torturá-lo além do que já estava, um puxão mais violento lhe trouxe aos olhos as lágrimas e a imagem de um dente roído de negro pingando sangue.

— Aqui está ele! — sorriu, satisfeito, o saca-dentes, atirando o molar para uma bacia de cobre. O som do dente batendo no metal, feito um projétil tirado de um corpo baleado, deu a Cornélio a sensação de morte iminente.

Mastian Peneda encheu um copo de aguardente, estendendo-o ao caixeiro-viajante.

— Tome, bocheche uma parte e beba o resto. Cuspa para ali — indicando-lhe a bacia de cobre.

Cornélio assentiu com a cabeça dormente.

— Agora morda isto e se deixe ficar ali um bocado reclinado, até que o sangue estanque — disse o barbeiro-tira-dentes, embebendo em aguardente um pedaço de pano que rasgara de uma toalha tirada da gaveta da bancada.

O caixeiro-viajante murmurou uma concordância, enquanto Mastian Peneda passava por água os utensílios da tortura. O barbeiro-alcatraz-tira-dentes se sentou num banco à entrada e, pegando de novo no Diário de Santa Cruz, exclamou:

— Há homens que é uma pena morrerem tão cedo!

Os olhos de Cornélio se fizeram do tamanho de ameixas. Havia desenvolvido um reflexo a certos pareceres. Percebeu então se referir este ao professor Mata-Juan por um artigo de duas páginas escrito pelo jornalista e poeta Ataído Russo.

— Grande homem! Uma grande perda! — tornou o tira-barba, dentes e maus jeitos.

Cornélio concordou com a cabeça. Encheu de novo o copo. Desta vez o tomou de trago sem se lembrar de bochechar.

— Todas as manhãs lhe fazia a barba. Não falhava um dia. E quantas tardes não passamos aqui a jogar damas, os dois, em silêncio?!

Tudo em Cornélio eram dores e enjoos. Se arrancar um dente era um tormento sem nome, quanto não custaria morrer? — pensou para consigo.

— Não pode ser bom, o amigo! — exclamou Mastian Peneda para Ataído Russo, acabado de chegar.

— Quem quer que o Diabo apareça, fala-lhe na cabeça! — devolveu-lhe o jornalista-poeta, ajeitando o laço em jeito de tique vaidoso.

— Ora! O amigo é tudo menos o Diabo.

— Olhe que não é a opinião de toda a gente!

— Política, amigo Ataído! Política.

Sentado na cadeira do recobro, Cornélio era agora uma parte da mobília.

— Grande artigo que o amigo escreveu, hein! — atirou o barbeiro. — Não tão grande quanto o homem ao qual se deve — defendeu-se, humildemente, o jornalista e poeta da terra.

— Diga-me aqui: esta história dos bilhetes, é verdade? — perguntou Mastian Peneda, apontando para o jornal.

Ataído Russo dirigiu um aceno a Cornélio, instalou-se na cadeira livre e, pondo um ar dramático, fez um estalido com a língua em jeito afirmativo.

Mastian Peneda que, não sendo jornalista distribuía notícias pela clientela, ficou de orelhas em pé. Quis saber tudo para tudo poder contar.

— Foi encontrada em casa do professor uma pilha de bilhetes ameaçadores. Todos iguais. Com diferença apenas para o descontar dos dias. Cada um dizia: de hoje a tantos dias será um homem morto.

— Quer dizer então que o mataram?!

Ataído Russo apertou os lábios, acenando com a cabeça em jeito de confirmação.

Os olhos de Mastian Peneda pediam mais. Esquecido na sua cadeira, Cornélio duvidava dos seus ouvidos, ele que não fora ainda de outra opinião.

— Mas quem diabo poderia querer matar o professor? — perguntou o dono da barbearia.

— O professor era um homem reservado. Mas desconfiamos ter algo que ver com amores inconfessáveis — atirou o jornalista-poeta que desse mesmo mal padecia.

— E nunca alertou as autoridades?

— E valeria a pena?

— E nunca ninguém deu por nada?

— Na véspera, no botequim de Crespim Pato, o doutor Carringuês lhe perguntou se estava tudo bem. O professor disse que sim. Mas o doutor, desconfiado, pediu-lhe que passasse pelo seu consultório na manhã seguinte. O professor devolveu que, se estivesse vivo, passaria. A frase soou esquisita a toda a gente. Sabe que o nosso amigo não era dado a superstições. Mas como por vezes tinha tiradas raras...

Cornélio estava lívido. E nem tanto pela agonia da extração. Afinal, sempre tinha razão. Confirmava-se o que já sabia. Fora assassinado. Deveria estar ali Mariana naquele instante para ouvir as palavras do jornalista. Bem sabia ele! Bem sabia!

— Mas então e agora? — perguntou o barbeiro.

— Agora o caso está nas mãos do sargento. Diz que vai abrir um inquérito — retrucou o jornalista num encolher de ombros.

— As traseiras largas da mãe dele é que ele vai abrir!

Ataído Russo não conteve a risada. Mastian Peneda acrescentou:

— Isto é uma terra de lesmas! O mais espinhudo de todos de cá se foi.

Concordou, o jornalista-poeta. Mastian Peneda estava inflamado:

— A verdade é que o professor foi sepultado como um maldito!

— Nem tanto, amigo Mastian. Afinal o senhor padre lhe rezou uma missa e lhe benzeu a sepultura! — ironizou o outro.

— Deus tenha misericórdia da sua alma! — suspirou o barbeiro-endireita-tira-dentes.

— Não será coisa com que o nosso amigo se há de preocupar.

Concordou, Mastian Peneda. E ajeitando a toalha à volta do pescoço do poeta, atirou:

— E não se terá dado o caso de ele ter se matado para que o não matassem? Era homem de honra bastante para se não deixar matar por mãos alheias.

— Com dois tiros no peito, amigo Mastian?

O barbeiro concordou. Cornélio parecia ouvir na voz do jornalista os seus próprios pensamentos. Quis meter-se na conversa. Ficou-se pelo querer.

— Acha que o caso vai ficar por isso mesmo, amigo Ataído?

— Pois como não? O sargento tem dois subalternos, cada um mais estúpido que o outro, e o cabo de la Peña, que é escrivão e só serve para isso mesmo. Enfim! Melhor trabalho fariam Pascuel e Painço, que olho vivo não lhes falta. Mesmo que tenha sido o professor a infligir a si mesmo os dois tiros que o finaram, por trás de tal ato estará um assassino.

Mastian Peneda afiava a navalha no couro, concordando com a cabeça.

— Com tanto bandido solto por esse país fora, mais depressa o sargento endireita as pernas do que apanha o bandido que matou o professor.

Ataído Russo fungou uma risada ante a referência do barbeiro ao andar torto do sargento Tendera.

— Por isso é que dava mais jeito ser suicídio!

— Foi o que eu escrevi.

— Foi impetuoso, o amigo! Esperemos só que não venha a sofrer consequências pela coragem. Olhe que o Alcaide (aqui que ninguém nos ouça), não tem um passado famoso.

— Não acuso ninguém.

— E é lá preciso? O amigo deixa claro que a tese de suicídio facilita a vida do sargento e livra o Alcaide Batágua do embaraço (se é que teria algum) de ter em Santa Cruz um caso de assassinato. Além de evitar pensamentos maldosos. No fim das contas, não se falecia aqui fazia quase meio ano. E também dá uma cutucada no senhor padre: que não teve outro remédio senão abrir as portas da igreja, rezar uma missa pelo professor e acompanhar o cortejo até à cova! Era isso ou perder a oportunidade de inaugurar em pessoa a grande obra da sua teimosia. Se não é de gênio, amigo Ataído, não sei o que é! — atirou Mastian Peneda numa gargalhada profunda que encheu a barbearia.

Ataído Russo estava pasmo com a explanação do barbeiro. Parecia só agora se aperceber do ônus do artigo escrito no calor da emoção.

— Acha que fui muito longe? — perguntou, meio afligido.

— Está muito bom! Espero é que não lhe traga problemas — riu Mastian Peneda, pincelando o sabão entusiasmado na tacinha de latão.

Cornélio, que não lera o artigo, também achava estar muito bom. Aliás, se pecava era por defeito, que muito havia a acrescentar. Fosse ele jornalista... Mas poderia contar a Ataído Russo quanto sabia sobre o padre e a sua mestiça; os três homens que vira perto da casa do professor Mata-Juan na noite do assassinato; da ameaça que também recebera, das desconfianças quanto a estar o mandante dos crimes coberto pelo Diabo, da cumplicidade do Vassoura... Assim abrandasse aquele martírio que agora lhe latejava nas têmporas e lhe falaria. Quem sabe se este não lhe emprestaria cem mil *cádos* por dia até... Herança de família, todos sabiam tê-la. Homem de causas justas e amigo dos mais fracos também. Poderia ajudá-lo a desvendar o mistério (que de mistério pouco tinha), a desmascarar os envolvidos e a vingar o professor. Tinha mais amigos na cidade: o doutor Carringuês; Hernando Calabarca, fotógrafo e redator-chefe do Diário de Santa Cruz; Basílio Arquidonna, filho de um dos fazendeiros mais ricos da região, que não tinha estudos nem trabalho outro que o de vadiar por onde a sede lhe desse, admirador fiel e confesso do professor Mata-Juan; e outros mais que Cornélio não conhecia tão bem. Calhando entre todos, cem mil *cádos*, não fariam falta e a ele... um jeito que só Deus sabe! Entusiasmava-se o caixeiro-viajante nos vapores da aguardente, que ia tomando aos poucos contra a dor da carne violada.

— Não me refiro sequer a nomes — justificava-se sem necessidade Ataído Russo. — Digo apenas ter sido precipitada a conclusão de suicídio e que quem conhecia o professor sabia ser homem de honra bastante para não tirar a própria vida.

— Mas também toda a gente sabia que não era um crente.

— Certo. Mas daí a se matar...

— A verdade é que já lá está! E quem quer que tenha sido o responsável, anda por aí cheio de vida. Sabendo como estas coisas são, devia era ter fugido daqui! — declarou Mastian Peneda, numa espécie de desabafo sentido.

— Fugir é covardia! — atirou Ataído Russo que nunca fora ameaçado de morte na vida.

— Pois lhe digo eu que antes covarde vivente do que defunto valente! — declarou o barbeiro-dentista, jogando o jornal para cima da cadeira.

— Nunca ouvi tal coisa!

— Pois então grave, antes que me esqueça!

— O amigo tem mais jeito para entreter que para tirar dentes! — atirou o jornalista-poeta.

A boca de Cornélio concordou com a pilhéria. Tudo nele era um misto de dor e dormência. Queria falar, dizer qualquer coisa, mas não lhe saía uma sílaba sequer.

— De qualquer modo, é uma covardia — insistiu Ataído Russo.

— Ora essa! Então o amigo acha que fugir, em tais circunstâncias, é uma questão de covardia? Defende, pois, que um homem que procura sobreviver, é um covarde? Sobreviver é tudo, amigo Ataído! O que é a vida senão um sobreviver pertinaz?

— O amigo hoje está cheio de palavras! — riu o jornalista, cuja cara o barbeiro ensaboava.

Mastian Peneda, que também gostava das letras, e em seu tempo de juventude chegara a escrever estrofes soltas a moças casadouras, encheu o peito de modesta vaidade. Depois, dando um retoque no bigode, prosseguiu:

— Não ponho em causa a coragem do professor. Não senhor. Mas de que lhe valeu? Além do mais, estou a crer que por vezes é maior o desamor à vida do que a dita coragem. Cada caso é um caso, e falar de longe, bem sentado, com a carinha ensaboada, é uma senhora outra coisa — declarou, num último golpe de pincel ao redor do cavanhaque do jornalista. Depois, subindo-lhe o queixo, rapou a primeira tira de espuma, provocando: — O que faria o amigo se eu, com a navalha na sua garganta, rezasse-lhe uma tão trágica sentença? Não me diga que a acataria só para não dar parte de fraco! Ou fugiria com quantos pés Deus lhe deu?

Ataído Russo abriu os olhos de espanto. Por uns segundos só ouviu o raspar da navalha na barba.

— Não se preocupe, homem! É um dizer as coisas.

— Bem sei que sim.

— Pois eu, é como lhe digo: um tipo enquanto puder fugir da morte, deve fazê-lo sempre, nem que seja para o fim do mundo.

— Mas se o fim do mundo é aqui, para onde haveria o nosso amigo Mata-Juan de fugir?!

A pilhéria do poeta arrancou ao barbeiro a gargalhada do dia. Já valera a pena aquela conversa! O bom da vida era aquilo. E se perder um homem para a morte só por conta do orgulho! Bem poderia estar ali, entre eles, o professor. Ataído Russo concordou com um acenar de cabeça.

— Cuidado com a navalha, amigo Ataído! Olhe que o material de alindar também desfigura.

O jornalista por pouco não repetiu o gesto.

— Estou vendo que o amigo hoje está com a corda toda! — disse.

Mastian Peneda lhe sorriu pelo espelho. Cornélio, sentado no canto das dores, assistia àquele esgrimir de palavras com a materialidade de uma alma penada. A espaços, dava goles no bagaço pelo canto da boca, sem aliviar os dentes do trapo. Queria saber mais, mas sentia que abrir o bico seria se implicar de algum modo. Afinal, vira os três homens perto da casa do professor. Como saber sem perguntar? O som da navalha raspando na barba de Ataído Russo o arrepiava, feito bico de faca em tacho de ferro. Mastian Peneda aprumava agora em redor do cavanhaque, todo cuidadoso. Nem pareciam as mesmas mãos que minutos antes lhe arrancara um dente a sangue frio.

— Mas me diga uma coisa — insistiu Mastian Peneda. — O amigo acha covardia um homem salvar a própria pele?

Ataído Russo, que era mais romântico nas horas de escrever e de falar do que nas horas do "tem de ser", teve um golpe de sobrancelhas, como quem hesitasse no responder. Mastian Peneda nem lhe deu tempo:

— A coragem é filha da prudência, não da temeridade — já dizia o meu falecido pai.

— Isso é Calderon de la Barca! — atirou o jornalista poeta, admirado pela referência do barbeiro e orgulhoso de seu próprio saber.

— Pois não sei quem seja esse de quem diz ser o dito. Sempre o ouvi ao meu falecido pai. Por isso, seja lá de quem for a sentença, é sábia. Olá se é! — rematou Mastian Peneda, a par com o último golpe de navalha na bochecha do freguês. — E por falar no meu falecido pai, conto-lhe uma história que sempre lhe ouvira sobre o visconde de Cachaguara, que, na noite de núpcias, foi visitado pela morte. É verdade! Uma figura medonha, toda vestida de negro, que lhe deu um mês de vida.

Àquelas palavras, tudo em Cornélio foi um estardalhar de copos, cristaleira abaixo.

— Sabe o que ele fez? — perguntou Mastian Peneda. E antes de algum dos presentes dizer alguma coisa, continuou: — Nessa mesma noite, vestido com a roupa da mulher, saiu da vila, a coberto das trevas. Durante cinquenta anos errou pelo mundo trajado de mendigo. Toda a gente o julgou morto. Só a mulher teimava estar vivo, pois o coração lhe dizia andar perdido e que jamais o tornaria a ver. Alguma razão têm sempre os corações das mulheres! Regressou meio século depois, velho, doente, andrajoso, para morrer junto da esposa que durante todo aquele tempo o esperara e cegara, diziam, de tanto chorá-lo.

— E o amigo chama a isso viver? — perguntou o jornalista.

— Viver talvez não seja. Mas que enganou a morte, enganou! Além do mais eu disse sobreviver. Viver não é para todos. Sobreviver é tudo quanto importa ao instinto em horas de aflição.

— E se não fosse morte nenhuma aquilo que o visitou, mas um embuste, ou um delírio? — desafiou Ataído Russo.

Mastian Peneda pensou. Depois disse:

— Às vezes mais vale prevenir que remediar. Sou pela máxima de que há sempre uma solução. Assim não seja a morte que se traz dentro, para tudo o mais, incluso a morte que vem de fora, há sempre forma de um homem escapar — sentenciou Mastian Peneda, passando bálsamo nas faces do poeta.

Ignorado no canto da barbearia, Cornélio de Pentecostes ia tomando aos tragos aquela história com tanto de fascinante quanto de trágica. Não era muito diferente da narrada pela sua mãe. Mas a maior semelhança entre ambas era o não haver esperança de felicidade para um homem beijado pela viúva dos dias. Correra ele o país de lés a lés, tivera mulheres de todos os credos e superstições, escutara de Niã Côco mais histórias que o rei Shariar, e nunca, em nenhuma delas, ouvira sobre a morte visitar gente e lhes dar dias de vida. E ali, no espaço de poucos dias, já era a segunda. Que significado teria aquilo? Seguramente nenhum, como quase todas as coisas da vida. Afinal, em nada correspondia ao seu caso, por mais que fossem parecidas. *Assim não seja a morte que se traz dentro, para tudo o mais, incluso a morte que vem de fora, há sempre forma de um homem escapar.* Assim era consigo: uma "morte" vinda de fora; um demônio de carne e osso trajando batina. Restava apenas saber como escaparia ele do destino sentenciado. Nos sabores da aguardente, as palavras de Manuela Canti se misturavam já com as de Mastian Peneda, e o caixeiro de Pentecostes ia procurando se agarrar, num desespero de naufrago, aos ossos, às penas, às fitas e chocalhos que lhe boiavam na cabaça da cabeça, numa esperança de verdade, ou de significados para aquilo que talvez não tivesse significado nenhum.

O barbeiro-alcatraz-tira-dentes, feito um contador antigo, ia discorrendo a admiração pelo velho visconde a quem o medo levara tudo, exceto o orgulho de haver ludibriado a morte por tantos anos, no fundo, a quanto se resumia a compensação da sua vida.

— Fugiu da morte ou foi derrotado por ela no dia em que decidiu fugir? — provocou Ataído Russo. — Afinal, apesar de vivo, mais dia nenhum da sua vida lhe pertenceu!

— Entenda o amigo como quiser. A verdade é que se o professor tivesse fugido, a esta hora estaria vivo, que é tudo o que interessa — tornou o fígaro da Barbearia Central, encerando as pontas retorcidas do bigode do jornalista. — Prontinho! — sorriu, orgulhoso, do espelho, Mastian Peneda, com uma secada de toalha.

Ataído Russo se olhou, direita e esquerda. Trabalho perfeito, como sempre. E se pondo de pé, colocou a mão sobre o ombro de Mastian Peneda, dizendo:

— Não vale de nada agora saber onde está a razão. Mas de uma coisa o amigo pode estar certo, não obstante o inquérito que o sargento abra, nós, os amigos, não descansaremos enquanto o assassino do professor Mata-Juan não for apanhado e punido.

— Pode contar já comigo para assuntar por aqui alguma coisa que ajude.

— Isso seria de bom préstimo, amigo Mastian! De muito bom préstimo!

Tais palavras deram a Cornélio o ímpeto que faltava e, por um instinto soberano que faz as almas se arrancarem num grito aos pesadelos mortais, atirou, com a boca cheia de consoantes:

— Quem era o maior inimigo do professor?

Os outros dois, despertados pelo espanto de o acharem ali, entreolharam-se, e foi Mastian Peneda quem respondeu:

— Se pensarmos bem, era o senhor padre, mas...

Ataído Russo concordou com um trejeito de sobrancelhas, como quem dissesse: "Pois, mas esse não conta".

Inimigos figadais, Mata-Juan e Pôncio Leona se digladiavam em público havia um quarto de século. Discutiam, acusavam-se em plena luz do dia, maldiziam-se por onde havia chão, e era claro, no olhar de cada um, a pureza de ódio nutrido pelo outro. Ninguém conhecia a fonte de tanta antipatia. Mas Maurício Castelar, dono da Tabacaria Império, que colecionava todas as notícias, locais e nacionais, desde que seu avô começara a vender jornais, ia para mais de um século, tinha uma teoria. Dava pelo nome de Luciana Lucarno, uma atriz de teatro que havia quase três décadas aparecera por ali, para encantar e fazer estragos. Chegara no mesmo barco que os dois inimigos: um, vindo da capital para ser professor, rico, bem-posto, cabelo e cavanhaque a lembrar Delacroix; o outro, do seminário de Carmontano, para substituir o reverendo Olarico, de trajar humilde, cara redonda, marcada por bexigas de infância e uma calva pronunciada à André Chénier. Suas graças: Miguel José Peyo Carrón Mata-Juan e Pôncio Messes Leona.

Nem seis meses e a jovem atriz fizera a felicidade de Santa Cruz dos Mártires. Cento e sessenta e oito dias depois de ter desembarcado no ancoradouro velho para interpretar Catarina, em A Fera Amansada, morria, misteriosamente, afogada no rio, deixando atrás de si mil corações em frangalhos. De todas as notícias que haviam enchido jornais na época, uma em particular atestava a suspeita de Maurício Castelar sobre a rivalidade entre o padre e o professor. Não a notícia em si, mas a imagem que a acompanhava, na qual, numa primeira linha, os olhos da atriz pareciam encantados, postos em Mata-Juan, e, numa linha traseira, os do servo de Deus, firmados neles, refletiam censura ou inveja.

O dono da tabacaria, que conhecia o professor desde o dia do seu desembarque em Santa Cruz dos Mártires, e todas as manhãs lhe vendia jornal e tabaco, garantia que a alegria que lhe conhecia desde a sua chegada desaparecera no dia em que a diva fora a sepultar. Sem família conhecida, foram os companheiros da trupe quem decidiram enterrá-la ali mesmo, no espaço disponibilizado por Pôncio Leona, no centro da nave, junto ao altar. Ao contrário do que ao tempo se achara, Maurício Castelar defendia não conter o gesto do cura nada de generosidade ou de homenagem, mas tudo de provocação e vingança, pois, conhecedor do ateísmo convicto do professor, e do sentimento deste pela atriz, sepultá-la dentro de portas e não no terreno da igreja, era apartá-la para todo o sempre de Mata-Juan.

— Foi nesse dia que a guerra aberta entre ambos começou — sustentava Maurício Castelar aos mais próximos, sempre que o assunto se começava. Por quase uma década dedicou o tempo livre a recolher quanta evidência atestava a sua desconfiança, compondo, feito um dramaturgo aturado, a narrativa que lhe parecia mais consonante com o mais misterioso caso algum dia acontecido em Santa Cruz dos Mártires, e, segundo ele, tão despercebido passara a toda a gente. A coroa de glória da sua cata entre os artigos que conseguira juntar sobre Luciana Lucarno era uma imagem do Diário da Capital, em que ambos apareciam de braço dado à porta do Aristófanes, em Monte-Goya, em noite de estreia de Lisístrata. Durante anos o contou à boca pequena, longe dos ouvidos de afiados de Pôncio

Leona. Mas até os amigos começaram a se desgastar com a sua fixação naquela história. De modo que o dono da Império passou a guardar para si as considerações surgidas sobre os dois homens e o "assunto" que, tinha a certeza, opusera-os. Dissessem o que dissessem; ninguém lhe tiraria da cabeça a certeza de terem sido, o professor e a atriz, amantes antigos, daqueles entre os quais a paz jamais reinaria, pois amor e ódio dormiam de mãos dadas na mesma cama de veludo e espinhos, e também por ter ele ido para ali por ela. Afinal, porque diabo um homem do seu calibre, e com tantas posses, como mais tarde se veio a perceber, viera perder-se para tão longe da sua cidade natal para dar aulas a crianças?

Outro argumento a favor da sua presunção era o fato de, sempre que o assunto se colocava seja por portas e travessas, o humor do professor mudava e a prosa ficava por aí. A verdade é que nessa noite bebia mais e ia se sentar num dos bancos da praça, de olhos na igreja, como se fosse um mausoléu erigido em honra de Luciana Lucarno, selado, no qual não lhe era possível entrar, sendo o mais próximo que poderia estar dela. A intuição de Maurício Castelar era que nem o senhor padre Pôncio Leona fora capaz de blindar o seu coração aos encantos da atriz e, não havendo podido tê-la em vida, a teria na morte, no simbolismo doentio das almas perturbadas, sepultando-a dentro da igreja, no sepulcro para si destinado, e sobre cuja laje permitira, agora, por remorso ou remissão, que o professor Mata-Juan fosse velado. Porém, não obstante todas aquelas peças juntas, e coincidir no tempo o ódio entre ambos, jamais conseguira provar ser aquele o motivo da contenda.

Soubesse Cornélio desta história e, por certo, acharia ter sido Pôncio Leona quem matara a amante do inimigo por despeito. Mas Cornélio não sabia. Sabia, isso sim, ser este concubinário de Lídia de Jesus; que Semedo Fanfa recolhera o dinheiro que deixara na igreja, e haver cinco meses e meio que pedia a Deus por uma alma que sepultar. Sabia também do quanto sobre ambos se dizia: ferver Pôncio Leona só de ver Mata-Juan passar e jamais perder este a oportunidade de provocá-lo, como uma vez testemunhara, ao ver sair o cura do consultório do doutor Carringuês, e a voz do professor lhe atirar da esplanada do Café Central

— Então, o seu Patrão está de folga hoje?

para a série de impropérios que os lábios trêmulos do vigário não conseguiram conter e fizeram corar toda a gente e chorar de rir o professor Mata-Juan.

Também Mastian Peneda e Ataído Russo lhes conheciam as contendas. Mais até do que Cornélio, por ali viverem a monotonia dos dias todos. Mas nenhum dos dois se manifestou, e a pergunta deste ficou suspensa no ar, inofensiva e vaga, feito uma partícula de pó. Sentiu-se ridículo, o caixeiro-viajante. Durante todo aquele tempo um quê de esperança fora se elevando em seu coração, a ponto de achar ter encontrado uma fraternidade naqueles dois homens. Mas se dissolveu num ápice. Nenhum deles desconfiava do figurão. Nenhum deles sequer parecia considerar tal hipótese. Ainda considerou acrescentar história a história, mas a bebedeira não estava ainda a ponto de o soltar e não sabia como dizer as coisas sem se complicar. De algum modo as suas palavras haviam arrefecido a conversa sem acrescentar nada, nem dúvidas. Ataído Russo pagou, despediu-se e partiu.

— Deixe-me ver como está isso — disse Mastian Peneda, ocupando-se agora por inteiro do cliente que lhe restava. — Uma maravilha! — declarou, orgulhoso, examinando a boca de Cornélio. — E este dentinho de ouro? Onde foi que o amigo mandou fazer isto? — quis saber o tira-dentes de Santa Cruz dos Mártires, cuja destreza nunca lhe dera para tais aventuras.

Cornélio, que já nem se lembrava tê-lo, sentiu, de repente, uma alegria imensa por estar ali e, sem responder, exclamou cheio de coragem:

— Arranque-o!

— Quê?

— Arranque-o!

— Mas... — Mastian Peneda estava pasmo. — Arrancá-lo?

— Sim, não quero tê-lo. Como as coisas andam — emendou Cornélio uma desculpa pobre — ainda me matam para o arrancarem. Tire-o! Tire-o, por favor!

O barbeiro-alcatraz-tira-dentes nunca ouvira um tal pedido. Percebia que talvez não fosse Cornélio quem falasse, mas a aguardente barata que lhe dera para entorpecer os nervos. Ainda insistiu se tratar de um dente bom, que um trabalho daqueles não se faz duas vezes. O caixeiro-viajante queria, porque sim, que lhe arrancasse. E era tal a urgência com que pedia, que Mastian Peneda lá pegou de novo na *torquês* do inquisidor. Com a pena de um apreciador de arte, pago para destruir uma preciosidade, cumpriu a pecaminosa demanda. Dormente como estava, Cornélio mal deu pela extração. Quando Mastian Peneda lhe estendeu diante dos olhos, meteu-o no bolso e, num sorriso de esguelha, enfatizou o agradecimento:

— Muitíssimo obrigado, senhor Mastian! Foi de um préstimo impagável — disse, com as palavras se emaranhando umas nas outras.

— É sempre um prazer aliviar os que sofrem — devolveu-lhe o barbeiro, mais pasmo que sincero.

Já se levantava, Cornélio de Pentecostes, quando aquele lhe colocou a mão peluda sobre o ombro.

— Espere um pouco. Tem de esperar um bocadinho para que o sangue estanque.

Cornélio argumentou não ter mais tempo. Mastian Peneda embebeu então um pedaço de pano em aguardente lhe dizendo para o levar mordido, como o anterior, e os não tirasse antes de uma hora e com cuidado para não arrancar os coágulos. O caixeiro-viajante assentiu com a cabeça. Pagou o devido, agradeceu e se foi. Nem dez segundos passados estava de volta.

— Diga-me uma coisa, senhor Mastian, sabe se alguém queria extorquir dinheiro ao professor? — perguntou da porta, com a boca atafulhada e os sentidos arrastados.

O barbeiro-tira-dentes, abriu os olhos de espanto.

— Pelo menos o nosso poeta não o referiu. Mas por que pergunta?

— Por nada. Obrigado. Um bom-dia para o senhor — tornou este e saiu.

Com o sol das onze a lhe varejar sobre os miolos aguardentados, Cornélio de Pentecostes meteu em passo de marcha para casa de Benjamim-o-Novo. Embora a aguardente o deixasse com a boca dormente e tonto, parecia que, pela primeira vez desde a sua chegada, raciocinava direito. Poucas dores são tão enlouquecedoras quanto as de dentes. De repente parecia outro. Quando o prestador lhe abriu a porta do seu pequeno negócio, plantou-lhe o dente, ainda ensanguentado, sobre o balcão, perguntando:

— Quanto me dá por isto? — como quem gritasse, xeque-mate.

O judeu, que já havia visto de tudo na vida, não fez expressão de censura, mas não conteve a graça:

— Não me diga que o tal negócio já lhe está a levar os dentes! — pegando na peça com uma pinça para o levar à luz.

Cornélio não riu da piada.

— Penhor ou venda? — perguntou o judeu com ironia.

— Venda — rosnou Cornélio, com a boca a mastigar trapos.

Benjamim-o-Novo pegou no lápis, fez umas contas e por fim:

— Trinta e cinco mil *cádos*.

— Setenta mil! — gritou o caixeiro de Pentecoste qual licitador num leilão.

— Se tiver outro igual a este!

Cornélio teve ganas de saltar ao pescoço do penhorista.

— O senhor é um agiota!

— Bom, se não quer...

Os olhos do caixeiro-viajante se encheram de sangue. Que faria ele com trinta e cinco mil *cádos*?

— Cinquenta mil e é seu.

— Trinta e cinco. E não paga o trabalho.

— Qual trabalho? Isso é ouro!

— Por fora, sim. O resto é dente. E é preciso desengastá-lo, limpá-lo, fundi-lo.

— E não é o senhor que faz isso?

— Pois sou.

— Então?

— Então que tempo é dinheiro, senhor Cornélio!

Se uma trave da oficina lhe caísse no lombo avarento, ainda assim seria pouco! — pensou para si Cornélio de Pentecostes. Trinta e cinco mil *cádos* não lhe serviriam de nada, assim não houvesse pago a Manuela Canti e a Mastian Peneda. Mais valia ter deixado estar o dente. Onde arranjaria ele os restantes sessenta e cinco mil para o dia seguinte? Aceitou a oferta. De fato, cada minuto que perdia a discutir com aquele homem era um minuto a menos de vida. Sabia que espernear não o levaria longe. E porque aquele dente perdera toda a função no instante que Mastian Peneda o arrancara, recebeu das mãos delicadas do penhorista a liquidez do acordado, pondo-se a caminho de casa com a boca a lhe saber a ferro e a morte. No espírito, ébrio e sóbrio em igual medida, uma ideia parecia dar sinais de vida, feito uma ave, tímida, a picar um ovo por dentro.

XV

— Assaltaram a nossa casa, marido! — gritou Mariana Cayomar ao ver Cornélio entrar na cozinha.
O caixeiro-viajante, cujos sentidos haviam começado a acusar o álcool, ecoou, arrastado, como quem do fundo de uma gruta:
— Assaltaram a nossa casa?
— Sim, assaltaram a nossa casa!
— E o que foi que levaram? — perguntou, num esforço de língua a brigar com os trapos.
— Levaram tudo o que tinha no São Calisto! Foi ontem. De certeza que foi ontem, quando estávamos no funeral. Há sempre quem se aproveite destas situações para dar o golpe. Desde que chegou gente nova à cidade que várias pessoas já se queixaram de falta de pertences. É o que dá ajudar ingratos!
Num impulso, Cornélio declarou, para se arrepender no mesmo instante:
— Ah, isso! Fui eu.
— Você?
Era tarde para desdizer. E lá contou, com a boca cheia de saliva, haver levado o dinheiro para arrancar o dente, que afinal eram dois, pois já não podia mais com o suplício.
— Está aqui o resto — rematou, revirando o forro dos bolsos, onde enrolara, danado, os trinta e cinco mil *cádos* que Benjamim-o-Novo lhe dera pela casquinha de ouro.
— Só isto?
— Foram dois dentes.

— Mesmo assim! Era dinheiro bastante para te arrancar os dentes todos! É um aproveitador!

Cornélio concordou com a cabeça.

— Eu já estava decidida a passar hoje na barbearia para pagar adiantado o serviço. E a mim não me haveria ele de levar essa fortuna. Mas você é um coração de açúcar, e as pessoas abusam.

— Pois é — foi tudo quanto a Cornélio saiu.

O hálito a álcool e o tão pouco que sobrara dos talvez oitenta mil *cádos* que achava ter guardados no venerável, levantaram em Mariana Cayomar um fino véu de desconfiança.

— Agora bebe de manhã, marido?!

O caixeiro-viajante arregalou os olhos.

— Não fui beber, filha! Foi para arrancar os dentes — defendeu-se este, abrindo a boca, onde dois trapos ensanguentados faziam a vez dos molares extraídos.

Mariana aceitou a desculpa. O bafo que exalava e a pequenez dos olhos que trazia não eram resultado de bochechos para desinfetar e adormecer a carne. O mais certo seria ter passado a manhã a beber para ganhar coragem, que aqueles mais de quarenta mil *cádos* para arrancar dois dentes eram conta demasiada. Bem, pelo menos se acabara o martírio que desde sábado lhe roubava o marido de tantos anos. E para aliviar a conversa, declarou:

— Já é a segunda pessoa que falece hoje.

Cornélio, cuja bebedeira não era tanta a ponto de lhe amortecer os sentidos todos, pareceu acordar de repente. Quem foi a outra? — perguntava-se ainda e já Mariana declarava:

— Duas velhotas que a tinham em atraso. Bem se diz não haver fome que não dê em fartura!

Cornélio concordou de novo. Deu agora em morrer gente e não teria Pôncio Leona tempo livre. Entre extremas-unções e vigílias, cerimônias e cortejos, o conservassem, Deus ou o Diabo, assim pelo menos por uns dias. Não obstante a embriaguez, ou por conta dela, a ideia despertada na cadeira de Mastian Peneda crescia à medida que o álcool ganhava corpo. Assim, declarando precisar se recostar um bocadinho, sumiu-se no interior da casa, com o forro dos bolsos de fora, feito um falido a cambalear ruína. Porém, havia em si um quê de ânimo, um quê de manha dissimulada, uma leveza de esperança que talvez a aguardente, por si só, não alcançaria explicar. Decerto era aquele maldito dente que o impedia de pensar direito. Passou pelas brasas. Não o bastante para aclarar a turvação dos miolos. Contudo, quando Mariana o chamou para almoçar, a ideia tida já era um plano alinhavado. Diante do espelho tirou cuidadosamente os trapos da boca. A imagem daqueles dois buracos negros cobertos de sangue pisado produziu nele uma sensação de agonia. Era o mais próximo que algum dia estivera da sua própria morte.

— Já dei o almoço às crianças, para poder comer descansado — sorriu Mariana, mal o marido entrou na cozinha.

Cornélio sorriu de volta, em agradecimento. Um prato de carne moída com purê de batata aguardava por ele.

— Deixei esfriar. Não sabe tão bem, mas agora não podes comer coisas quentes.

Era impagável, Mariana. Impagáveis, todas as mulheres com instintos de mãe. Só no tanto que falava é que Deus poderia ter contido a mão.

— Bem, vou me calar — disse esta, percebendo, pelo silêncio do marido, estar falando demais.

Mas foi reticência breve, pois logo se lembrou de mais que contar. Pelo meio ia perguntando:

— Custa-te a falar, não é?

— Está bom o almoço?

— Quer mais alguma coisa?

Cornélio respondia a tudo com acenos de cabeça. Comeu como pôde. Apesar de tudo, fez com que sentisse uma inesperada satisfação. Mariana, que com meia dúzia de garfadas despachara o prato, olhava, encantada, para o marido. Já comia melhor. Parecia até ter ganho uma corzinha. Estava de volta, o seu Cornélio. Não fossem o orgulho e o medo, que nos homens andam de mãos dadas, e já estaria bem há um par de dias. Agora era dar tempo ao tempo. Infelizmente era pouco, sempre, o passado em casa. Sabia não tardar a partir de novo. Enfim! Era assim a vida! Fazer o quê? Depois do almoço, Cornélio voltou para o quarto. Precisava de descansar. O mesmo seria dizer: afinar o plano.

— Precisa de alguma coisa, marido?

Não precisava de nada, Mariana. Silêncio e tempo, visto o dinheiro não cair do céu e, assim caísse, tampouco serviria senão para remediar sem cura. A gravidade do álcool, todavia, levou a melhor sobre as intenções do caixeiro-viajante. Eram três e vinte da tarde quando acordou, com a boca com gosto de ferro e a cabeça num cai-não-cai. A passagem da língua no lugar deixado vago pelos dentes causou-lhe uma leve sensação de desmaio. Passado o efeito do "anestésico", principiaram as dores da carne. Mas não tinham comparação com as guinadas de antes. Apenas uma moleza de lesma em tarde de estio que o tomava por todos os lados. Que vontade de dormir até se cansar; até o mundo chegar ao fim! Não podia; nem adiar mais quanto urgia fazer. Tinha a vida em jogo. A primeira parte do plano era clara. O depois, logo haveria de improvisar conforme as circunstâncias. Levantou-se, preparou-se, perfumou-se, passou limão na língua a fim de a desencardir do gosto da aguardente que talvez o hálito denunciasse... Vieram-lhe as lágrimas aos olhos pela ardência do disparate. Mariana, ouvindo-o gemer, acorreu ao quarto.

— Tem dor?

Cornélio teve um gesto vago.

— Raiz de alteia — disse Mariana, para quem tudo se resolvia com raízes e chás. — Daqui a pouco já passo no boticário para comprar.

Quando a mulher saiu, ele pegou no último dos envelopes, tirou a mala do ofício de dentro do armário e saiu também. Porém, ao contrário do habitual, meteu pelo quintal em direção ao pequeno portão das traseiras que se abria para a estreita rua de trás.

Debaixo do abacateiro, os filhos brincavam com rabos de lagartixas.

— Pai! Pai! — gritou o menor correndo para ele.

Cornélio, que não reparara neles levou um susto. Forçou um sorriso, foi até eles, passou a mão pela cabeça do caçula. Um suspiro fundo se desprendeu da alma. Acontecesse o que acontecesse, não veria crescer aqueles meninos.

— O que estão fazendo? — perguntou com a voz descarrilhada.

— Estamos jogando ao mata-rabos! — explicou o mais pequeno.

Dois rabos de lagartixa, que os gêmeos haviam cortado, rabeavam em cima de uma tábua.

— O primeiro rabo que morrer, perde — explicou o pequenino.

Os gêmeos olhavam para o pai à espera de um sorriso de orgulho, mas Cornélio não se mexeu. A palavra "morrer" na boca de uma criança tão pequena provocou nele uma emoção desesperançada. Ana Lúcia, também presente, achou no pai alguma coisa estranha. Mas por não saber nomeá-la, e por este andar esquisito desde o regresso, manteve-se em silêncio, discreta como estava. Também Cornélio não sabia que palavras lhes dirigir e os deixou, entretidos, em gritos e gargalhadas ante aqueles rabos cegos, rabiando, impotentes, contra o destino e a morte, numa procura desesperada pelo resto de si.

A cabeça continuava tonta, mas o plano não esmorecera. Pelo contrário. Se conseguisse executá-lo, talvez fosse, também ele, capaz de ludibriar a morte. As palavras de Mastian Peneda lhe ecoavam nos miolos flutuantes: "sobreviver é tudo…". E com elas na ideia, feito um refrão orelhudo, meteu em direção aos armazéns da Import & Export, ao escritório do patrão Velasquez. Teria de tentar tudo. Salvar-se era quanto valia cada segundo da sua vida, embora pesassem todos os riscos. Afinal, a morte era garantida. Acabavam de bater as quatro quando o caixeiro-viajante entrou no escritório do patrão para, após lhe dar contas do serviço, conseguir deste o resto do ordenado adiantado e a aprovação para executar o plano levado em mente. Era Mariana quem todos os meses recebia das mãos de Ilídio Caixinha o vencimento do marido, pois, chegando este a andar por fora meio ano, não podia a família esperar pelo seu regresso para se sustentar. Embora não carecesse de dinheiro para essa tarde, Cornélio levava na ideia já um outro horizonte.

— Desculpe, patrão, só agora vir tratar do trabalho, mas têm sido uns dias difíceis.

— Não tem mal, homem. Todos temos família. E conseguiu resolver tudo?

— Está tudo encaminhado — foi a resposta vaga do empregado da casa. — Queria lhe falar de um grande negócio que poderemos ter em mãos.

Grande negócio era a conjugação de palavras que Palmiro Velasquez mais gostava de ouvir. Tudo nele se pôs em sentido. Afinal, já não era a primeira grande aposta que aquele seu caixeiro-viajante vencia. Mais heterodoxo do que Edmundo Carlos e, por tanto, mais imprevisível, Cornélio lhe causava mais apreensões. Porém, era quem mais lucro trazia a casa com a sua combinação de prestidigitador de feira e vendedor de banha da cobra. Enfim, de um faro que já não se fazia. Tivesse dois como ele e a Casa Velasquez talvez já houvesse aberto filial na capital, o seu sonho mais antigo. Mas também sabia, Palmiro Velasquez, que ter dois como Cornélio seria arriscar a ruína em cada ficha deitada ao pano. Assim estava tudo bem: um pássaro na mão por cada dois que voavam. Acendeu um charuto e, recostando-se na cadeira, aguardou pelas palavras do empregado.

— O Grande Teatro de Terrabuena vai inaugurar dentro de duas semanas. E uma companhia estrangeira está contratada para a primeira temporada. Coisa grande, hein! Muita gente. E fina! Instalada toda no Hotel

Central! Parece-me uma excelente oportunidade de negócio. Tenho um conhecido na cidade que me conseguirá pôr em contato com os artistas. Com as artistas especialmente!

Palmiro Velasquez sorriu. Afinal eram as mulheres quem sempre compravam mais.

— Por isso, queria que o patrão pensasse se não seria bom levar umas amostras do melhor que a Casa Velasquez tem. O que lhe parece?

Os olhos de Palmiro Velasquez brilharam. Era um visionário aquele Cornélio. Raro, como dizia Edmundo Carlos, mas de muito melhor quilate. Cornélio voltou a falar:

— É um pouco arriscado, é certo, levar tanto valor de uma vez só. Mas em catálogo não é a mesma coisa. E as joias falsas, apesar de tudo, não têm o mesmo encanto, e as senhoras sabem disso. Poderia se aumentar o seguro de viagem. Além de que, pelo caminho, toda a gente me conhece e sabe que normalmente não levo material de maior monta que amostras modestas. Salvo seja!

— E o catálogo da Casa Velasquez, com tudo o que o seu nome significa! — acrescentou Palmiro Velasquez no jeito dos patrões antigos pouco dados a modernidades e escusados riscos.

— Mas as imagens impressionam pouco, patrão. Ainda para mais a artistas estrangeiras que já devem ter visto de um tudo. Na Europa já há catálogos coloridos. E o nosso ainda é em tons de jornal diário.

Palmiro Velasquez acusou o reparo. Mas tinha de concordar.

— De qualquer modo, farei viagem direta até Terrabuena. Assim não há grande perigo. E vai tudo no fundo falso da mala.

Engenhoso, aquele Cornélio. Um artista da caixaria! — pensou para si, Palmiro Velasquez. Provas dadas não lhe faltavam. Podia, inclusive, agradecer-lhe a expansão do negócio até às fronteiras do Norte. Apenas por uma ocasião fora desafortunado, mas, quem nunca, em profissão instável?! Além do mais, servira-lhe o percalço para engendrar o fundo falso daquela mala, na qual em todas as viagens levava os objetos de maior valor. Não tantos quantos agora lhe propunha, mas... Quem não se aventura, nem cavalo nem ferradura! — frase sábia de seu avô. Por tudo isso, e porque os bons negócios carecem de ousadia, concordou com tudo e todos os termos.

— Vão ficar pelo menos três meses. Se tudo correr bem, imagine as encomendas que os bazares farão depois de lhes apresentar os desejos descortinados junto das senhoras! Teremos de ser os primeiros a conquistar os artistas de Terrabuena. E depois desta trupe outras virão. Não há outro teatro como aquele em todo o país. Dizem que nem o Monumental de Monte-Goya se compara! É a capital do norte, patrão! Muita gente, muita gente! — foi dizendo Cornélio num entusiasmo contagiante.

Palmiro Velasquez, que não enriquecera à toa, via naquela história uma oportunidade rara. Uns armazéns como os seus, plantados numa cidade pequena, careciam sempre de bons negócios. E aquele, sem dúvida, parecia-lhe um desses.

— Queria só pedir ao patrão para me aumentar o seguro de vida, que não quero deixar a família mal amparada em caso de alguma eventualidade.

— Você é um bom homem, Cornélio. Um bom pai e um bom marido.

— Não me permite a vida estar mais com os meus, mas cuido sempre que não lhes falte nada. Por isso queria lhe pedir que...

Palmiro Velasquez nem o deixou terminar.

— Trataremos disso, não se preocupe. Falarei com o Ilídio para providenciar a adenda. Mas quero que saiba: sendo a Mariana afilhada da minha esposa, se por algum azar do destino você lhes faltar, terão da minha parte toda ajuda necessária.

— Não sei como lhe agradecer, senhor Velasquez!

— Já agradece, Cornélio. Já agradece.

Era tal o entusiasmo do caixeiro-viajante que Palmiro Velasquez, comerciante com mais de quarenta anos de saber, achou ver ali uma oportunidade que parecia lhe haver escapado todo aquele tempo: as casas de espetáculo do país inteiro. Com a devida exceção para Monte-Goya, onde havia de tudo, como nas grandes capitais do mundo. Faria a experiência. Se algo corresse mal, acionaria o seguro. Até essa ideia lhe agradava. Encantado com a nova perspetiva de negócio e confiante no seu melhor caixeiro-viajante, dispôs-se a lhe facilitar quanto necessitasse. Do grande cofre tirou uma pesada caixa e, de dentro dela, joias empedradas de todas as cores e formas. Cornélio escolheu o que entendeu, acomodando tudo no fundo falso da mala. Depois o patrão tirou outra caixa, contendo relógios de bolso. Cornélio embalou quantos pôde. O resto do pedido, apetrechos e adereços, que levasse uma guia ao armazém e que se servisse, visto só os artigos de maior valor guardar junto a si, sob os seus sentidos de lince.

Os olhos de Cornélio brilhavam. Os do patrão Velasquez não brilhavam menos. Pagou-lhe o ordenado, sem descontar os cento e cinquenta mil *cádos* adiantados, mais o necessário para a viagem e despesas. Tudo em dinheiro vivo, como este pediu, e não repartido entre cheques e numerário, à semelhança de todas as vezes, pois, conforme explicou, para viajar mais seguro, pensava alugar cabine no vapor, que as redes

— O patrão sabe como é!

nunca são tão seguras. Além de estar a pensar se hospedar no mesmo hotel da companhia de teatro.

— O patrão sabe como é!

E como já chegaria tarde para ir ao banco levantar cheques... Que os hotéis finos só aceitam dinheiro vivo e desconfiam sempre de clientes com notas pequenas...

— O patrão sabe como é!

Palmiro Velasquez ia acenando com a cabeça de boi dominado. O charuto que lhe adormecera na boca parecia prestes a tombar.

— Estava a pensar também, se o patrão concordar — continuou Cornélio, com mais um golpe de capote — levantar uma roupinha nova no armazém.

Para fazer boa figura junto das artistas. Afinal

— O patrão sabe como é!

a aparência é meio caminho andado. É a primeira imagem da Casa Velasquez.

Claro! Com certeza! Faça isso! Foi dizendo Palmiro Velasquez. Pensava em tudo, aquele Cornélio! Antes de sair, o caixeiro da Volta Norte quis saber:

— O patrão sabe quando o Edmundo parte de viagem?

— Depois de amanhã, no vapor das sete. Algum recado para ele?

Nenhum recado. Apenas um dinheirinho que este lhe emprestara e lhe queria devolver antes de partir. Não gostava de sair em viagem com contas pendentes. Poderia ser uma palermice; uma superstição sua, mas

— O patrão sabe como é!

contas são contas e um homem nunca sabe se volta quando parte.

Era um orgulho ter funcionários daquela hombridade, quer um quer outro, representando a casa que seu avô fundara e com tanto orgulho seu pai lhe confiara às mãos. Acertados os últimos pormenores, entregue o Livro de Registos a Ilídio Caixinha, acabado de entrar, despediram-se, felizes, um e outro, por motivos distintos.

Com a guia em branco, assinada pelo patrão, Cornélio foi ao armazém levantar tudo quanto conseguiu: os perfumes mais caros e lenços de pura seda. Não procurou mais nada. E se misturou lenços leves com perfumes mais pesados, foi para que o peso da mala se equilibrasse, pois a levar só lenços de seda, como vontade tinha, em alguma situação poderiam lhe desconfiar do peso e, claro, do fundo falso da mala. Para rematar, colocou por cima de tudo meia dúzia de leques franceses e seis pares de luvas de renda. Pediu depois três fatos do linho, um branco liso, um azul claro, listrado, e um bege cru, seis camisas, dois pares de sapatos novos — tudo raridades importadas nas quais, não havia muito, Palmiro Velasquez começara a investir por sugestão sua. Somou também dois chapéus panamás de fita condizente com as gravatas escolhidas, uma bengala, um par de óculos bifocais, três lenços de homem, interiores, meias e suspensórios. Evaristo Palmin, que o atendia havia uma dúzia de anos, espantava-se com o arsenal que levantava. Mas ia pondo em cima do balcão tudo quanto o caixeiro da Volta Norte lhe pedia por número, tamanho, cor ou feitio. Por fim assinou a guia preenchida, estendeu-a ao colega e, carregado de embrulhos e mala, só parou em casa, onde dispôs tudo sobre a cama. Mariana, que no quintal esfolava um coelho para o jantar, foi à janela do quarto.

— Vai viajar, marido?

— Daqui a uns dias. Sabe como é.

Mariana fez cara de quem sabia.

— Mas não é já, meu tesouro. Não faças essa cara.

— Fica sempre tão pouco tempo! E desta vez, por causa daquele maldito dente, mal passou tempo em casa.

Cornélio teve pena daquele coração generoso. Os filhos correram para junto da mãe.

— São coisas para a gente? — perguntou um dos gêmeos, olhando para os embrulhos.

— São encomendas do trabalho — respondeu o pai.

Havia uma distância entre ele e a família que ia muito para além daquela parede que os dividia com uma janela aberta pelo meio. Olhou para todos. Um silêncio de eternidade lhe pesou no coração. Ana Lúcia, a sua única menina, estava uma mulher, já. Levava as linhas arredondadas da mãe quando era nova. Miguel, o menor, chupava no dedo agarrado a um boneco de trapo. E os gêmeos, Lucílio e Lúcio, tão iguais entre si que parecia que um espelho os dividia. Uma leve quentura afetou os olhos do caixeiro-viajante. Não sabendo como disfarçar, disse ter coisas para fazer, mandando-os ir brincar. Mariana voltou ao coelho, Ana Lúcia a ajudar a mãe e os rapazes para debaixo do abacateiro onde brincavam antes de o pai chegar.

Cornélio não demorou em casa. Antes das seis teria de estar na igreja e ainda queria passar no Teatro das Artes, onde, àquela hora, Ranulfo Pesseguinho por certo haveria de estar, ensaiando grandes papéis, para o dia em que a oportunidade se lhe afigurasse. Não estava, o jornaleiro e figurante. Foi encontrá-lo na bodega de Emílio Gato junto à ala do couro.

— Sabe, amigo Ranulfo? — encetou Cornélio em jeito de ensaio. — Parto dentro de uns dias para Terrabuena, onde vai inaugurar o Grande Teatro.

Às últimas palavras tudo em Ranulfo Pesseguinho brilhou. Já ouvira falar da grande obra. E porque cada hora da sua vida girava em função do teatro e do sonho de um dia ser ator, fez-se todo ouvidos para os lábios de Cornélio.

— O amigo talvez não saiba, mas já o vi figurar em algumas peças.

Ranulfo Pesseguinho crescia a cada sílaba ouvida.

— E como acho que leva grande jeito, e aqui não o sabem aproveitar bem, pensei recomendá-lo à companhia estrangeira que vai inaugurar o Grande Teatro e passar uma temporada por lá.

Os joelhos do jornaleiro e figurante encheram-se de tremuras. Era um sedutor nato, Cornélio de Pentecostes. Toda a vida levara jeito para a trapaça, para o fingimento. Ele, sim, haveria de ter dado um ator de primeira. E boa lhe haveria de ser a vida entre atrizes e figurantes, coristas e espectadoras sofridas. Mas tal jamais lhe passara pela sagacidade do pensamento. Nem naquele instante. De modo que foi dizendo:

— Claro que isto não é garantia nenhuma. Mas tenho alguns contatos e vou estar próximo do pessoal da companhia. Sabe como estas coisas são!

O coração de Ranulfo Pesseguinho se engasgava a cada batida.

— Será sempre para começar por baixo. Mas olhe o que seria ser um dia ator de uma companhia estrangeira! Até figurante, homem! Tivesse eu a sua arte e seria para mim que pediria o jeitinho. Mas isto do talento é para quem nasce com ele. E aqui, como lhe digo, o amigo não vai longe.

A cabeça de Ranulfo Pesseguinho acenava sem cessar. A boca há muito lhe secara. Não proferira ainda um som. Todo ele era um tambor cheio de sonhos a ressoar alto.

— Bem, como lhe digo, não é seguro. Não gosto de prometer o que não posso cumprir. Mas lá tentar, isso posso. E vou! Se o amigo quiser, claro está!

— Sim, sim, sim… — atrapalhava-se o outro. — Eu… quero dizer, sim… O senhor nem sabe o bem que me está a fazer. Eu nem acredito, senhor Cornélio. A vida é isto, um teatro no qual, quando menos se espera, assalta-nos uma felicidade tal que nem vivendo mil anos a poderíamos esquecer.

— Agora, peço-lhe é uma coisa: nem uma palavra sobre isto. Aliás, nem pense muito alto, para ninguém o ouvir. Sabe como é isto das invejas. E se descobrem por aqui que ando a desviar talentos da terra para longe… O amigo sabe que passo pouco tempo por aqui, mas a minha mulher e os meus filhos… Bem, entende o que quero dizer?!

— Perfeitamente, senhor Cornélio. Nem à minha rica mãezinha contarei alguma coisa. Nem à minha rica mãezinha!

— Isso, isso, que as mães, pelo tanto que nos querem, entusiasmam-se muito mais do que nós. E porque são mulheres, soltam a língua com mais ligeireza. Mas que Diabo! Que mãe não se haveria de orgulhar de ter um filho como você!

Os olhos de Ranulfo Pesseguinho não aguentariam por mais tempo aquela emoção. Prometeu-lhe ainda, Cornélio, um bilhete para a estreia, acabando de uma vez com quantas defesas pudessem restar ao pobre jornaleiro e figurante para se proteger. Findo isso, apertou-lhe a mão e se despediu.

— O senhor nem sabe o que está fazendo por mim, senhor Cornélio!

— O que qualquer homem de consciência e gosto pela arte faria no meu lugar.

— Não sei como hei de agradecê-lo, senhor Cornélio!

— Ora! Os amigos são para estas coisas, homem! — tornou o caixeiro-viajante, que nunca lhe havia dirigido a palavra senão por efeito da circunstância dos dias.

Ranulfo Pesseguinho voltou a lhe apertar a mão com as duas que tinha. Já se virava Cornélio para ir embora quando de súbito:

— Olhe, por acaso, o amigo é que me podia fazer um favor não mais pequeno que o meu.

— Diga, diga! — apressou-se, solícito, Ranulfo Pesseguinho.

— Eu nem sei se lhe deveria estar a pedir isto, mas pronto. Os meus filhos mais novos gostam muito de teatro e de fantoches. E como o amigo sabe, eu passo pouco tempo com eles. De modo que tinha pensado lhes fazer uma surpresa. Mascarar-me de qualquer coisa e fazer um teatrinho lá em casa. Eu tenho roupa velha para fazer umas macacadas, mas estava a pensar assim nuns adornos, numas barbas, nuns bigodes, numas perucas... Será que não haveria possibilidade de o teatro me emprestar umas coisas por uns dias?

A alegria de Ranulfo Pesseguinho em ser prestável àquele homem que acabava de lhe abrir a primeira porta da glória era tal, que se prontificou ele mesmo a acompanhá-lo aos camarins e a deixá-lo escolher o que entendesse. Tinha a chave consigo. Nunca a deixava. Era uma superstição sua, uma espécie de amuleto.

— Mas não quero que o amigo se meta em problemas por minha conta.

— Não se preocupe. Ninguém saberá de nada. Até porque os ensaios para a próxima peça ainda não estão marcados. Eu é que passo todos os dias por lá, para dar uma ordenzinha nas coisas e para ensaiar sempre um pouco sozinho. É a única vez em que o palco é todo meu! — sorriu com um misto de vaidade e modéstia.

— Bom, se o amigo me garante que não se encrenca com isto... É que é só uma brincadeirinha. Lembrei-me!

Ranulfo Pesseguinho o tranquilizou, que tudo se faria "como manda o figurino". Cornélio agradeceu, acompanhou-o aos camarins, pelas traseiras do teatro, para escolher, entre o que havia, nada além de duas perucas, uma loura, outra castanha, dois bigodes condizentes e um sinal.

— Tem certeza que não quer mais nada?

— Isto já basta para o efeito — sorriu Cornélio, ajeitando a peruca diante do espelho.

O contraste das sobrancelhas lhe chamou a atenção.

— Tem sobrancelhas postiças também?

Ranulfo Pesseguinho abriu uma gaveta, tirando-lhe de dentro umas sobrancelhas enormes, peludas.

— Temos só disto.

— Queria uma coisa mais discreta. Para ficar da cor do cabelo.

— Temos é uma tinta. Se quiser posso lhe dar um pouco num frasco.

— Já agora quero fazer figura bonita! — riu o caixeiro-viajante.

— E vai fazer, senhor Cornélio! E vai fazer!

— E isso depois sai?

— A tinta?

— Sim.

— Tem de esfregar com água e limão. Demora um pouco, mas sai tudo.

Cornélio sorriu. Ranulfo Pesseguinho lhe explicou, então, diante do espelho, a técnica de colar o sinal e o bigode e como aplicar a tinta sobre as sobrancelhas. O caixeiro de Pentecostes aprendeu tudo à primeira. E lhe agradecendo muito, despediu-se com um firme aperto de mão, garantindo que daí a uns dias traria tudo de volta e intacto.

— Não se preocupe com isso. Pode ficar o tempo que quiser. O que aí leva não vai ser usado tão cedo. E temos mais.

Satisfeitos, um e outro, afastaram-se, cada qual para seu lado. Ranulfo Pesseguinho para a bodega de Emílio Gato, para comemorar, em silêncio, o seu primeiro passo no corredor da glória; Cornélio de Pentecostes para a igreja matriz, onde, pelo seu pressentimento, haveria de depositar a última prestação da sua liberdade. E por ser a última, ainda lhe custava mais. Entrou discreto; saiu encarnando a descrição. Três senhoras rezavam perto do altar. Ninguém deu por ele. Pelo menos assim lhe pareceu. Na praça olhou em redor. Havia gente de um lado para o outro. Mas nem sombra do assassino. Desta vez não foi para os bancos da praça, nem esperou ver alguém entrar ou sair da igreja. Não lhe restavam nem dúvidas nem curiosidades. Eram seis e sete da tarde quando entrou em casa de Benjamim-o-Novo, colocando-lhe em cima do balcão o anel que achara, de entre todos, mais valioso.

— Quanto me dá por esta preciosidade?

O olhar desconfiado do judeu deu a Cornélio a certeza de estar diante de um bom negócio. Benjamim-o-Novo pegou na peça, olhou-a de todos os lados, levou-a à luz, depois ao óculo e, com o olhar de águia velha, atirou:

— Quinhentos mil *cádos*.

— Um milhão — tornou Cornélio.

— Nem por sombras! — tornou o judeu ainda com o anel debaixo da luz.

— Bem, nesse caso, deixe estar.

— Dou-lhe setecentos mil *cádos*.

— É muito generoso, senhor Benjamim. Mas não vale a pena. Por esse valor prefiro dá-lo a um pobre — tornou Cornélio de mão estendida para o judeu.

— Penhora ou venda?

— Venda.

— Muito bem. Um milhão — disse o judeu, que sabia bem o valor das coisas.

Cornélio se sentiu vitorioso.

— Eu não lhe disse que tinha um negócio lucrativo? Da próxima vez confie na palavra de Cornélio de Pentecostes!

Benjamim-o-Novo esboçou um sorriso, como se, em outra vez havendo, tivesse em consideração a palavra de quem o procurasse mais do que o valor do seu lucro.

— Desconte daí o relógio, a aliança e o fio de ouro.

O judeu fez a conta, descontou quanto Cornélio lhe pediu e, antes mesmo de estendê-los, perguntou:

— E o dente? Vais querê-lo de volta também? Ainda para ali está.

Cornélio passou a língua na cavidade da boca, acusando a derrota. O que poderia ele responder? Por fim, declarou:

— Esse foi vendido. Pode ficar com ele.

— Muito bem — tornou o judeu, desaparecendo sob o balcão, de onde surgiu com o dinheiro bem contado.

— Novecentos e vinte mil *cádos*. Aqui os tem.

— Tenha um bom dia! — atirou o caixeiro-viajante com ares de barão afortunado.

— Igualmente. Sempre às ordens.

Pudesse o judeu adivinhar o sorriso que por dentro se lhe rasgava! E foi com esse travo de vingança cumprida que Cornélio Santos Dias de Pentecostes deixou atrás de si a porta modesta da casa modesta de Benjamim-o-Novo, certo de a sua vida estar prestes a mudar.

XVI

Pela primeira vez, desde que regressara, reinava a harmonia em casa de Cornélio de Pentecostes. À mesa, a família comia e conversava à volta de um ensopado de coelho que Mariana preparara para o jantar. Cornélio mastigava devagar. Felizmente, ambos os dentes falhos eram do mesmo lado. Se ele tivesse tido a coragem ou a ideia mais cedo teria poupado um. Mas a vida é assim mesmo, só se ergue um homem depois dos joelhos esfolados. Mariana estava feliz, de olhos brilhantes no marido que brincava e contava histórias aos pequenos, como sempre fora seu hábito. Também ela lamentava a tardança do alívio. As crianças, ao redor da mesa, pediam ao pai que lhes contasse sobre as viagens. Este lhes narrou a história do visconde de Cachaguara, e de forma tão apaixonada, como se houvesse sido ele a vivê-la, mantendo-os colados à sua figura, com o ar fascinado dos inocentes. Também Mariana Cayomar estava embevecida a olhar para o marido. Parecia, finalmente, estar de volta o homem que era seu duas dúzias de dias por ano. Desde a hora em que o conhecera e se apaixonara por ele, e desde esse primeiro instante, quando este lhe contou a história da sua vida — com floreios inventados no momento —, que se prendera à melodia da sua voz, ao encanto do seu modo de contar as coisas, a qual ainda agora ouvia com um fascínio não inferior ao dos filhos. E ela, criança grande, redonda, senhora de um corpo generoso, que aprendera com as mulheres da sua família (exceção para a mãe) a valorizar cada instante bom da vida, por menor que fosse, sentiu a alma apaziguada, preenchida de um amor simples, bom e de bem saber.

Quando os filhos lhe pediram a bênção, antes de se recolherem aos quartos, Cornélio sentiu no coração uma saudade desconhecida. Demorou-se a dar a cada um a bênção pedida, e os beijou um a um. Teve vontade de lhes dizer quanto lhes queria, que se portassem bem, cuidassem sempre da mãe e lhe obedecessem, mas teve receio que tais palavras o denunciassem. Nessa noite, depois de deitar os filhos, Mariana tomou banho, vestiu uma combinação preta que Cornélio lhe dera um dia e apresentou-se no quarto, pronta para ser mãe pela quinta vez. O cheiro de alfazema que trazia na pele e as carnes fartas, duras de tão jovens ainda, fizeram-no querê-la como se a primeira e última noite de suas vidas. Puxou-a para si, derrubando-a na cama. Mariana riu. Pôs os dedos nos lábios como se para conter a gargalhada já solta. Ali, naquela hora que lhe pertencia, senhor de uma ideia louca e de uma avultada soma de dinheiro, Cornélio Santos Dias de Pentecostes se sentiu grande, inteiro de novo. E lhe tirando pelos pés a combinação que mal a cobria, deitou-se sobre a nudez do corpo fecundo, que o recebeu, feliz e meigo, como todas as vezes.

Finda a cópula, Cornélio fingiu adormecer. Mariana adorava vê-lo quebrado depois do amor obedecido. Limpou-se, tirou de sob a almofada a camisa de noite e, nem dois minutos depois, já dormia profundamente sobre o peito cabeludo do marido. Cornélio deu dez minutos antes de a afastar com cuidado. Mariana acordou e readormeceu no mesmo movimento. O caixeiro-viajante esperou mais um pouco antes de deslizar para fora da cama. Juntou quanto precisava e, carregado até ao pescoço, esgueirou-se feito um gato rumo à cozinha. A porta do quarto, o soalho, protestaram à sua passagem. Sabia que não acordaria Mariana nem com o galope de cem cavalos, mas, ainda assim, levava o coração num tambor. Só os barulhos da noite se ouviam. Os barulhos da noite e o ressonar satisfeito de Mariana Cayomar. Com cuidado, abriu o alçapão rangente do pequeno esconderijo, que ele mesmo fizera sob o assoalho da cozinha no dia em que alugara a casa, uma semana antes do casamento, tirando-lhe de dentro a caixa de lata onde guardava todos os seus documentos falsos.

Crescia nele a excitação de outros tempos. À luz de uma vela separou aquele que melhor lhe servia: Guido Guemo Gomez Gamarra. Assinado e carimbado "pelos Serviços Centrais de Monte-Goya", e com o espaço reservado às características físicas em branco, como o velho Sérgio de Niã Côco sempre encomendava, para o caso de ser preciso algum disfarce de última hora, parecia feito à medida para a ocasião. De súbito, sentiu estar de volta a sorte de toda a vida. Acendeu depois uma candeia, juntou os utensílios da barba, uma botija de água e um espelho, e foi para o quintal rapar a cabeça até ao último pelo. Lavada e enxugada, colou com todo o cuidado o bigode louro e o sinal que Ranulfo Pesseguinho lhe emprestara. Havia uma minúcia de ourives em cada gesto traçado. Mirou-se de todos os ângulos. Podia jurar jamais haver visto tal homem na vida. Um sentimento de glória se apoderou de seu corpo. Se ele próprio não se reconhecia, o que dizer do matador que tivera de lhe perguntar o nome a fim de se certificar falar com a pessoa certa? E ainda agora ia a meio do disfarce. Passou depois às sobrancelhas, tingindo pelo por pelo. Por fim colocou a peruca condizente sobre o crânio polido, aparou-lhe as pontas e se penteou, colocou os óculos sobre a fronte e teve a impressão de estar na presença do conselheiro Ravino Cascamonte. Estava irreconhecível! Uma sensação de liberdade lhe arrepiou as tripas até à raia da felicidade.

Finda a obra de arte, Cornélio pegou no cabelo cortado, fez um buraco na terra e o sepultou. O ato reacendeu-lhe a angústia da véspera. Pior do que um morto se enfeitar para o próprio enterro é enterrar a si mesmo. Que irônico lhe pareceu tal gesto. Também era já um dente a menos, visto o outro já ser meio falso, assim como assim. Não se perdeu em considerações, que o tempo não esperava e tinha ainda muito para fazer. À luz da candeia preencheu o espaço do documento:

Altura: 1,70 m

Olhos: castanhos

Cabelo: alourado

Rosto: redondo; bigode fino; sinal de proporções médias na face esquerda

O prazo da cédula expirara havia dois anos e meio. Mas do três em que terminava o ano de emissão (que nome e data já constavam, por conta do carimbo sob o qual pertenciam), Cornélio fez um oito, prolongando-lhe por mais cinco a validade. Conferiu tudo várias vezes. Desconfiou da caligrafia. Talvez não suspeitasse se de outro fosse o documento, mas se sabendo o falsificador... Passou-lhe o mata-borrão a fim de atenuar um pouco a falsidade. Pareceu-lhe perfeito. Era um homem novo que ali nascia, às suas mãos, com a graça de Deus. Depois, pegando numa folha em branco, começou:

Excelentíssimo cavalheiro...

Iniciou a carta várias vezes. Mas nenhuma o convencia. Ao cabo de uma meia dúzia de tentativas, lá lhe saiu:

Sou a informá-lo de um caso de particular delicadeza. Sabendo-o eu amicíssimo do falecido e estimado professor Mata-Juan, e de fatos concernentes à sua morte que talvez lhe interessem, resolvi lhe escrever a fim de lhe dar conta dos mesmos. Não me delongarei em detalhes. Sei, através de uma pessoa da mais alta confiança, que o nosso estimado professor mantinha uma relação secreta com uma jovem mestiça que vive perto do rio, de seu nome Lídia de Jesus. *Não seria isso informação de relevância se essa mesma jovem não fosse amante e mantida do mais insuspeito dos homens, cuja identidade o deixará tão perplexo quanto a mim deixou.*

Ademais comunico que, na noite do crime (até à data um suicídio), vi com meus próprios olhos três homens conspirando na sombra perto da casa do falecido. Pouco depois, um homem suspeito, todo de preto e barbas compridas, passou por mim em direção ao ancoradouro. Pelo ar comprometido que levava, e por ser apenas um, resolvi segui-lo. Tomou o caminho da casa da mestiça. E qual não foi o meu espanto quando, pela janela entreaberta, vi se desfazer do disfarce, não mais, não menos que o próprio padre Pôncio Leona.

Conhecendo o cavalheiro, tal como eu, a rivalidade entre ambos, a urgência do senhor padre em inaugurar o cemitério da discórdia, mais isto que agora lhe conto, e tendo, como poucos nesta cidade, coragem e meios de o fazer saber, deixo-lhe à consciência o destino desta confissão que, não podendo já trazer o caríssimo professor de volta, ou sequer incriminar o padre Pôncio Leona, poderá, pelo menos, servir para desmascarar este último, que por certo continuará visitando a jovem mestiça. Será apenas caso de um grupo de cidadãos se dispor a aguardar por ele à saída da casa da sua mantida em dia de visita. E quem sabe se, depois disso, mais não se venha a descobrir, como sendo o caso de também a menina estar envolvida, como isca, na morte do professor Mata-Juan.

Agradeço de antemão toda a atenção que esta minha missiva lhe possa merecer. Lamento não poder me identificar, pois sou figura de pouco relevo na sociedade santacruzense, e sei que jamais as minhas palavras poderiam vir a ser consideradas como as do cavalheiro em quem deposito todas as esperanças de justiça e ao qual juro, pela alma do professor, que admirava como a um pai, serem tão verdadeiras *como esta mão que as escreve.*

Sem outro assunto, despeço-me com toda a admiração. Sou, a vossa excelência, eternamente grato. Bem haja e que Deus o abençoe.

Pegou depois noutra folha e escreveu:

Querida Mariana,

Quando ouvir estas palavras estarei já longe. Parti sem dizer nada porque é uma viagem melindrosa. Escrevo-te apenas para que não fique preocupada. Qualquer coisa que precise até à minha volta, fala com o senhor Velasquez. Está a par de tudo. Não me leve a mal ter de ser assim. Espero estar de volta em breve. Beija nossos filhos por mim e diga quão bem lhes quero. E a ti não menos, meu tesouro! Um beijo, deste que te adora,

Cornélio.

Colocou cada uma num envelope. A de Mariana, a qual Ana Lúcia haveria de ler à mãe, ajeitou-a em cima da mesa da cozinha, ao lado do ordenado para o mês. A que endereçaria a Ataído Russo, guardou-a no bolso de dentro do casaco. Faltava-lhe apenas arranjar as malas: uma com as suas vestes, outra com a sua alforria. Vestiu-se: terninho bege; lencinho na lapela, gravatinha turquesa e suspensórios brancos sobre a camisa jasmim; relógio de bolso a marcar quatro e vinte da madrugada e, no espelho, um artista de cinema, um dândi europeu a caminho da ópera ou de um cabaré. Lembrou-se faltar-lhe algo, ainda. Deslizou até ao quarto, pegou em São Calisto, colocou-lhe um milhão de *cádos* dentro, pediu-lhe a bênção e que protegesse a família durante a sua ausência, a qual adivinhava longa. De volta à sala completou-se de sapatos, casaco e chapéu; umas calças velhas sobre as novas do terno, pegou na bengala e nas malas onde guardara a sua nova vida e, sem fazer o mais leve ruído, indo direito aos fundos da casa, partiu.

Custava-lhe abandonar os filhos, aos quais agora parecia querer com todas as suas forças, com todo o seu ser. Apesar de tudo, era um homem sensível. Uma vez mais: — Que imagem guardariam dele? Que histórias lhes contaria a mãe sobre o pai desaparecido? Que figura paterna cresceria na cabeça de cada um com os anos? Melhor seria nem pensá-lo. Talvez não fosse separação eterna. Talvez pudesse voltar dentro de uns anos, mal o padre Pôncio Leona fosse acertar contas com o Diabo. Pela ordem natural das coisas, partiria muito antes de si. Custava-lhe abandonar a sua casa; Santa Cruz dos Mártires, que nunca amara; Mariana, a mais honesta, a mais ingênua, a mais benevolente de todas as mulheres que algum dia tivera; a que estaria a seu lado para quanto a vida lhes aprontasse; aquela que, podendo escolher, teria amado acima de qualquer outra. Até de Rosa Cabrera! Mas Rosa Cabrera era uma outra história. Infelizmente um homem não controla os latejos do coração, e Cornélio... E Cornélio menos do que todos. Não o houvesse Deus, ou o Diabo, talhado assim, e teria uma vida séria, tranquila, na sua terra, sócio de um negociozinho com o velho Sérgio de Niã Côco, como tantas vezes sonhara. Quanta falta lhe fizera todos aqueles anos?! Quanta, naquele preciso momento em que transpunha, muro após muro, os quintais da vizinhança, na leveza silenciosa que aprendera para fugir aos sentidos dos cães, e que a neutralidade da roupa nova, ajudaria a ludibriar.

— *Todos os fantasmas partem de madrugada* — dissera-lhe um dia Sérgio de Niã Côco. E assim mesmo se sentia.

De quando em quando um gosto a sangue lhe vinha à boca. Como pode o mesmo composto ser expressão de vida e de morte em igual medida?! Melhor não pensar em nada. Era andar e esquecer. Os primeiros raios de dia se desenhavam sobre o rio quando Cornélio chegou ao embarcadouro. Era ainda cedo. A primeira balsa não partiria antes das seis, mas quisera chegar antes de toda a gente. Sentou-se numa pedra a contemplar o nascer do dia. Só nessa altura reparara trajar ainda as calças velhas vestidas sobre as novas para evitar sujá-las no saltar dos muros. Olhou em volta. Ninguém. Desfez-se delas, atirando-as à água, ficando a vê-las ir, feito um afogado rio abaixo. Dentro em breve começaria a chegar gente.

À chegada dos primeiros viajantes se trocaram cordialidades. Embora acreditasse não haver quem o reconhecesse, o nervosismo estava com ele. Viera arrastando um pouco a perna, apoiado na bengala, para se habituar à nova condição e por dentro falando sozinho, com um toque na pronúncia de quem vivesse há muitos anos naquele país, mas fosse de outro. Depois pensou que o sotaque daria mais nas vistas do que não tê-lo. O mesmo em relação à bengala e ao claudicar, que o atrapalhavam com as malas. Quanto mais simples melhor, pensou, limpando o suor da fronte na pedra do cais. Era outro, para todos os efeitos.

Quando às seis e vinte a primeira balsa aportou, teve o impulso de subir a bordo. Não adiantaria nada. Teria sempre de aguardar pelo vapor no porto seguinte, com o inconveniente acrescido de não saber, depois, quem subira a bordo em Santa Cruz dos Mártires. Queria partir o quanto antes. Controlou a pressa. Viu a balsa partir; mais gente chegar; as pequenas embarcações de frete cruzarem o rio; alguns barcos de pesca manobrando nas margens; o mundo a se acender aos poucos em pinceladas de nada.

— *O patrão sabe quando o Edmundo parte de viagem?*

— *Depois de amanhã, no vapor das sete.*

E se mudasse de planos? E se o patrão se tivesse enganado? Os olhos estavam fixos na Estrada do Cais à procura de feições. De súbito, uma agudeza de metal lhe fez saltar o coração. A meio do rio, o vapor da sua ousadia enchia a paisagem. Foi o primeiro a embarcar. Pouca gente desceu para terra; pouca mercadoria subiu a bordo. Além dele, embarcaram quatro pessoas, das quais apenas uma conhecia de vista. Pagou a passagem com a boa fé do patrão Velasquez e foi encostar-se à amurada de olhos postos no cais. Nenhum sinal de Edmundo Carlos. Nenhum sinal do matador.

Sete e dez da manhã quando a sirene deu sinal de partida. O vapor começou, aos poucos, a afastar-se da margem, e o coração de Cornélio a se acalmar; a se excitar; a se confundir. Medo e liberdade comungavam do mesmo espaço dentro do peito do caixeiro-viajante. Pela segunda vez deixava a sua terra para dar início a uma vida nova. Pela segunda vez a sensação de ser a primeira e para sempre. Curioso, pensava, como o coração não se habituava às partidas, ele que já partira mil vezes.

Ia já a meio do rio quando ouviu os sinos da igreja tocarem. Primeiro pensou se tratar das ave-marias da manhã. Mas era um bater diferente, um dobrar aflito, uma espécie de alerta ou toque a finados por figura de relevo. A verdade é que desde a véspera não parava de morrer gente em Santa Cruz dos mártires. Fosse qual fosse a razão, pensou, era coisa do passado e já não lhe interessava. Lembrou-se da história de Farriel Alaiso, sacristão de São Rafael de Acauna, que, por razões insondáveis, enforcara-se na corda dos sinos. E por tão equilibrado ser o peso entre ambos, badalou toda a noite, até o padre concordar que arrombassem a porta da casa de Deus, que o desgraçado trancara por dentro, a fim de o descerem para terra. Pensou em Semedo Fanfa. Talvez não fosse um mau fim, Judas Iscariotes que era. Imaginação não faltava ao caixeiro-viajante, mas longe estava de conceber a razão pela qual dobravam aflitos os sinos de Santa Cruz dos Mártires. Nessa noite, na cama de Lídia de Jesus, morrera de coração o padre Pôncio Leona.

XVII

Pelo meio-dia, com o sol a pique sobre o rio, Cornélio de Pentecostes via se ampliar no horizonte a cidade de Martim Sarmento e a Cordilheira dos Sete Demônios, que dividia o país ao meio. Dentro de seis dias, se tudo corresse como esperado, chegaria a Monte-Goya, à foz do rio Cay, onde tomaria novo barco, para mais um dia por mar, até Manzanura, a capital do país vizinho. Comprara bilhete de cabine, onde se instalara para dormir o que a noite não permitira, mas a excitação era tal que, ao invés de adormecer, foi se sentar numa cadeira do último *deck* a contemplar o rio. Havia doze anos que não descia rio abaixo de Santa Cruz dos Mártires. Aquelas paisagens lhe abriam, uma a uma, todas as janelas do passado. Vieram-lhe memórias de coisas tão antigas, circunstâncias de uma vida tão distante, que só com muito esforço reconhecera suas. Lembrou-se de quando descera o rio pela primeira vez, na companhia do tio, e de quando o tornara a subir, passada uma década, no regresso a casa, depois de ter perdido tudo quanto a vida lhe concedera. A imagem do velho Sérgio se acendeu dentro dele e logo a de Rosa Cabrera... Mas Rosa Cabrera era uma outra história. De repente tinha vinte e cinco anos e diante de si toda a vastidão do mundo.

Como era bela aquela viagem! Pena nunca a ter feito com a leveza de espírito bastante para desfrutá-la em pleno. Que assombrosa, a Cordilheira dos Sete Demônios, com os seus picos altos, despidos de qualquer vegetação, corpo nu de mulher, pontudo, dormindo sobre a anca na descontração dos seres eternos. Cornélio fixou a imensidão do céu sem nuvens além da negra que a chaminé do barco libertava. Pela incontésima vez pôs-se a passar em revisão cada passo dado até ali chegar. Que pontas deixara soltas? Que rastos farejáveis? Ranulfo Pesseguinho e o Patrão Velasquez não lhe reclamariam presença senão daí a muitos dias. Mariana lamentaria a sua partida ao acordar na casa sem ele, mas não mais do que isso, pois a força do hábito é aliada da resignação. Àquela hora talvez já tivesse procurado o patrão Velasquez, o qual também se admiraria pela partida temporã, mas lhe asseguraria estar tudo controlado e, sendo ele homem precavido, não partira mais cedo senão por conta do perigo da viagem pois, por vezes, basta o ouvido atento de uma criança para deitar tudo a perder. Estaria de volta dentro de umas quatro ou cinco semanas. Ao contrário das viagens do costume, aquela estava planejada de ser breve, não se preocupasse ela, pois tudo haveria de correr bem.

Ninguém o vira fazer o caminho do cais; apenas um cão lhe ladrara à passagem, no quintal de Pêro Caniço; as calças levou-as o rio... As únicas pessoas a lhe estranharem a ausência, pensou, seriam o Padre Pôncio Leona e o seu sabujo sacristão, quando pelas seis da tarde o dinheiro não aparecesse no lugar costumeiro. Talvez devesse ter instruído Ana Lúcia a levar um envelope com a soma exigida à igreja, como inicialmente pensara ser boa ideia. Mas a revolta fora mais forte do que a sensatez, e agora, à medida que o vapor avançava rio abaixo, o arrependimento crescia e a impotência com ele. Grosso modo, levaria doze horas de vantagem sobre o assassino contratado. De todas as voltas dadas ao plano e sua execução, não parecia encontrar pontas soltas por onde pudessem pegá-lo. Pelo menos nas horas mais próximas. E doze horas por rio era uma vantagem insuperável por terra, em especial após este cruzar a Cordilheira dos Sete Demônios, a qual se elevava, frondosa, diante dos olhos.

À imagem dos primeiros passageiros se aglomerando a bombordo com suas malas na mão, Cornélio foi assaltado por uma ideia que até ali lhe fugira: se o matador se mantivesse ainda na cidade e lhe vigiasse de longe cada passo, poderia tê-lo visto sair do armazém carregado de embrulhos e com a mala da mercadoria. Assim não fosse reconhecido por mais nada, a mala onde julgava levar a alforria da sua angústia, poderia ser a ponta solta que desmancharia toda aquela teia tecida às pressas. Correu à cabine, despejou a mala da roupa sobre o beliche e, mal o vapor deu sinal de aportar, desceu para o convés principal.

— Quanto tempo vamos ficar aqui? — perguntou ao contramestre que, junto à prancha, dava ordens a um rapazinho com ares de aprendiz.

— Uma hora, no máximo, cavalheiro.

Cornélio agradeceu, descendo para terra. Para lá do terreiro do porto, cheio, àquela hora, de todos os viveres e negociares, meteu-se por uma trilha no mato. Às ocultas de toda a gente, procurou quanta pedra encontrou, enchendo com ela a mala. Foi trabalho demorado, pois por ali não havia senão cascalho pequeno. Suava, sob a peruca comichante. Um som de passos o fez suspender a tarefa, fechar a mala, sentar-se nela...

— Boa tarde! — tornou uma velha, aproximando-se em passo de pata choca.

Vinha lenta, demorada. Que não quisesse conversa, era só o que Cornélio pedia.

— O senhor está perdido?

— Não, minha senhora. Estou só a descansar um pouquinho — tornou este, ajeitando os óculos sobre o nariz.

— Ah! Parece.

— Pois sim.

— É daqui?

Cornélio suava por onde havia corpo. Mas que mal fizera a Deus?! Não, não era. Estava de passagem.

— Pois! Bem me parecia que nunca o tinha visto por aqui. Vem a negócios, é isso?

— Sim, é isso.

— Ah! E que negócios são, se não é indiscrição?

— Fui contratado para matar velhas abelhudas! — atirou o caixeiro-viajante por um reflexo da impaciência que em si nunca fora ofensiva.

— Olha o estúpido do homem! Veja lá se não lhe corre mal o negócio! — enxofrou-se a velha, andando para diante, destemida, no seu passinho de pata a coxear para os dois lados.

— O parvalhão! — ainda lhe ouviu Cornélio barafustar.

Pegou na mala. Pesava o bastante. O suficiente para afundar a outra, menor e leve. Regressou ao porto com os sapatos e a roupa tingidos do chão avermelhado do lugar. Com a pressa de ocultar evidências, esqueceu-se da precaução de se plantar na amurada do barco a vigiar o embarque dos novos passageiros, a fim de se certificar não subir, entre eles, alma de aparência suspeita. Sabia impossível um cavalo, por mais veloz que fosse, acompanhar o vapor, mesmo que tomasse todos os atalhos. Mas Cornélio marinava no medo havia cinco dias e cinco noites, e porque o vapor parava, e o assassino, a lhe desconfiar da partida, poderia ter se adiantado... Seria demais! Todavia, tendo-o pensado, não havia como esquecê-lo já. Percebeu, entretanto, não ter ainda embarcado ninguém, quando lhe pediram que aguardasse na fila pelo fim do abastecimento de água e lenha para os próximos dias de viagem.

Era grande a confusão no porto de Martim Sarmento, o terceiro mais movimentado do país. Nenhuma comparação com o de Santa Cruz dos Mártires. Entre carroças puxadas por bois, cestos e bancas, pilhas de sacos, mulas e burros e toda a bicheza dependurada nas tendas e disposta para comer, era amplo o leque de cheiros, nem todos maus. Da doca dos pescadores chegava a pestilência acre do peixe secando em entrançados de corda. Por todo o lado se via a carne branca dos caimões espetada em varas, ao sol e às moscas. Junto a uma barraquinha de comida, o fugitivo de Pentecostes comeu uma batata-doce assada com queijo. Fez isso mais por disfarce que por vontade, embora não comesse nada desde a véspera ao jantar. Um cão com marcas de mil guerras no pelo se aproximou no passo lento dos infelizes. Cornélio lhe atirou duas cabeças de peixe-frito que outro cliente deixara sobre o balcão, e este comeu-as com a lentidão própria daqueles a quem a fome não assusta mais. Andou depois pelo mercado. Ninguém o reconhecia. Tampouco vira uma cara familiar. Hesitava ainda entre coxear ou não. À medida que o tempo passava deixava de lhe fazer sentido. Mas foi se apoiando na bengala, como se estivesse no braço de um anjo protetor, arrastando a perna quase imperceptivelmente. Quem se lembraria, para disfarçar o passo, de mancar tão sutilmente? Só mesmo ele, Cornélio Santos Dias de Pentecostes, o homem que enganara já meio mundo e, nos últimos dias, achara-se incapaz para mais. Passeou com a mala pesando entre as bancas, perguntando coisas sem importância apenas para ensaiar a voz grave e pausada com que agora falava, em vez da pronúncia criada anteriormente: pormenores aos quais se agarrava para sentir segurança. Não precisaria andar vestido de mulher ou de indigente para conquistar a morte! — pensou. Até porque, estava certo, não fora esta quem o abordara.

— Vai uma água de coco, cavalheiro? — perguntou um rapazinho, empurrando uma banca ambulante. — Os melhores da região!

Por que não? De fato, estava com sede. Aceitou. Com duas facadas certeiras, o rapaz fez uma abertura perfeita no topo do fruto, antes de se sumir por instantes atrás das rodas da banca e surgir de novo com uma palhinha de centeio metida na abertura.

— Cem *cádos*, cavalheiro.

Cornélio pagou, satisfeito. Já não se lembrava bem do sabor, mas diria não serem os melhores cocos da região. Sorriu para consigo e bebeu ali mesmo, de olhos no movimento formigante do porto.

A sirene do vapor deu sinal de embarque. Daí a um quarto de hora seguiriam viagem. Cornélio se dirigiu para a fila que aguardava para subir a bordo. Sentou-se na mala. As pedras lhe pesavam. De chapéu sombreando os olhos, o caixeiro-viajante atentava a cada rosto que se movimentava por aquele porto. Subiu a bordo, na cauda da fila, dando lugar a cada passageiro que o sucedia, num gesto que lhe valeu a simpatia geral, mas de simpático tinha pouco. Nenhum sinal do assassino. De volta à cabine, despejou a mala da fortuna sobre o beliche onde a roupa se amontoava e, tentando não levantar pó, passou as pedras todas da maior para a menor. Depois se despiu até aos interiores, tirou a peruca e o bigode, passou as mãos e a cara por água e foi deitar-se no beliche de cima a fim de descansar umas horas até ao jantar. Daí para diante a viagem seria monótona. Porém, mais segura. Felizmente, boa parte se faria de noite. Mas, passada a Cordilheira dos Sete Demônios, entraria no território que melhor conhecia. Se pudesse, dormiria até chegarem a Maldonado Ayres, primeiro embarcadouro por onde o vapor passaria, sem parar, depois de atravessar o estreito. Recordou a primeira vez que cruzara a Garganta do Inferno — um desfiladeiro de quarenta e oito milhas que dividia a Cordilheira dos Sete Demônios, no qual não se via senão rocha de ambos os lados do mundo —: o sol, refletido na pedra branca, tornava o ar irrespirável; não havia lugar a salvo em todo o navio; as crianças de colo choraram todo o dia e toda a noite, e o barco, navegando a cinco nós por hora, era um caldeirão a cozer almas em fogo brando, que nem a madrugada trouxera alívio. De súbito, a voz do tio, de novo, nos seus ouvidos:

— Se chegarmos vivos ao outro lado, nada haverá que nos toque!

As embarcações menores não suportavam as correntes e seus constantes redemoinhos. Até à chegada do primeiro barco a vapor, aquele percurso só era navegável três meses por ano. Mas se na altura não alcançara a profundidade do dito, agora, por crença ou superstição, desejava conter, tal pensamento, sublime verdade. Não atravessara ainda o estreito, mas estava, pelo menos no sentir, mais a salvo do que algum dia desde o seu regresso a Santa Cruz dos Mártires, havia quase uma semana, para conhecer a morte em pessoa, ou o Diabo por ela. Mas não era tempo de pensar em tais infortúnios. Passavam oito minutos das duas da tarde quando o vapor deu sinal de partida. Com os braços cruzados sobre o ventre, Cornélio respirou fundo. Podia, enfim, fechar os olhos e dormir.

XVIII

Cornélio acordou faminto. O relógio marcava quatro e cinquenta da tarde e uma luz apaziguadora lhe chegava filtrada pela cortina de tule que cobria a vigia da porta. Não dormira muito, pensou, embora sentisse no corpo o quebranto das noites longas. Levantou-se, cansado e moído, passou a cara por água, ajeitou a peruca na cabeça, fez a barba que pontilhava, colou o bigode com todo o desvelo, aprumou o que era de aprumar, pôs os óculos e, pegando na bengala, saiu para o ar fresco que contrastava sobre o rio. Por todo o lado verde e água. Teriam já cruzado a Cordilheira dos Sete Demônios ou estariam ainda a montante? Encostou-se à borda falsa, mirando para a ré. Floresta e mais nada. Nem para a frente nem para trás vislumbrou sinais dos cumes despidos do espinhaço. Talvez no desfazer do meandro se revelasse quanto dali se não via. A curiosidade freou a fome por minutos. Porém, o remate do U não mudou a paisagem. Cornélio estranhou. Certo se fazer a descida mais ligeira que a subida e já irem vinte e dois anos desde que o descera pela primeira vez... Também o navio não era o mesmo e a modernidade encurtara tempo e distâncias... Não obstante tudo isso, estranhava. De qualquer dos modos, melhor assim. Mais tempo ganhara sobre a hipotética perseguição. Àquela hora, se tudo corresse como devido, não lhe havia ainda Pôncio Leona dado pela ausência. E com essa ideia na cabeça, foi até ao salão de refeições que ocupava toda a frente do *deck* das cabines, dado a fome, naquele momento, ser tudo em si.

Apenas um homenzinho ananicado ocupava, a estibordo, uma mesa. Cornélio se deu conta de não o haver ainda visto. Por certo entrara antes de si. Afinal, o vapor já trazia, desde Terrabuena, cinco dias de viagem cumpridos. Cumprimentou-o com um gesto de chapéu e foi se sentar a uma mesa, de olhos catadores, que o estômago dava, aflito, voltas de cão esganado. Na boca um gosto amargo de palha. Desde a véspera que o sabor de sangue era uma constante. Um rapazinho, com traços de indígena, aproximou-se em traje branco de linho grosso.

— O cavalheiro vai desejar alguma coisa?

— O que há para comer?

— A esta hora já não temos muito. Ainda há *sacurus*[1] fritos, *padilhacera*,[2] *acamolas*,[3] milho cozido e palmito. O jantar começa a ser servido às sete. Se o cavalheiro quiser esperar mais um pouco...

Cornélio não queria. Nem mais um segundo. Comeria a mesa, as cadeiras, o forro do teto, se não lhe trouxesse a primeira coisa que achasse à mão.

— Um prato de *padilhacera*, *acamolas*, palmito e milho. Ah, e água! Um jarro de água que estou a morrer de sede — disse, esquecendo-se de agravar a voz, como vinha fazendo para substituir a ideia da pronúncia. Por mais que um homem controle coisas, jamais controla tudo! Talvez lhe dissesse o velho Sérgio de Niã Côco se ali estivesse ao seu lado. Não estava e Cornélio só se apercebera da falha já o rapaz lá ia, no passo dos sem pressa que a si pareceu de preguiçoso. Da outra mesa, o homenzinho sorriu na sua direção. Depois, pousando o jornal no colo, atirou:

— O amigo vai para onde?

Cornélio respondeu, contrariado:

— Para a capital.

— Então vamos ser companheiros de viagem! — voltou a sorrir, acendendo um charuto que lhe mal cabia entre os dedos pequenos. — O amigo fuma?

— Não.

— Não sabe o que perde! — tornou o sujeito, chuchando com gosto. — Isto e as mulheres, foi o melhor que Deus inventou.

Cornélio improvisou um sorriso, voltando o rosto para a rua onde, sobre o espelho da água, um grupo de botos-pardos saltava ao lado do barco. O empregado estava de volta com uma bandeja de comida. Cornélio atirou-se a tudo com a vontade de um náufrago.

— Estava com fome, o amigo! — riu o homenzinho, num balançar de pernas infantis que não alcançavam o chão.

---

1. Pequenos peixes do rio, de morfologia semelhante à do linguado.
2. Prato típico do norte do país, feito à base de carne de porco selvagem desfiada, com feijão-preto, pimentos e queijo de alpaca.
3. Pequenos pães de milho cozido, normalmente usados para rechear.

Desta vez Cornélio nem respondeu. Percebera estar para molestá-lo com conversa barata, aquela meia dose de gente. Em menos de cinco minutos estava tudo limpo.

— Deseja mais alguma coisa, cavalheiro? — perguntou o rapaz, aproximando-se da mesa.

— Já passamos os Sete Demônios? — interrogou o caixeiro-fugitivo, num tom impossível de o homenzinho ouvir.

— Graças a Deus! — sorriu o empregado, de bandeja nas mãos.

— Foi rápido! — espantou-se Cornélio. — Passei o tempo a dormir, nem dei por ela.

O rapaz teve um aceno vago de cabeça e, por não saber que continuação dar à conversa, repetiu:

— Deseja mais alguma coisa, cavalheiro?

— Uma aguardente. Das boas! — atirou no tom dos homens satisfeitos que se lhe não via desde que entrara no Topázio, uma semana antes. Aquela notícia merecia uma comemoração.

O rapaz aquiesceu, foi, voltou, serviu-o, recebeu o pagamento de tudo e sumiu com a bandeja cheia de louça vazia. Cornélio ficou a contemplar o rio, em golinhos espirituosos. Por instantes se sentiu livre; dono de si. Não fosse aquele vizinho, observando-o sobre a armação dos óculos, e se diria feliz. Levantou-se, tornou a cumprimentar de chapéu o homenzinho, e subiu para o último *deck*. Procurou o lugar mais afastado das pessoas que por ali estavam indo se instalar, junto à roda do barco, a contemplar a paisagem. Pelas suas contas, não haviam chegado ainda a Casalmira, a primeira parada a sul da Cordilheira dos Sete Demônios. Em si alguma pressa de meter no correio a carta para Ataído Russo. Porém, afastar-se do barco não seria a atitude mais prudente, visto arriscar não ver quem de novo subiria a bordo. Pagar o serviço a um rapazinho de recados do porto tampouco parecia maior previdência, pois sobejavam casos de se assenhorarem estes com a paga e o dinheiro do selo. Se queria o serviço bem feito, não lhe restava remédio outro senão fazê-lo por mão própria. Teria, portanto, de esperar. Pelo menos até a distância lhe ser confortável a ponto de poder arriscar a deslocação.

O sol declinante matizava todas as cores da natureza. Como era diferente a paisagem austral, florestada e úmida, quando comparada com as planícies aluviais ou as savanas-estépicas do Norte. Parecia até haver se esquecido do contraste entre os dois hemisférios que a Cordilheira dos

Sete Demônios apartava. O ar pesado da floresta se aligeirava nas curvas do rio por uma brisa fresca que se levantava. Junto a uma aldeia de pescadores, um grupo de crianças se atirava do tronco de uma árvore caída em mergulhos para o rio. Gritos e acenos explodiram à passagem do vapor. Gotículas de água, levantadas pela grande roda do barco, salpicavam-lhe as lentes, já de si embaciadoras da paisagem, e o cheiro cru do rio lhe chegava, maciço, pesado e antigo, às narinas contentadas. Embarcações pequenas cruzavam-se com eles lançando saudações; barcos de pesca, pequenas balsas. Nas zonas mais selvagens se viam os jacarés aproveitando os derradeiros raios de sol. Tudo tão calmo; tão contrário ao alvoroço dos seus últimos dias. Na popa do barco Cornélio via o mundo ficar para trás. Olhava para o rastro deixado nas águas pela passagem do vapor e a esperança lhe crescia ao vê-lo desaparecer numa paz de espuma sumida aos poucos em ondas de nada. Havia qualquer coisa de êxodo naquela imagem, naquele pequeno mar que se fechava sobre os inimigos que o perseguiam, cobrindo-lhe o rastro a fim de salvá-lo da escravidão e da morte, numa promessa de terra nova, uma nação inteira do seu sangue, em algum lugar no nascer da aurora. Sonhava acordado, o caixeiro-viajante, embalado pelo calor da hora. Um cheiro adocicado lhe chegou aos sentidos. A poucos metros de si, um passageiro fumava um cachimbo encostado à amurada do barco. Olhava o horizonte, distraído. Todo o homem sonha! — pensou Cornélio, a quem uma fumaça saberia pela vida. Nunca se amigara com o tabaco, mas tinha na memória o prazer sentido todas as vezes que o velho Sérgio de Niã Côco puxava fogo ao cachimbo. Talvez o cavalheiro lhe pudesse dispensar algum cigarro que também tivesse. Encetar conversas, no entanto... Deixou-se ficar onde estava, a admirar o rio, a floresta, esquecido de tudo. Até ao próximo, porto cada minuto seria seu. Que prazer inaudito gozar o tempo que nos pertence! — pensou para consigo, ele que havia quase uma semana não era dono de um segundo. As imagens das povoações ribeirinhas o faziam viajar dentro da própria viagem. Incrível, tamanha imensidão de verde cobrindo tudo, de um lado e do outro, e a tenacidade daquele organismo líquido que ao longo do tempo foi, pacientemente, fazendo o seu caminho por entre a vegetação. Era esse o segredo: ser paciente e saber contornar obstáculos. Rio que teima a direito jamais desaguará no mar. Boa frase para o velho Sérgio! Mas era sua, inspirada e fresca feito a brisa que lhe trazia a cacimba pequena da grande roda. De uma clareira aberta na orla, um grupo de madeireiros carregava, com o préstimo de bois, uma balsa de troncos. Não muito longe, elevava-se a nuvem negra de uma queimada, que tanta mata junta não tem serventia se um homem não lhe puder explorar a terra que a suporta. Talvez no seu regresso um lugarejo, uma cidade já, cercasse os barracões da serração!

À passagem por uma ilha, Cornélio caiu no sonho: e se a ocupasse? Desbravaria o seu interior; construiria uma cabana, uma canoa; comeria o quanto a natureza providenciasse... Se vendesse tudo o quanto o patrão lhe permitira trazer para amostra teria o suficiente para viver sem aflições por longos anos; a vida toda, quiçá. Seria o regresso ao Paraíso de onde Deus expulsara os homens. Desencantaria, pelas redondezas, mulher que lhe servisse. Haveriam (sempre há) de lhes fazer com carência companhia. Se assim não fosse, talvez uma índia, pelas quais nunca tivera queda. Qualquer coisa, nos seus peitos infantis, nos seus corpos pobres de pelos, havia que o não cativava. Quem sabe se Mariana e as crianças não quereriam se juntar a ele, no segredo das coisas bem feitas?! Enfim... Melhor devaneio do que nada ter com que se entreter melhor.

A peruca lhe comichava na cabeça suada; a cola do bigode lhe arrepanhava a pele do lábio... Não os aguentava mais. Que vontade de atirar tudo ao rio! Não podia. Pelo menos até cruzar a linha invisível que no mar separava um país do outro. Era aguentar. Não tinha outro remédio. Depois de tudo o que passara, seriam esses os menores males. Felizmente não optara para disfarce umas barbas, como a princípio considerara. E também porque, tal como a pronúncia ou o mancar, uma barba dá mais nas vistas do que um rosto pelado. Pensou nas palavras de Manuela Canti; na história de Mastian Peneda. Algo lhe dizia, na excitação própria dos poentes mornos, não haver de passar a vida foragido, mas sim regressar rico e antes do tempo previsto. Contudo, tal não passava de entusiasmadas sensações. O quebranto da hora, da aguardente e do repasto pedia uma rede, uma cadeira onde se esticar. Mas se foi deixando ficar, plácido, indolente, tomado por um sentimento apaziguador de liberdade. As vozes dos passageiros eram um murmúrio ao longe. Ali, onde se achava só, parecia outro barco, outra história, outro mundo. O astro curvava sobre o rio, alaranjando as águas. Aves riscavam o céu, procurando já refúgio para a noite. Havia garças pasmadas numa margem e outra, espíritos guardiões de uma Natureza ancestral e sem nome. Todas as cores se esbatiam. Amolentava-se o dia sobre o leito do Cay. Por instantes, o silêncio engoliu o mundo e só a grande roda do barco lhe indicava haver vida. Uma calma instalou-se de mansinho e Cornélio sentiu o coração respirar fundo, tranquilo, na paz perfeita que precede a noite na mata. Nem dez minutos levava de sossego e já uma voz nos seus ouvidos:

— Parece que navegamos numa taça de café com leite! — Era o homenzinho de ainda há pouco que ao seu lado se encostara à borda falsa do barco.

A contrariedade do caixeiro-viajante não achou o que dizer. E foi o outro quem continuou:

— A chuva que caiu toda a noite embarrou o rio.

— Quê? — tornou Cornélio como que acordado de um letargo.

— A chuva — devolveu o outro, chuchando o charuto.

— A chuva?

— Não me diga que o amigo não ouviu chover toda a noite! Era um mar de água por cima e outro mar de água por baixo.

Cornélio abanou a cabeça, mais por tédio que por incredulidade.

— Assim está bem! Soninho abençoado! — riu o homenzinho, levantando a frente do chapéu para coçar a careca suada.

Por certo chovera a norte de Santa Cruz. Mas mais certo ainda, seria estar aquele nico de gente a tentar saber-lhe a proveniência por ruelas e veredas. Na borda do barco um *caravado*[4] pousara a aproveitar boleia. Cornélio, a quem o homenzinho irritava desde o primeiro instante, fixou os olhos no bicho, em jeito de "peço desculpa se lhe pareci interessado na conversa, mas, de fato, não estou". Em vão, pois é característica dos chatos o ser. Assim, na insistência inconveniente daqueles cuja vida talhara para serem molestos, insistiu:

— Oxalá não dê para afiar o bico no casco! — no riso parvo que caracteriza os homens de pouco tamanho.

Os cantos da boca do caixeiro-viajante se esforçaram, inglórios, para parecerem simpáticos.

— De onde é o amigo?

Cornélio não teve alternativa.

— De Santa Catarina — mentiu.

— Conheço muito bem! Tenho parentes lá.

Mas porque diabo há sempre um impertinente nas horas de descontração?! O barco manobrava sobre estibordo, em direção à margem direita do Cay. Pelas suas contas, se tratava de Casalmira.

— Conhece o Coronel Pangaço de Tira?

---

4. Espécie de pica-pau das florestas temperadas do sul do país, de popa negra e plumagem alaranjada.

Cornélio consultou o relógio, fingindo não ouvir.

— José Pangaço de Tira. Foi um herói da Segunda Guerra da Independência. Era primo direito do meu falecido avô. Teve sete filhas. Todas belas. Só me lembro do nome de duas: Felícia e Carmelo. Não conhece?

— Não. Lamento — tornou contrariado, o caixeiro-viajante. E de olhos fixos na margem que se aproximava, perguntou:

— Que terra é aquela? — apontando com o queixo para a margem.

— Porto Pizano.

— Porto Pizano?

— Sim.

— Tem certeza?

— Pois lhe digo. Tenho lá parentes. Um tio da minha finada mãezinha que foi...

Cornélio lhe cortou a palavra com um agradecimento conciso, disparando o passo em direção ao *deck* de baixo. À passagem por duas mulheres que subiam as escadas, perguntou:

— As senhoras desculpem: já passamos Casalmira? — na esperança insegura de estar o homenzinho enganado.

— Pois sim. Nós embarcamos em Penha-Vedra — respondeu a mais velha.

— Penha-Vedra?

— Sim.

— Qual foi o último porto onde atracamos?

— Cascandero — atirou a mais jovem, já com pena dele.

— Cascandero? — Cornélio empalidecia. Havia três portos que subia gente a bordo e ele sem dar fé de nada. Como poderia tal ser se apenas dormira umas horas?!

— Que dia é hoje? — indagou a medo.

— Sexta — tornou a mais velha.

— Sexta?

— Sim.

— Ai, valha-me Deus! — foi quanto lhe saiu.

— O senhor era para sair em Casalmira?

Cornélio não respondeu. A carne lhe tremia por sob a pele arrepiada.

— O senhor está bem? — perguntou a mais nova.

— Como?

— Se o senhor está bem?

— Sim.

— Era para se apear em Casalmira?

— Sim — disse, por um reflexo da estupidez dos sentidos.

— Ai, coitado! — exclamou a mais velha. — O melhor a fazer é sair em Porto Pizano e apanhar uma balsa.

Cornélio acenou com a cabeça, agradeceu e correu para a cabine, como quem corre para o colo de uma mãe. Enganchou a cadeira no puxador da porta e ficou de atalaia a ver o dia extinguir-se pela cortina da escotilha, feito uma vela no couto. Dormira vinte e sete horas seguidas! Como fora possível? Não acordar sequer com a sirene do barco! A água de coco! Alguma coisa lhe colocara o rapaz na água de coco! Bem notara um gosto estranho. Perseguiam-no! Quem o reconhecera? A figura inofensiva da velha lhe acendeu à laia de uma aparição. Só poderia ter sido ela quem instruíra o rapaz; quem lhe dera o veneno para o entorpecer. Mas como soubera esta ser ele quem era? E quem a avisara? Um nome elevou-se entre todos: Pôncio Leona! Teria Mariana, pressentindo na voz do patrão Velasquez o risco da viagem, procurado o farsante do padre por uma oração na missa da tarde com propósito de o proteger? Nem sempre quem mais nos quer melhor nos faz! Senhor da novidade, não demorara a chegar a quem o pudesse ter visto na rua; a Ranulfo Pesseguinho; às perucas; aos bigodes; ao sinal… Também Evaristo Palmin lhe poderia ter descrito as roupas que levantara no armazém, desde a fita dos panamás ao castão acobreado da bengala. Daí a saber que vapor tomara e para onde, fora um saltinho. Não obstante os contatos em todas as paróquias do país, que a igreja, à semelhança de uma horda de bandoleiros, estende tentáculos até à póvoa mais remota, Pôncio Leona, engenhoso o bastante para não se implicar, por certo entregara o caso ao assassino, pois por bons motivos o contratara. Um cavalo talvez o não alcançasse, mas um telegrama, esse diabo invisível em forma de coisa nenhuma, chegaria antes de si ao fim do mundo, ainda que cavalgasse um falcão de vento. E ele a achar que apenas a mala o poderia denunciar! Quão estúpido fora! Por que descera ele em Martim Sarmento?! *Quando um homem se relaxa o mundo devora-o!* — outra frase de Niã Côco que a memória lhe descobria. Ilusão. Não tivesse descido e seria encontrado noutro lado qualquer. Pois, com a quantidade de assassinos que andava pelo país, seria uma questão de tempo até darem com ele. Um telegrama! Um telegrama bastaria para o assassino incumbir um correligionário seu a dar fé de *um sujeito assim-assim*; a capturá-lo; a quanto mais, sabe Deus, ditasse-lhe. Acreditava ter sido o sucedido. Por sorte, ou pela excitação que levava, não produzira o veneno efeito tão presto quanto planejado, a ponto de ter ele adormecido em Martim Sarmento, encostado, em algum lugar, a uma barraca do porto. Fora essa a ideia: adormecerem-no e o carregarem para um pardieiro qualquer onde engaiolá-lo até o matador chegar para acertar com ele o remate dos dias.

O vapor acabara de aportar em Porto Pizano. Cornélio nem se mexeu. Siderado, incapaz de um gesto, era um pássaro depenado dentro de uma gaiola aberta. Quem subira a bordo nos três portos anteriores? Por todo o corpo, o medo gelado de quem desconfia de fantasmas sob a cama por se haver deitado sem confirmar. Estava condenado! Por mais voltas que desse à cabeça... A respiração pesava à medida que a luz do dia se desfazia em nada. Procurou acalmar-se. Debalde. Tirou o casaco, a gravata, os óculos, a peruca, o bigode... Pudesse ele tirar a pele, trocar o rosto por outro! Não podia.

Não tinha dúvidas estarem a velha e o rapaz mancomunados. Sabia, no entanto, não poderem ter agido sozinhos. Não passavam de peões num tabuleiro muito mais vasto. Olheiros, informadores, paus-mandados, sequazes menores não faltavam. Mas o trabalho sujo, esse, se cumpria pelas mãos versadas dos sicários contratados, que até nisto da morte há honra e brio. Era uma teia, um monstro tentacular autogerido e sem controle, feito um organismo eficiente, por mais descerebrado. Como poderia ele descansar, pôr um pé fora da cabine? Tampouco lhe valeria se plantar junto à prancha às horas de embarque a catar suspeitos entre os passageiros, pois cada rosto poderia não ser senão a máscara benevolente de um assassino em potência? E nisto lhe veio à ideia o homenzinho do charuto: o que insistira em meter conversa; em lhe perguntar de onde era, para onde ia; e a quem não faltava parentela em todas as terras, numa alegoria clara de criatura com mil olhos sobre o mundo. Bem o instinto lhe dissera, ao primeiro contato, não ser ente de confiança. Era ele: o elo que faltava; o bandido subido a bordo para o despachar! A fraca figura ilibava-o de toda a suspeita. Cada facínora tem a sua arte de agir. E aqueles cuja aparência revela mais inofensivos são, muitas vezes, os mais deploráveis, em especial se de baixa estatura, pois aquilo que a um homem falta em altura lhe sobeja, quase sempre, em ruindade. Era ele! Só podia. Afinal, porque lhe falara da chuva senão para assuntar se a poção ministrada fizera o devido efeito? Mas por que não o matara, então, se tivera toda a noite por sua conta?

A sirene do vapor deu sinal de partida. Detivera-se pouco em Porto Pizano, que já a noite descia sobre o Cay. Cornélio não dera por nada. A cabeça lhe dava voltas de carrossel em torno da pergunta à qual não conseguia responder, quando a porta estremeceu:

— Serviço de Cabine!

— Quem é?

— Serviço de Cabine, senhor.

Seria uma cilada? Não devia ter respondido. Estava encurralado. Não sabia o que fazer. Com todo o cuidado, aproximou-se da vigia. As luzes do *deck*, acesas uma por uma, alumiavam a cabeça encarapinhada de um negrito.

— Sim? — perguntou o caixeiro-viajante, sem abrir a porta.

— Era para saber se o senhor pretende comer na cabine ou no salão.

Cornélio, que nas raras viagens feitas em cabine não as usara senão para dormir e se assear, não aguardava pelo serviço reservado aos passageiros de primeira e lhes permitia comer no recato do aposento ao invés de no salão de refeições. Porém, como se alguém tivesse de responder pela culpa de haver dormido tanto tempo, perguntou:

— E por que não apareceu ninguém a me perguntar isso ontem?

— Eu passo todos os dias, senhor.

— Mas ontem não passou!

— Garanto-lhe que sim, senhor. Passo todos os dias entre as sete e as sete e meia. Bato em todas as portas.

— Eu estava na cabine e não ouvi nada.

— Talvez tivesse adormecido, senhor.

— Bateste devagar, aposto!

— Bati e chamei, senhor. Faço sempre igual.

Cornélio engoliu a fúria. Não lhe restavam argumentos. Era escusado insistir. Fora forte a poção que lhe deram!

— O senhor vai comer na cabine ou no salão? — perguntou o rapaz, ante o silêncio do passageiro.

— Como aqui.

— Muito bem. Então temos: costeleta de porco selvagem com purê de batatas-doces; mandi...

— Pode ser isso — atirou Cornélio sem querer saber de mais nada.

— As costeletas?
— Sim.
— Muito bem. E para beber?
— Água.
— Muito bem. É tudo, senhor?
— É tudo.
— Muito bem. Dentro de uma hora estarei de volta com o pedido, senhor.
Cornélio não tornou resposta.
— Serviço de Cabine! — Ouviu-o, na porta ao lado, bater e insistir: — Serviço de Cabine!

Seria um disfarce? Estaria o rapaz metido no ardil? Quaisquer mil *cádos* pagariam um servicinho pequeno; nova dose de veneno no prato... Assim, quando uma hora depois o empregado regressou com o pedido num carrinho de tabuleiros, Cornélio aproveitou a passagem de gente no *deck* para abrir a porta e aceitar o jantar, sem revelar a figura.

— Passo daqui a uma hora para recolher tudo, senhor. Bom apetite! — disse o negrito, estendendo-lhe o tabuleiro.

Cornélio trancou e encunhou a porta, se sentando no chão de olhos postos no círculo que a luz entrada pela vigia desenhava entre os beliches. Sentia a boca pastosa. Pegou no jarro da água trazida, levando-a aos lábios, mas, lembrando-se do veneno, cuspiu para o balde do lavatório o gole. Num gesto de raiva raspou o jantar para baixo da cama. Imaginou o estratagema: daí a uma hora regressaria o empregado, sob a égide dos tabuleiros, a confirmar se já dormia, para dar conta ao homenzinho que lhe contratara o serviço, ele próprio contratado já, por quem ao padre Pôncio Leona responderia ou ao assassino por ele contratado. Parecia confuso, mas não podia ser mais simples, mais claro.

Todavia, a pergunta continuava sem resposta: por que não o matara, então, se tivera toda a noite por sua conta? A sede aumentava. O pensamento corria para o jarro da água a cada instante. Tudo em si era secura e fantasmas. Tinha de resistir. De quando em quando, passos pelo *deck*, sons nascidos nas cabines vizinhas, vozeado de gente por todo o lado... Não acendera o candeeiro. Nem um fósforo, sequer. Esperava. Não podia mais nada. Passou em revista o embarque em Martim Sarmento e a pente fino a figura de cada passageiro embarcado. Fora o último da fila e podia jurar não o ter visto por lá. Tornou a rever tudo. Nada. E no meio daquele deserto, uma resposta, feito um delírio da sede, brilhou no escuro da cabine:

porque só embarcara depois da Garganta do Inferno! Óbvio! Falhado o intento de o narcotizarem em Martim Sarmento, urgiu repensar o plano. E porque os telegramas são os anjos do Demônio, um outro seguiu, provavelmente para Casalmira, com a instrução de meter-se entre os passageiros alguém capaz de lhe entregar a alma ao Criador. Desvendava-se o enigma. Estaria guardada para essa noite a fatalidade. Fazendo o veneno efeito, qualquer inválido poderia matá-lo, arrastá-lo, atirá-lo borda fora... Jamais dariam com ele, que as piranhas o limpariam até aos ossos muito antes de bater no fundo. A fraca figura do homenzinho confirmava ainda mais a sua suspeita. Afinal, quem desconfiaria dele? Tudo pensado! Uma chispa lhe atiçou o espírito. Despejou o jarro para o balde do lavatório, partindo-o, depois, contra o chão. Com todo o cuidado, colocou o tabuleiro fora da cabine e, sem trancar a porta, deixou-se ficar, sombra no escuro, com uma lasca de vidro na mão à espera da primeira alma que se atrevesse a atravessá-la.

XIX

Era já de madrugada quando Cornélio de Pentecoste adormeceu, sentado contra a porta da cabine. Toda a noite, pensamento e emoção dançaram, abraçados, a balada do medo. Cada barulho escutado despertava nele a angústia que inocentemente crera desaparecida ao saber passada a Cordilheira dos Sete Demônios. Quaisquer passos no *deck*, qualquer abrir de portas, qualquer ave noturna, era o bastante para lhe incitar o coração. Mas a pior das torturas era a sede. Restava-lhe ainda um pouco de água no cântaro do asseio, mas era água filtrada do rio, que não se atrevia a beber. Além de não estar seguro não conter nenhum resquício da laudânica poção. Toda a lógica lhe dizia não tê-la. Mas, a fazer fé na lógica, não estaria ele metido naqueles palpos de aranha, desde há uma semana. Portanto, melhor não fiar.

Não dormira muito. Uma hora, duas, se tanto, que a tagarelice dos pássaros madrugadores depressa o arrancou à perseguição do sonho. A manhã trazia sempre uma paz renovadora, pois com a aurora vão-se os fantasmas da noite. Não obstante, e de novo não ter aparecido ninguém, Cornélio não se dava por descansado. Começava a desconfiar não ter o homenzinho subido a bordo para matá-lo, mas para segui-lo; espiá-lo; rastrear-lhe os passos até à última fronteira. Tentara, aliás, conquistar-lhe a confiança, saber de onde era, para onde ia… Seriam os olhos do assassino contratado, o qual, àquela hora, estaria já a caminho. *Não pense sequer em fugir. Tenho um faro apurado. Iria atrás de ti feito uma matilha de cães. E quando o achasse, haveria de rezar para tê-lo eu matado neste preciso instante* — dissera-lhe o assassino, entre sentenças. Pela primeira vez, Cornélio sentiu o desânimo desistente próprio dos bichos atados sobre a ara dos sacrifícios. Estava cansado. De que lhe valera todo o esforço, todo o desespero da última semana? Não descansaria,

Pôncio Leona, enquanto não lhe visse o corpo descer a terra. Não cria se contentar este com a palavra de um matador assalariado... E na cola desse pensamento, logo outro lhe surgiu: ter o assassino de levá-lo de volta, vivo, pelo menos até às portas de Santa Cruz dos Mártires, visto o azedume de um corpo morto não se harmonizar com tão longa viagem. Portanto, quanto mais longe se achasse, mais difícil seria a este cumprir o acordado. Pelo menos assim lhe pareceu naquela hora de dubiedade. Bem razão tinha Mastian Peneda ao dizer: *um tipo enquanto puder fugir da morte, deve fazê-lo sempre, nem que seja para o fim do mundo.* Que importava o daí para a frente? Que importava, como dizia Ataído Russo, não ser isso vida? Que dores lhe iam pelos calos alheios? *Falar de longe, bem sentado, com a carinha ensaboada...* era, pois, fácil. Sabedoria tinha o barbeiro-endireita-tira-dentes, por pouco versado. *Sobreviver é tudo quanto importa ao instinto em horas de aflição.* Outra frase de Mastian Peneda a lhe derramar luz sobre as trevas do desespero. Era isso mesmo: sobreviver. Tinha de seguir desencantando soluções por mais mirabolantes. Pensa, Cornélio! Naquele momento só podia uma coisa: enganar a morte e fugir.

Oito da manhã e a vida a bordo já era uma realidade concreta. As vozes, os passos, o barulho da roda mastigando milhas na sua monotonia de besta contrariada... Cornélio se levantou, afastou um pouco o tule da vigia. Até onde os ângulos permitiam, nenhuma alma no *deck*. O dia estava limpo e, na planura que se abria a perder de vista, viu o grande Tepui Tayagá, o planalto dos deuses, onde, no contar dos índios, as divindades se juntavam para fumar nuvens e discutir o destino dos homens. Era a primeira vez que o via. De todas as anteriores, a neblina ou a noite não lhe haviam permitido contemplar a rocha sagrada dos indígenas. Uma beleza de tirar o fôlego. Ali em cima, pensou, nem o Diabo daria com ele! Foi um desabafo do pensamento. Estava preso por sua conta. Seria só abrir a porta e receber na face a brisa fresca da manhã... Ver aquela perfeição da natureza por uma nesga da vigia parecia-lhe um crime. E, por pareceres, toda aquela situação. Contudo, não se atrevia a abrir a porta e dar dois passos pelo *deck*. E se escutava movimento, logo soltava a cortina e se encolhia à escuta.

As chuvas caídas a montante permitiam ao navio acelerar a marcha. Pelas suas contas, chegaria mais cedo a Monte-Goya. Calculara pelo que conhecia de um tempo há muito ido. Na véspera, antes de saber do sucedido, teria sido uma grande notícia. Naquele momento, porém, não fazia diferença alguma, pois se manter em tal agonia até Monte-Goya era uma missão incumprível. Precisava descer para terra o quanto antes. Mas como? A sede o impedia de pensar direito.

Quando o rapazinho da véspera apareceu para o desjejum, Cornélio colou à pressa o bigode, enfiou a peruca, antes de abrir a porta e lhe estender o cântaro vazio, dizendo não querer nada além de água para se lavar e uma garrafa de vinho. O negrinho não pareceu surpreendido com o pedido. Não teria por hábito julgar.

— Alguma preferência pelo vinho, senhor?

— O melhor que houver.

Nem vinte minutos passados estava de volta, empurrando um carrinho de madeira.

— O senhor pretende uma limpeza de cabine? — perguntou, estendendo-lhe o cântaro da água.

Não pretendia, Cornélio, senão que este lhe recolhesse o balde com a água suja da véspera, em especial porque toda a noite lhe urinara dentro, apesar do tão pouco bebido. O rapaz aquiesceu. Tinha o comportamento mecânico dos pouco amados e de novo não pareceu surpreendido pelo cheiro do balde cujo conteúdo lançou borda fora, atando-lhe depois uma corda para o mergulhar no rio a fim de a corrente o lavar sozinha. Findo o processo lhe passou o pano de limpar tudo, devolvendo-o a Cornélio, que o colocou sob o suporte do lavatório como se novo em folha. Por fim, tirou do carrinho a garrafa de vinho, mostrando-lhe.

— Este está bom, senhor?

Cornélio, que não pedira o vinho pela qualidade, mas por ser a única bebida a vir selada, acenou com a cabeça.

— Quer que abra já, senhor?

— Se faz favor.

— Mais alguma coisa, senhor? — perguntou o empregado, estendendo-lhe a garrafa desrolhada.

Mais nada. Aquilo que carecia não poderia este providenciar. O rapaz teve uma cortesia mecânica de despedida, afastando-se a empurrar o carrinho para a ré. A sede era tamanha que o fugitivo de Pentecostes não esperou mais para levar a garrafa à boca, deixando-a pela metade. Pela vigia foi mirando a paisagem. Não havia senão pântano, planura e o tepui sagrado, cujo topo as nuvens cobriam aos poucos. Até meio da manhã, não se viu mais nada. Depois voltou a floresta. Densa, monótona, pesada. Da primeira vez que o barco parou, o impulso de correr borda fora se impôs sobre todas as coisas. O vinho emplumava a coragem, e, nesse instante, sentia-se capaz de tudo. Não. Precisava de um disfarce. Um disfarce para o disfarce. Revolteou a roupa amontoada sobre a cama de baixo. Nada ali lhe servia. Por que não pedira duas garrafas de vinho em vez de uma? E se a sujasse; amarrotasse-a; rasgasse-a? Ainda assim não passaria por um pobre, antes por um rico salteado. Há qualquer coisa no corte dos fatos finos que nenhum trajar modesto se lhe compara. Foi então que a ideia lhe veio. À hora de almoço, quando o negrinho voltou para saber se almoçava na cabine ou no salão, perguntou:

— Tem uma muda de roupa a mais que me possas vender?

Os olhos do rapaz indicavam não ter compreendido a pergunta.

— Rasguei o único terno que tinha e por isso não posso sair da cabine. Eu pago!

O empregado respondeu ter apenas a muda com que subia a bordo, visto ali não carecer senão da farda. Assemelhavam-se fisicamente. Tirara-lhe já as medidas mentalmente e conferiam. Pediu para a trazer numa trouxa. E também uns sapatos e um chapéu.

— Não uso chapéu, senhor.

— E não tem um colega que use e queira vender?

— Não sei.

— Então apura isso. Se não, quando o barco parar, desce a terra e compra-me um.

O rapaz acenou com a cabeça. Depois perguntou:

— O que vai querer para o almoço, senhor?

Cornélio, que só naquele momento parecia dar conta da razão pela qual este ali estava, perguntou:

— Você passa quantas vezes por dia?

— Três vezes, senhor.

— E ontem também passou três vezes?

— Sim, senhor.

— E bateu e chamou, como disse fazer sempre?

— Sim, senhor.

Não restavam dúvidas: a água de coco fora envenenada! Não ter ele dado por nenhum dos chamados lhe parecia impossível de outra forma. E, como houvesse ficado suspenso num pensamento qualquer, o rapaz perguntou de novo:

— O que vai querer para o almoço, senhor?

— Traz-me só duas garrafas de vinho. Fechadas, hein! Iguais à outra.

De novo nenhum sinal de consideração por parte do negrinho. Daí a pouco estava de volta com o vinho, duas peças de roupa modestas e umas botas cambadas enroladas numa trouxa. Cornélio lhe pediu que aguardasse. Provou a camisa, as calças. Diria feitas para si. O cheiro, no entanto, sugeria que as subtraíra de um defunto. Nada que um pouco de colônia não disfarçasse. Experimentou depois as botas.

— Maldição! — rosnou.

Não lhe serviam. Tentou de todos os modos. Nem com uma camada de sebo entrariam. Tirou do bolso do casaco um maço de notas, contou cinquenta mil *cádos* e os entregou ao rapaz. Com o dinheiro estendido sobre a palma, o negrinho não sabia o que dizer. Nunca tivera tanto dinheiro na mão.

— Quê? Não chega?

— É muito, senhor!

— Pois o guarde e com ele o segredo deste negócio.

— As botas não me servem. Não tem outras?

— Não.

— Preciso que me arranje umas maiores.

Não podia sair da cabine com uma roupa velha e com uns sapatinhos finos de verniz.

— E chapéu?

— Chapéu não consegui, senhor.

— Pois me traga umas botas maiores ou uns sapatos, tanto faz, e um chapéu, que te darei mais cinquenta mil *cádos*.

O rapaz tinha no rosto a expressão parva dos bichos que se esforçam, sem sucesso, para entender a voz dos donos. Já virava costas, quando Cornélio acrescentou:

— E uma faca de cozinha. A maior que achar — como se fosse capaz de matar alguém.

O negrinho acenou com a cabeça, sumindo-se num risco rumo ao *deck* de baixo. Cornélio não teve outro remédio senão esperar. Parecia ser esse, agora, o verbo da sua vida. No meio da tarde o vapor tornou a aportar. Pelos arcos deformantes da vigia, Cornélio procurava divisar um rosto, um sinal, uma prova do temido. Em vão. Ouvia entre os vozeados

dos passageiros os gritos das índias que em cada paragem subiam a bordo a vender os seus pastéis de carne, as suas maçarocas assadas, os seus doces de coco. Espreitou por uma nesga da porta, mas nenhuma se aventurara pelo *deck* das cabines, onde a clientela se amigava pouco com a sua presença. Não que tivesse fome, pois o sangue do Senhor, se tomado com fé, é sustento de corpo e alma, mas para evitar cair na fraqueza e ficar sem reação quando viesse a precisar dela. Contudo, porque tal ideia o deixava nervoso, ia bebendo num misto de esperança e ansiedade. Afinal, a hipótese levantada sobre a razão de não ter aparecido ninguém toda a noite era apenas isso, uma hipótese.

— Cera! Sebo! Brilho perfeito!

O anúncio de um engraxate lhe chegou aos ouvidos. Cornélio entreabriu a porta da cabine.

— Chama-me uma índia dos pastéis que eu te dou cem *cádos* — disse Cornélio para o rapazinho que passava de pregão na boca.

— O senhor não quer engraxar os sapatos?

— Não.

— São duzentos *cádos*, senhor. E ficam um primor!

— Não preciso, obrigado. Chama-me uma índia que te dou os duzentos *cádos*.

A sirene do vapor avisou os atrasados para subirem a bordo e quem fazia negócio para descer a terra.

— Tenho de ir senhor.

— Mas me chama uma índia.

— E os duzentos *cádos*?

Não havia quem não ganhasse dinheiro à sua custa! Foi ao bolso do casaco e lhe estendeu duas notas.

— Toma. Despacha-te!

O rapazinho agradeceu e lá foi. A segunda sirene soou e nem índia nem duzentos *cádos*.

— Desgraçado! — rosnou Cornélio, com um pontapé na mesa da cabine. — Desgraçado!

Valeu-se do vinho que aos poucos o conquistava, espantando-lhe o medo. Tinha vontade de sair, tal qual se achava, a passear pelo barco. Quem o reconheceria naquele estado? Não foi tarde nem cedo. Não pela coragem súbita, mas por uma volta nas tripas que o obrigou a correr para a primeira latrina do *deck*. Viu as duas damas que na véspera lhe haviam confirmado a desdita. Que figura a sua: cabeça pelada, mal-enjorcado, trajes humildes sobre sapatos finos, suspensórios italianos e, no rosto, o suor frio das cólicas repentinas. Só lhe faltava a bengala para o figurino ser completo. Passou por ambas na discrição dos desafortunados. Não deram por ele. Não o reconheceram, pelo menos. Talvez lhe hajam falado nas costas. Mas a inquietação nas tripas era tanto que não se demorou em considerações. Aferrolhado no compartimento dos aflitos, Cornélio de Pentecostes desfazia-se em água. Suava frio. De onde lhe viera tanta porcaria, ele que não comia havia um dia completo e, tirando a refeição da véspera, passara não sabia já quantos jejuns?! Ao cabo de meia hora, pressentia ter evacuado a alma. Alívio e desconforto. Deixou-se ficar, sentado, a recuperar o desarranjo, não obstante o fedor que lhe pertencia apenas em parte. No regresso à cabine não se cruzou com ninguém. Trancou-se, subiu para o beliche de cima e, com a cabeça no mareio dos marinheiros novos, enrolou-se e dormiu.

Rente às sete da noite despertou com a estridência de uma fanfarra. Em que cidade estariam aportados? — perguntou-se, enrolado no beliche. Pelo tule da vigia já pouco dia penetrava. Que sensação de desamparo aquela de acordar no mundo sem luz! O estômago regougava na bestialidade dos sem verbos. Restava-lhe ainda uma garrafa de vinho, mas a sesta lhe encortiçara a língua e tinha agora mais sede que nunca. A música se sobrepunha a tudo. Nem dez minutos passados e já à porta:

— Serviço de cabine!

— Já vai! — tornou, colocando a peruca, os óculos, ajeitando o bigode. — Conseguiu os sapatos? — perguntou pela nesga da porta.

— Consegui, senhor. E um chapéu — tornou o rapazinho, estendendo-lhe uma trouxa de pano.

— Deixa-me ver.

— O senhor vai comer na cabine ou no salão? — perguntou o rapaz no jeito maquinal de todos os dias.

Cornélio nem o ouviu. Queria experimentar as botas. Já nem se lembrava da faca pedida, quando esta lhe caiu da trouxa para o intervalo dos pés descalços.

— Sai-de-reto-Satanás! — soltou feito à imagem de uma cobra.

Felizmente as botas lhe serviam. Um pouco largas, inclusive. O chapéu não o era, em verdade, mas uma boina de jornaleiro. Para o que era, servia muito bem. Melhor até, pois para os pobres pouco se olha. Por alguma razão haveria o visconde de Cachaguara de ter ludibriado a morte por tanto tempo!

O negrinho olhava para ambos os lados do *deck*. Não podia demorar.

— O senhor vai comer na cabine ou no salão?
— Quê?
— O senhor vai comer na cabine ou no salão?

Embrulhando a faca no pano, Cornélio tornou com a indiferença dos condenados.

— Tanto faz.
— Preciso saber, senhor.
— Então como no salão.

O rapaz já se ia, quando este o chamou.

— Deixa-me te pagar o favor.
— O senhor já pagou o bastante.
— Palavra é palavra! — E indo ao bolso do casaco, contou cinco notas de dez mil *cádos*, estendendo-as.

O rapaz as recolheu com o acanhamento dos humildes, agradecendo.

— Não janto aqui, mas quero que me traga um jarro de água.
— Sim senhor. É tudo, senhor?
— É tudo. Ah! Em que cidade estamos?
— Navegamos, senhor.
— Então que música é esta?

O negrinho explicou se tratar de um grupo de músicos subidos em Samorena do Baixo-Cay, com destino às festividades de Mataúra. Cornélio tomou a expressão de quem pensa em algo profundo e, no fim, soltou um simples:

— Está bem.
— Vai desejar mais alguma coisa, senhor?
— Não. Pode ir.
— Serviço de cabine! — a voz do negrinho batendo na porta ao lado.

Quando daí a vinte minutos regressou, com o jarro de água e um copo lavado, Cornélio perguntou:

— Quer ganhar mais dez mil *cádos*?

Como é que aquele homem que só tinha uma muda de roupa, alojava-se numa cabine, comprara por cem mil *cádos* farrapos que não valiam mil, parecia disposto a gastar com ele tamanha soma? E porque ante a esmola muita sempre o pobre desconfiou, o rapaz não respondeu, esperando ser este a tomar a palavra.

— Só tem de beber metade deste jarro de água. O que me diz?

Pela primeira vez, em dois dias, o rosto do rapaz mudou de expressão.

— Dez mil *cádos* para beber meio jarro de água?

— Sim.

— Só isso?

— Só isso.

A cabeça do rapazinho olhou à esquerda e à direita. Havia um quê de mistério em tudo aquilo que o desconfortava. Mas, por não saber como se esquivar à oferta, e para ver dez mil *cádos* tinha de suar uma semana, aceitou. Cornélio encheu um copo. O rapaz o tomou de enfiada, com a ligeireza de quem comete um delito. Depois encheu o segundo, que este também tomou. Jamais pudera pensar ser possível ganhar dinheiro daquela maneira. A quem quer que o contasse, duvidaria de si. Melhor seria nem fazê-lo. Ao cabo do segundo copo, o caixeiro-viajante, que desde a véspera morria de sede, disse-lhe estar bem assim, pois tanta prontidão só significava saber ele estar a água limpa de veneno. Estendeu-lhe a nota prometida, fechando-lhe a porta ante o olhar desnorteado. Sem tomar fôlego, bebeu o jarro de uma vez, tal a aridez que o consumia. A camisa molhada, os pés molhados, o peito molhado... Não estava para delicadezas o caixeiro-fugitivo de Santa Cruz dos Mártires. Tinha tudo quanto carecia, naquele momento. Precisava apenas de um pouco de sorte.

Ao largo, a música e as vozes eram um casamento feliz. De novo a tristeza ante a alegria alheia; de novo a ampulheta da sorte invertida. Por que não poderia estar ele ali, ditoso entre os demais, ao invés de escondido qual criminoso de crime nenhum, fugido de um fantasma que talvez nem existisse? À pouca luz que do dia restava, dividiu as pedras pelas malas, a roupa e os sapatos pelas malas, os chapéus e as gravatas pelas malas, a bengala, partida em duas, pelas malas... O dinheiro que ali estava! Mas não restava alternativa outra senão mandar tudo borda fora. Quem o seguisse poderia lhe perturbar à presença pela descrição da indumentária e, deixá-la ali, indicaria, a quem a encontrasse, ter ele partido com outra. Esperava ter o dinheiro pago por ela comprado a descrição do rapazinho.

Pouca luz entrava já pela vigia da porta. Cornélio acendeu o candeeiro, curvou-se diante do pequeno espelho da cabine, lavou quanto pôde a tinta das sobrancelhas, aplicou o bigode castanho, a peruca condizente... De novo uma figura desconhecida parecia lhe tomar conta dos gestos. Penteou-se, ajeitou a boina alheia sobre o topete postiço e perguntou-se quem era ele, afinal, no meio de tanto disfarce. Não tinha identificação para a figura que agora representava. Em princípio, não careceria dela até chegar a Monte-Goya. Só então deu pela falta do sinal. Perdera-o, em algum lugar, no escuro daqueles dias. Não se deteve a procurá-lo. Era detalhe de pouca monta. Mesmo atendendo à referência na cédula. Afinal, há sinais que desaparecem. Enrolou os relógios nas meias, as joias nos lenços, os perfumes e o restante dos pertences na roupa interior, atando tudo numa trouxa e se sentando, de olhos na vigia, à espera de ver o dia clarear. Sairia no primeiro porto da manhã, não importava qual fosse. Iria se embrenhar no meio das pessoas e apanharia a primeira balsa que descesse o rio para o ancoradouro seguinte, e assim até chegar a Monte-Goya. Uma vez mais fazia planos para um provir de incerteza. Disfarçara-se para fugir de Santa Cruz e já de novo se disfarçava para seguir fugindo. Seria aquele o seu perpétuo destino; o destino do infeliz visconde de Cachaguara? *Morrerá de velho, na tua cama, ao lado da tua mulher, durante o sono e sem dar por nada.* Queria tanto acreditar nas palavras de Manuela Canti; na absoluta justeza dos seus famigerados dotes. Mas porque na paixão e na crença não há mão, o medo e a desconfiança seguiam levando a melhor sobre si.

A música parecia estar para durar. Com a cautela de um criminoso, Cornélio abriu uma nesga da porta. A noite caíra pesada sobre o rio. Ninguém por aquele lado do *deck*. Os candeeiros acesos ao correr das paredes lhe lembraram velas de um velório. Nem a festa, ao largo, o contradizia. Pegou nas malas, indo até à borda falsa do barco. Com cuidado, deixou cair a primeira na água, depois a outra. O negror do rio não permitiu lhes ver o destino. Voltou para a cabine. Tomou lugar no beliche de baixo. Respirou fundo. Estranhamente, sentiu-se um pouco mais leve. Tinha de sair dali. Embora acreditasse estar o homenzinho do charuto a bordo apenas para vigiá-lo, não aguentaria passar outra noite fechado naquela cabine. Algo lhe dizia estar mais seguro encoberto pela folia. Afinal, quem se arriscaria a fazer-lhe mal diante de toda a gente? Sobre a mesa, a faca que o negrinho trouxera, restava sem significado. Atirou-a para debaixo da cama, onde uma costeleta de porco bravo e uma argamassa de batata-doce azedavam o ambiente. Que faria ele com aquele palmo e meio de lâmina diante de um revólver apontado? Assim, resolvido, pegou a trouxa e a garrafa de vinho, abandonou a cabine rumo ao piso de baixo, onde a música e as vozes animavam a noite amena.

Ao longo do *deck*, as redes de dormir se perfilavam para os passageiros de bilhetes baratos. À volta de três candeias, os músicos faziam a festa. Homens, mulheres e crianças cantavam modas populares, rindo, batendo palmas, dançando entre si. Era aquilo a vida! As redes desocupadas tinham uma fita atada. Cornélio abriu uma e deitou dentro. Ninguém pareceu dar por ele, virados todos para o centro daquele universo flutuante. Cobriu-se com as abas da rede e se deixou ficar, imóvel, invisível, larva hibernada em seu casulo de pano, a espreitar, pelos buracos da rede, o mundo a acontecer feliz. Fixou os músicos: um grupo de sete homens, vestidos de branco, com seus chapéus de camponeses e seus lenços vermelhos ao pescoço, todos com grandes bigodes, exceto um. Desrolhou a garrafa e bebeu. Queria se esquecer por umas horas de tudo quanto o atormentava.

Uma jovem de perna torneada e cabelo de índia, dançando de braços alçados uma *falanga*[1], atiçou-lhe o sangue, mas foi uma mulher, um pouco mais velha, com ar melancólico, embora sorrisse e cantasse baixinho, quem lhe prendeu a atenção. Já a vira antes. Embarcara em Martim Sarmento, com uma criança pequena, um menino dos seus cinco anos que ao seu lado batia palmas e ria. Não era hora nem lugar de se dar a conquistas. Por entre as grades da borda falsa, Cornélio via as luzes acesas nas margens do rio, fogueiras, centelhas de vida, feito vaga-lumes na mata. Nuvens de insetos cabeceavam, cegos, contra os vidros dos candeeiros, que o brilho das luzes atrai tudo quanto é estúpido. Por cima, as estrelas na sua calma pré-histórica, cintilando sem remédio, por não poderem fazer mais nada e, reinando sobre tudo, a Lua, que nos seus humores femininos ia mudando de posição conforme os meandros do rio. A música, o vinho, o conforto embalador da rede, a sensação de se achar protegido no meio de toda aquela gente, o quebraram. Só o cheiro da roupa, a qual se esquecera de borrifar com umas gotinhas de colônia, o desconfortavam. Despejou a garrafa, abraçou a trouxa da fortuna no peito, ajeitou-se naquele regaço de mãe, descaiu a boina para a frente, fechou os olhos e entregou-se à música, à noite e à vontade de Deus.

Cornélio acordou com a sirene do barco. Era já dia claro. Não dera pelo fim da farra, pelo romper da aurora. Espreitou pelos buraquinhos do pano.

---

1. Música e dança típicas camponesas oriundas do sul do país.

De um lado para o outro uma agitação de gente, carregando malas, fardos, trouxas, encaminhando-se para bombordo. Sentiu um arrepio de febre nas tripas. Teria de sair naquele porto, desse por onde desse. Não tardou aos primeiros gritos das índias subidas a bordo lhe chegarem aos ouvidos. Meteu a cabeça fora da rede à procura de uma que lhe vendesse algo que comer. Um dos músicos tocava uma guitarra, sozinho, junto às escadas.

— Então não é que me roubaram as botas! Já me queixei ao comandante. Sabe o que o malvado me disse? Não posso revistar toda a gente! Ora, viu?! E eu que me amole, agora, descalço, que nem dinheiro trago comigo para comprar outras — desabafava um dos passageiros para outro, encostado a uma das colunas do *deck*.

— Quando foi isso?

— Ontem à tarde, quando dormia a sesta, aqui mesmo.

— O sacana do preto! — exclamou para si Cornélio de Pentecostes.

— E o amigo já procurou...

— Já procurei por todo o lado; já perguntei a toda a gente! Ainda por cima eram umas botas já velhas. Mas, quer dizer... Agora ando aqui neste preparo! — apontando para os pés despidos. — Ah, mas de uma coisa pode o amigo estar certo: se apanho o filho de uma porca que me roubou, o mato! Que Deus me cegue os filhos todos que lá tenho em casa se não mato!

O outro compreendeu com a cabeça. E ante a veemência da jura, tornou:

— Isso para mim são esses índios que sobem a bordo para vender e aproveitam a distração das pessoas para roubar coisas. E se foi, onde é que elas já vão!

— Disso também já eu me lembrei — devolveu o surripiado com o ar triste dos traídos.

— Era só o que me faltava! — exclamou para consigo Cornélio de Pentecostes.

Parecia estar a vida empenhada em lhe dar uma lição qualquer que não lograra ainda compreender. Talvez apostar toda a sorte no azar alheio, como sempre fizera, não fosse a melhor conduta para cruzar de cabeça erguida a alameda do Paraíso. Que sabiam os homens dos desígnios de Deus, e ele entre todos?! Viu os dois homens se afastarem para a ré. Descalçou-se à pressa. Espreitou para todos os lados. Agora que precisava, nem um engraxador pelo *deck*. Uma pintura rápida e passariam despercebidas, castanhas que eram. Nada lhe garantia serem estas as subtraídas ao queixoso, mas... não podia dar nas vistas, ser acusado de roubo, preso ali mesmo. Ainda para mais com a pequena fortuna que carregava consigo! Seria o fim dos dias antes do fim dos dias. Afinal, nunca a vida está tão mal que não possa piorar. Onde andariam os engraxadores? A cabeça de Cornélio era um suricate de um lado para o outro. Assegurando não haver quem o visse, pegou nas botas, atirando-as para debaixo da rede vizinha. Melhor assim. Se tivesse de descer descalço, desceria. Representaria um pobre completo. O estômago gemeu. Quando se voltou para chamar uma das índias, deu, ao lado da rede, com uma criança, de fralda, de olhos fixados nele, chupando o caroço de uma manga. Tinha ar de índio, mas os olhos azuis dos norte-europeus.

— Como se chama? — tentou, na abordagem desajeitada dos adultos.

O pequeno, lambuzado por onde havia corpo, não tirou o caroço da boca nem os olhos de si.

— Quer um caramelo? — perguntou o caixeiro-viajante, que os não tinha, pelo hábito de trazê-los nos bolsos para conquistar crianças, o melhor isco para pescar mães.

O pequeno não reagiu. Não queria, pelo visto, nada além daquele caroço de manga e contemplá-lo, fixamente, a figura. Teria o pequeno visto atirar ele as botas para o largo?

— Karaiy! — chamou a mãe do pequeno, dirigindo-se a ele numa língua que Cornélio não compreendeu.

Era uma índia, com um tabuleiro à cabeça, uma vendedora de pastéis. O pequeno olhou para a mãe, depois de novo para Cornélio, apontando com o dedo. A mulher sorriu, embaraçada, e, encaminhando-o pelos ombros, já o levava dali quando este a chamou:

— Ei!

A índia se voltou. Cornélio lhe fez sinal para se aproximar. Não comia nada desde a antevéspera e ali podia confiar não estar a comida envenenada.

— O que tem aí?

— Pasteis de *jambo*[2] e *camanguays* [3].

Cornélio lhe pediu três pastéis e duas argolas de coco.

---

2. Roedor de dimensões médias, também conhecido por porco do rio.
3. Pequenas argolas feitas com farinha de mandioca, coco ralado e goma de guayra (raiz arredondada de cor roxa, muito parecida com a beterraba, de cuja pasta se extrai uma goma açucarada).

A índia baixou o tabuleiro, servindo-o, de olhos baixos, como se não o quisesse encarar de frente. Ao seu lado, de caroço na boca, o pequenito parecia impressionado com a sua figura.

— Gente esquisita! — comentou consigo, o caixeiro de Pentecostes, sem dar por ter o bigode pendurado por uma ponta. Comeu com uma fome de mendigo e foi só quando o bigode se lhe misturou na boca com as voltas do pastel, que compreendeu o ar espantado do pequeno. Maldição! Quem mais o teria visto naquele preparo? Havia gente por todo o *deck*, mas ninguém mais parecia reparar nele. Levou as mãos à peruca. Pareceu-lhe transversa. Ajeitou-a às cegas. Limpou o bigode como pôde. Tentou colá-lo. Sem sucesso.

— Raios queimassem a má sorte! — resmungou, atirando-o ao chão.

A sirene soou. Tudo em Cornélio estremeceu. Tinha quinze minutos para descer a terra. Esperou. O tempo não passava. Desesperava, quando pelos intervalos das redes percebeu a ordem para levantar a prancha. Sem ver mais nada, pegou na trouxa e, tal qual se achava, correu para bombordo.

— Eu desço aqui! — atirou à passagem pelos rapazes que já executavam a ordem recebida.

Ficaram parados, cordas na mão e olhos no contramestre, cuja vontade foi içar, ele mesmo, a prancha e atirar aquele desgraçado ao rio. O tempo foi bom conselheiro, passando o episódio despercebido a quem de bordo. Num pisar sem jeito, Cornélio corria de olhos no chão ondeante que o levava para terra firme. Descalço, roupa velha, a vida toda metida numa trouxa pendurada ao ombro, o caixeiro-fugitivo de Santa Cruz dos Mártires lembrava mais um pedinte que o cavalheiro bem posto subido a bordo três dias antes. Manuela Canti poderia ter razão, mas a história de Mastian Peneda parecia ter começado a se materializar.

XX

Cornélio não podia crer. De todos os portos do país, o destino tinha de fazê-lo descer ali. São Floriano! Era Deus a brincar com o desespero dos homens. O vapor já lá ia. No último piso, junto ao arco da roda, pareceu-lhe ver o homenzinho do charuto. A baixa estatura e o cinzentismo do terno lhe deixaram poucas dúvidas. Quando desse pela sua ausência seria tarde. Teria de aguentar a tortura do fracasso até ao próximo porto. Por instantes, o prazer inaudito de se sentir livre. Naquele propósito não haveria quem desse por ele. Era um entre tantos pobres que grassavam pelos portos das cidades ribeirinhas. Recordou quando, aos quinze anos, depois de mil curvas de um verde monótono, viu, pela primeira vez, aquela cidade de branco, feito um véu de jasmim descendo da fortaleza colonial até à beira do rio. Não havia cidade mais bela em todo o quadrante, e lamentou nunca tê-la visitado, embora de todas as vezes o coração lhe garantisse haver ali de ser feliz. Quando o velho Sérgio o acompanhou a Vila Rosário, para lhe apadrinhar a loucura de casar com Aldonina Bon-Guzmán, e lhe sugeriu, à passagem por Passamento, na outra margem do Cay, hospedarem-se em São Floriano, recebeu deste uma frase tão lapidar que o deixou sem coragem para tornar a pronunciar o nome da cidade na sua presença.

— Se puser os pés naquela terra morro! — suspirara Niã Côco de olhos postos no horizonte velado pelo fumo do seu cachimbo.

E continham tal gravidade as palavras pronunciadas, que as tomou por literais e por inimigos quem lhe determinara tal sentença. Abstendo-se de perguntas desde o primeiro dia, moeu na curiosidade durante anos, até à noite em que o velho Sérgio lhe falou de Laura Manael, a mulher que nem os deleites de mil vícios nem as lonjuras do mundo por onde se perdeu conseguiram apagar dos seus sonhos por um só dia, a lhe pedir, no delírio da febre:

— Leva-me a São Floriano, Coralino! — Leva-me a São Floriano...

Meses mais tarde, quando regressou a Santa Cruz dos Mártires, dez anos depois de avistar a cidade pela primeira vez, levava o coração tão tolhido, que nada nele ficou tentado a descer a terra, na paragem do vapor. Agora, apesar de toda a inquietação, ficou a admirá-la, repleto de um amor que desconhecia. Um rebate de sinos encheu o ar de pássaros e bronzes sagrados. Constava ter, entre igrejas, capelas, ermidas e oratórios, um altar por cada dia do ano e por cada santo de bom nome. Fundada na segunda metade do século XVII, baluarte de proteção de toda a região de Onze Minas, estava destinada a ser grande entre todas, que nem da capital se contava tanta história quanto dela. Durante duzentos anos as paredes do forte foram o bastante contra fuzis e canhões, mas nada puderam contra o inimigo que haveria de arruiná-la: o ópio.

O ritmo do porto não abrandara com a partida do vapor. Homens carregavam cachos de bananas para um barco; um grupo de mulheres de vestes coloridas riam ao abrigo dos seus leques, como se esperassem a chegada de uma celebridade. Rapazinhos pediam a quem viam de mala se por uns trocados as poderiam carregar. Tudo nele se excitava ante aquela pequena Babilônia. Por momentos foi feliz e alheio ao que o atormentava e ao porquê de ali estar. Descalço, trouxa ao ombro, olhos postos na brancura daquela cidade encantada, em cujas varandas grinaldavam gerânios vermelhos, Cornélio de Pentecostes era estátua viva de um peregrino atônito diante de um altar sagrado. As escadarias e as ruas estreitas aumentavam nele a vontade de se perder em seu labirinto de fêmea acolhedora e feliz. Desculpas não lhe faltavam para aceitar o convite: a carta para Ataído Russo; as missivas para cada uma das suas mulheres; um banho; uma refeição quente, uma cama; a casa de um penhorista onde trocar algum relógio, alguma joia por dinheiro vivo... *Se puser os pés naquela terra morro!* — A voz do velho Sérgio no seu ouvido.

Um bando de araras-azuis cruzou o céu numa algazarra medonha, acordando-o do devaneio. A figura de um velho, pequenino, com um burro pela arreata, aproximou-se. Cornélio preparava-se para aceitar os seus préstimos, quando este lhe passou ao lado, abordando um rapaz de aparência modesta que, a dois passos de si, parecia perdido com uma mala na mão. Não harmonizara ainda o pensamento com a figura. Naquele estado, quiçá nem um pastel lhe vendessem sem pagá-lo adiantado. Era altiva, aquela cidade — como todas as cidades — para os mal-abonados. O rapaz não aceitou os préstimos do muleiro e Cornélio, vasculhando na trouxa pelo dinheiro sobrado, pensou chamar outro, não aquele, para levá-lo pelas ruas de São Floriano, feito um Cristo por Jerusalém, até ao último *cádo*; ao último quilate que carregava consigo. Quantos dias de vida lhe restariam, quer o matador o encontrasse, quer não? *Quem não desfruta da vida vive morto* — dissera-lhe Sérgio de Niã Côco, no tom grave de quem o sabia.

— Olá, cavalheiro! — exclama uma voz nas suas costas.

De novo não lhe era dirigida, mas ao mesmo rapaz que parecia tão perdido quanto ele. Era uma mulher de púrpura e negro em maneirismos de leque.

— É a primeira vez na cidade?

Tinha um decote pronunciado sob a transparência de um véu e um sorriso pintado, impossível de ignorar.

O rapaz corou, tirou o chapéu em jeito de cumprimento, balbuciando um sim. A mulher lhe segredou ao ouvido verbos impossíveis de Cornélio ouvir.

— Não assuste o floquinho de neve, Anayta! — atirou outra, mais velha, de um grupo de quatro.

O rapaz teve um gesto de cabeça, afastando-se na atrapalhação própria dos mancebos bisonhos. Cornélio não tirava os olhos da cena e só acordou quando a mulher lhe gritou, entre golpes de leque:

— O que é? Nunca viu, paspalhão?!

Dessa vez foi ele a corar. Coisa rara em si. Fixou a própria figura, do peito para baixo. Qual a diferença entre aquilo e estar morto? Bem razão tinha Ataído Russo! Também não queria. Prometera não tornar a se meter com mulheres. Nem sequer com aquelas que não têm outro dono senão o vício. Fora retórica a pergunta da rameira, a qual já lhe dera costas rumo ao seio alvoraçado do grupo. Embora a não quisesse, levantou em seu íntimo uma vontade de tirar uma gargantilha da trouxa e passá-la sob o nariz empinado daquela irmandade de arruinadas. Queria vê-las rir, chacoteá-lo… Quão depressa lhes dilatariam as pupilas, que os olhos das mulheres brilham em proporção aos quilates das pedras. Em especial os daquelas: as herdeiras desafortunadas das Damas do Ópio. Entre tantas histórias contadas por Sérgio de Niã Côco, jamais uma palavra sobre aquelas que, em seu tempo, foram as mulheres mais poderosas de São Gabriel dos Trópicos. Ouvira sobre elas num bar de Passamento, a um velho Contrabandista, a quem o álcool e nostalgia da juventude perdida fizeram tagarelar, para quem quisesse ouvir, os seus anos de glória, quando traficava o oriental veneno entre Monte-Goya e São Floriano. Não obstante o abismo no qual viviam mergulhadas, reuniam, entre si, mais segredos de Estado do que os homens fortes da nação, e se dizia lhe serem devidas cada vitória e cada derrota nas duas décadas decorrentes entre o princípio e o fim das Guerras da Independência. Tinham fama de saber coisas do mundo dos vivos e dos mortos, e nem as "senhoras de bem", que escarneciam e descriminavam as prostitutas no geral, atreviam-se a afrontá-las. Distinguia-as a tatuagem de uma papoula sobre o seio esquerdo, representando, diziam, o anjo caído que lhes pulsava no lugar do coração. Viviam feito rainhas, embora não tivessem onde cair mortas. As mais novas sustentavam as mais velhas e moravam, todas juntas, na Cueva de las Murciélagas, um palácio de setecentos, oferecido por um traficante de armas murciano a Dona Aiyara de Mantua y Sant'Elói, condessa de Alor, que trouxera o vício para a cidade e, com ele, todos os extremos da Babilônia. Durou quase três décadas o reino do ópio, mas, com a queda do Império, São Floriano foi perdendo influência, e aquela teia matriarcal desfazendo-se, aos poucos. Meio século depois da última laudânica remessa ali ter chegado, tudo quanto restava das Damas do Ópio eram as histórias contadas pelas filhas e netas, que delas não herdaram senão o abismo do destino, um palácio decadente e a arrogância oca dos nobres falidos.

Tomado por um espírito juvenil de conquista, Cornélio avançou na imensidão da praça, hipnotizado pelo labirinto de ruas e escadas que entre o casario serpenteavam, íngremes, até ao coração da cidade. À direita e à esquerda, portas coloridas se abriam ao comércio, e o movimento intrincado de burros e gente confundiriam quem chegasse por se assemelharem a um dia de festa. Era forte o cheiro de especiarias a flores e qualquer coisa perfumada cujos sentidos não distinguiam, mas lhe lembravam as praças fortes do oriente que conhecia apenas das histórias do velho Sérgio de Niã Côco. E naquele encanto, foi andando. O sol aquecera o empedrado das ruas e os pés, mimosos, começavam a acusar a realidade inclemente do chão do mundo. Ninguém parecia reparar em ninguém e, no entanto, toda a gente se desviava dele, pelo instinto natural que acompanha o homem desde o princípio dos tempos e o vem defendendo contra tudo quanto de si dessemelha. Transposto o grande arco de pedra das Portas do Rio, Cornélio viu se abrir diante dos olhos a Praça Guar, aquela que fora do Império, mas que os homens da República rebatizaram com o nome do herói-mártir da Primeira Guerra da Independência. Sentiu-se dentro de um sonho. O astro acendia a cidade caiada, realçando ainda mais os blocos avermelhados da muralha do forte e a grande basílica de São Floriano Mártir, com a sua cúpula em folha de ouro e suas duas torres de quatro sinos cada, que só os pássaros, do alto, alcançavam ver toda. A fonte que centrava a praça repuxava água de quatro baldes segurados por anjos de pedra. Cornélio acercou-se a refrescar a cara, a nuca, o pescoço. Como fora que nunca ali havia pisado?! Tinha vontade de ver tudo, de alugar um quarto, ali mesmo. Mas o edifício que mais o impressionou foi a Real Companhia das Minas, que ocupava todo o poente da praça com seus quatro pisos em calcário branco e a sua torre de trinta metros com as armas da coroa, brilhando altivas, na pureza do ouro, que nenhuma guerra, nenhum líder, ousou tocar. Quanta fortuna teria passado por aquela terra a caminho da metrópole?!

— Salta! — atirou um homem enorme, carregando cântaros.

— Quê? — sobressaltou-se Cornélio, caindo das nuvens.

— Salta daí! — gritou o outro, afastando-o com o braço. — Não tem o que fazer, há quem tenha!

Cornélio se desviou. Demorou um pouco a perceber a razão da brutidade. Quem o tomaria pelo homem que era?! O intuito fora alcançado, mas o resultado... O Sol nunca ilumina fronte e nuca conjuntamente. Precisava, pelo menos, de um par de sapatos. Ainda pensou perguntar ao de grosseiros modos onde havia um penhorista, mas em bom juízo se absteve de outro mal-entendido. Procurou entre os transeuntes um rosto com os traços benévolos de bom samaritano. Uma jovem com um cântaro à cabeça acercou-se da fonte. Encarnando o personagem, Cornélio lhe dirigiu a palavra:

— Por obséquio, minha boa jovem! Onde posso eu achar um penhorista nesta cidade de tão amável gente?

A moça sorriu. Por certo não esperava o rebuscado da abordagem. Com uma elegância de gesto, que Cornélio percebeu de virgem, indicou-lhe a embocadura de uma rua a nascente da praça:

— A meio das Escadinhas da Boaventura tem o senhor Tulhosa.

Cornélio agradeceu e, no gesto de ir, ficou, mais um pouco, a contemplar, pelos cantos dos olhos, o corpo da moça debruçado sobre a fonte, na inocência de quem tem ainda a esperança intacta. Fixou-lhe os calcanhares erguidos, a rachar; o arredondado das pernas, cobertas de uma penugem clara, sem maldade ainda; as mãos segurando o cântaro; os braços do mesmo barro, cujos pelos o sol matizava... Os pormenores a que a carência de um homem se pode prender! Se o Diabo não empregara a arte toda a fazer as mulheres, onde mais a empregara ele?

Os oito sinos da basílica encheram o ar, não tardando a praça a encher de gente saída da missa. Cornélio estava encantado. Em todas as janelas, em todas as varandas, havia colchas estendidas a apanhar o sol da manhã. Junto a um oratório, escavado no arco aberto sobre as escadas indicadas, procurou entre os pertences um relógio de bolso para negociar nos penhores.

— Senhor Tulhosa? — perguntou à porta, sobre a qual um letreiro lhe indicava ser o lugar certo.

De algum lugar, do escuro, uma vozinha infantil, retornou ao chamado:
— Pois não?

Sem saber de onde vinha, Cornélio foi entrando.
— Com licença!

Do chão aos barrotes do teto, tudo eram prateleiras de caixas numeradas. E ao fundo, um balcão comprido, atrás do qual não se via senão uma calva cabeça e uns olhos pequeninos, emoldurados numa armação fina, redonda, de prata.

— Pois não, Cavalheiro? Em que posso ajudar? — tornou o dono da casa, crescendo um palmo, talvez sobre um estrado, revelando o rosto esquálido onde um nariz ganchudo reinava, vaidoso, sem noção de si.

Pareceu-lhe simpático, apesar das faces fuinhas. Talvez por não lhe ver os pés descalços. Cornélio disse ao que ia, revelando o relógio de bolso.

— Boa, boa! Isto tem quilate! — tornou o dono da casa dando todas as voltas precisas à preciosidade.

E antes de este se lembrar de lhe perguntar onde furtara tal coisa, Cornélio se adiantou, dizendo estar em viagem e lhe terem roubado tudo, a ponto de se ver obrigado a esmolar por aquelas roupas velhas a uns pescadores, visto haverem os meliantes

— ...deixado nu em pelo!

— Oh, Diabo! — tornou o homenzinho, ajeitando os óculos no nariz. E sem tirar os olhos do cliente, acrescentou: — Pergunto-me, onde teria o senhor o relógio guardado para lhe não terem dado com ele?

Cornélio, mais rápido a mentir que a dar às pestanas, devolveu:
— Por sorte deve ter caído no chão quando estavam a me despir aos repelões.

— Boa, boa! E o cavalheiro pretende colocá-lo no prego, é isso?

— O que eu pretendia era umas roupas decentes de modo a poder ir para casa em figura de gente. Se o senhor tiver um terno, um chapéu, uma camisa e uns sapatos que me possam ficar pelo valor do relógio, eu aceitaria o negócio.

— Boa, boa! É capaz de se arranjar qualquer coisa. Ora venha comigo — disse o dono da casa dando a volta ao balcão.

O homem, para anão lhe sobrava pouco. Toda sua figura era de circo. Uma corcunda nas costas lhe roubara a altura de gente. Tinha braços até aos joelhos, mãos e pés de gigante, e o cabelo, ralo, caía-lhe em fiapos sobre a nuca. Atrás de um biombo, o homenzinho tirou de uma prateleira, com o auxílio de uma vara, uma caixa, e de dentro desta, um terno.

— O que lhe parece este?

— Está no prego?

— Há anos! Já lhe faleceu o dono e tudo.

Cornélio teve um sobressalto.

— Não é por superstições, mas... Por acaso não tem outro?

O homenzinho soltou uma gargalhada.

— Boa, boa! Ora, tudo se arranja! O que não há na Casa Tulhosa é porque não há! Lema de meu finado avô.

— Veja este.

— É de um vivente, certo?

— Não lhe posso garantir. Sabe que a morte é uma fisgada que se nos dá.

Cornélio aceitou a brincadeira. Ignorava, para seu bem, serem os dois enteados do senhor Tulhosa coveiros em Monte-Goya e não haver ilustre sepultado que não fosse, na mesma noite, levantado e subtraído de trajares e pertences. Melhor assim. Afinal, salva-se mais o homem pelo que ignora do que pelo que sabe.

— O senhor tem onde o possa experimentar?

— Ora! Pois aqui mesmo, atrás do biombo.

Cornélio assim fez. Era curto, nas mangas, nas pernas...

— Não se preocupe. Haveremos de achar alguma coisa que lhe sirva. Ora, deixe aqui ver este — disse, descendo a caixa seguinte. — Este é de um vivo! Posso garantir. E que vivo! — atirou, numa gargalhada de dentes roídos pelo desmazelo.

Atrás do biombo, Cornélio o experimentou.

— Está perfeito! — tornou, ajeitando o casaco no peito.

— Boa, boa! Vai querer?

— Sim. E uma camisa. E uns sapatos...
— E um chapéu!
— Se o relógio chegar.
— Chega. Até lhe ofereço o colete. E uma gravatinha, se fizer gosto.

Cornélio se espantava com a simpatia. Nunca conhecera penhorista tão prestativo e honesto. Tal rezava a fama da classe. Afinal, grande parte de sua penhora não lhe custara além que as pazadas noturnas dos enteados. De modo que qualquer valor obtido por tais objetos, era-lhe puro lucro. Abílio Tulhosa — assim se lhe completava a graça — foi tirando caixas atrás de caixas e Cornélio experimentando quanto lhe convinha. Vestido das solas ao topo do panamá, o caixeiro de Pentecostes mirou-se, por fim, ao espelho que o dono da casa lhe estendera.

— E que tal? — perguntou o penhorista.
— Um boneco!
— Boa, boa! O branquinho lhe assenta bem! E vai querer mais alguma coisa, cavalheiro?
— Dá para mais alguma coisa, o relógio?
— Para um lencinho, talvez.
— Venha de lá, então! — sorriu Cornélio, entusiasmado com a figura irreconhecível que o espelho lhe devolvia.

Enfeitado com aquele último toque, o caixeiro-viajante de Santa Cruz dos Mártires se sentiu confiante de novo. E como quem ressuscita de uma morte longa, inspirou fundo e exclamou:

— Nem acredito!

O dono da casa o olhava através dos vidros embaçados à espera de algo mais que pressentia vir. Muitos anos a contemplar o desespero dos homens dá, a um "esfola aflitos", agudeza de olhos de fazer inveja a uma coruja. Assim foi.

— O senhor desculpe. Eu tenho ainda a correntezinha do relógio. É em ouro — sublinhou, estendendo-a.
— Boa, boa! E o que pretende o amigo por isto?
— Bem... — Cornélio hesitou. — O senhor tem uma mala? Pode ser pequena. Daquelas de couro que os médicos usam. E um espelho de bolso.
— Tem sorte! Tenho aqui isso, também.

De fato, parecia verdade o dito de seu avô sobre a casa que fundara. A mala dava jeito. Tal como o espelho. Mas o realmente pretendido era de especial sensibilidade. Não passara ainda o trauma da Guerra Civil, nem dos meses de terror que se seguiram por conta da limpeza levada a cabo pelas políticas de perseguição do Presidente Salvador Lemos a quem tivesse ligações à guerrilha ou armas em sua posse. Tendo-o em consideração, foi avisando, antes mesmo de concluir o pedido, não pertencer a nenhum órgão de autoridade, mas fazê-lo por viajar só e ter tido já a má experiência que lhe contara. Assim, se o senhor Tulhosa tivesse

— ... uma arma; um revólver...

O dono da casa segurou o silêncio pelo espaço de dois fôlegos, ajeitou os óculos no dorso torto do nariz e, sem tecer comentários, foi a uma das caixas (parecia conhecê-las todas de cor), dentro da qual um pequeno revólver dormia, inofensivo, na sua mantinha de flanela.

— Serve-lhe este?

O pasmo de Cornélio se traduziu num silêncio arrastado. Por fim disse:

— Confesso não perceber nada de armas, senhor Tulhosa.

— Hum! É para matar?

— Bom, é para não morrer. Espero nunca ter de o usar.

— Boa, boa! Então este está bom.

Cornélio agradeceu. Havia ainda uma outra questão. Todavia, a coragem para a abordar esmorecia. Corria tudo tão bem... Receava abusar da sorte ao levantá-la. Carecia de dinheiro vivo na mão, mas... Como explicar, depois de tudo, trazer na trouxa mais objetos de valor? O melhor talvez fosse procurar outra casa de penhores. Penhoristas não faltariam em terra de tanto vício! Contudo, parecia-lhe estúpido, visto já ali estar... Arriscou:

— Sabe, senhor Tulhosa...

O homem ajeitou os óculos, no tique confortável dos inseguros.

— Tenho ainda um objeto comigo... E estou precisado de dinheiro para regressar a casa.

Ainda ensaiou uma desculpa para não terem os larápios surripiado esse outro pertence, mas a voz do dono da casa pareceu lhe indicar não carecer ele de tal esforço.

— Boa, boa! E que objeto é?

Cornélio tirou de um lenço o anel preparado de antemão para lhe vender.

O homenzinho o levou à luz. Mirou-o de todos os lados. Depois, tirando um monóculo do bolso do casaco, investigou-o melhor.

— Tem quilate! — expressão que lhe saía para tudo quanto era de boa qualidade.

— É novinho em folha. Adquiri-o em Monte-Goya para presentear uma dama da qual estou cativo. Engoli-o a tempo quando me perseguiam os bandidos em Mataúra. Infelizmente tenho de me desfazer dele, senão jamais chegarei a casa.

— E de onde é o cavalheiro?

— De Terrabuena — tornou este sem hesitar.

— Ainda é longe!

— Por isso!

Os olhos do homenzinho voltaram ao anel. Cornélio garantiu:

— Lavei-o bem lavado.

— Boa, boa!

Esteve apenas no estômago. Não tive outra alternativa — lá acabou por rematar a desculpa.

— Quinhentos mil *cádos* — declarou o prestamista. — Acha que lhe chega?

— Um pouco mais — tornou Cornélio.

— Quinhentos e vinte? — sondou Abílio Tulhosa, num apalpar de terreno.

— Estava a pensar em seiscentos.

— Rematado!

Nunca conhecera ou ouvira falar de penhorista de tal proceder. Parecia não estar ali para ganhar dinheiro mais do que para ajudar quem o procurava. Verdade valer duas vezes o rematado, mas comparado a Benjamim-o-Novo, estava mais para filantropo do que para agiota. Atrás do balcão, onde a figura lhe desaparecia quase por inteiro, as mãos enormes de Abílio Tulhosa contaram seiscentos mil *cádos* para as mãos de Cornélio.

— O senhor me foi de um préstimo impagável! Não esquecerei jamais o favor.

— Boa, boa! — foi tudo quanto o pequeno e deformado penhorista lhe retornou, acompanhando-o à porta.

Cornélio agradeceu uma vez mais, com a sinceridade de um agraciado, deixando a Casa Tulhosa na satisfação de quem houvesse feito o melhor negócio da sua vida. Não andaria longe, visto também a ele não terem os pertences custado além de meia dúzia de falácias cantadas ao patrão Velasquez. No entanto, a estranheza de tudo ter corrido demasiado bem o incomodava.

Andava tão escaldado com a desventura que o entusiasmo morreu cedo. Podia ser o sinal da má sorte a virar ou o presságio da desgraça. Não havia como saber. Portanto, melhor nem pensá-lo. Correra bem, e tal era o que interessava. Já na rua, a sensação prazenteira de ser um homem novo em folha. Ficava-lhe bem o terninho de linho cru. Daria-lhe jeito, pelo menos, mais uma muda. Mas só agora se lembrava, e a superstição impediu-o de voltar atrás. No momento, estava servido. Composto e direito, malinha na mão, Cornélio de Pentecostes tomou o mesmo caminho em direção à praça. A um homem vindo na sua direção perguntou pelo posto dos correios.

— Ao domingo está fechado — tornou o homem.

Toda a testa de Cornélio se plissou.

— Hoje é domingo?!

— O senhor não é daqui, já se vê! — riu o outro, explicando, orgulhoso, ser São Floriano a única cidade do país, na qual — ...tirando a fidalguia do Estado... — nenhuma casa fecha portas senão pelos oito feriados do ano.

Até por isso era única aquela cidade. Não seria ainda naquele dia que a carta para Ataído Russo seguiria rumo ao Diário de Santa Cruz. Tomou a direção da basílica. Benzeu-se largo ao lhe cruzar o pórtico. Não por respeito, mas pela maravilha aberta diante dos olhos incrédulos. Nunca vira coisa igual. Não imaginara, sequer, ser possível tamanho dom. Quem, como ele, depois de adorá-la por fora, creria poder se espantar já ao entrar? Não havia um centímetro daquele templo, das paredes ao teto, da base das colunas torsas aos seus capitéis barrocos, da balaustrada do coro à capela-mor, no qual não refulgisse o mais sangrado ouro de Onze Minas. Se por mais nada tivesse valido a pena desembarcar em São Floriano, o teria, certamente, pela graça de contemplar a prova acabada da perfeição. Como permanecer ímpio após testemunhar tamanho assombro? Como haveriam os fiéis de não sê-lo? Como, enfim, duvidar da existência de Deus! De ambos os lados da nave havia gente ajoelhada. Cornélio procurou um confessionário, meteu-se dentro sem dar nas vistas. Da mala tirou o espelho, a peruca loura, o bigode correspondente, a cola, a tinta para as sobrancelhas, os óculos e, sob o olhar de Deus, arrumou-se, ali mesmo, pois alugar um quarto para tão pouco serviço, não se lhe parecia opção sensata. Não obstante o bem que tudo corria, algo lhe dizia para não ficar em São Floriano.

— *Se puser os pés naquela terra morro!*

A superstição andava alta por aqueles dias, e cada pressentimento se afigurava o murmúrio de um anjo protetor. Estava decidido. As ideias quase mudaram quando tornou a pisar a praça, mas... Não podia! Não podia ceder aos encantos daquela que diziam ser a mais bela das incógnitas cidades do mundo. Ainda ia longe o destino por si traçado e o matador (não poderia esquecê-lo) por certo estaria a caminho. De volta ao porto, encontrou o muleiro que nessa manhã passara por ele como se por um fantasma.

— O cavalheiro carece de serviço?

Como era irônica a vida! Declinou com soberba. Nem lhe correspondia ao caráter a rudeza no trato. Mas, porque até o mais brando dos homens tem nas entranhas a semente da vingança, sentiu no peito o prazer bom da desforra. Olhou em volta. Nem sombra da mulher que igualmente o desdenhara. *Perdido do homem que quer satisfazer as vinganças todas!* — murmurara-lhe o velho Sérgio de Niã Côco, entre tantas coisas sem nexo à hora da despedida. Com a discrição de um viajante comum, aproximou-se do ancoradouro velho, onde um homem enorme manobrava uma balsa.

— Para onde vai esta balsa? — perguntou.

— Para Angara-Lya — respondeu o balseiro, sem tirar os olhos do leme.

— E a que horas parte?

— Assim que encher.

Cornélio pagou a passagem e instalou-se, junto a um monte de corda, na frente da embarcação. Uma mão palpou o revólver no bolso do casaco. É para matar? Se tiver de ser, senhor Tulhosa! Se tiver de ser! Nem meia hora passada e já a balsa se afastava da margem. Cornélio respirou fundo. Lembrou-se do interior perfeito da basílica. Se o homem pode aquilo, pode tudo! — pensou. Estava nas mãos de Deus, como de resto todas as coisas do mundo. Olhou para trás. Apequenava-se aos poucos a amante do ouro e do ópio. Quando voltaria a vê-la? Quando voltaria a subir o Cay? Quando voltaria ele?

XXI

São Floriano havia muito desaparecera no horizonte. Cornélio não dera por ter adormecido. O sol ardia a pino sobre o rio. Acordara suado, sedento. Nem uma sombra na balsa. Quanto tempo faltaria ainda até ao próximo porto? Na cabeça, a comichão se alastrava. O suor, os cabelos despontando, a estufa da peruca lhe cozendo os miolos... Ia coçando como podia. Nem em criança, quando uma praga de piolhos varreu Santa Cruz dos Mártires, parecia-lhe ter sofrido tanto. Tentou se distrair. Na margem, um chorão inclinado sobre o rio, feito um Narciso apaixonado, prendeu-lhe a atenção. Sempre gostara daquelas árvores derramadas sobre si mesmas numa mistura de tristeza e ócio impossíveis de compreender. Ao contrário dos grandes barcos, a balsa navegava não muito apartada da margem. Era forte o cheiro das águas, da floresta. Uma viagem mais próxima dos humores do mundo. À porta de uma cabana, um velho fazia festas a um cão. Quase conseguia cheirar a madeira úmida da choupana; um quê de fumo, de princípio dos tempos. O balseiro teve um aceno para a margem. O homem respondeu

— Ei!

e a vida continuou plácida, no seu sem sentido, rio abaixo. O balseiro conduzia, concentrado no nada, a balsa do seu sustento. Que homem seria? Que história a sua? Haveria cruzado com ele algum dia, em alguma vereda da vida? Uma figura daquelas seria difícil de esquecer? Teria mulher? Filhos? Alguma amante? Compunham-no todos os traços grosseiros dos nascidos para carregar o mundo às costas, e as suas mãos, pesadas, indicavam ser ente de poucas finuras. Tinha os lábios grossos, a barba cerrada de sete dias. Que pensamentos o distrairiam da existência estúpida dos brutos? Tampouco ele era mais profundo! Uma inquietação do corpo mais que da alma. O que quisera ele da vida, Cornélio de Pentecostes, além de bons dias e melhores noites, e os olhos ternos das mulheres carentes a lhe preencherem o espaço vago deixado pelo desamor da mãe? Mais estúpida, portanto, era a sua existência, banquete de oportunidades desperdiçados pela displicência de quem nascera gato sem ambições de leão. E nisto entretinha a consciência, por melhor não ter que fazer. *Não há pior veneno para a alma que o pensamento!* — outra frase de Niã Côco. Era bem certo, como, de resto, tudo quanto da boca lhe saía! Pois bem, tendo um homem tempo, logo a razão lhe põe a questionar Deus e seus propósitos. Também por isso invejava aquele animal do rio, casado com a balsa, cujas mãos comandavam feito ao corpo arisco e meigo de uma fêmea talhada para fugir e se dar. E, por pensar em Niã Côco, veio-lhe à memória a noite mais triste da sua vida, em algum lugar naquele leito, naquelas margens, e com ela a dor da despedida e a saudade que o tempo não conseguiu moderar. Respirou fundo. Uma brisa fresca aliviou-lhe a angústia por momentos. Algo lhe dizia se ter livrado do matador. Não saberia explicá-lo se pedido lhe fosse. Uma sensação, tão pura quanto uma sensação pode ser.

Uma povoação ribeirinha, empoleirada sobre estacas, revelava a esperança e a tenacidade do homem. As cabanas, coladas umas às outras, possuíam o ar inseguro de um bando de garças negras. Entre todas, uma mais alta, coroada de cruz no telhado, indicava ao Céu estarem com Deus para o bem e para o mal. É no chão da pobreza que melhor vinga a superstição dos homens! O estômago lhe deu sinal de fraqueza. Só então se lembrou de não comer nada desde a manhã, no barco. E ao pensá-lo, sentiu estranheza. Parecia-lhe haver sido há tanto tempo; numa outra vida já, que partira de Santa Cruz dos Mártires! Pensou em Mariana, nos filhos... Perdoariam-lhe algum dia? Esperaria ela por ele como a mulher do visconde de Cachaguara? Teria, porventura, o mesmo coração intuitivo, a mesma generosa indulgência? Ante a quase garantia da sua morte, daria-se à dor, ao luto, à pena, à resignação e, por fim, à esperança de novo. Quem poderia condená-la, tão nova ainda, de tão boas carnes, por refazer a vida? Dona Eleonora Cayomar não descansaria enquanto não visse a filha de bem com Deus, novamente! À imagem de outro homem na sua casa, à sua mesa, na sua cama, o ciúme lhe mordeu o coração com uma raiva desconhecida. Sacudiu a cabeça. Era a fome, o calor... Procurou se distrair, contemplando a paisagem, os rostos acabrunhados dos passageiros lânguidos... Fixava pontos no horizonte; via-os aproximar, num superar de etapas. O tempo passava devagar, colado à corrente do rio Cay. Mulheres lavavam roupa, amanhavam peixe nas margens... O estômago impacientava-se e a sede lhe colara os lábios, de tão secos. Era aguentar. De quando em quando um cumprimento entre balsas o sacudia da letargia. Então fixava a proeza do astro brincando com as cores no rasto das águas, acendendo-as e as apagando, uma por uma.

Pelas quatro da tarde, um barco com uma bandeira vermelha alertou para problemas no leito do rio e para a necessidade de toda a navegação com mais de dois metros de quilha ancorar ao largo de Angara-Lya. Não era o caso da balsa, mas um mau pressentimento despertou Cornélio do sonho no qual vinha emerso. Teria o vapor ficado retido? Era frequente, quando as chuvas arrastavam barrancos para o meio do rio, os navios ficarem impedidos de avançar por dias. Quem podia contra os humores da natureza? Quantas vezes não lhe sucedera já? Eis porque nunca se podia contar a chegada pela hora da partida. Embora estivesse de tal ciente, e da imponderabilidade de todas as circunstâncias, não poderia arriscar se encontrar de novo com o homenzinho do charuto. Torceu os dedos para que não, mas, meada a curva seguinte... Lá estava ele, monstro adormecido no meio da corrente. Desgraçada desdita! Desventurado infortúnio! Apre, merda, que é demais! Até onde Te vai a perversidade, Deus fausto dos infelizes?! Até onde? Lembrou-se da mãe e da sua casa amarela. Se não pode vencer o destino, pinta-o da cor que melhor te convier. Sabia ele decifrar enigmas! O balseiro assobiava com ar animado. O azar de uns sempre foi a fortuna de outros. Os deslizamentos de terra eram quase sempre excelente oportunidade de negócio. Não faltaria em Angara-Lya gente que, por um porto, pagaria bem a quem estivesse disposto a lhes completar a viagem. Pela luz do dia, chegaria a Caribello muito antes de o sol se pôr. Avisou os passageiros: havendo entre eles quem desejasse ir mais além, não precisariam sair e apanhar outra balsa, pois aquela mesma só pararia para pegar mais gente e seguir rumo a Caribello.

— Caribello?! — murmurou Cornélio. — Caribello é que não! — E se voltando para o balseiro: — O senhor regressa ainda hoje a São Floriano? — perguntou.

— Só amanhã de manhã.

Em menos de um piscar de olhos se reduziram as opções a quase nada: ou arriscaria sair em Angara-Lya e dar de caras com "sabe lá Deus quem", ou teria de seguir até Caribello e passar por lá a noite. A balsa aportou. Saiu e entrou gente e Cornélio na indecisão.

— O senhor segue viagem? — perguntou o balseiro na sua direção.

— Sim — lá disse.

— São mais trezentos *cádos*.

Cornélio, que não se encolhera para fugir ao pagamento, antes para não ser visto do cais, passou o dinheiro à pessoa do lado, pedindo para o ir passando até ao dono da balsa. Não reconhecera nenhum rosto novo a bordo. Mas o que quereria tal dizer? Puxou o panamá para a fronte e, de olhos semicerrados fingiu dormir. Assim navegou por uma hora e meia, até, no desfazer de um meandro, a cidade de Caribello lhe entrar, imutável, pelo canto dos olhos.

O sol fraquejava. A balsa aportou. Cornélio hesitou, descendo, enfim, para terra na cola de toda a gente. Caribello! E ao dizê-lo o coração emitiu um suspiro tão profundo que o ouviu. Fechou os olhos, respirou fundo. Por momentos tinha vinte e cinco anos e o peito cheio de esperança e de medo. Tudo estava ali! Os mesmos barcos velhos dos pescadores; o ancoradouro de estacas; o paredão do cais, a velha gare fluvial com as paredes escamadas e os contornos das letras eternamente por pintar. Também o cheiro de pântano que as águas paradas da enseada fermentavam; os abandonados barracões da borracha; os coqueiros com seus pescoços esguios, torcidos... e cães; os vira-latas que as mulheres dos pescadores mantinham com os peixes sobrados e, não sendo de ninguém, protegiam toda a gente. Estava ali tudo... Só faltava ela.

Parado, perdido, mala na mão, cabeça num caldo, Cornélio olhava ao derredor numa esperança pueril. Diria não ter o tempo passado por ali. Um cheiro a camampura[1] lhe chegou ao nariz. Havia doze anos que não comia tal iguaria! Encostado a uma paliçada que servia de parede a uma tenda de comida, pediu um prato e comeu com gosto. Divinal! Por cinco minutos não pensou em coisa alguma. Tomou depois uma cerveja de uma vez sobre o apimentar da refeição, limpou a boca com as costas da mão, arrotou, pagou, acordando por fim. Continuava perdido. Um velho, passando ao largo, levantou o chapéu na sua direção. Tudo por dentro lhe estremeceu. Quem seria? Já o teriam reconhecido? Hesitou, não tornando o cumprimento. Talvez o confundisse com alguém! Talvez apenas a cortesia habitual entre as gentes das cidades pequenas! Pensava nisso quando uma voz se lhe dirigiu:

— O cavalheiro carece de serviço?

Em cima de uma charrete, um homem de meia-idade lhe sorria de chapéu na mão. A cidade e o porto eram colados, mas havia sempre

---

1. Guisado de lentilhas com carne seca e quiabos, acompanhado com *jalapeños* recheados com queijo, fritos.

freteiros à procura de clientela carregada de malas. Em especial a horas tardias. Cornélio demorava a decidir. E foi o homem, descendo da viatura, quem perguntou:

— Para onde é que o cavalheiro vai?

Era esse, precisamente, o problema: o não ter para onde. Mas, porque os homens vivem com o caos do universo aos tambores nas células, Cornélio se decidiu que não poderia deixar de se decidir, estando ali. E subindo na charrete, indicou-lhe a direção pretendida.

Os primeiros minutos da viagem foram silenciosos. Cornélio queria perguntar por ela, mas temia se comprometer. Desconhecia aquele homem; que relações por ali cultivava. E foi o freteiro quem encetou conversa:

— Vive por essas bandas, o cavalheiro?

— Que bandas? — perguntou Cornélio, distraído.

— De Serra Negra?

— Ah! Não. Preciso só ir até lá — devolveu Cornélio na verdade mais sincera.

— Vai depois voltar para a cidade?

Dependeria. Se ela lhe abrisse a porta; se o deixasse entrar; se não houvesse outro ao seu lado; filhos na roda da sua saia; se...

— É possível — tornou. — Não sei ainda dizer.

— Pergunto isto porque, como já é tarde, se carecer de habitação... Por aqui toda a gente aluga quartos. Volta não volta os barcos ficam parados uns dias e... Sabe que os mosquitos quando o barco navega é uma coisa e quando o barco estanca é outra! De modo que quem pode vem dormir à cidade. E há sempre quem faça bons preços por aqui. A minha sogra, por exemplo, tem um quartinho...

Mas Cornélio ia já de pensamento perdido. Sem lhe dar pela ausência o freteiro continuou:

— Isto dos barcos... Há anos que as companhias fluviais reclamam por causa dos acidentes. A solução é construir barreiras para amparar as terras. Mas as autoridades... Sabe como é! Afinal, é à conta desses "senãos" que muita gente se governa por cá. Estou para aqui a falar como se não fosse um deles! Mas, enfim! Quando não é cá é em Angara-Lya, e quando não é lá é aqui. Já uma vez começaram umas obras, mas veio tudo por aí a baixo outra vez. Há até quem diga que algumas das derrocadas são provocadas por cargas de dinamite. Eu de cá não sei de nada. Faço o meu serviço e é tudo.

Cornélio não prestava à voz do freteiro mais atenção do que ao mastigar áspero da roda. O homem olhou para ele. Ia ao largo desta vida, na existência paralela das quimeras. Há clientes assim! Pôs de lado a conversa, assobiando aos pássaros que nas árvores se ajeitavam para passar a noite. Assobiava bem. Um trinado perfeito, sonoro. As aves pareciam lhe responder. Para o caixeiro-viajante, no entanto, tudo coincidia com o véu harmonioso da natureza que naquele momento cobria o mundo. Contrariando a voz que por dentro lhe dizia ser má ideia empreender tal aventura, Cornélio aparentava sorrir, no esquecimento desafiador dos primeiros mártires. Como era boa a vida! — pensou para consigo. E ele que vinha de uma semana perdida! Quem sabe não fora por boa razão?! Quem sabe não estaria para si guardado ainda o melhor da vida; uma existência pacata, apartado do mundo e suas inconveniências, ali, ao lado dela, por não carecer de mais nada, para sempre e em paz?! Quem sabe o matador não fosse além de um instrumento de Deus para levá-lo de volta à seta do destino que lhe traçara e do qual, por covardia, procurara fugir? Que outro sentido poderia haver em todas as coincidências que o levavam, encaminhado, para o lugar de onde nunca deveria ter saído? Quem sabe não seria aquele o destino captado por Manuela Canti? *Morrerás de velho, na tua cama, ao lado da tua mulher, durante o sono e sem dar por nada.* Afinal, como lhe dissera o velho Sérgio à hora da despedida: *sempre há verdade nos oráculos, assim um homem saiba ouvir!* E só agora parecia lhe ouvir as palavras com atenção. Nenhuma delas sobre os filhos! Nenhuma delas sobre o homem que o queria matar! Apenas vir ele a morrer de velho, na sua cama, ao lado da sua mulher, durante o sono e sem dar por nada. E quem era, no fim das contas, a sua mulher? De uma coisa tinha a certeza: tivesse ele sete vidas, e uma, inteira, seria dela desde o berço até à morte.

Na memória, as imagens de outro tempo floriam feito grãos de milho ao fogo. Não sabia se todas verdadeiras, que a distância e a fantasia podem mais que a realidade, mas o sentimento, esse, estava lá todo, e ele, feliz. Talvez, pelo contraste com os últimos dias, se sentisse mais do que na verdade estava. Não importava. Estava feliz. Feliz e nervoso. De forma espaçada, a voz da razão tentava demovê-lo: que lhe prometera casamento e a deixara sem uma palavra, uma carta, uma explicação; que ninguém espera em vão tanto tempo; que o mais certo seria um marido, uma ranchada de filhos; que doze anos mudam muito uma pessoa, em especial uma mulher em idade de parir... Inútil. Tinha de vê-la. Se fosse por mais nada, seria por isso. Só isso poderia lhe mudar a crença no sentimento constrangido por todos aqueles anos. E Cornélio era um crente; um convicto; um escravo fiel dos impulsos do coração. Algo, no seu íntimo, dizia-lhe ser uma vida nova que ali lhe começava. Quem pode explicar as coisas que uma alma carente sente em horas de desespero?! E nisto se enredava, mais e mais, a cada giro que a roda dava. Havia uma légua andada e mais meia por andar. Do dia já pouco restava. No horizonte, as cores adormeciam, calmamente, uma a uma.

Embalado pelo balanço da charrete, pelo cheiro inquebrantável daquela terra excessiva, pela mornidão da hora decadente, pela placidez do mundo em tons de outono e primavera, Cornélio Santos Dias de Pentecostes fechou os olhos e se deixou levar, sonho a dentro, ao som daquele freteiro que conhecia, na perfeição, a língua dos pássaros. Tão desinibido, o aroma do mato; tão de outro tempo! Era como se tudo tivesse cristalizado por ali; como se ele próprio estivesse, de um pesadelo, a descongelar aos poucos. Tinha a certeza de poder dar com a casa, tal qual se achava, de olhos fechados. De quando em quando a voz lhe dizia: — Volta para trás, Cornélio! Não estragues com a realidade tudo quanto a fantasia te pintou na memória! Mas, porque nunca a razão pôde contra a carência, foi ignorando a voz, como quem aos desabafos de uma tia velha, sabedor da sua incapacidade em não ir; em dar ao freteiro ordem de regresso. Fora o medo que o fizera partir havia doze anos. Era o medo, agora, a trazê-lo de volta; o destino a tornar ao lugar na mudança do compasso! Como poderia ele duvidar, virar costas, por mais que vacilasse ou temesse? O astro era um velho impotente tentando manter, sem sucesso, o brilho de outrora. Pouco faltava para as sete quando a charrete parou. À direita do caminho, um portão de madeira era quando se via entre a vegetação.

— Chegamos — declarou o freteiro na língua dos homens.

Cornélio sentiu o estômago pesar, a carne ceder. Hesitou, levantou-se, pegou na mala, pagou, desceu… Doze anos depois de ter partido com a promessa de voltar, Cornélio Santos Dias de Pentecostes, estava de volta a Caribello, à porta da vida de Rosa Cabrera.

XXII

Cornélio chegou a Monte-Goya na precisa tarde em que o coração do Presidente Carlos Ménes de la Barca bateu pela última vez. Não havia sino em toda a capital que não dobrasse pelo Eterno, como lhe chamavam, em entoações diferentes, apoiantes e inimigos. Sétimo Presidente da República Independente de São Gabriel dos Trópicos, Carlos Ménes de la Barca chegou ao poder por um golpe militar, um conflito armado que ficou conhecido como a Guerra dos Coronéis, o qual, embora breve, deixou no país um rastro de sangue maior do que as duas guerras da independência. Por vinte e quatro anos governou o país com mão de ferro, a despeito das várias tentativas de assassinato, todas atribuídas a Raymundo Jose Torres de Navarra, mesmo quando este se achava já encarcerado e condenado à morte. Apesar do luto na maioria dos rostos, ouviam-se estalar de foguetes ao longe, na periferia da cidade. Para Cornélio, a quem a política e a guerra tinham passado quase despercebidas nos dez anos levados ao lado de Niã Côco, era um dia normal. Nunca se inteirara e tampouco o velho Sérgio lhe falava sobre isso, dizendo-lhe sempre, no concernente a assuntos melindrosos:

— *Quanto menos soubermos, menos espremerão de nós.*

E Cornélio acatava, cumprindo as missões por este destinadas, vivendo feliz, dormindo em boas camas a maior parte do tempo, quase sempre em agradável companhia. Naquela altura da vida, perdera a conta do número de mulheres às quais havia mentido com os bateres mais sinceros do seu coração. Era o caso de Mercedes Ruan, a quem procurara mal chegara à capital, muito antes de Niã Côco, por uma aflição que trazia no corpo e não podia esperar mais. Já que era sábado, não foi encontrá-la em casa, mas na escadaria do Ministério onde atuava como secretaria doze horas por dia, convocada que estava para as cerimônias fúnebres desde a primeira hora e pelos três dias que o serviço haveria de durar.

— Vai ter de ficar para a próxima, meu pinguinho de mel! — derreteu-se num lamento a mais desengonçada secretária do Ministério, cujos óculos e cabelo ralo afastaram os poucos pretendentes toda a vida.

— Há pessoas que até mortas atrapalham! — tornou Cornélio, esquecendo-se de quem falava.

— Ai filho, não diga isso! Se te ouvem ainda pensam que é um rebelde!

Cornélio encolheu os ombros. Tivera a tarde estragada. E trocados dois beijos furtivos, foi-se dali chutando as pedras, que a contrariedade do corpo em alguma coisa teria de se desforrar.

— Se não quer problemas com mulheres, começa por nunca ter duas na mesma terra.

Sempre seguira os bons conselhos do velho Sérgio e agora... Numa cidade tão grande como era Monte-Goya, um par de mulheres se diluiria na multidão feito duas gotas de tinta no oceano. E não estaria agora assim, naquela secura, sem poço à vista! Se lhe perguntassem na véspera e diria, com toda a certeza, que a morte do Presidente não fazia qualquer diferença na sua vida e, no entanto, sentia ser o primeiro lesado com o seu falecimento.

— Há que ver sempre a parte boa das coisas más que nos acontecem! — sorria, todas as vezes que lhe dizia, dona Alécia Alcanar. Quem dera tê-la ali, naquele momento, nos seus tão sadios cinquenta; tão mulher e mãe... Assim, fazendo uso da frase, aproveitou o clima de excitação reinante e, ao invés de meter-se para casa, rumou à cidade baixa, no entusiasmo dos crentes cujo o instinto lhes diz haver, mesmo em momentos idênticos, olhos passeando pelas vitrines e carências por detrás deles. Vendeu um livro a um jovem que o vira abordar a noiva com a sua malinha das mentiras e foi tudo. Rendeu-se, por fim, a uma limonada fresca num quiosque da Praça de Armas, pois há dias sim e há dias não. Um grupo de quatro homens discutia o futuro da nação. Três garantiam a guerra, finalmente, acabar; o quarto, pelo contrário, justificava: agora sim, as coisas ficariam feias. Cornélio pensou e concluiu que, para ele, tanto daria. Continuaria a levar livros de um lado para o outro; a tragar esferas de ouro a goles de vinho aveludado; a recolhê-las, dias depois, na indiferença que o hábito imprime à desagradável parte que todo o trabalho comporta; a visitar as amigas e as amantes sob a égide de Dom Quixote, de Lemuel Gulliver, de Robinson Crusoé... Enfim, aquilo que a morte do presidente Carlos Ménes de la Barca tinha para o prejudicar, fizera-o naquela tarde. Dez anos depois de ter chegado a Monte-Goya na companhia do tio, Cornélio parecia o mesmo garoto ingênuo, não obstante o quanto lhe fora dado

viver. Naquele dia, sem algo em si o compreender, o mundo no qual vivia tinha começado a se desmoronar.

Era já tarde finda quando entrou em casa e encontrou Sérgio de Niã Côco de bruços no chão do quarto, com uma garrafa de aguardente vazada ao lado e outra em cacos a poucos metros de si. Por momentos pensou ter morrido. Virou-o; chamou por ele... Respirava. Não havia um objeto inteiro dentro daquelas quatro paredes, como se uma quadrilha de assaltantes, um vendaval, o Diabo em fúria houvesse passado por ali. Uma marca vermelha lhe circundava o pescoço. A camisa aberta e, do medalhão, só o ninho cabeludo onde sempre estava. Uma rodela de madeira, tosca, trabalhada à navalha. Que valor poderia ter tal coisa a ponto de levarem? Não parecia um assalto. O único sinal de sangue estava nos nós dos seus dedos. À parte isso, nenhuma marca de agressão. Levou-o para a cama, deitou-o no colchão esfrangalhado, descalçou-o, ouviu-o murmurar qualquer coisa imperceptível, cobriu-o e ficou ali, ao lado do leito, ouvindo os foguetes distantes, à espera de um milagre o ressuscitar.

Na manhã seguinte, quando abriu os olhos, Niã Côco já tinha saído. Correu a cidade à sua procura e foi encontrá-lo no porto de olhos mortos postos no outro lado do mundo.

— O senhor está bem? Procurei-o por todo o lado! Ontem estava num estado que nem se mexia... O que foi que aconteceu? — perguntou, por fim, ele que nunca perguntava nada.

Niã Côco puxou fogo ao cachimbo, levou a garrafa à boca, prolongou o silêncio por uma enormidade de tempo, antes de dizer, com a voz mais grave que alguma vez lhe ouvira:

— Acabou, Coralino. Acabou.

Cornélio não compreendeu a que se referia. O olhar vazio lançado ao vago e o estado da véspera não explicavam os estados daquela alma. Lembrou-se da conversa ouvida ao grupo de homens na tarde anterior. Arriscou:

— A guerra?

— A vida, Coralino. A vida.

Que diabo se passara na sua ausência? Que fato o perturbara a ponto de o deixar naquele estado? Teria algo que ver com a morte do Presidente? A voz do quarto homem sobrepondo-se à dos outros três:

— *Agora é que as coisas se vão pôr feias!*

Seria isso? E o que quereria tal dizer? Durante dez anos, Cornélio não conheceu do seu trabalho senão a aparência do mesmo. Eram tempos conturbados e a descrição, tal como o velho Sérgio o fizera compreender desde o início, valia ouro, pois o menor descuido significaria prisão, tortura e morte. Daí todo o silêncio ser pouco, assim fosse para perguntar ou responder. Compreendia ser o comércio dos livros uma fachada para o negócio do ouro, mas, por nem uma coisa nem outra serem produtos de contrabando, achou sempre se tratar de uma forma de ganhar a vida evitando tributações e mal-entendidos, mas jamais de ilicitudes graves. Tempos extraordinários exigiam medidas engenhosas para quem tinha negócios singelos, como parecia ser o caso de Niã Côco, visto fazer vida modesta e habitar em casa alugada na zona humilde da cidade, onde o edifício mais distinto era o abandonado convento dos Beneditinos do qual era vizinho. Sempre confiara nele, e a vida sempre correra bem. Mas agora, de repente, parecia se encher de dúvidas. E porque fizera a primeira pergunta, tentou arranjar respostas pelas sutis veredas dos rodeios, indagando pelo trabalho que lhe estava destinado e quais os planos para a viagem seguinte.

— Sabe, Coralino? — devolveu Niã Côco. — Os homens são sempre infantis. Julgam-se heróis, imortais... mas quando a noite aperta, correm para casa, para o aconchego das mães, das mulheres que, sabendo-os imaturos, recolhem-nos e perdoam. É com essa esperança que eu vou voltar para a minha.

— Não sabia que era casado! — tornou Cornélio, surpreendido pela revelação, não menos que pela abordagem.

— Desde o princípio dos tempos, Coralino. Desde o princípio dos tempos.

Cornélio não achou o que dizer. Só nessa altura reparou não trazer Niã Côco a pala no olho sem a qual jamais saía à rua. O pensamento já se lhe inclinava para as conjecturas, quando a voz do velho Sérgio lhe disse, sem tirar os olhos do rio feito mar:

— Volta para a tua terra, Coralino. Aproveita que estás inocente; que não te maculei com a desventura do ódio, e volta para a tua família.

A sua família era ele. Nunca lhe dissera. Pensava nisso pela primeira vez. E sem compreender quanto dizia, nem se alguma coisa lhe competia fazer, sentou-se ao seu lado, no silêncio inocente dos fiéis. Passou uma hora, e da boca de Niã Côco nada além do fumo inglório do seu cachimbo. Terminada a garrafa, o velho Sérgio a atirou ao rio.

— Vai comprar outra daquelas.

Cornélio foi e retornou no meio da tarde. Não fez perguntas e aguentou ali, até Niã Côco adormecer no seu ombro, no quebranto pesado das almas derrotadas. O que teria se passado? — era tudo quanto em seu espírito matutava. Sempre tivera acessos de melancolia; horas em que pegava no seu cachimbo, numa garrafa de aguardente, e ia se sentar sozinho, a contemplar o vago, em silêncio, por horas... Mas não assim. Quando o sol se derreteu a poente, Cornélio o levantou e, apoiando-o em si, levou-o para casa feito a um ancião, sem vontades nem protestos. Naquela noite dormiu junto à porta do quarto. Não teria carecido. Quando acordou, Sérgio de Niã Côco tiritava de febre. Desesperado, correu a chamar um médico, mas o doutor não soube lhe dar outra resposta além de uma febre cerebral. Não havia muito a fazer: mantê-lo hidratado e tentar lhe baixar a temperatura. A febre se manteve no passar dos dias. Dias longos nos quais Sérgio de Niã Côco pouco disse. Jazia como morto sobre a cama destruída e de noite murmurava coisas imperceptíveis. Cornélio tentava a todo custo fazê-lo comer. A única coisa que aceitava nos lábios era água e o cachimbo. Toda a comida que o rapaz lhe trazia ficava onde este a deixava.

— Não pode viver sem comer! — atirou-lhe Cornélio ao segundo dia.

— E comendo também não — foi a resposta sem ânimo de Niã Côco.

Pelas cinco da tarde, quando todos os sinos da cidade dobraram pelas duas horas da missa, cortejo e enterro do Presidente de la Barca, Niã Côco andou pela casa como um prisioneiro por sua cela. Sentia em cada badalada uma facada no corpo. Até quando malhariam naqueles malditos chocalhos?! E quando uma salva de tiros encheu os ares da cidade, não aguentou mais, gritando:

— Maldito! Maldito! Maldito!

Nessa noite a febre se agravou. Teve sonhos agitados, acordou encharcado em suores e gritos:

— Maldito! Maldito! Maldito!

A quem se referiria ele? Numa tentativa de dar um jeito ao que sobrara da casa, Cornélio encontrou, quebrado em dois, o medalhão de madeira com o fio de cabedal preso por uma ponta. Juntou os pedaços, sentindo o peso daquela relíquia que a curiosidade lhe venerara por anos. De um lado, as consoantes CMB; do outro, gravado fundo, as sete letras que a espaços vinha gritando. Carlos Ménes de la Barca?! Seria ele o "maldito" a quem Niã Côco se referia em seus gritos de sanha? E, a sê-lo, por que o seria? Qual a razão de lhe carregar ao peito as consoantes do nome por tantos anos? Que história teria, algum dia, entre os dois? De um momento para o outro, Cornélio era um viveiro a germinar de interrogações.

— Leva-me a São Floriano, Coralino! — disse a meio da quarta noite, o velho Sérgio.

Cornélio acordou estremunhado.

— Leva-me a São Floriano, Coralino!

— Está melhor?

Niã Côco ardia em febre. Cornélio se sentia perdido.

— Leva-me a São Floriano, Coralino! — era tudo quanto Sérgio de Niã Côco dizia.

Cornélio ainda tentou acalmá-lo; dizer-lhe não estar em condições para viajar; que àquela hora não havia quem os levasse a lado nenhum... Mas a aflição de Niã Côco era tal, seus rogos lacrimados tão profundos, que Cornélio pegou nas três esferas de ouro recuperadas e correu ao Bairro das Estacas à procura de alguém disposto a subir o Cay àquela hora da noite. Achou a praia deserta. Bateu toda cabana de pescador que divisou. Andavam todos para o mar alto. Por milagre encontrou um velho saudoso de aventuras que se dispôs, por duas esferas, a levá-los até às portas de São Floriano. Desde a mudança da moeda que o dinheiro novo era recebido com desconfiança. Em especial dinheiro parco. Tampouco Cornélio tinha o bastante para cobrir o frete pedido, e ouro... Ouro é ouro!

— Se o vento estiver de feição, em quatro dias chegamos lá — declarou o velho num sorrir de dentes pobres.

Sérgio de Niã Côco dormiu madrugada adentro e toda a manhã que se seguiu. À passagem por Forte Ventura, Cornélio desceu para comprar mantimentos para a viagem e trouxe consigo a notícia de o General Salvador Lemos ter sido investido Presidente naquela manhã. Braço direito do falecido, Salvador Lemos era a sucessão natural, mas, agora que se materializara, parecia instalado um desconforto de bastardo ante a coroação do primogênito. Tinha fama de ser um homem impiedoso. Muito mais do que de la Barca. Foram dele as medidas mais brutais naquela década de conflito e sua a ideia, e cirúrgica execução, da mudança da moeda, que dera o primeiro grande abalo nas pretensões dos rebeldes. Certo era que ninguém conseguiria prever os dias que viriam, porém mais certo ainda era não augurar aquela notícia bons tempos.

Deitado numa colchão improvisado, à sombra da vela, Sérgio de Niã Côco se mantinha indiferente à notícia. O ar fresco do rio, o embalo das águas, a simples sensação de mudança no nada pareciam ter amainado um pouco a febre. Mas era tudo. Agarrado ao remo da popa o velho manobrava o barco do seu orgulho. No coração uma força que não sentia havia mais de trinta anos e no pensamento a distância leda dos dias em que a juventude lhe prometia tudo na voz melodiosa das amantes falsas. As fogueiras nas margens, os lugarejos remotos, a Lua refletindo nas águas eram anjos lhe guiando a loucura daquela empreitada. Duas esferas de ouro! Quando na vida voltaria ele a ganhar duas esferas de ouro?

Na manhã do dia seguinte a febre tinha cedido. Niã Côco aceitou comer umas acerolas maduras que Cornélio lhe estendeu, dando-lhe esperanças de melhoras.

— Como se sente?

— Estou bem, Coralino.

Cornélio sorriu. Parecia, de fato, um pouco melhor. Aproveitou o ensejo para lhe saber mais sobre as intenções, dizendo ter pensado na hipótese de irem para Santa Cruz dos Mártires

— Tem bons ares; é sossegado...

e, depois de restabelecido, logo decidiria o que fazer: ou voltar à vida de sempre ou, se quisesse, montarem um pequeno negócio por lá.

— Trouxe o ouro todo comigo — sorriu Cornélio num segredo.

Depois de ele fazer em São Floriano o que tinha para fazer, apanhariam um vapor para o norte. Niã Côco o olhou tão profundamente nos olhos que o rapaz julgou ter pisado em falso.

— Se eu chegar vivo a São Floriano, Coralino, morrerei feliz.

Cornélio sentiu medo. E por um pressentimento de urgência, perguntou tudo quanto noutro tempo não teria coragem. Niã Côco, enchendo o cachimbo, tornou-lhe apenas:

— Mantém-te inocente, Coralino. Há coisas que não servem senão para encher o coração de pedras. Guarda esse ouro para ti. Não é muito, mas é tudo quanto tenho para te deixar.

— Fala como se fosse morrer! — entoou Cornélio, num espantar corvos do mastro.

Niã Côco lhe colocou a mão velha sobre o joelho, desviando os olhos para a corrente. Cornélio lhe esperou as palavras em vão. Tampouco achou o que dizer. Uma frase, qualquer que fosse, teria custado menos a suportar. Mas o silêncio do velho Sérgio, aquele gesto, feito uma sentença absoluta, pesaram-lhe no coração o dia todo. Ao alaranjar da tarde, o barqueiro lhe perguntou:

— Sabes manobrar um barco?

Cornélio não sabia.

— Então vamos ter de encostar umas horas para eu dormir.

Numa aldeia ribeirinha o velho pediu a uns pescadores para fazer uso de uma das suas estacas por umas horas, e ali ficaram até ao cantar das primeiras aves. Os roncos do velho enchiam a noite. Niã Côco não se ouvia. Por certo não dormia. No silêncio sobrante, Cornélio sentiu, pela segunda vez na vida, a aragem gelada do desamparo lhe entrar nos ossos. Perguntas pegando em perguntas e nada além de um véu de noite cobrindo tudo. Solidão e medo. O que haveria na vida de mais aflitivo que solidão e medo?

Partiram em tons de sépia. A gritaria dos pássaros sobre o rio era ensurdecedora àquela hora da madrugada, e os vapores, feito fantasmas emergindo dos elementos, dissipavam-se com a distância como tudo quanto é vago. Navegavam, cada um na sua solidão, num ganhar de tons e de mundo aos poucos! Poucas paisagens enchem tanto o coração quanto o nascer do dia sobre o rio. No meio da manhã, um cheiro a fumo lhes despertou os sentidos. Devia ser grande a queimada para cheirar daquele modo. Lá pelas nove, quando aportaram em Calamarga para Cornélio comprar mantimentos e encher os cantis, receberam a notícia de estar o país a arder um pouco por todo o lado. Ninguém sabia dizer com exatidão o que estava a acontecer. E se vozes defendiam ser o último golpe da guerrilha, outras alegavam ser a primeira medida do Presidente Salvador Lemos. Os relatos contradiziam-se. Só a preocupação era concordante. O cheiro da mata queimada acompanhou-os ao longo do dia. Não havia povoação por onde passassem na qual o assunto fosse outro, e era claro o temor nos olhos de toda a gente. A apreensão crescia em Cornélio e no barqueiro, ao aproximar da noite. Apenas Niã Côco parecia indiferente a tudo. Fumava, olhos postos no horizonte que se afastava. Diria estar melhor, Cornélio. Mas algo não rimava. Era como se se despedisse de tudo o que ficava para trás; como se olhasse para o mundo pela última vez. Numa tentativa de o distrair, Cornélio perguntou:

— O que acha que está acontecendo?

Sem tirar os olhos do leito navegado, Niã Côco lhe respondeu com um encolher de ombros desinteressado e indolente.

À passagem por Mataúra, na manhã do quarto dia, Niã Côco disse, como por desabafo:

— Foi ali que Deus me traiu pela segunda vez.

Cornélio temeu de novo ser a febre. Não era. E por não saber que coisa dizer, perguntou:

— Quer comer alguma coisa?

Nada. Niã Côco não queria nada. De olhos fixos na pequena cidade de Mataúra, recordou a tarde em que Carlos Ménes de la Barca caiu de bruços diante dos seus olhos e, por um segundo de glória (todo o propósito da sua vida se somava a esse segundo de glória), viu-o morto a seus pés, antes da multidão amarrá-lo, espancá-lo, entregá-lo sem consciência aos homens da guarda que o levaram para o Forte de São Lourenço a fim de pagar a pena que "tanto lhe dava", pois estava cumprida a sua missão sobre a terra. Mas a vida que, não fazendo planos, parece tê-los de sobra para os planos de cada um, não demorou a lhe revelar o quão diferente era a realidade do parecer. E tal como quando descobriu não ter nem a bala nem o veneno podido contra a sorte de la Barca, toda a raiva lhe voltou em jorros e gritos:

— Maldito! Maldito! Maldito! — esmurrando o casco do barco.

Cornélio e o velho se entreolharam. Havia nele algo de desumanidade que os abalou. Niã Côco apertou a cabeça entre as mãos e se recolheu, bicho condenado, ao covil de si mesmo. O silêncio sobrado dos seus gritos fez-se grande, pesado, desconfortável. Cornélio quis lhe chegar. Não arranjou como e deixou-se, também ele, no seu canto a ver o sol matizar as águas por entre as nuvens de fumo que ao largo farrapavam o horizonte.

Já a manhã se finava quando, ao se cruzarem com uma balsa, souberam do confirmado: desde a madrugada do dia anterior que o país ardia sob as ordens do novo presidente. Uma semana depois da morte do seu antecessor, o general Salvador Lemos passava ao ataque. Sabia ter de agir rápido, sob pena de a guerrilha aproveitar aquele momento de fragilidade; e também que as medidas brutais devem ser tomadas quanto antes, quando nem o povo nem os inimigos sabem ainda com o que contar. Assim, às três em ponto da madrugada, num ataque coordenado, todas as unidades posicionadas em torno das áreas de conflito receberam ordem de atear fogo à floresta onde os focos da guerrilha se aquartelavam. O recado de Salvador Lemos não podia ser mais contundente.

— Valha-nos Deus! — exclamou o velho do barco ante a notícia recebida. — E como é que estão as coisas lá para cima? — perguntou ao balseiro, apontando para norte.

— Até onde sei, o rio está livre. Mas se o vento pega no fogo...

O velho benzeu-se. Pensou dar o frete por acabado, voltar para trás. Com floresta de um lado e do outro, se o fogo se alastrasse nem as almas lhes sobrariam. Também Cornélio se abalou com a narrativa e o intenso cheiro a fumo que o vento trazia. Só o velho Sérgio não revelou o menor sinal de hesitação. E sem ter aberto a boca, foi a sua vontade que prevaleceu, seguindo a viagem.

Durante três semanas e meia arderiam fogos por todo o país e com eles sementeiras, pequenas povoações e mais de sessenta por cento da guerrilha. Se a mudança da moeda provocara um abalo terrível nas forças rebeldes, os fogos acabariam sendo o golpe sem misericórdia de Salvador Lemos. E de tal modo que o próprio Cardeal, D. Miguel Rabagon, horrorizado com os testemunhos que lhe chegariam das populações afetadas, o abordaria, para ouvir:

— O fogo purifica tudo, senhor cardeal! Ou será que a Igreja renega tão sagrado método?

Salvador Lemos estava determinado a limpar o seu caminho de potenciais inimigos e passar a mensagem aos seus opositores de que fora concebido num ventre de bronze a golpes de pólvora. Não houvera nem haveria de haver em toda a história do país ditador tão sanguinário quanto ele. Findos os fogos, viriam as promessas de indulto para quem livremente se entregasse, juntamente com as armas em sua posse, e o fuzilamento em massa de quantos viriam a acreditá-lo. Depois os títulos do tesouro (nada além de papel timbrado) para quem entregasse o paradeiro de algum rebelde a monte. No espaço de meio ano, a guerrilha armada haveria de ficar reduzida a nada. Os poucos guerrilheiros que escapariam da expurgação se perderiam pelo país, assombrados pelas delações premiadas. Sem melhor alternativa, muitos optariam por matar por dinheiro para quem lhes pagasse mais. Mas o flagelo daí resultante seria preocupação de menor monta para o General Salvador Lemos. Por fim, anunciaria a captura e execução de Raymundo Jose Torres de Navarra; desacreditando-o com todo o tipo de notícias falsas, para que seu nome fosse esquecido e não houvesse, nos anais da história de São Gabriel dos Trópicos, mito maior do que ele mesmo: Xavier Lourenço Salvador de Santa Maria Vaz Lemos. Mas, porque os mitos não morrem assim, muitos anos depois ainda haveria quem garantisse que outras vozes lhes haviam garantido, de outras vozes às quais ouviram, tê-lo visto para Norte; para Sul, para Oriente e desoriente. Esses dias, porém, vinham longe daqueles iniciais de mudança em que tudo estava ainda por escrever.

A passagem por Mataúra deixara o espírito de Niã Côco agitado. Frustração e raiva eram tudo em si. Como fora possível ter passado a vida toda num delírio? Como fora possível ter nascido para nada?! Como era possível ser Deus tão complacente com os pérfidos; tão cruel com os justos?! Como foi que a vida lhe escapara assim das mãos? É mentira o dito: quem espera sempre alcança! É mentira o dito: quem porfia mata caça! São mentira todos os ditos; todas as sentenças morais sobre a vida e a sua justiça. É mentira Deus! É mentira a própria vida! Mentira tudo, exceto a frustração e a morte, que outra coisa não é isto de andar por aqui senão frustração e morte. Como falhara tudo? Como, tão perto já; tão à distância de quase nada? Duas galerias! Duas galerias apenas, era quanto faltava para cumprir o destino que lhe julgava estar reservado. Como não percebera ele os sinais do acaso que governam tudo? Mas como poderia ele ter duvidado estar o destino por si? Ele, a quem a sina fora lida nas margens do Jordão; ele, a quem fora garantido viver muitos anos e haver de arruinar o seu pior inimigo; ele, que não acreditou em nada e atravessou as arábias para morrer no deserto e não morreu; ele, que jogou contra mercenários no porto de Muscat durante quatro dias e quatro noites, ganhando tudo quanto havia para ganhar, escapando ileso de uma dança de facas; ele, que naufragou ao sul de Sumatra e nadou por dia e meio por não conseguir se afogar; ele, que atravessou as florestas de Java incólume e se entregou ao ópio por anos sem fim; ele, a quem a fortuna não acabaria jamais e dela não quis nem um centavo; ele, que tivera toda a sorte ao jogo, porque nenhuma ao amor e à vida; ele, a quem uma notícia fortuita fizera levantar da esteira da decadência, aceitar as palavras da profetiza da Galileia, atravessar meio mundo a tiritar pela febre do ópio, regressar, vinte anos depois, ao chão da pátria que lhe tirara tudo, percorrê-lo por um ano na cola de Carlos Ménes de la Barca, até lhe conhecer os gestos de cor, os movimentos de cor e de cor a posição das suas guardas, olear com veneno de rã cada uma das balas que lhe destinara, imiscuir-se na multidão que o aguardava, esperar o momento certo do usurpador subir ao palanque e ficar entre os dois homens que o guardavam, e aí mesmo disparar-lhe contra o coração a bala da sua vingança justa, que deixou meio país em cânticos de júbilo e outro meio em elegias plangentes. E mesmo depois da tortura; do confronto com a realidade do seu fracasso; das seiscentas e setenta e nove apresentações diante do pelotão de fuzilamento; dos treze anos de cárcere, como poderia ele ter duvidado estar o destino por si? Ele, que continuava vivo; ele, cujo nome se agigantara pela boca dos companheiros de cárcere cuja sorte permitira indulto ou fuga e se tornara um símbolo da resistência; ele, que seis meses depois da guerra eclodir, evadiu-se com mais oito companheiros da revolução, a qual, não sendo sua, aproveitou, por carecer de dinheiro e contatos para cumprir o plano que se lhe vinha arquitetando no espírito; ele, cuja fuga avigorou a luta e a esperança dos revoltosos, e a quem os grandes êxitos foram indevidamente atribuídos; ele, que mesmo na sombra do seu disfarce ia ouvindo, por onde passava, o seu nome de batismo como do salvador da pátria; ele, que, não obstante a incompreensão do fenômeno, cumpria a sua parte, traficando ouro para a dinamite e informação classificada, que os ratos do regime vendiam sem patriotismo nem pudor; ele, a quem saíra um rapazinho na rifa do jogo para o aliviar das viagens que lhe atrasavam os trabalhos de escavação; ele, que por uma década conseguiu, com a informação por si manipulada, levada pelo rapaz nos livros destinados, enganar a guerrilha e o regime em partes iguais, de modo a prolongar o conflito até o seu plano estar concluído, pois não podia permitir que depusessem o "maldito", que o prendessem, que o matassem; porque o seu sofrimento lhe pertencia; porque o seu castigo a si estava destinado. Ele, a quem, de repente, tudo parecia tão certo; tão conforme ao planeado. Como poderia ele ter duvidado estar o destino por si?! Como? E como, no fim de tudo, pudera Deus traí-lo tão vilmente? Maldito seja o despeitado Criador dos homens! Porque só Ele pode ser grande! Só Ele pode ser justo! Só Ele pode Se vingar à vontade das desfeitas que Lhe fazem! Como pudera ser tão inocente? Ele, que correra o mundo; que ouvira histórias de mil lugares, que lera de um tudo... Como nunca compreendera as verdadeiras palavras da profetiza da Galileia, tomando por verdade tudo pelo sagrado chão onde lhe foram proferidas e pelo desejo incontrolável de serem verdadeiras; que quem quer evidências, as acha?! Como pudera estar tão certo de não haver de morrer antes de cumprir a sua vingança, ele, que morrera muitos anos antes, em São Floriano numa tarde longínqua de outra vida?! Como pudera ser tão desafortunado, ele, cuja história daria um livro, e desapareceria sem deixar rasto, ficando apenas um nome, um mito, um nada sem proveito que em nada lhe correspondia e tanto lhe daria como não?! Como pudera ser tão cego a ponto de não ver ser ele, e não outro, o seu pior inimigo! Como? Como? Como?

— Tinha razão! Tinha razão! — repetia, referindo-se à mulher que lhe lera a sorte. — Tinha razão, Coralino, que sempre há verdade nos oráculos, assim um homem saiba ouvir! — Tinha razão! E eu, toldado pela raiva, não percebi nada! Nunca partas para uma guerra sem compreender bem as palavras dos oráculos, Coralino!

Cornélio fixava nele o olhar impotente. De que falava? Que lhe caberia a si dizer? As palavras de Niã Côco eram por vezes tão herméticas que só a mudez lhe saía. Os olhos brilhavam. Um brilho estranho. Parecia mais inquieto. A febre voltara. Seria delírio que o acometia? De repente, um silêncio como um véu de acaso onde só as aves do mundo e um quê de vento nas ramagens. O velho Sérgio olhava para algum lugar distante: o azul já não era azul; o verde já não era verde, e as cinzas que em certas partes caíam sobre o rio lembravam a neve pisada dos dias tristes, quando cruzara o Atlas, vinte e nove meses depois de regressar à metrópole, viúvo e sem capacidade de recomeçar, por melhor vontade da família e das pretendentes que em dois anos lhe foram tentando arranjar. Uma vez mais, todas as cores se desanimavam; todas as formas se esborratavam feito vidraças em manhã de chuva. A noite caía sobre o Cay. Em certos meandros do rio, os fogos da "purificação" faziam parecer dia claro. Um vento suão levantara-se, enchendo a popa. Que levasse para o norte as chamas, pedia o barqueiro no seu jeito tosco de pedir ao Céu. Onde se estaria ele a meter? A todo o instante o instinto lhe dizia para dar a ré à proa. Mas restos de uma juventude afoita e o fascínio que há nos homens pelo abismo e pela desgraça mantinham-no à bolina.

Havia uma hora que o velho Sérgio acalmara. Mas, à passagem por Ondonor, tornou-se agitado. Ardia de novo em febre. O estômago de Cornélio doía de tão contraído. Cobriu-o, colocou-lhe o lenço molhado sobre a fronte... Não sabia mais o que fazer. Deu-lhe a mão e se deixou a ouvi-lo, como tantas vezes nos anos passados juntos. Niã Côco falou então da mulher mais bela que algum dia olhos humanos contemplaram, mas nem uma palavra sobre ser filha da mais nobre família da colônia, com quem estava comprometido desde o nascimento, e que, apesar disso, amava com todas as fibras do seu corpo. Falou dos seus olhos negros, dos seus cabelos negros, da sua pele, tão branca, da sua boca perfeita, como nunca beijara igual, mas nem uma palavra sobre tê-la levado ao altar na catedral de Monte-Goya, onze dias antes de estalar a Segunda Guerra da Independência e ter de partir para o Norte a fim de conter os independentistas que em menos de duas semanas já levavam meio país de levada. Falou das plumérias amarelo-brancas da sua predileção; dos seus sonhos simples, mas nem uma palavra sobre vir encontrar a casa vazia e destruída, onde todos mortos, exceto ela, que faltava. Falou da meiguice de que era feita, da maciez dos seus dedos, da sua elegância ao piano, mas nem uma palavra sobre haver corrido o país em desespero a procurá-la para a encontrar oito meses depois na Cueva de las Murciélagas, em São Floriano, entregue às Damas do Ópio, olhos pálidos, balançando-se à beira da morte. Falou da sua voz delicada e das entoações melodiosas com que lhe lia romances nas tardes mornas passadas no jardim das suas felicidades, mas nem uma palavra sobre tê-la o então capitão Carlos Ménes de la Barca violado; raptado; prendido; viciado, abandonado ao sabê-la grávida e entregue às damas do ópio para que servisse — como as demais filhas dos nobres apanhadas na guerra –, aos apetites dos independentistas, sob a desculpa, para a consciência, de o fazerem por castigo e vingança contra a nobreza, da qual, não admitindo, tinham raiva e inveja. Falou da leveza do seu sorriso, dos seus passos, mas nem uma palavra sobre o peso morto do seu corpo nos seus braços. Disse chamar-se Laura Manael, mas nem uma palavra sobre chamar-se ele Raymundo

Jose Torres de Navarra, nascido nobre numa família de raízes ibéricas, a qual a Segunda Guerra da Independência delapidara até ao mogno dos soalhos. Falou das saudades que dela tinha, mas nem uma palavra sobre os seus dias de loucura; de não ter conseguido matar-se; de Isabel Maier Miranda ou Rafaella di Matera — companheira de Laura nos últimos meses de vida — ter conseguido metê-lo num barco a caminho da Europa e, com isso, ter salvado sua vida, mas condenado a viver em função daquela vingança impossível. Falou das mil mulheres que tentaram fazê-lo esquecê-la, mas nem uma palavra sobre os anos perdidos na metrópole entre álcool e jogo, recusando-se a viver ou dar rumo à vida, até o tio, que o recolhera e lhe geria a fortuna das minas africanas, estender-lhe o ultimato

— Ou se endireita, ou tem de deixar a minha casa!

e ele partir, na manhã seguinte, para nunca mais voltar; enfrentar o Norte de África e seus mil demônios; chegar à cidade santa, subir a Tiberíades e ser vaticinado o futuro dos dias, sem haver crido numa só palavra da sibila.

Sérgio de Niã Côco suava. Bebia com esforço do cantil que Cornélio lhe estendia. Lábios gretados, trêmulos; uma secura de lágrimas nos cantos dos olhos:

— Era a minha vida! Foi a minha vida toda! Oh, Laura! Laura! Perdoa-me por ter falhado! Perdoa-me! — e depois do esforço o cansaço e o silêncio.

Cornélio lhe pedia que descansasse. Mas Sérgio de Niã Côco precisava de falar. Era a última noite da sua vida e precisava de falar. Ele que durante tantos anos vivera em segredo e silêncio, precisava, naquela hora, de se esvaziar de todas as pedras que o arrastavam para o fundo, que o prenderam ao lodo do inferno gelado e úmido que foi a selva negra dos seus dias.

— E esse filho? Diz que é meu esse filho que carrega no ventre! Oh, não! Não diga, que não aguento mais ver-te morta em meus braços e a tua barriga... a tua barriga a parar aos poucos de se mexer, a morrer contigo! Laura! Laura! Laura! Maldito! E maldito seja, Deus vingativo, que me roubaste tudo; até a redenção do último instante! Para quê, então, uma vida tão grande? Não sou teu Jó! Não sou teu Jó, ouviste?! Não sou teu Jó! Não sou teu nada! Porco! Cão! És o Diabo que não admites ser! Porco! Cão! — gritava Sérgio de Niã Côco com o resto da vida.

As forças lhe falhavam depois de cada irrompimento. Cornélio procurava lhe baixar a febre com um lenço úmido. Mas era já da morte Sérgio de Niã Côco, ou, naquela hora, Raymundo Jose Torres de Navarra. Os momentos de reticências eram igualmente longos. Prostração e silêncio.

Até que de novo a fúria e as lágrimas e os gritos de frustração dolorosa e inacalmável; até que de novo uma criança, frágil, a soluçar no desespero esdrúxulo que só estas alcançam sem alguém lhes compreender as razões. O velho do barco olhava para eles, para o horizonte alaranjado. Sentia ser o barqueiro do inferno das histórias de ouvir contar. Cornélio procurava sem sucesso que Niã Côco repousasse; tentasse dormir por umas horas. Debalde. O velho Sérgio prosseguia:

— Também eu queria padecer desse mal, ser comido vivo pelo vício, estar perto de ti, fosse como fosse, dominado pelo mesmo amo, servo do mesmo deus, a única divindade capaz de existir em todos os estados: o ópio. Oh, Laura da minha vida! Laura da minha morte! Maldito seja eu e maldito, por toda a eternidade, o homem que te... Ai, Laura! Laura! E o fôlego a ir-se, cansado da vida, dificultado pelo fumo que o vento trazia e pesava.

— Eu queria ter morrido ali, naquele antro úmido e quente; naquele bule de chá, onde a vida era pastosa e os homens pequenos, da cor do mogno encerado... entre esteiras e ratos, e pés descalços às centenas! Dá-me a mão Coralino, não se afaste de mim você também! Tem cuidado com o coração. Por alguma coisa a natureza o fez dentro de uma gaiola de pau. Não o dês a mulher nenhuma! Por mais que os seus olhos brilhem, por mais que te doam todas as fibras do corpo ao pensá-la, não o dê, que o amor mata tanto quanto o ódio. Eu queria ter morrido ali, Coralino! Juntar-me a ela! Mas não morri, que os fantasmas não morrem! Ai, Laura! Quem dera ter morrido naquela cidade onde homens de todo o lado chegavam com seus tormentos e histórias de um mundo que não me dizia nada ou servia senão para sonhar contigo na solidão inane do ópio! Eu queria ter morrido ali, que já estava quase, e jamais ter comprado aquela lamparina, aquela maldita lamparina, e ter lido, no jornal que a embrulhava, a notícia de que o "maldito" tomara o poder! Eu teria morrido ali se não fosse o deus cruel dos homens a acenar-me com aquele pedaço de jornal onde a fotografia do "maldito"... Quem dera ter morrido nesse dia em que as palavras daquela mulher da Galileia me incitaram toda a noite a acreditar no destino; a aceitar a vingança; despertando em mim um resto de humanidade ou o cadáver de mil demônios adormecidos que me levantaram pelos ossos, meteram num barco, para cruzar dois oceanos só para ter o sabor da vingança nos lábios... e que não é doce, mas amargo como mil ópios! A vida é uma roleta de feira, Coralino! Nunca confie no que parece! Ai, Laura! Porque não morri eu nessa viagem de agonia entre a Baía de Batávia e o porto de Monte-Goya, eu que estava quase; eu que vivo apenas porque respirava?! Quem dera ter morrido ali, Laura da minha vida toda, sobre um entrançado de tábua, no chão úmido de mil vapores, onde corpos até aos ossos, sem olhos de tanta ausência, que a alienação do ópio não carece de olhos para nada! Ali, Laura, onde as mulheres se apiedam dos homens, que são crianças, e as crianças... nuas, magras, espantadas com o sem sentido da vida. Ali, no coração sombrio da decadência; nos braços etéreos do ópio; no último patamar do inferno, onde os raios de luz a medo e fumo, fumo, fumo...

Os olhos de Niã Côco se incendiavam, postos nas labaredas que lavravam ao largo.

— É o Inferno que se aproxima! O inferno onde hei de te encontrar, maldito, e te matar por todos os dias da eternidade!

Os fogos que ardiam naquela zona por onde agora passavam tornavam o cenário aterrador.

— Se não voltarmos para trás ainda morremos assados por aqui! — atirou o velho do barco.

Cornélio não sabia o que decidir. À mão direita a cidade de Caribello parecia dormir descansada.

— Para São Floriano, Coralino! Para São Floriano! — implorava Niã Côco.

O velho insistia não ser prudente.

— Se o vento vira, não teremos tempo para nada.

Cornélio tirou a última esfera de ouro do bolso, estendendo-a.

O barqueiro hesitou. Tinha o seu orgulho. Mas... a aceitou. Deu um jeito nas velas, agarrou-se ao leme, e guiado pela claridade dos fogos que ao largo aclaravam a noite, tornou:

— Seja o que Deus quiser!

A respiração de Niã Côco era incerta. Nem o cantil de água que Cornélio lhe ia dando ao engano aceitava. A cabeça no colo do rapaz pesava, sem forças, e os olhos, perdidos, olhavam, distantes para um passado delirante. Os piares aflitos da noite lhe ornavam ainda mais os devaneios da febre. Cornélio molhava o lenço nas águas do Cay, ajeitava-o na testa... Mas nada parecia já capaz de resgatá-lo do vale dos perdidos.

— Arde, maldito! Arde! Arde! — gritava Niã Côco de olhos fixos nos fogos ao fundo.

Tal como estes, a febre parecia incontrolável. Falava agora por enigmas ainda mais intrincados. Palavras soltas; frases curtas... Não tinha dúvidas, Cornélio, delirava.

— O túnel, Coralino! Já falta pouco. Temos de acabar o túnel!

Cornélio lhe segurava a mão, dizia que sim, sem noção, por piedade. A mão de Niã Côco apertava a sua com o restante das forças.

— E a dinamite! Não se esqueça da dinamite! Promete que não se esquece!

E Cornélio prometia, confuso, assustado, perdido. De repente, parecia ter rebentado a bolha do sonho na qual vivia imerso. Quem era aquele homem? Como fora possível passar dez anos ao seu lado e saber dele tão pouco? Que segredos escondia? Que histórias seriam aquelas que a febre lhe enunciava? Falaria da sua vida? Ensinara-lhe, ele mesmo, haver em todas as mentiras um fundo de verdade e uma centelha de razão em cada loucura. Compreendia ter sido Laura Manael a paixão da sua vida e lhe ter o presidente de la Barca feito algo grave, mas... Tudo o mais eram segredos grafados a limão na brancura incógnita que eram as páginas dos seus dias. A curiosidade crescia-lhe em razão direta à preocupação. Mas não era hora de lhe puxar pela inquietação. A seu tempo perguntaria. Naquele momento só queria que tudo passasse. Não o devia ter tirado de casa. A lonjura da viagem; o clima incerto dos dias, a umidade fria das noites e agora aquele cheiro a mata queimada abafando tudo. Mas para a frente ou para trás era já irrelevante. Que tanto quereria ele fazer em São Floriano? Ele, que sempre lhe pareceu querer evitar tudo quanto a tal cidade concernisse! Não deviam ter viajado! À medida que a noite se adensava, a perturbação de Niã Côco aumentava.

Na popa do barco, o velho dava ao remo, no silêncio dos supersticiosos. Também ele não ia para novo. Pensou nas três esferas de ouro. Não ganharia aquela soma num ano de fretes. Mas o dinheiro não é tudo! — repetia eventualmente o arrependimento. Eventualmente, também, a voz de Niã Côco:

— Fogo! — como quem desse uma ordem.

E porque da floresta chegavam clarões, nuvens de fumo, entenderam-no como ao constatar de evidências inflamado pelo destempero da febre e não por ver-se uma vez mais diante do pelotão de fuzilamento.

— Fogo! — pela raiva e frustração sentidas ao descobrir estar de la Barca vivo. — Fogo! — porque a felicidade de se achar vingado desfeita em cinzas e não restar mais nada senão aceitar a derrota e a morte. — Fogo! — pelos mais de mil homens tombados a seu lado; pelo cheiro a pólvora e a carne queimada pelo chumbo; pelo som surdo dos seus corpos caindo, desamparados, por terra, ainda com vida e já tão mortos. — Fogo! — num ordenar para que o matassem; a gritar, olhos vendados, mãos atadas, enrolado feito um bicho cego no chão poeirento do pátio: — Fogo! Fogo, covardes! — para o grupo de soldados que lhe virava costas, ele que fora Tenente: — Fogo!

— pois um oficial, não importa de que guerra, por mais que seja a sua pena, tem o direito a morrer quando ordena, diante de um pelotão de fuzilamento:

— Fogo!

E por isso:

— Fogo! — para os olhos do sargento Donbasso que o odiava e fervia, de todas as vezes que gritava

— Fogo!

ciente de que "aquele cabrão", uma vez mais não iria morrer.

Niã Côco tremia, suava, arfava, como quando o arrastavam sem ânimo para a sua cela, onde vomitava o fel que o corpo não conseguia conter, bicho-de-conta, a um canto, sem forças nem vontades, livre para sofrer por dias, semanas, o tempo que fosse, até ao fuzilamento seguinte, porque assim ditara do alto do seu poder eterno Carlos Ménes de la Barca, cujas costelas largas lhe contiveram a bala destinada, e a podridão do sangue fora mais forte que o veneno portado:

— Morra quando o coração lhe estourar! Quando as tripas lhe rebentarem de tanto medo!

E ele morria. Morria sempre um pouco de todas as vezes que um tiro de pólvora seca lhe era cuspido ao coração. E por pouco não enlouqueceu e estourou! Ele, a quem o hábito de sobreviver calejou a ânsia, oxigenando-lhe a esperança de todos aqueles tormentos não passarem da última privação antes do cumprimento da sua vingança, que aos poucos se lhe foi engendrando no espírito, palmo a palmo, na forma de um túnel; um túnel que abrira com a paciência dos eternos, como se o fosse e Carlos Ménes de la Barca também; um túnel que levara uma década a escavar à força dos seus braços; um túnel ao qual já faltava pouco e que todos os dias, todas as horas possíveis, cavara no secretismo silencioso dos bichos da terra, descansando nos finais de tarde, quando se perdia pelo porto e nos dias em que Coralino estava; um túnel que se estendia por dois quilômetros e meio em linha reta, desde o antigo Convento dos Beneditinos, abandonado ia para meio século, até ao subsolo do Palácio Presidencial, cuja guarda cerrada impedia de o atingirem por todos os lados, exceto por dois: ou por Deus, do alto do céu, ou por si, das entranhas da terra; um túnel cuja terra enchera, uma por uma, todas as celas do convento; a cozinha e metade do refeitório, até desaguar num delta de galerias, onde duas toneladas de dinamite, armazenadas, pouco a pouco, na capela do convento, haveriam de fazer a família inteira de Carlos Ménes de la Barca, que ali vivia apartada do buliço do conflito, ir pelos ares em dia e hora do "maldito" não estar. Mas Deus chegara primeiro e Raymundo Jose Torres de Navarra viu negado todo o esforço, toda a obstinação; ruírem todas as certezas de não haver o mundo de acabar antes de ele se vingar. Era castigo! Não podia ser senão castigo pela sua arrogância, pela sua soberba. Ele, que durante dez anos prolongou a guerra como pôde, arrastando para a morte milhares de homens para poder destruir apenas um; ele, que se servira de tanta gente para a sua luta pessoal; ele que planejara uma tragédia só para ver Carlos Ménes de la Barca chorar sobre os túmulos da mulher, dos cinco filhos, dos onze netos, até o coração se desfazer em cinzas, como o seu, cinquenta anos antes, no dia em que Laura Manael lhe falecera nos braços, alheia de si e do mundo. Era castigo! Não podia ser senão castigo...

— Maldito! — gritou com tal destempero que um alvoroço de aves se levantou de todos os lados.

Cornélio ficou pregado ao casco do barco. Uma palavra apenas definia-o naquele instante: medo. Também o velho do barco, que já vivera muito, estremeceu. Como poderia tal alma ainda parir tal brado?! A cada movimento do remo da popa o medo lhe galgava léguas nos ossos. A noite estava quente, por causa dos fogos, mas de algum lado, muito perto, um vento frio soprava a espaços partes diferentes de si.

— Perdoa-me, Laura! Perdoa-me não te ter protegido! Perdoa-me! — soluçava Niã Côco, com o olhar desamparado das crianças perdidas que são todas as almas à hora da extinção.

Tudo nele era febre. O peito, por tantos anos contido, arquejava, e os olhos não viam já senão noite, que a morte começara a lhe tecer teias nas órbitas e nos alvéolos do coração. Os soluços se encorpavam e a boca já não lhe alcançava mais nada além do nome que seu coração soltava de todas as vezes que batia, cada vez mais devagar:

— Laura... Laura... Laura...

— Mestre! Mestre! — chamava Cornélio. — Mestre! — abanando-o, olhos abertos para o nada, lábios descerrados, sem lentura nenhuma. — Mestre! Mestre!

Mas Sérgio de Niã Côco não era já deste mundo. Durante uma hora ainda respirou, porém, nem mais um verbo, gemidos vagos, apenas, até expirar, por fim, no colo daquele que, durante dez anos, fora o filho possível dos seus sonhos vãos. Dez anos depois de o ter ganhado ao jogo no porto de Monte-Goya, Sérgio de Niã Côco, ou Raymundo Jose Torres de Navarra, morria-lhe nos braços sem uma palavra de adeus.

XXIII

Cornélio amanheceu perdido no cais de Caribello. Não se lembrava de ali ter chegado. As imagens da última noite surgiam vagas, em retalhos. Não pregava olho desde a véspera do dia anterior, mas diria ter dormido mil anos, tão longe lhe parecia tudo. O movimento no cais começara havia muito, mas só naquele instante parecia dar pela existência do mundo. Doíam-lhe os olhos, o peito, a cabeça toda de chorar e conter. Quis levantar, mas se deixou ficar, de pálpebras postas no negrume das unhas, sob as quais o chão de "sabe Deus onde" lhe garantia ser verdade o pesadelo da noite passada. Estava morto e sepultado, Sérgio de Niã Côco, em algum lugar na mata entre São Floriano e Caribello. De uma assentada perdera tudo: um pai, um amigo, um mestre, uma vida, um nome pelo qual só ele o tratava e sentia seu como jamais sentira o por sua avó destinado. Que seria de si agora? Que rumo dar aos dias que não existiam sem ele? Como pode uma fortaleza desmoronar tão de repente e de uma vez?! Remexia com as unhas sujas na terra úmida da memória, e só fragmentos, pedaços de uma noite em cacos. Chorara por horas sobre o cadáver, até a luz de um dos tantos incêndios, que havia vários dias lavravam por todo o lado, permitir ao velho encostar à margem e carregar para terra os despojos ainda mornos daquele homem, os quais, soubesse pertencerem a Raymundo Jose Torres de Navarra, teria levado aos ombros até à capital a fim de o povo lhe fazer um funeral de Estado. Não sabia. Não poderia jamais contar aos netos ter transportado o mito da nação, ter-lhe aberto a cova aos pés, sepultado com as próprias mãos, e morreria com a má memória daquela noite, porque a diferença entre a glória e a vanglória é coisa vã. De cabeça entre as mãos e mãos entre as pernas, Cornélio chorava, desamparado, ao desmoronar do mundo. Um acesso de desespero e desvario o atirou sobre a cova para desenterrar Niã Côco. E foi o velho, com o restante das forças, quem o arrastou para o barco, em apelos à razão:

— Está morto, rapaz! Está com Deus! Não há nada a fazer!

Deitado no chão do barco Cornélio era um bicho sem consolo. Maldita a hora em que aceitara aquele serviço! — pensou o velho para consigo, a quem o dinheiro fazia falta, mas não tanto quanto a sensação de juventude e utilidade, razão maior pela qual aceitara a empreitada. E porque os soluços do rapaz o começavam a irritar, disse:

— A viagem de volta é outro tanto!

Cornélio, todavia, não tinha razões para regressar. Tirando a roupa e meia dúzia de objetos menores, nada de seu restava em Monte-Goya. Tampouco Niã Côco deixara para trás além de uns pertences sem monta e uma casa em frangalhos. Desconhecia-lhe posses ou família a quem deixar o nada sobejado. Portanto, quando o velho lhe disse

— *A viagem de volta é outro tanto!*

tornou que o deixasse onde lhe desse jeito. E este o abandonou ali, no porto de Caribello, à hora leitosa, nem dia nem noite. Mas tudo isso eram agora imagens vagas, espelhos quebrados refletindo incertezas.

— Sabe-me dizer a que horas costuma chegar o vapor que vem da capital? — perguntou, enfim, a um pescador que desemaranhava redes no molho a poucos metros de si.

— Não há navegação no rio — tornou o homem sem levantar os olhos do trabalho.

E como Cornélio não arredasse pé ou agradecesse o esclarecimento, explicou-lhe que, com o país em chamas, as companhias fluviais não se arriscavam a perder os barcos por uma chispa mal soprada.

— Nesta altura só as balsas ligam as margens ou arriscam viagens para além do próximo porto. Para onde é que o amigo queria ir?

Cornélio, que não queria ir para lado nenhum senão para o passado, disse, sem convicção:

— Para o Norte.

— Ui! Por estes dias só a cavalo. Até porque nesta altura do ano os barcos pequenos não atravessam o estreito.

Cornélio teve um gesto de resignação. No entanto, não tinha dinheiro consigo para pagar duas léguas de viagem. Gastara tudo nos mantimentos e, naquele momento, não lhe restavam senão uns trocados para um naco de pão e um caldo, se fome tivesse. Carregava ainda uma dezena e meia de esferas de ouro nas tripas, mas teria de esperar que a vontade lhe desse. Estava perdido e a cabeça não pensava direito. Precisava de um lugar onde descansar o corpo e recolher o montante da última viagem, o qual, agora, morto Sérgio de Niã Côco, pertencia-lhe por não saber a quem dá-lo. Perguntou:

— Por acaso o senhor não sabe onde posso pernoitar por um preço modesto?

— Se o moço não for esquisito, tenho um quartinho vago para alugar, a uma légua e meia daqui — disse-lhe uma voz sobre o ombro.

Era um homem entrado na idade, bigode de morsa, olhos de um verde contrastante com o tisnado da pele, a quem toda a gente se referia pela alcunha de Margaça. O pescador levantou a cabeça para Cornélio em jeito de "eu se fosse você não aceitaria". Mas Cornélio aceitou. O velho Margaça era um colaboracionista convicto; um homem que desde a primeira hora apoiara a rebelião que onze anos antes dera origem à Guerra Civil. Tinha fama de vingativo. Talvez por isso ninguém se atrevera, jamais, a denunciá-lo. Cornélio acomodou-se na carroça sem levantar os olhos para o horizonte, sem dizer uma palavra. Pouca gente naquela cidade se disporia a acolhê-lo na figura em que se apresentava. Só ele parecia não ter reparado ainda no estado da sua roupa. Margaça, esse, reparara de imediato. Fora, aliás, a aparência aquilo que lhe chamara a atenção. Afinal, quem trajaria fino e encardido de terra senão quem andasse fugido?! E quem, por aqueles dias, andaria fugido senão os "heróis da causa"? Seria um guerrilheiro disfarçado? Tinha traços finos, modos delicados. O mais certo seria ser um espião; um infiltrado. Era essa a aposta da sua intuição. Seguramente não lhe diria à primeira investida. Mas, porque tinha de começar por algum lado, perguntou:

— Então o amigo me diga: o que o traz por estas paragens do mundo?

Cornélio não se achava preparado para grandes desculpas. De modo que respondeu curto: estava de viagem, a caminho do Norte. Mas fora assaltado. De fato, não carregava nada consigo. Mas tal não bastava para o velho Margaça, desconfiado de nascença, crê-lo. Até porque já tinha na cabeça outra história em construção. Assim, na tentativa de lhe aliviar a preocupação que julgava tolhê-lo, tornou:

— Nos dias que correm não se pode confiar em ninguém. Mas não se preocupe. Eu sou dos resistentes.

Cornélio teve um gesto de cabeça, sem significado. O velho, que o não era assim tanto, tomou-lhe o silêncio por um passo de abertura e continuou:

— Tenho ajudado muita gente, sabe?! Faço tudo quanto posso pela "causa". Sei que os meus dias estão contados. Este facínora que lá está…

— referindo-se ao novo Presidente — ...é pior do que o que morreu. Ainda agora tomou o poder e já leva o país a saque. Mas a mim tanto me dá! Matem-me ou esfolem-me, não entrego o nome de nenhum companheiro de luta. Eu cá... — e foi discorrendo sobre a intrepidez do seu caráter; a convicção dos seus ideais; as aventuras nas quais se metera em nome da "pátria" e do "homem livre", seguro, feito um matador diante de um touro dominado, de não haver naquele animal contundido nenhum perigo para si. — A única coisa que me importa é deixar a minha filha bem casada. Agora o resto... Morrer, morremos todos! Ou não é?

Cornélio, que por cada frase perdera duas, acenou com a cabeça, em silêncio. Levava o pensamento alheio; o coração dividido entre a tristeza e o desespero de se achar, de repente, sozinho e sem rumo. Durante dez anos vivera próximo de Niã Côco, e tudo quanto conhecia do mundo fora por sua boca, por sua instrução, numa vida irreal, tal qual um personagem das histórias por si contadas para entreter os tempos mortos entre as viagens. À parte as mulheres, com as quais se ia envolvendo, as suas relações eram nulas, pois os lugares onde tinha de entregar ou recolher livros e esferas eram pontos de entrar e sair. Além de ser do seu particular interesse se manter tão discreto quanto a aparência exibida, afinal, em tempo de guerra, a menor suspeita bastaria para enfrentar, sem julgamento, um pelotão de fuzilamento. Para tal, sempre o alertara o velho Sérgio, que tudo fizera para o afastar da verdade purulenta do seu propósito, pois precisava dele tão inocente quanto no primeiro dia. E logrou-o. Dez anos depois, Cornélio era tão incógnito quanto no dia em que o ganhara ao jogo. Quem era ele na verdade? Qual das personagens por si interpretadas era real? Fora tanta gente e não era ninguém. Como se chamava no fim e ao cabo, ele que, durante uma década, respondera por todos os nomes exceto pelo seu? Assim, quando o rebelde Margaça lhe disse

— O moço ainda não me deu a honra da sua graça!

atirou o primeiro nome a vir-lhe à boca:

— Emílio. Emílio Tasso de Peia.

O velho gostou do nome. Tinha pompa. Algo lhe dizia ser o rapaz de boas famílias; um filho de senhor abastado cuja consciência elevada revoltara contra o berço, como tantas vezes acontecia entre os bem-nascidos aos quais a vida folgada permitia se darem ares de paladinos dos injustiçados.

— Muito gosto! — declarou, estendendo-lhe a mão e a graça pela qual ninguém o conhecia, rematando: — Um fiel servidor das causas justas!

E foram andando. Cornélio ouvindo pela metade quanto o ousado Margaça lhe dizia, e este falando, mais do que tudo, sobre a menina dos seus olhos, a filha tardia que, na opinião da mulher

— ...já de si fraca de miudezas...

a estragara por dentro pelos sete quilos com que viera ao mundo.

— A mãe sempre culpou a menina por não me poder dar mais filhos. Mas a culpa não é da pequena. Foi o leite de cabra. Era só o que não enjoava a mãe durante a gravidez. As mulheres são um bicho do diabo, amigo! Se há coisa que enjoa só de cheirar, é o leite de cabra. Mas àquela alminha, não! De modo que a pequena lhe engrandeceu no bucho e a fez pagar caro (e a mim também) os apetites. Ainda emprenhou umas poucas de vezes, mas nunca mais foi capaz de segurar nenhum. Não posso dizer que não tenho pena. Tenho! Mas já me acostumei à ideia de ser avô em vez de pai. E, verdade seja dita, apesar do feitio arisco que tem, é uma menina como não há outra. E não por ser minha filha. Não a trocaria por dez varões! Espero que seja boa parideira e me dê de netos o que não tive de filhos.

A cabeça de Cornélio era um charco de indiferença e demônios. A Imagem de Sérgio de Niã Côco sem vida, nos seus braços, não se apagava. O velho Margaça dava rédea à mula e à conversa, enaltecendo as qualidades da filha, à laia de um feirante deserto por se livrar de um asno manco: que nunca lhe faltaram pretendentes; que estivera uma vez às portas de noivar...

— Mas o pobre faleceu na guerra e... Enfim!

O silêncio de Cornélio fez com que se arrependesse no mesmo instante de ter nomeado outro, remendando:

— Na verdade não gostava do rapaz. Como aliás, nunca gostou de nenhum. Fosse eu homem de crenças e diria estar ela à espera daquele que Deus lhe destinou. Mas não sou de religiões. Nem de padrecas! E só entrarei numa igreja para a levar ao altar. O felizardo que casar com ela leva uma fortuna como não há outra.

Por mais de meia légua que ainda faltava andar até à sua propriedade, o pai da filha como não havia outra, por mais solteira que ainda estivesse, foi entremeando política com os dons da pequena, que pelo contar já o não era assim tanto. Mas Cornélio ia tão perdido, tão vazio de sentimento, que todas as palavras eram sons sem substancial sentido. E de tal modo, que entrou em casa da família de olhos murchos, baixos; cumprimentou a mulher e filha vagamente, respondeu por alto ao que lhe perguntaram, sem fixar ninguém; comeu e recolheu-se, não tendo encarado a menina uma única vez. Antes de se deitar deixou a roupa à porta do quarto, como o dono da casa lhe dissera para fazer

— Que a pequena lhe dá um jeito esta noite e amanhã já a pode voltar a vestir!

não sem antes o discernimento, ou um milagre, despertá-lo para o molho de cédulas falsas ocultas no forro do casaco. Impressionante como, entre tantos documentos, não havia um capaz de garantir ser ele quem era! Dormiu doze horas seguidas e acordou na manhã seguinte com a sensação de estar preso dentro de um sonho pegajoso, impossível de romper. Abriu a janela. Que lugar era aquele? Aos poucos foi descongelando. A imagem de Niã Côco falecendo em seus braços lhe trouxe as lágrimas aos olhos. Que sensação horrível aquela de "nunca mais"! Olhou-se ao espelho. Que cara! Que cabelo! A barba negra de cinco dias lhe conferia o aspecto de um bandido. Lavou-se, penteou-se com as mãos. Não tinha com que se escanhoar. Uma volta nas tripas o fez aninhar no vasinho de noite. Não evacuava desde que saíra de Monte-Goya. Não por falta de vontade, que a tivera, mas por carência de onde poder, depois do serviço feito, era garimpar as esferas engolidas à pressa antes de partir. Não tinha no quarto nada com que esquadrinhar o bacio. Em trajes menores saltou a janela, apanhou um galho e entregou-se à espurca tarefa que havia dez anos desempenhava sem mácula. Duas esferas, apenas. Sentiu-se constrangido ao olhar para o vasinho de noite todo... Enfim! O que pensaria quem o viesse recolher? Saltou de novo a janela e o limpou como pôde nas ervas secas do quintal sem ser notado. Durante o tempo que aquela tarefa durou, a dor da véspera adormeceu. Nada como um desespero para iludir outro. À porta do quarto, pendurada numa cadeira, a roupa lavada e engomada pareceu feliz de o ver.

— Terei todo o gosto em lhe emprestar a minha navalha! — declarou o velho Margaça ao lamento de Cornélio por se apresentar naquela figura. — Olhe que nunca a emprestei a ninguém, hein!

Cornélio agradeceu e se recolheu ao quarto. Meia hora depois parecia outro. Apenas o ânimo não melhorara com a limpeza do rosto. Depois de comer, estendeu ao dono da casa uma esfera de ouro:

— O senhor desculpe, mas não tenho outra forma de lhe pagar.

Os olhos estupefatos do hospedeiro brilharam. Não pela paga, que bem falta lhe fazia, em especial depois da mudança da moeda, mas por ter cada vez menos dúvidas estar ali o genro certo para os seus últimos anos de vida. Não conteve mais a curiosidade, perguntando:

— O amigo é dos nossos, não é?

Cornélio hesitou. Não sabia muito bem ao que o dono da casa se referia, embora desconfiasse aludir aos rebeldes. E porque sentia ser importante em ser, acenou com a cabeça, sem proferir um som. Soubesse o insurreto Margaça ter este passado uma década ao lado de Raymundo Jose Torres de Navarra, e cairia aos seus pés em beijos de devoção.

— Eu sabia! Este que aqui está — batendo no peito — nunca se engana!

E guardando a esfera de ouro no bolso, disse-lhe para se não ralar ele com mais nada. Fariam contas a seu tempo. Estava muito bem assim. Mais do que suficiente para uma semana de estada. Descansasse e recuperasse do mau bocado passado

— ...que tem a vida toda pela frente. Tem aqui um amigo. Para o que precisar.

Um amigo?! Poderia ele algum dia tornar a ter um amigo? Agradeceu, deixando-se ficar à mesa da varanda a ver o dono da casa talhar um cachimbo à navalha. Também isso lhe lembrou Niã Côco. Continuou cabisbaixo, nesse dia, no seguinte; calado; respondendo por monossílabos, pouco mais ativo do que inerte. O velho Margaça, por seu turno, ia o mirando de largo, no pouco que fazia. Descobria-lhe elegância nos pequenos gestos. Berço, naturalmente! — pensava. Também a filha parecia contemplá-lo com interesse; ela que jamais demonstrara o menor por hóspede algum. Nem pelos bonitos, nem pelos simpáticos... Talvez fosse a alergia ao descaso que nas mulheres assanha o sangue face à imagem da indiferença. As razões, não as descortinava ele. Tampouco lhe interessavam. Apostado estava, havia anos, em casá-la bem, tudo quanto contava era ser este o homem que o coração lhe dizia ser e se agradar ela dele, como lhe ia parecendo ser verdade. Andava feliz. Feliz como nunca a mulher se lembrava de ver. Só esta, cuja experiência ensinara a distinguir um homem bom de um homem mau, não dava mostras de apreço pelo novo hóspede. Cornélio, por sua parte, respirava ausente de tais considerações. Estava de luto e, naquele momento, Niã Côco ocupava as divisões todas do seu coração.

Ao terceiro dia tudo mudou. Rente às duas da tarde, Cornélio saiu para andar um pouco. Era a hora da sesta do indômito Margaça; a hora de paz da mulher, sua esposa; a hora de uma coisa e outra, talvez, da tardia filha de ambos. Afastou-se da casa por uma senda na mata e se deixou levar pelo trilho pisado até à beira de um canavial. O som de uma queda de água lhe chamou a atenção. Procurou espaço entre a vegetação, viu o caminho para onde a água mergulhava e, banhando-se nela, aquilo que em dez anos levados a contemplar mulheres jamais imaginou poder existir. Ficou parado, suspenso no nada, olhos fixos, lábios despregados... Que pele aquela que o sol pardava! Que cabelos pesados escorrendo negro pelas espaldas até ao nascer cheio das nádegas! Que peito inabalável, sem dúvidas, absoluto, perfeito! E tudo tão sem pudores nela se entregava à água bruta que lhe chapava o corpo. Levantava os braços revelando a natureza lauta em toda a amplidão, e dava voltas sobre si mesma aceitando tudo na coragem dos nascidos sem medo da vida ou da morte. O mundo era dela e ela toda era o mundo. Cornélio sentiu o coração se restaurar no peito, à laia de uma cobra largando a pele. Ali, diante daquela Sálmacis, o jovem de Pentecostes esqueceu Niã Côco pela primeira vez e ressuscitou, enfim, ao terceiro dia.

Quando regressou, depois da sesta, o velho Margaça estranhou-o. Continuava alheado, silencioso, mas diferente de algum modo. Jantou com mais apetite. Elogiou o assado de cabrito da mãe; o pudim de ovos da filha

— Uma delícia! Tudo.

sorrindo para ambas, tão semelhantes entre si, apesar da idade que as separava, desde os lenços descoloridos que lhes cobriam as cabeças, aos pés grossos, descalços, com que andavam pelo mundo. Que razões teria Deus para a umas dar tanto e a outras tão pouco? — sorriu para consigo, pensando na mulher daquela tarde.

Que se teria passado? — perguntava-se o dono da casa, falho de suspeitas. Morassem mulheres por ali perto e talvez dissesse ser fruto de um agradável encontro. Mas a vizinha mais próxima era a viúva de Fidélio Cabrera, um parente seu com o qual nunca se dera. Contudo, vivendo esta a mais de meia légua, não se lhe afigurou hipótese com substância. Podia ser impressão sua! — ainda concedeu. Mas o coração, como dissera ao jovem Emílio à chegada, nunca se enganava. Findo o jantar, Cornélio entregou nova esfera de ouro a Margaça, dizendo:

— Foi tudo quanto não me levaram. Porque as engoli a tempo.

E ante o riso do outro, perguntou se não conhecia na cidade quem a pudesse comprar por um preço justo. Queria mandar fazer umas roupas, pois não tinha senão aquelas vestes que trajava.

— Deixe comigo, amigo Emílio!

Adormeceu tarde nessa noite. A imagem daquele corpo não lhe saía da cabeça. Ainda pensara perguntar ao dono da casa quem era a vizinhança, se conhecia uma senhora, assim-assim... Mas o via tão empenhado em enaltecer as qualidades da filha que achou ser uma desfeita lhe perguntar por outra. Que lisura de pele! Que justeza de corpo! Cornélio fechou os olhos, tirou a roupa, desceu o caminho, entrou na água e, na escuridão do quarto, procurou-a no amor possível dos solitários. Passava das dez da manhã quando se levantou. Na varanda, o dono da casa estava de volta com dinheiro trocado e um alfaiate apalavrado para a manhã seguinte.

— Não que as mulheres não costurem bem — disse. — Mas um alfaiate é um alfaiate! E o senhor Abílio é homem de confiança. Não sei se me faço entender!

— Perfeitamente — sorriu Cornélio, guardando a venda do ouro no bolso.

O resto da manhã o passou a rachar lenha ao lado do velho Margaça. Achava-se com força. Queria sentir-se útil. Mas, mais do que tudo, queria que o tempo passasse e, para isso, nada melhor que o trabalho. O dono da casa se surpreendia com a mudança brusca no humor do rapaz. Nem parecia o mesmo ali chegado quatro dias antes, encardido, cabisbaixo, com ar de quem houvesse enterrado o pai com as próprias mãos. Findo o almoço, Cornélio saiu. Nem esperou se recolher o dono da casa à escuridão fresca do quarto. Ia excitado. Encontraria ela de novo? Procurou não se entusiasmar para a decepção não ser grande, mas foi na mesma, ao chegar e não ver senão o lugar onde desejava ela estivesse. Seria sorte a mais! Viria no dia seguinte. E no seguinte ao seguinte, ao seguinte, ao seguinte... até a ver de novo; até lhe chegar às falas; até, quem sabe... Sonhava Cornélio quando a figura da véspera lhe entrou pelo canto do olho, nua até à penúria, nas águas claras da lagoa. O coração lhe bateu tão forte que o estômago se queixou. Com o cabelo ainda seco, a pele se repuxando ao contato com a água fria, Cornélio a achou mais perfeita ainda que na véspera. Teve a tentação de tirar a roupa, entrar na água... Se tivesse ele a coragem que aparentava! Uma vez mais, deixou-se onde se encontrava. Que cheiros lhe emanariam da pele naquele instante, água pelos joelhos; senhora ainda de seus eflúvios todos? Um aroma doce chegou-lhe aos sentidos. Não lhe pertencia, tão longe se achava. Floral. Talvez de um par de amendoeiras tardias que por ali floria entre a brenha. Um casebre em ruínas, alguns metros abaixo, indicava em tempos ter ali vivido gente. E se o recuperasse; levasse-a para ali a viver consigo? Cornélio delirava, que as paixões repentinas sempre tiveram nele o efeito inebriante das destilações delicadas. A cascata lhe cobria já o corpo todo. Que inveja daquele mundo líquido, tão estúpido, que a velava com o mesmo sem entusiasmo com que cobria pedras e chão. Ah! Por mais que um homem ame a sua pátria, Cornélio não via outra razão na vida para morrer que por uma hora de glória nos braços de uma mulher assim. Sentou-se. Receava ser visto. O impulso de a procurar transbordava. Seria casada? Não cria. Que homem ciente de si e dos seus pertences permitiria tanta quentura à solta? Solteira também não, visto os pais, tão ou mais férreos que maridos ciumentos, guardarem a honra da família na honra velada das filhas. Viúva ou uma rara divorciada! Ou mulher de encontros breves; uma Balaena Carabonna desta vida. E essa última hipótese ainda o entusiasmou mais. De uma coisa tinha a certeza, com aquele corpo não seria uma mulher só.

Teria de a seguir, ver onde morava... Da próxima vez se esconderia lá em baixo. Onde guardaria ela a roupa? Quis lhe cheirar. Dançava, Cornélio, à beira do penhasco da loucura.

— A tua desgraça há de ser as mulheres! — dissera-lhe tantas vezes o velho Sérgio de Niã Côco.

Sempre o ouvira com graça; tal qual a um pai dizendo a um filho "não tens emenda" e não como coisa literal que na verdade achava. Da próxima vez... E se não houvesse próxima vez? Seria tal um hábito; um ritual diário?

Durante quatro dias Cornélio viveu para aquilo. Até que ao quinto a coragem foi mais forte. Aguardou-a do outro lado da lagoa, por onde entrava e saía todas as vezes, quieto, ansioso, sem vê-la. Nunca aquele banho durara tanto! Mil vezes quis se levantar, aproximar-se da água... Tudo quanto pensara lhe dizer se desfizera em cinza e o coração saltava feito um xamã em transe ao troar de tambores. Não podia lhe aparecer assim, detrás de uns caniços e esperar um convite para a vida toda! Passos na água o paralisaram. Regressava, enfim, à margem. Tinha gestos absolutos, sem hesitações. Escorreu o cabelo para o chão, vestiu-se, atou um lenço à cabeça... Com o assombro próprio dos delirantes, Cornélio viu aquela imagem se acasular aos poucos, até se transformar numa larva andrajosa; na inimaginável filha do velho Margaça.

Ficou tão parvo, tão sem reação, que era já tarde finda quando regressou a casa, menos dono de si do que nunca. Por mais que tentasse não conseguia associar uma figura à outra. Quando à hora do jantar a menina o serviu, não teve coragem de levantar para ela os olhos, ele que a vira nua por quase uma semana sem pudor. Afinal, não obstante ter atrás de si um histórico de atrevimentos, nunca fora um homem-feito; um homem corajoso, antes um ator representando papéis com as histórias contadas por Niã Côco: o amigo, o pai, o mestre que naquele momento lhe faltava como os ossos do corpo. Teria ela dado por ele em algum daqueles dias? As mulheres têm sentidos a tal ponto apurados que o próprio cheiro dos homens lhes basta para os definir e achar. Quisesse Deus que não! Foi espreitando, discretamente, na sua distração, procurando, sem encontrar, paralelos entre as figuras. Romão Cabrera, como de fato se chamava o velho Margaça, observava o interesse que a filha, de repente, parecia lhe ter despertado. Chegara a temer não lhe agradar esta, tão vagas sempre as suas réplicas quando na conversa a trazia à baila. E ele que, por razão inexplicável, pusera toda a sua fé naquele reservado mancebo! Agora a catava pelos cantos dos olhos. Quem espreita por desinteresse? Alegrou-se. A ponto de não resistir dizer:

— É um diamante em bruto, esta minha Rosa. Quem a veja assim, sempre metida consigo, de poucas falas e simpatias, nem imagina o tesouro que ali está!

— Não imagina mesmo! — exclamou Cornélio só para si, sorrindo para Romão Cabrera.

Em dia algum da sua vida olharia para trás ao se cruzar com ela na rua. E por mais palavras elogiosas tecidas pelo pai em honra aos seus atributos, não lhe despertara estas emoções mais fortes do que uma peça de mobília. E seguiria não despertando, se a não tivesse visto sair das águas feito uma deusa da perfeição ao nascer. Mirava-a agora, de um lado para o outro, nos seus pés descalços, no seu vestido sem graça, no seu lenço a condizer. Não podia crer estar ali, diante de si, a mesma mulher que havia quatro noites lhe tirava o sono. Mas foi quando a voz de Rosa se lhe dirigiu

— O moço vai querer mais um pouco de café?

que os seus olhos se cruzaram pela primeira vez.

Quanto tempo terá durado aquele instante? Um segundo? Uma vida inteira? E foi ele quem baixou os olhos primeiro, agradeceu o café, para permanecer em silêncio com o coração aos pulos contra as ripas do peito. Também Rosa se abalara. Desde a sua chegada que parecia aguardar não sabia o quê. Sorte ser morena e poder virar costas à mesa no instante seguinte. Não o podia, no entanto, no tangente às emoções. E nessa noite, quando recolheu ao quarto, era claro: em algum lugar dentro de si algo começara a bater diferente.

Na manhã seguinte procuraram-se de imediato. Olhares; palpitações gerando ondas; odores discretos que só os corpos rendidos emanam. Assim até ao almoço e durante, a espaços cada vez mais curtos, no constrangimento agridoce dos comprometidos. Assim até Romão Cabrera se recolher, feliz, à sesta sagrada. E assim pelas duas horas em que esta permaneceu na varanda a entrançar vime num cesto e ele a inventar, à navalha, um bicho-de-pau que lhe ofereceu no final sem aparência de nada.

— O que é isto? — sorriu Rosa com o objeto na mão à procura de sentido.

— É um larupo — tornou Cornélio, coçando a cabeça.

— Um larupo? O que é um larupo?

— Bom... É assim uma espécie de animal desengonçado feito por quem não tem jeito para estas coisas.

Rosa riu. Tinha os dentes brancos, um nada cambados embaixo.

Quando o velho Margaça regressou da sesta os encontrou rindo do pedaço de pau.

— Estou vendo que os meninos se entendem bem.

Cornélio se endireitou na cadeira; Rosa corou na descrição das peles morenas, mas...

— Não parem! Continuem, continuem! — atirou Romão Cabrera, afastando-se em sorrisos por dentro.

A epopeia que fora achar-lhe um rapaz do seu agrado! Quantas noites, pensando consigo mesmo, não a dera por perdida e com ela a linhagem do seu sangue?! Dependia daqueles quartos, dos bons ventos que trouxessem figura, que o viver afastado da cidade e ser Rosa tão esquisita de bico dificultava-lhe o desígnio. Havia anos que, mal um dos aposentos vagava, metia a mula a caminho do ancoradouro como quem fosse pescar entre os chegantes rapaz com aura de bom genro. E porque o ouro é um quase nada entre tanto de cascalho, raros foram os jovens aprumados que por ali hospedara em todo aquele tempo. Não ia para novo e, tal como as coisas estavam, temia dar de caras com a morte antes de a deixar em boas mãos. Era esse o seu propósito de todos os dias. Assim, aquela intimidade significava para si uma felicidade como não conhecia desde o dia em que a mulher lhe anunciara, pela primeira vez, estar dele embarrigada.

Nessa tarde Rosa não foi a banhos. Não iria, daí por diante, mais dia nenhum, que aquelas duas horas da sesta a comprazziam mais do que os batismos da cascata. Cornélio tampouco se importou. Há sutilezas na fantasia capazes de suplantar toda a realidade. E por um milagre que não saberia explicar, sentia mais prazer naquele adiar de prazer do que no prazer de lhe roubar um instante de nudez e, com isso, poder perdê-la para a vida toda. O sentimento crescia de ambos os lados na passagem dos dias, e aquela varanda passou, por duas horas, a ser o palco de um mundo só deles. Cornélio contava histórias e, porque gostava dela, mentia. Rosa viajava, só descerrando os lábios por sorrisos ou interjeições de espanto. E se toda ela se prendia à melodia da sua voz, todo ele se enleava nos seus olhos grandes, verdes, pestanudos, no seu moreno sem mácula; na sua natureza de lábios impossível de contemplar sem dor. Cada dia que passava parecia descobrir-lhe pormenores novos. Contudo, por mais que a olhasse, custava-lhe crer se ocultarem debaixo daqueles vestidos sem vida nem graça, os contornos divinos por seus olhos testemunhados.

Romão Cabrera falava agora menos da filha. Dizia-lhe o tato estarem as coisas encaminhadas e nas graças do tempo. Cornélio o ajudava nas lides da quinta, mais ouvinte que falante, de olhos espreitantes para os vestidos de Rosa que iam e vinham em folhas pardas de outono. Começara até a lhe achar graça ao trajar; ao jeito rústico de ser. O velho Margaça discorria sobre a revolução, que não acreditava morta

— O que acha o Emílio?

e o Emílio achava estar viva e de boa saúde, apesar dos revezes, pois os homens apaixonados estão para mil guerras sem medo. Concordava com o anfitrião, e para as suas inquirições inventava planos, estratégias, investidas programadas, ornadas com histórias de outros mundos, coisas ouvidas por onde andara, reservando-se, nos pormenores de maior melindre

— ...à obrigação de guardar silêncio.

como ele haveria de compreender. E compreendia. Como não compreenderia, se a sua vida toda fora pelas causas justas e a última década um paladino da clandestinidade?! E à pergunta sobre as esferas de ouro falou-lhe dos livros, do código secreto que levavam e traziam, da troca de informações, da espionagem, dos planos da pólvora, dos carregamentos de dinamite, de um túnel que mudaria o destino da guerra, como se soubesse, de fato do que falava, sem imaginar o quão próximo estava da verdade nas mentiras inventadas à medida para júbilo do velho Margaça. Mas, acima de tudo, para o distrair dos olhares indiscretos por si lançados à flor do seu coração.

A intimidade entre Cornélio e Rosa se manteve sem substância nas semanas seguintes. Nunca uma mão tocada; nunca trocado um beijo. Rosa talvez lhe esperasse o atrevimento. Mas Cornélio fermentava por ela um desejo tal que temia deitar tudo a perder por um impulso. E por nunca ter vivido experiência semelhante, experimentava, naquela demora, um prazer incomparável com outros já tidos. Só Deus saberia ao que sabiam aqueles lábios; que quenturas guardava aquela pele já ali, tão à beirinha da sua! Dois meses passados sobre o primeiro olhar, a coragem chegou para lhe pedir:

— Será que a senhorita me permitiria ver o seu cabelo?

Rosa corou. Não esperava tal pedido. Talvez um beijo. Mas aquilo, não. E com um quê de atrevimento, que Cornélio lhe desconhecia, levou a mão à nuca, tirou dois ganchos e, removendo o lenço no mesmo gesto, deixou cair sobre as costas a pesada e negra cabeleira. O coração de Cornélio bateu em seco. Se ela tivesse tirado o vestido pela cabeça não impressionaria tanto. *Tudo na vida tem uma razão de ser. Até o fato de a vida não ter razão nenhuma —* dissera-lhe Niã Côco certa vez a propósito de uma coincidência. Percebia agora a razão de ali estar. Até na morte fora seu amigo. Trouxera-o ali, àquele fim de mundo, onde se deixara morrer antes de chegar a São Floriano, para o liberar para a vida; para o entregar, finalmente, às mãos do amor. Nunca tivera de nada tanta certeza. Rosa Cabrera era a mulher da sua vida. Imaginava-se ali, casado com ela; tendo filhos, a coberto daquela lonjura e da fama de Romão Cabrera. Uma vida nova. Desse por onde desse, teria de começar uma vida nova. Além do mais, que tinha ele à sua espera em Santa Cruz dos Mártires? Nada além da família que o abandonara e da qual nada sabia ia numa década. Culpa sua, talvez, por nunca haver escrito, procurado regressar, mas... À medida que o tempo passava, o luto por Niã Côco era substituído pela fantasia com Rosa. Jamais sentira tal estado de alma. Era a primeira coisa na qual pensava ao acordar; a última da qual se lembrava antes de adormecer. Seria aquilo o amor? O que seria, se não fosse?! Começou a sentir necessidade de contar a verdade sobre si: como se chamava, de onde era, como fora parar à vida que o levara ali... Quanto mais o sentimento se alastrava mais crescia a urgência de se confessar. Mas os dias iam se passando e, porque a coragem sempre lhe fora branda, Cornélio adiava. Afinal, toda a gente parecia satisfeita com a situação. Exceto a mãe de Rosa, que das sombras espreitava os atrevimentos da sesta; as aproximações do rapaz à filha sem, no entanto, tocá-la. Dissera-o ao marido, certa noite, para ouvi-lo berrar:

— Mete-te na tua vida, cobra! — encolhendo-a até às cinzas do silêncio.

Na manhã seguinte, porém, e porque o amorico de ambos lhe parecia sólido, resolveu interpelar o jovem Tasso de Peia:

— Até quando é que o Emílio pretende ficar conosco?

— Até que Deus me abençoe e o senhor me permita — tornou Cornélio que esperava e não esperava a pergunta tardada.

O velho Margaça, avesso à Providência, achou a frase divina, felicitando-se pelo tanto nela contido. Mandou a mulher, agourenta, preparar um almoço especial para o domingo imediato e, à hora da refeição, depois de uma garrafa e meia de vinho, declarou, para surpresa de todos, aquilo que nem Rosa nem Cornélio teriam coragem de dizer:

— Venho reparando que vocês os dois se entendem bem. São discretos, mas eu percebo haver aí qualquer coisa. Nunca vi a Rosa tão feliz.

Cornélio sentiu lhe caírem aos pés, palavra por palavra, todas as peças de roupa. À sua frente, Rosa corava sob a égide acobreada da pele.

— Por isso — continuou o velho Margaça —, se for vossa intenção noivar, têm a minha bênção. E se virando para Cornélio:

— A partir de hoje o Emílio deixa de ser nosso hóspede, para passar a ser nosso convidado.

Rosa sorriu, olhos baixos. Cornélio não sabia o que dizer. Agradeceu a hospitalidade e tudo quanto tinham feito por ele até àquele momento; garantiu se sentir ali como nunca se sentira na própria casa e, sem perder o embalo que o velho Margaça lhe dera, declarou ter por Rosa o melhor dos sentimentos.

— Bem, nesse caso, se a minha Rosa aceitar, a mão dela é sua. Aceitas, Rosa?

Rosa olhou para Emílio, tirou o lenço e disse:

— Sim.

— Na qualidade de pai — declarou Romão Cabrera pondo-se de pé — quero fazer um brinde aos noivos e dizer que, por mim o casório, pode sair.

Cornélio recebeu aquelas palavras feito a uma palmada no estômago. Não esperava tamanha prontidão. Ficou feliz e assustado em igual medida. Depois olhou para Rosa, sorrindo-lhe de volta e tudo ficou bem. Pai e filha eram a imagem acabada da felicidade. Na outra ponta da mesa, alheia àquela alegria toda, dona Maria Dolorida levantou o copo, que não era de contrariar o marido. À noite, na cama, deitados já para dormir, o instinto de mãe tornou a se atrever:

— Desculpa, marido, mas acho que este rapaz não é um bom partido para a nossa Rosa.

Romão Andrade Cabrera virou-se para o outro lado, soltou um rijo flato e até cair em ressonos nada mais se lhe ouviu.

No seu quarto, Cornélio foi acometido de um tal sentimento de solidão, que se agarrou à almofada a chorar por Niã Côco. Por que não estava ele ali àquela hora? Chamou-o no sussurro murcho dos apavorados. Nem um ai do outro mundo. Silêncio e medo. Ao seu redor, naquele instante, nada além de silêncio e medo. Por que teriam mesmo de casar? Por que não poderiam permanecer como estavam? Tanta gente que se concubinava! Queria Rosa, como nada naquela vida, mas mentira sobre tudo: nome, família, proveniência, a atividade que nunca tivera... Não podia casar com um nome falso; assumir uma identidade ilegítima para toda a vida. Não sem Niã Côco ao seu lado. O que lhe faria Romão Cabrera, pai cioso e estremado, ao descobri-lhe a patranha. — *Para os traidores, a morte!* — dissera-lhe numa das tantas manhãs em que o ajudara com as lides. Tinha de lhes dizer a verdade. Só não sabia como. Adormeceu e acordou várias vezes, incapaz de aprofundar o sono. Levantou-se pelas nove, entre o perdido e o ensonado. Mas quando abriu a janela do quarto e viu Rosa colhendo mangas, tudo nele se acalmou e o mundo soou de novo consonante.

— Então, Emílio, já pensou numa data? — perguntou o velho Margaça, mal o viu sentar-se à mesa.

— Para lhe ser franco, ainda não. Talvez daqui a dois meses seja…

— Tanto tempo, homem?! — atalhou Romão Cabrera.

Cornélio que dissera dois meses como poderia ter dito outro prazo qualquer, argumentou não ter documentos consigo e precisar, portanto, de ir à sua terra

— …tratar da papelada e convidar alguma família para estar presente. Pelo menos os mais próximos.

Romão Cabrera, cujo medo de não casar a filha suplantava todos os outros, perguntou se não se podiam aligeirar as coisas.

— Só na viagem vão-se duas semanas. E depois não sei se sou procurado por lá… Tenho de fazer as coisas com cuidado; chegar à fala com os meus irmãos para saber como está a situação. Sabe que a maioria dos padres está com o regime! E o da minha terra, se já estava com o anterior, o mais certo é estar com este também. — E por uma ilusão nascida do nada, atirou: — Se não fossem precisos papéis para casar! — na esperança de que Romão Cabrera lhe dissesse poder ele amancebar-se com a filha e ficar tudo por isso mesmo. Afinal, sendo ele tão avesso à religião, mais lógico seria não carecer da bênção de um padre para lhe legitimar o estado social da herdeira do seu sangue. Mas o velho Margaça não disse. Jamais tal ideia lhe passaria pelo desespero dos miolos. Admitiu ter razão e mais valer fazer as coisas com tempo e bem-feitas. Não obstante a ânsia em casar a filha e o receio de algo o impedir, um mês não era nada para quem já esperara tanto. Ficou assim acertado. Definiram data e Romão Cabrera fez o que tanto odiava: falou com o padre. No dia seguinte, Emílio Tasso de Peia se sentou ao lado de Rosa e Romão Cabrera e foi levado ao porto, de onde partiu com a promessa de voltar no espaço máximo de seis semanas.

Nos primeiros dias de viagem lutou em cada porto para não descer, tamanhas se lhe punham as saudades. Mas, à medida que o vapor avançava um sentimento desconfortável se ocupava dele. E porque a distância amplia a perspectiva, reviu os últimos meses da sua vida. Tudo tão repentino, tão vertiginoso: o velho Margaça apanhando-o no porto; todo o discurso sobre a filha; o 'à vontade' em que o pôs desde o primeiro instante... E depois a imagem de Rosa se banhando na cascata; ela que se vestia de trapos feios dos pés à cabeça. De súbito, tudo lhe pareceu demais e teve a vexante sensação de ter sido enganado. Mas para quê? Para quê o quererem para marido e genro? Achariam ser ele senhor de posses? Erro seu, falar-lhes de uma família que não era a sua! Erro seu, contar-lhes histórias jamais vividas! Erro seu, entregar a Romão Cabrera esferas de ouro como pagamento? Quem, por aqueles dias, ou outros quaisquer, andaria pelo país carregando esferas de ouro nas tripas? Depois viu os traços de Rosa nos traços da mãe; o crepúsculo da mãe na aurora da filha. Não! Exagerava! Tinha a certeza de a amar; de querer se casar com ela. Pela primeira vez na vida queria fazer tudo bem. Como, se já começara mal, mentindo de dó maior a si sustenido?! Com o conquistar do rio vinha o arrependimento por não lhe haver ganho sequer um beijo. O corpo de Rosa era um magnete lhe captando as limalhas da dúvida. Claro que casaria com ela! Diria a verdade sobre si; sobre a necessidade tida de lhes mentir... Viviam-se tempos conturbados e ele vinha fugido... Tivera medo. Não fora sua intenção enganar ninguém. Nem passar muitos dias por ali. Depois não soubera como dar o dito pelo não dito e, quando dera por ela, já a mentira se enrolava. Tudo isso, porém, antes de começar a gostar deles; a sentir-se em casa, a amar Rosa... Haveriam de compreender. Afinal, nada em si mudara. Era o mesmo. E o nome — podia garanti-lo, ele que já tivera tantos —, não tinha importância alguma.

Caribello ficava para trás, e na cabeça de Cornélio covardia e medo ganhavam espaço. A carência de Niã Côco se moderou com Rosa e a de Rosa com a realidade de passar o resto da sua vida ali, confinado e preso, numa existência pobre e sem futuro. Teria ele se apaixonado daquela forma se não estivesse perdido, enlutado, carente e triste? A imagem do seu corpo nu entregue aos elementos garantia-lhe que sim. Não tinha dúvidas de que a amava. Niã Côco estava morto e a sua vida teria agora de ter um rumo por si. O vapor alcançava a Garganta do Inferno e Cornélio de Pentecostes confundia-se no tragar das milhas. Vacilava. Rosa não era delicada; não era arranjada; não era letrada; não era interessada... Mas Rosa era nua como nenhuma outra fora em sua vida; como nada. Rosa comia de boca aberta, cabeça no prato; andava descalça, pesada... Mas Rosa era nua sob uma cascata em força; como nada. Amor e defeito no mesmo vórtice. O amor vence tudo! Quem não o dissera ou sabia? Claro que voltaria! Claro que se casariam! Claro que mudaria de vida! Claro que a carregaria em braços para o leito conjugal e contemplaria de perto, polegada por polegada, aquele corpo talhado à mão pela arte de cem deuses, antes de a tomar, com mil anos de atraso, e ser seu, como nunca de ninguém antes ou depois de si. Dois meses passariam num ai. Seis semanas. Seis semanas no máximo e estaria de volta.

Também Rosa era sofrimento e dúvidas. Não as mesmas que Cornélio. Apenas a dor pela demora e a insegurança quanto ao seu regresso. Ao décimo quarto dia andava ansiosa; ao vigésimo primeiro, numa nervosia de criar bicho; ao vigésimo oitavo, impossível de aturar; ao quadragésimo segundo, incapaz de dormir; e ao quadragésimo terceiro, a chorar pelos cantos, porque seis semanas passadas e de Emílio nem uma sombra. No dia marcado para o casamento, Rosa Cabrera se debulhava em lágrimas diante do espelho, vestida de noiva, certa de nunca na vida haver de se casar.

— Eu bem disse que aquele rapaz não era bom partido para a nossa Rosa! — teve Maria Dolorida a infelicidade de dizer.

Romão Andrade Cabrera, que no fundo culpava a mulher por lhe haver acabado com a linhagem e de ter criado uma filha como se fosse um bicho do mato, perdeu a noção de si e descarregou nela toda a fúria frustrada de trinta anos. Na manhã seguinte meteu-se no primeiro barco e partiu com destino a Castro Ventura, de onde Cornélio, ou Emílio Tasso de Peia, dissera ser natural. Durante quatro dias bateu de porta em porta à procura do sacaninha que lhe enganara a filha e a ele. Ninguém por ali conhecia tal rapaz. Não havia na paróquia qualquer registro em tal nome. Desesperado, entrou numa taberna e bebeu até os sentidos se lhe toldarem. Um homem de negro se aproximou dele, perguntando:

— Posso ajudá-lo, amigo?

— Você mata bem? — perguntou Romão Andrade Cabrera.

— Melhor que a própria morte — devolveu o estranho, num sorriso misto de podridão e ouro.

— Dou-lhe tudo o que me pedir para matar um safado que me desonrou a filha.

— E o que tem o amigo para oferecer?

— A jovem mais bela em que algum dia o senhor poderá ter posto os olhos em cima.

— E como se chama o defunto?

— Emílio. Emílio Tasso de Peia.

XXIV

Rosa Cabrera esfolava um coelho, quando Cornélio surgiu entre a vegetação que rodeava a casa. Meia dúzia de gatos aguardavam, sem tirar os olhos do láparo, qualquer sobra que caísse, e foi um cão, enorme e feio, a dar sinal, num ladrido rouco.

— Chiu! — atirou a dona da casa, virando a cabeça na direção do ladrar.

— Boa tarde! — disse o forasteiro de Pentecostes, tentando não gaguejar.

Pelo poente que alaranjava a paisagem; pelo chapéu que lhe ensombrava o rosto; pelos doze anos em que o não via e pela certeza de estar morto, Rosa Cabrera não descortinou a figura que avançava na sua direção.

— Diga — tornou esta, voltando a atenção para o serviço, pendurado pelas patas numa trave do telheiro.

Apesar da aspereza do tom, Cornélio recebeu aquela palavra como a um bálsamo sobre o coração. Mas logo teve dúvidas. Seria mesmo ela? Avançava, indeciso... Chegava já à sombra da varanda quando o ladrar do cão lhe travou o passo.

— Chiu! — repetiu a dona da casa.

Cornélio hesitou; mirou o cão, com ar de animal a pedir permissão, e falou dali, onde se achava, inseguro, de mala na mão.

— É aqui que mora o senhor Margaça?

— O meu pai já morreu — foi a resposta da mulher, passando a lâmina na pele do bicho.

Cornélio sentiu um peso lhe sair de cima. Mas não teve tempo de experimentar o sentimento de alívio provocado pela notícia, que logo a voz de Rosa:

— O que é que quer?

— Bem... Precisava de um quarto por uns dias. E me disseram que em casa do senhor Margaça talvez... Não sei se tem.

— Só um momentinho. Já lhe mostro — devolveu a mulher. E ferrando unhas na pele do coelho, puxou-a até esta lhe sair, inteira, pelas orelhas cortadas.

A veemência do gesto produziu nele um sentimento de dúvida. A voz da razão se elevou, de novo, sobre o coração amolentado: — Vai-te embora! Rosa partiu o coelho pelas patas, enrolando-o no tacho de barro para onde a vida lhe escorrera sobre um lençol de vinagre. Cornélio, como os gatos, esperava alguma coisa acontecer. Viu-a depois atirar a pele e as tripas para um buraco, sobre o qual, moscas e gatos se precipitaram, lavar-se no tanque até aos cotovelos, limpar as mãos ao vestido e, nos seus pés de homem, calejados pelo tempo e pelo "não querer saber", andar para dentro de casa.

— Venha!

Cornélio olhou para o cão. Parecia esperar um passo em falso para lhe ferrar os dentes. O medo manifesto aumentava a desconfiança do bicho. Avançou, apalpando terreno. Ao pisar o degrau da varanda, perguntou:

— Como é que se chama?

Um ladrar arranhado o precipitou num salto para dentro da casa. Rosa cobria o tacho com um pano para afastar as moscas. Olhou derredor. Não podia crer estar ali. De súbito, tudo se acendeu na cozinha escura da sua memória. O mesmo cheiro; a mesma mesa; o mesmo armário velho equilibrado no mesmo calço de pau; a mesma imagem do Arcanjo Gabriel com os seus caracóis louros, desbotado, a sussurrar prenhezes das nuvens... E de novo a primeira vez, porque nada mudara, nem o bater do coração contra o estômago enrodilhado. Talvez o negrume das paredes, cuja lembrança guardara claras. Nenhum sinal de por ali haver crianças; outra alma naquela casa...

— É por aqui — atirou Rosa Cabrera do meio do corredor, despertando-o do sonho breve.

Cornélio seguiu-a num ranger de soalho. A mulher lhe mostrou os dois quartos que o pai acrescentara a casa de modo a realizar algum com os encalhamentos dos barcos.

— É o que tenho. Estão os dois vagos. Pode escolher.

Cornélio hesitou. A proximidade entre ambos, a pouca luz da casa, destrambelhavam-lhe o coração. Vontade de fugir, de chorar, de a abraçar, de lhe pedir perdão, de desaparecer num estalar de dedos milagroso... Ficaria com o primeiro. O mesmo que ocupara uma dúzia de anos antes. Pensou depois escolher o outro, por outro querer ser o seu destino desta vez. Mas porque todo o fraco é de hábitos e a territorialidade é um deus sobre todos, assim seja num cão de quinta ou num homem fugido, deixou-se vencer e disse:

— Fico com o primeiro — no tom de voz mais grave que conseguiu.

— São dois mil por noite. Se quiser comer, são mais mil — atirou a dona da casa com os modos grosseiros dos pouco convividos.

Cornélio concordou, pagando dois dias completos.

— Já lhe trago um jarro de água e uma toalha — disse Rosa, lambendo as notas, uma a uma.

Cornélio agradeceu. Disse precisar apenas de informar o freteiro, que o aguardava, ficar ele por ali

— ...e dar-lhe uma gratificaçãozinha pela espera.

de modo que, se ela pudesse segurar o cão...

De volta ao quarto, Cornélio se sentou na cama. Que estava ele ali a fazer? Parecia não lhe chegar a sarna que havia uma semana trazia nos nervos! Dispensado o freteiro, vencida a tarde, não lhe restava agora senão ficar ali. Como fora se meter naquela aventura? Ainda para mais em tais circunstâncias! Olhou em volta. Também ali estava tudo igual: a mesma mobília velha, as mesmas sombras nas paredes ocres; a mesma janela empoeirada, o mesmo cortinado encardido... Enfim, a decadência de uma casa que nunca conhecera nova. Parece que o tempo só tem clemência com as coisas velhas! E se lembrou de dona Candelária, vizinha anciã de sua mãe, cuja imagem não mudara nos mais de trinta anos que a conhecia. Mas talvez aquilo que mais o transportasse para o passado fosse o cheiro a fumo sempre presente por toda a casa. Abriu a janela, recostou-se na cama, tirou o chapéu e ficou a ver o dia finar-se sem desespero nem pressa.

— Senhor? — a voz de Rosa Cabrera do outro lado da porta. — Senhor? — pela segunda, terceira vez...

Cornélio sonhava estar acordado, de olhos no poente filtrado do quintal. Mas tinha adormecido havia uma hora. A insistência da dona da casa

— Senhor?

e as pancadas na porta, acabaram por arrancá-lo à ilusão de vigília.

— Sim?! — tornou, desorientado.

— A janta está pronta.

Por instantes pareceu ouvir Mariana. A noite tomara conta de tudo.

— Vou já. Obrigado! — esquecendo-se de agravar a voz.

Na cozinha, Rosa servia o jantar. Ensopado de coelho com batatas e pimentos, pão e vinho.

— O pão é que não é de hoje. Só cozo duas vezes por semana.

— Não tem importância. Não sou de fidalguias — respondeu Cornélio, de olhos baixos, tentando não demorar nela a atenção, que pelos olhos é que uma alma se denuncia.

— Se precisar de alguma coisa, estou ali fora — disse esta, pegando numa malga de ensopado, indo se sentar na mesinha da varanda onde sempre comia.

Cornélio agradeceu. Ou pela fome que trazia ou pelo primor do tempero, comeu com o apetite dos seus dias tranquilos. Na varanda, à luz de uma candeia, Rosa Cabrera chupava os miolos do coelho com a ajuda de uma navalha. Não era mulher de etiquetas. Também Mariana o não era, não obstante os maneirismos improvisados da sua rica mãezinha, diabos a levassem! Com a preocupação de encobrir as feições, só agora reparava nela. Envelhecera. Como são cruéis os anos para as mulheres! Se os trinta lhes estalam o reboco, os quarenta lhes abrem fendas irreparáveis por todo o lado. E Rosa tinha, se as contas o não traíam, quarenta e um anos contados. O desleixo, o rosto carregado, os modos grosseiros faziam-na parecer ainda mais velha. Do lado em que a luz lhe dava, brilhavam, pelas costas abaixo, irônicos fios de prata. Reconheceria ela se se cruzassem na rua? Parecia não encontrar nela senão sombras da mulher que deixara esperando por si. Talvez fosse da luz; da memória, cujos anos atraiçoam... Sem levantar os olhos do prato, Rosa comia quase sem mastigar: a carne com as mãos, as batatas com a colher... Parecia não ser de perder tempo com coisas que têm de ser e mais selvagem do que quando a conhecera. Limpo o prato com um pedaço de pão, a mulher levantou-se, assobiou, raspou os restos para o chão e voltou à cozinha. Não se falaram. A amplitude do silêncio constrangeu Cornélio e foi com algum alívio que ouviu o estalar de ossos entre os dentes do cão. Tinha a sensação de que aquele animal, podendo, o estraçalharia. Pressentiria, o bicho, algo estranho em si? Rosa levantou-lhe o prato, perguntou se queria um café; uma aguardente... Cornélio agradeceu. Não queria nada. Talvez olhá-la de frente, à luz, mais de perto... Seria possível reconhecê-lo? O disfarce, apesar de tudo, não era grande coisa... Sorte ser ela prática e de poucas contemplações.

— Qualquer coisa, é só chamar — tornou e saiu, indo se sentar na varanda onde, de um balde, tirou umas tiras de vime, começando a entrançar.

Cornélio não sabia o que fazer. Deixou-se onde estava, vendo aquele trabalho de mãos gerar um cesto. Ali, no meio da mata, na casa de uma desconhecida que durante anos considerou a mulher da sua vida, sentiu-se desgarrado, perdido, só. Uma vez mais pensou em Mariana. Essa, sim, acima de todas, queria-lhe bem; estaria para ele, acontecesse o que acontecesse. Dera-lhe quatro filhos; devotara-lhe todo o amor desvelado que só uma alma nobre e entregue é capaz... E que fizera ele? Não podia sequer voltar a Santa Cruz dos Mártires. Quanto mais se desfizesse dos valores que o patrão lhe confiara; quanto mais avançasse no túnel escuro daquela loucura, mais minguariam as chances de regressar para junto da família. Que alternativas? Tinha de esquecer aquela parte da sua vida, como em tempos tivera de esquecer Rosa Cabrera, infelizmente, sem conseguir.

O cesto crescia. Era desembaraçada de mãos. Deitado aos seus pés, o cão dormia, na descontração dos senhores de si: como se dono dela; da quinta; do mundo; como se fosse gente ou pertencesse ali mais do que ele. Vontade de lhe dar um chuto; mandá-lo a correr para a mata! De quando em quando, um gesto mais redondo acendia aos seus olhos a Rosa de outrora e o coração se animava por instantes. As pessoas mudam, exceto na memória que temos delas. Recordara-a sempre de maneira branda, lisa, e não aquela mulher pétrea, cheia de arestas que a vida parecia ter talhado a marteladas brutas e sem cuidado. Arrependia-se: de ter partido; de não ter voltado; de estar ali, naquele momento... Arrepender-se-ia, porventura, de todo o contrário? Nunca se sofre pela vida não tida senão na ilusão de outra que poderia ter sido. E que vida teria sido essa? Filhos? Quantos? Que rostos? Que nomes? Uma certeza, apenas: aquele cão não estaria ali! Teria se apurado um pouco, Rosa, se ele a houvesse sabido fazer feliz? O que terá pesado mais na decisão de não voltar? Não fora uma decisão, mas um ir acontecendo no passar acovardado dos dias. Ainda assim, o que terá pesado mais? O medo de Romão Cabrera? A desconfiança quanto às suas verdadeiras intenções? A fraqueza da coragem ante a mentira contada? Um laivo de vergonha pela simplicidade de Rosa? O sentimento de liberdade com que a distância o iludiu? As sentenças do velho Sérgio sobre o coração e as mulheres? A morte do pai, poucos dias depois de ter regressado? As covinhas do rosto de Mariana; a umidade das cavas da sua blusa branca? O comodismo de estar de volta à sua terra; de se achar, apesar da estranheza, de novo entre os seus? A oferta de emprego de Palmiro Velasquez? O se terem as coisas encaminhado para uma felicidade singela sem o menor esforço da sua parte? Um pouco de tudo isso ou o impulso de ser ele, Cornélio Santos Dias de Pentecostes: um "espinha mole"; um coração sem força; uma alma langorosa, sem outro viço além do reflexo à novidade de um cheiro, de um contorno de perna, de busto; de um simples alçar de braços? Enfim! Que importava isso agora? A sua vida parecia ser um entremear de falhas com decisões erradas. E nunca se pode voltar atrás! Queria estar diante da Rosa dos seus sonhos e não estava, e pressentiu haver de a chorar à hora da morte, intacta, como o velho Sérgio de Niã Côco a Laura Manael. De fato, poderia ser da noite, da pouca luz… Também em tempos a vira à média luz e… um sentimento tão grande; uma sensação tão outra! Baralhava-se. O cansaço lhe turvava o discernimento. Fora um dia desmedido. Esperaria pela manhã seguinte; pela clarividência das alvoradas; pela graça que a luz exerce sobre os seres simples do mundo.

— Boa noite, senhorita! — disse, pondo-se de pé, desaparecendo no corredor escuro rumo ao fundo da casa.

Até adormecer o pensamento lhe saltou entre as Rosas. Como eram diferentes, a dos seus sonhos e aquela! Teria sido ele o causador de tal endurecimento? Nunca fora delicada, expansiva… Mas tampouco lhe recordava tamanha aspereza. Talvez a houvesse sonhado mais do que era. Diferente, pelo menos. Como podem, carência e fantasia, distorcer tanto a realidade?! Houvessem consumado o afeto e guardaria dela outras certezas. Não tinha da sua boca sequer um beijo e pôde lhes delirar todos. Não tinha do seu corpo senão uma imagem longínqua entregue às águas da cascata e pôde lhe sonhar todos os abraços; todos os odores; todos os arrepios de pele. Não tinha dela senão a dimensão desmedida de uma fantasia edificada por anos, a qual desmoronava agora. Não devia ter vindo! Morreria com a imagem perfeita de Rosa Cabrera esplendendo-lhe no coração, ao invés daquela, irreparável já, que agora se gravava fundo sobre a outra. A pouca luz, talvez… O sono e o cansaço esticavam teias ao seu redor. Fosse como fosse, estava ali. Doze anos depois, não obstante a loucura que tal representava, estava ali. Deitado na cama onde tantas noites a sonhou, Cornélio de Pentecostes sentiu o véu da dormência suavizar-lhe as dúvidas. Quem sabe não dormira aquele tempo todo?! Quem sabe não teriam passado de um sonho os últimos doze anos da sua vida?! Por momentos se sentiu leve, longe do mundo e seus constrangimentos. E assim, envolto numa amálgama de sentimentos, adormeceu.

Na manhã seguinte Cornélio de Pentecostes acordou refeito. Passava das nove e o dia já ia alto. Levantou-se, vestiu-se, passou a cara por água, barbeou-se, aprumou a peruca, colou o bigode, emoldurou os olhos com dois gestos pinçados... Estava novo em folha. Na cozinha, o cheiro a café moído de fresco o reconfortou com a intimidade de um lar. Rosa não estava. Talvez andasse pelo quintal. Foi se sentar na varanda e ficou a contemplar a vegetação que o separava do mundo. Fechou os olhos. Inspirou fundo. Era um jeito que tinha quando alguma coisa lhe sabia bem. Procurou na memória imagens de outros tempos. Depois abriu os olhos. Estava ali tudo. Um pouco mais velho, mais desarranjado: a tília, já outrora sem idade; a cabana das alfaias; o curral dos porcos; a bomba de mão, no bico da qual as abelhas tomavam água... Apenas o enleio dos maracujazeiros estava maior, cobrindo toda a latada entre o portão da quinta e a varanda da casa. Havia em tudo um aroma e uma paz capazes de o manterem esperançoso por horas, por dias sem fim. Não há como as cores, os cheiros da manhã. Dormira bem, tendo em conta a estranheza da véspera, e acordara como quem convalescido de um mal prolongado. No frescor colorido da manhã prazenteira, uma sensação absoluta: a de ali poder viver em paz e feliz, para sempre. Sonhava, o caixeiro-viajante, quando o ladrido rouco do cão o fez saltar da cadeira.

— Que susto! — atirou, voltando ao lugar.

Na cola do animal vinha Rosa, com um grande tabuleiro nos braços.

— Bom dia! — atirou Cornélio, tornando a se levantar.

A dona da casa devolveu o cumprimento; declinou a oferta de ajuda que este lhe estendera; atirou o tabuleiro para cima da mesa, arrancando-lhe, pelo estrondo, novo sobressalto; espantou o cão para a largueza do quintal, limpando as mãos às ancas enfarinhadas do vestido. Às voltas com o embaraço, o caixeiro-viajante perguntou:

— Como se chama?

— Rosa.

— Digo, o cão.

— Não tem nome.

— Podia ser mais simpático com os hóspedes!

O bicho compreendeu que falavam dele. E embora não ladrasse, fixou-o com os olhos de "distrai-se que eu te digo".

— Quer comer?

— Se não for inconveniente!

— Come aqui ou lá dentro?

— Posso comer aqui.

Rosa entrou em casa, sem mais resposta. O cheiro a pão quente emanando pelos poros do pano que cobria o tabuleiro desarranjaram as peças soltas em Cornélio. Mas foi quando esta regressou com uma cafeteira fumegante que o sonho lhe causou vertigens, de tão alto. Sem lhe mirar o rosto, foi a observando em fragmentos de mãos, de ancas, de peito, colocando, diante de si, a xícara, a manteiga, a faca, tudo sobre as tábuas despidas da mesa. Se não fora por falta de manteiga, pão quente e café, não compreendia por que razão haviam transgredido Adão e Eva as regras do Paraíso!

— Cheira divino!

— Então coma, antes que arrefeça.

— A senhorita já comeu?

— Já.

E naquele trocar de conversa vaga, os olhos de Cornélio bateram nos de Rosa, sem intenção. Tudo nele se desmoronou. Estava ali. Ainda estava ali, no fundo daqueles olhos verdes, a Rosa dos seus sonhos áridos. A mulher pareceu não ter dado por nada, tornando:

— Bom proveito — recolhendo-se ao interior da casa.

Nem cinco minutos passados, estava de volta carregando uma gaiola com dois bicos de lacre. Num dos pilares da varanda onde o sol batia, Rosa pendurou a gaiola e o mundo abrandou quase até à imobilização. De xícara na mão, lábios descerrados, Cornélio de Pentecostes viu-lhe o vestido encurtar-se ante o esticar do corpo; as barrigas das pernas tornearem-se, os seios levantados pelo esforço do tronco e os pelos dos seus sovacos brilharem, livres, ao sol da manhã. Pudesse pedir o seu último desejo de condenado e seria que o tempo parasse e com ele e Rosa, assim, em bicos dos pés, braços levantados, permitindo-lhe mirá-la por todos os lados, cheirá-la por todos os lados, beijá-la por todos os lados, tirar-lhe o vestido e ficar a contemplá-la por todos os lados, como doze anos antes, na cascata do seu eterno desassossego. Estava ali! Sob uma couraça mais dura, mas estava ali.

Cornélio não fez outra coisa toda a manhã além de estar, sentado, como quem planasse, sob o olho vígil do cão sem nome. Rosa não parava de um lado para o outro. Parecia agora mais leve, desde os movimentos ao trajar. Nem o lenço sombrio de outros tempos lhe constrangia já a figura. Talvez a morte dos pais a houvesse libertado da gravidade de outrora. O olhar cruzado não lhe saía da cabeça, assim como as linhas do seu corpo no pendurar da gaiola. Tinha vontade de lhe falar; de lhe dizer ser ele... Nunca fora, realmente, um homem de sobeja coragem. Bem razão tinha sua avó paterna! Mas com Rosa, particularmente, sempre fora de uma insegurança, de um constrangimento exagerados. Como lhe haveria ele de dizer ser quem era; por que não voltara; por que nem uma carta? Mentiras não lhe faltavam, entre tantas magicadas por anos para aquele hipotético dia. *Nenhuma desculpa aplaca a raiva de um coração abandonado* — dissera-lhe vastas vezes o velho Sérgio de Niã Côco. Só o ter ele morrido poderia justificar o absoluto silêncio do seu abandono. E nisto, uma ideia: convidá-la para almoçar consigo e se apresentar como conterrâneo do Mártir Emílio, um jovem a quem o pai, homem rico da região, mandou enclausurar num mosteiro, impedindo-o de sair enquanto este não renegasse casar com uma plebeia que conhecera e com a qual jurara casar. Emílio se deixou morrer à sede, em três dias, por amor. A história lhe pareceu de um romantismo irresistível. Ensaiou-a várias vezes. Ele próprio se apiedava já do pobre rapaz.

— Galinha cozida para o almoço, serve? — perguntou Rosa, com uma pedrês pelas asas.

— Perfeitamente — devolveu Cornélio, apanhado de surpresa a meio de um sonho feliz.

— Para o jantar é o mesmo. Ou canja. Preciso de ir à cidade e não tenho tempo para fazer mais nada.

— Gosto bastante. Não há problema.

Viu-a então se dirigir à tília, pôr-lhe um pé sobre as patas, o outro sobre as asas, arrancar-lhe as penas do pescoço, puxar-lhe a cabeça para trás e, sem hesitações, golpear-lhe a goela e deixá-la sangrar até à morte, não obstante os sacões impotentes do seu corpo condenado. Sentiu-se culpado, um Nero sentado em sua tribuna sombreada a baixar o polegar sobre o destino alheio. Nunca matara nada. Comia, apenas. E bem lhe sabia uma galinha cozida! Cinismo ou covardia? Quando Rosa se sentou na varanda a escaldar a penada, apareceram, da invisibilidade, quatro gatos de rabo alçado. O silêncio de Rosa constrangia-o. Decidiu então contar uma história sobre uma velha que criava galinhas. Desembraçada, ao arrepio das penas, não tinha a certeza se Rosa o escutava se não. Quando se entusiasmava, a gravidade da voz amainava. Pigarreava e retomava o disfarce. No meio hesitou. Era uma história antiga, ouvida à avó paterna. Não estava certo de ter ou não algum dia a contado. Parou. Rosa não pareceu dar pela falta do fim. O resto da depena decorreu em silêncio. Por momentos teve a sensação de que a felicidade era possível. Ainda era novo. Rosa também. Não vira sinais de haver homem naquele lar e ela estava ali, em cada gesto mais próxima da Rosa dos seus sonhos tantos. Poderiam arranjar a casa, viver da terra. Venderia os bens que trazia consigo ao senhor Tulhosa, em São Floriano. Teriam quanto lhes bastasse para uma vida tranquila e feliz. E ali, naquele lugar afastado do mundo, quem daria com ele? Apenas uma coisa teria de mudar: deixarem de receber hospedes em casa. Então, fechou os olhos, respirou fundo os cheiros todos que o rodeavam e sonhou. Ali, junto de Rosa, pensou, nada de mal haveria de lhe acontecer. Parecia uma mulher sem amigos, sem relações, rodeada de gatos, um cão desconfiado e vegetação alta. Apenas um carreiro estreito os levaria à estrada da mata e esta ao mundo. Ali, acabada a hospedagem, não iria ninguém, jamais, para nada. Despachada a depena, Rosa retirou-se para dentro da casa, sem preceitos ou licenças. Quando o cheiro a galinha gorda lhe chegou às narinas, Cornélio teve a certeza: era ali o seu lugar.

— A senhorita aceita me fazer companhia? — perguntou, quando Rosa o veio servir.

Rosa assentiu com a cabeça e, voltando para encher uma malga de galinha e arroz, foi se sentar à mesa da varanda onde Cornélio, ajeitando a peruca, esperava-a. A história do triste Emílio ansiava por se fazer ouvir. No seu lugar, porém:

— Vive só, a senhorita? — perguntou, e ainda bem, pois ignorava ter Romão Cabrera corrido Castro Ventura à procura de um tal Emílio Tasso de Peia e nem uma só alma ter dele algum dia ouvido falar. Com o pescoço da galinha entre dentes, Rosa tornou:

— Pode-se dizer que sim.

— Nunca casou?

— Não.

— Por quê?

Rosa encolheu os ombros. As suas respostas lapidares tornavam a conversação difícil. Cornélio esperava tomar ela a iniciativa de lhe contar a sua história; trazer-lhe a memória à baila; elucidá-lo quanto aos sentimentos por si nutridos... Procurava, entre o possível, algo que perguntar, mas Rosa se antecipou:

— E você, o que faz?

— Sou agrimensor — saiu-lhe por reflexo.

— E isso, o que é?

Cornélio explicou o pouco que sabia sobre o serviço. Não lhe pareceu profissão com interesse. Medir terras para quê? Cornélio deu as explicações possíveis, e num tom tão entusiasmado como se sua mesmo a profissão retratada. Quando Rosa terminou de comer, Cornélio mal tinha começado. Acabou de almoçar sozinho, que não era ela mulher de salas ou companhias. Findo o almoço, perguntou se precisava de ajuda para alguma coisa.

— Não. Estou habituada a fazer tudo sozinha.

Perguntou depois se tinha um livro.

— Aqui ninguém sabe ler.

Sentindo-se melindrado, por havê-la, talvez, ofendido, o fugitivo de Pentecostes não puxou mais assunto, deixando-se ficar onde estava, fazendo nada, num pairar de alma penada sobre o mundo. Parecia condenado a passar o dia na inutilidade dos pasmados. Se ao menos fumasse! Manteria ela o hábito de se banhar na cascata à hora tranquila da sesta? — surgiu-lhe o pensamento, entusiasmado.

— O senhor vai ficar aqui mais algum dia sem ser hoje? — perguntou Rosa, surgindo diante da varanda com uma mula atrelada à carroça.

Se tu me deixares, a vida toda! — teve vontade de lhe dizer. E por não ter ainda pensado nisso, nem esperar a pergunta, tornou:

— Ainda não sei. Por que pergunta?

— Porque preciso saber. Pois se come e dorme aqui...

— Tem razão. Bem... Tenho de lhe dizer agora?

— Vou à cidade e preciso de fazer contas à vida.

— Se a senhorita não vir inconveniente, eu pago mais um dia completo. Se tiver de partir mais cedo, ficamos acertados e não se fala mais nisso. Pode ser assim?

Assim ficaram. Rosa carregou a carroça de cestos e, sem se despedir, partiu. Sem melhor que fazer, Cornélio se recolheu ao quarto. Começava a se sentir absurdo; absurda toda aquela situação. Não haviam ainda passado vinte e quatro horas desde a sua chegada, mas a pergunta de Rosa o fez indagar-se até quando planejava, realmente, ficar ali, fazendo nada, comendo e olhando para o ar na esperança de um milagre. Ou lhe contava quem era, ou se passava por outro, ou partiria no dia seguinte. Não havia, entre as três opções, espaço para uma quarta. Tinha a tarde toda para pensar no assunto. E por ser seu hábito adiar tudo quanto podia, mudou a roleta do pensamento para o campo vago da alienação, que nos homens é terreno fértil de devaneio. Veio-lhe então à memória a imagem de Rosa em bicos de pés; o vestido minguando, o arredondado das suas pernas; a firmeza dos seus seios; os pelos indómitos dos seus sovacos... Era dali. Nunca tivera dúvidas ser dali. E pensando nela, e num futuro em comum, pegou no sono e dormiu.

    Acordou às três e meia e foi achar a casa vazia. Rosa não regressara ainda. Sob a tília, o cão dormia enrolado num novelo. Nunca mais vira os gatos. Por certo só viriam ao cheiro. Pensou aproveitar a sesta do cão para dar a volta a casa. Melhor não tentar a sorte, que é pelo nariz e não pelos olhos que os cães topam o mundo. A excitação de se achar só na casa vazia deu-lhe vontade de entrar no quarto de Rosa. A meio do corredor abriu a porta que sabia sua, mas foi tal o susto, que as pernas lhe endureceram. Sobre a cama, a brancura e magreza de um cadáver. A carne gelou-lhe agarrada à porta. Quem era aquele corpo? Estaria vivo? Embalsamado? Um gemido soltou-se da figura e Cornélio correu até a varanda, no arrepio úmido do medo e da repugnância. Sob a tília o cachorro abriu um olho. Estava acuado; encurralado entre a figura da morte e um cão demoníaco. De Rosa, nem sinal. Sentou-se. Levantou-se. Fechou a porta da casa e foi se encostar a um canto da varanda a temer pela vida. O que fora ele ali cheirar: àquele quarto; àquela casa; àquela terra? Não tinha um dia de paz na vida! Como se um demônio o soprasse de vespeiro em vespeiro. O que haveria ele de fazer? Correr ao quarto, pegar as suas coisas e partir! Só de pensar entrar naquela casa, todos os pelos se lhe eriçavam. A imagem daquele fantasma se sobrepunha a tudo. A pele translúcida dos braços, das mãos, uma mortalha fina sobre o azulado débil das veias e o cabelo, pouco mais que uma névoa, pairando-lhe, em jeito de alma desprendente, sobre a cabeça. Teria delirado? Seria a morte perseguindo-o? Boca comida, olhos comidos, faces comidas... Era um cadáver a respirar por um reflexo que não perdera ainda. Que imagem era aquela? A visão de Rosa no fim dos dias? A sua? O resumo último de toda a gente! Não daqueles que a sorte levaria novos! — parecia lhe dizer a ironia. E Rosa que não chegava! Não poderia passar a noite naquela casa. O coração batia desassossegado pelos minutos da tarde crescente. Ia-se o dia aos poucos, e de Rosa nada. Eram cinco e vinte da tarde quando ouviu as patas ferradas de um animal se aproximar. O cão deu sinal de vida. A frente de um cavalo apareceu sob os maracujazeiros. Mas não era Rosa. Sobre a montada, um homem enorme, todo vestido de negro, avançava, lento, na sua direção.

XXV

Cornélio congelara ao ver o homem aproximar-se. Quando este se apeou da montaria e o viu, de negro, enorme, ao lado do cavalo, teve a certeza de ser ele e terem seus dias chegado ao fim. Se já estava encurralado entre o cadáver de "sabe Deus quem" e aquele Cérbero de quinta, se acabavam ali as suas chances de fuga, composta a Santíssima Trindade do Inferno. O homem, no entanto, parecia não o ter reconhecido. Cumprimentou-o; perguntou pela dona da casa, tratando-a pelo nome com uma familiaridade que lhe desagradou. Cornélio suava sob a peruca. Respondeu numa frase curta, o mais calmo possível.

— E a velha, já morreu? — perguntou o forasteiro.

Cornélio não compreendeu a pergunta. Tudo em si era uma aflição pela sobrevivência.

— Qual velha? — procurando não desagravar a voz.

— A mãe da Rosa.

Então era esse o cadáver sobre a cama no antigo quarto de Rosa: a velha mãe que, pelos vistos, ainda vivia com ela. Respondeu achar que não, mas não a tinha ainda visto.

— É mais tinhosa que a tinha! — tornou o forasteiro, entrando em casa e saindo com uma garrafa de aguardente e dois copos.

— Bebe?

Cornélio aceitou.

— Está de passagem? — perguntou o homem, servindo-os.

— Sim. Estou à espera do vapor que vem da capital — declarou entre a verdade e o engano.

— Hum! E o que é que faz, o amigo?

— Sou agrimensor.

— E isso dá dinheiro?

— Dá para sustentar a família.

— É grande?

— O quê?

— Ora! A família.

— Mulher e sete filhos — mentiu Cornélio, pela via das dúvidas.

— Também tenho filhos. Espalhados por esse mundo. Nunca paro muito tempo no mesmo lugar. Sou um homem dos sete ofícios. Já fiz de tudo na vida. Hoje posso ter uma junta de bois para levar a Santa Marta, amanhã posso ter de dar dois tiros num tipo qualquer que queiram morto.

Cornélio abriu os olhos.

— Não tenha medo, homem! — riu o outro. — Sou um homem calmo, da paz e de poucas palavras! — tornou o forasteiro, como se alguma relação entre as coisas; como ser assim fosse motivo para tranquilizá-lo, ou um assassino carecesse de ser nervoso, belicoso e tagarela.

Cornélio não falou nada. O forasteiro voltou a se levantar, a se dirigir à cozinha... Cornélio lhe observava os gestos. As parecenças com o assassino que o abordara no Topázio se desfaziam aos poucos. Embora não tivesse de cor a fisionomia do tal Mata Mãe, nuances insondáveis afastavam-nos categoricamente. No entanto, tal o descansava muito pouco. Lembrou-se do suspeito homenzinho do barco. A estratégia parecia a mesma: distraí-lo, fazê-lo sentir confiança... Contudo, estando a sós, por que não o prendera ou matara já? O homem estava de volta, com uma posta alta de toucinho e pão.

— Servido?

Cornélio declinou. Com uma navalhada, o forasteiro cortou uma lasca grossa, levando-a à boca, para enjoo de Cornélio. Comeu, limpou os beiços às costas da mão, rematou tudo com dois copos de aguardente, arrotou alto e disse:

— É uma maravilha, esta vida! Pena um cabra não sair dela vivo! — soltando uma gargalhada com mais falhas que dentes.

Os olhos do caixeiro-viajante abriram-se até ao limite.

— Ah ah ah ah ah! Não ligue. É chiste!

Não era, de fato, o mesmo! — concluiu Cornélio.

— Qual é a sua graça?

— Guido Gamarra — tornou Cornélio.

— Francisco de Santa Rita — apresentou-se o outro, estendendo a mão enorme.

— Muito gosto — devolveu o falso agrimensor, dando-lhe a mão suada a apertar.

— Mas toda a gente me conhece por Paco Alto.

O cão ladrou.

— Que é, caralho? Um dia ainda meto uma bala entre os olhos deste safado! — E tornando a cortar uma nova fatia de toucinho, levou-a à boca como a mais deliciosa das febras, num gesto provocador de fazer negaças ao cão. Depois esticou os braços, espreguiçou-se, bocejando estrondosamente.

As cores do mundo já pouco se afirmavam e, de Rosa, nem sinal.

— O amigo se importa que eu tire uma sonequinha?

Claro que não se importava. Até lhe agradecia. Paco Alto puxou o chapéu para o nariz, como se o sol lhe desse em cheio e, nem um minuto passado, já ressonava com a descontração dos homens aos quais todo o mundo pertence. Apesar de achá-lo má notícia, a familiaridade com que tratava tudo e se servia como se dono da casa revelava mais ser dali do que vir de fora para acabar com ele. E agora a dormir assim, tão estrondosa e descansadamente... No entanto, *amanhã posso ter de dar dois tiros num tipo qualquer que queiram morto*. E se lhe aproveitasse a "sonequinha" para se pirar dali? Como passaria ele pelo cão sem levantar ladrido? Lembrou-se do revólver. Sabendo agora a quem pertencia o corpo moribundo, custaria-lhe menos internar-se na casa. Levantou-se. O outro não deu por nada. Todo o corpo lhe gaguejava. Foi e veio. Paco Alto, de boca aberta, era a obra acabada da descontração. Parado diante da varanda, o cão parecia esperar por um gesto brusco. *Um dia ainda meto uma bala entre os olhos deste safado!* Cornélio tirou o revólver do bolso do casaco, apontando-o à cabeça do animal. O cão arreganhou os dentes e ladrou de rijo. O som de um tiro pregou Cornélio ao chão.

— Quando é assim, é disparar logo! — atirou o forasteiro, a quem o latido do bicho acordara, ainda com o revólver a fumegar na mão.

Estático, de arma apontada para o lugar onde apenas uma nuvem de poeira lembrava o cão que já lá ia, Cornélio não soube o que dizer. A destreza com que disparara para o intervalo aberto entre as patas do bicho ainda o amedrontou mais. Via-se ser versado na arte de atirar. E parecia dormir com um olho aberto e outro fechado.

— Até o mais firme se borra diante disto! — atirou Paco Alto, guardando o revólver no coldre da axila. — Que tipo é esse, amigo Gamarra?

Cornélio, desarmado, estendeu-lhe o revólver.

— Isto é uma relíquia! Era de alguma senhora?

Cornélio se sentiu ruborescer.

— Comprei-o a um prestamista. Só para fazer figura. Como viajo muito...

— Só mesmo para fazer figura, pois!

— Acha que não mata? — perguntou, como por reflexo.

— Encostado às têmporas, talvez! Ah ah ah ah ah! — atirou o forasteiro do alto do seu cinismo. E o devolvendo, tornou a ajeitar o chapéu e a dormir.

Foi assim que Rosa os veio encontrar. Não pareceu surpreendida por ver Paco Alto, que lhe chamou, sem provocar nela qualquer comoção:

— Rosa do deserto!

Rosa descarregou a carroça para o telheiro e, sem dizer nada, desapareceu com a mula pela arreata. Cornélio percebeu uma intimidade entre ambos que o enciumou. Mas não teve tempo para reflexões, pois logo a voz do forasteiro:

— O que acha desta Rosa?

Não sabendo o que responder, Cornélio encolheu os ombros.

— É um bicho safado, isto! Só se amansa com rédeas e esporas.

Como se atrevia a falar assim? Que queria ele dizer com aquilo? Qual a relação entre ambos? De uma coisa apenas tinha a certeza: aquele homem não era um hóspede comum. A noite caíra. Paco Alto acendeu o candeeiro com o fósforo de puxar fogo ao charuto. Rosa passou a limpar a mesa e este lhe deitou uma mão às nádegas, arrancando-lhe um impropério e a Cornélio um sobressalto no sangue.

— Calma Rosinha! O que há de pensar aqui o nosso amigo!

— O senhor vem aqui muito? — foi quanto saiu a Cornélio como jeito de aplacar a fúria.

— Vai para uma dúzia de anos. Digamos que já sou da casa! Não sei se me faço entender!

— São casados?! — perguntou o caixeiro-fugitivo, numa esperança de que não.

O outro soltou uma gargalhada.

— Não sou homem dessas coisas, amigo Gamarra. E ali a Rosa não é mulher para casar nem para ter filhos. Serve para muita coisa. Mas para isso, não — E baixando o tom de voz: — Agora, que nunca cobri gado como aquele, lá isso nunca! E olhe que já montei mais potras por esse mundo fora que muito regimento de lanceiros! Ah ah ah ah ah! — E puxando pelo charuto, rematou: — Até queima! — sacudindo a mão num chicotear de dedos.

Tudo em Cornélio se encolheu até à dor. No bolso, o revólver lhe puxava pela mão, mas — *Só mesmo para fazer figura, pois!* Não conseguia imaginá-la de outro. Menos ainda naqueles termos... A imagem acesa por Paco Alto era agora uma chispa a alastrar na palha.

Rosa surgiu a servir a sopa.

— Canja?! Mas está alguém doente nesta casa?

— Se não gostas, não comas.

— Oh, minha flor! Sabes que feita por ti até comeria sopa de espinhos!

Servidos ambos, Rosa voltou para dentro de casa.

— Não comes com a gente?

— Estou bem aqui.

— Como vê, amigo Gamarra, tem um gênio de bicho! Mas sabe que isto não há mulheres sem defeitos. Em compensação, tem umas mamas como se andasse prenha o ano todo. Só vendo. Vendo e apertando. Ah ah ah ah ah!

A raiva em Cornélio ganhava orla em vagas altas. Paco Alto comia satisfeito a canja que desdenhara, intervalando colheradas ruidosas com baforadas de charuto. Por certo viveria mais à custa de mulheres como Rosa que dos biscates que dizia fazer! Deveria ter mais tolas assim, espalhadas pelo país! Na verdade, não passava de um valdevinos aproveitador, de um homem sem caráter! — revoltava-se, sem considerar a ironia do julgamento. Só, na cozinha, Rosa era a imagem clara de uma mulher infeliz. Sem pai, entregue a si mesma, pregada à cruz daquela mãe moribunda, dependia da sorte e da boa índole de quem por ali parava. Que lhe fizera aquele homem, o qual parecia tê-la refém de algum modo? Era notório nela o desagrado pela sua presença. Como poderia ele ajudá-la? Por baixo da mesa... Por baixo da mesa a livraria daquela prisão e a si mesmo da ameaça, pelo sim, pelo não. Apertou o revólver. — *Só mesmo para fazer figura, pois!* Àquela distância alguma mossa haveria de fazer. — *Encostado às têmporas, talvez!*

Findo o jantar, Paco Alto exigiu café e aguardente. Pediu a Cornélio que o acompanhasse. O caixeiro-viajante foi ficando.

— Beba, homem! — repetia o outro, enchendo-lhe o copo.

Cornélio obedecia. Era feito de uma fraqueza que o impedia de se afirmar até na menor das suas desvontades. A si mesmo dava a desculpa de aguardar o momento certo para se livrar dele. Paco Alto contava aventuras inconcebíveis, até para o mais ingênuo dos simplórios. Ele que começara por dizer ser um homem de poucas palavras. Um gabarola; um fala-barato! Cornélio pouca atenção prestava. Pensava ainda no que dissera de Rosa. A avaliar pelas patranhas ouvidas, o mais certo seria tudo não passar de piada, truque para afastar dele qualquer ideia em relação a ela. Em especial por vê-la pouco receptiva às suas acometidas, respondendo-lhe mal a cada excesso de intimidade. Mas, por ter casa aberta e depender daquele rendimento, suportava a má-criação dos clientes mais abusados, os quais, por serem antigos, se julgam com direito a liberdades dilatadas. O coração se acalmou um pouco. Até porque o temor de estar este ali por sua causa dissipava-se aos poucos.

Rosa passou carregando ratoeiras, para espalhar pela casa, que os gatos, apesar da fome passada, não davam conta de tanta rataria. Paco Alto, com um grupo de companheiros, assaltava a quinta de um fazendeiro rico de Amampua. Quanto mais bebia mais o leque da cauda se lhe abria.

— Limpamos a casa do homem sem disparar um único tiro!

Cornélio alegou cansaço; mareio da aguardente; não estar habituado a beber. Precisava de se deitar com urgência. Paco Alto riu. Despediu-se, torto e rápido, e torto e rápido se meteu para dentro da casa. A meio do corredor cruzou-se com Rosa, saindo do quarto da mãe com uma malga de sopa.

— Boa noite, senhorita — como quem dissesse: — Rosa! — Boa noite, senhorita — em tom de preâmbulo morto à primeira linha de quanto lhe desejava dizer.

— Boa noite — devolveu Rosa e andou.

Cornélio trancou a porta, deitou-se vestido, revólver no bolso. Na cabeça adensava-se a névoa da aguardente. Os olhos pesavam, pequenos, quebrados. Minutos depois acordou de supetão sem ter dado por cair no sono. Fora um passar ligeiro pelas brasas. A voz de Paco Alto chegou-lhe do interior da casa. Para quem era de poucas palavras, não sabia como não sufocava por tão pouco fôlego tomar entre elas! Talvez não devesse dormir. Quantos se não perderam pela excessiva confiança da aguardente? Se da Rosa dos seus sonhos sobrava pouco, do seu propósito por ali restava nada. Assim não tivesse com aquele homem a intimidade relatada, a presença deste, a par com as imagens acesas por suas palavras grosseiras, bastava para ali se não demorar mais tempo. Esperaria a casa sossegar e sairia pela janela. Precisava só enganar o faro do cão, que passos leves ele tinha. Um resto de brasas que houvesse no fogão da cozinha para se defumar um pouco e faria à vida, que, não sabendo por onde, sabia não ser por ali. Fosse qual fosse o seu destino, melhor seria aguentar o sono, que na vida mais vale cautela que lamento. Apagou a luz para julgarem-no dormido; planejou por alto seus próximos passos, e, ainda o pensamento ia a meio, já o sono o levara. Dormiu por uma hora, até que um estampido, feito um disparo, fê-lo saltar, desnorteado, da cama. Fora um tiro?! Estaria morto? Apalpou o tronco, a cabeça... Não lhe doía nada. O coração cabeceava, desaustinado, contra as grades do peito. Às apalpadelas, acendeu um fósforo e com ele o candeeiro. Tremia por onde havia corpo. Que estrondo fora aquele? Um pesadelo? Não se lembrava de estar sonhando. Sob a cadeira, junto à porta, um objeto parecia se mexer. Os pelos do corpo não haviam ainda voltado ao lugar. Aproximou a luz. Na aflição dos condenados, um rato se debatia contra a fatalidade da má sorte. A voz de Paco Alto deixara, finalmente, de se ouvir. Porém, um som cadente lhe despertou a atenção. Pôs-se à escuta. Em algum lugar das entranhas da casa um gemido lhe chegou à presença. Qualquer coisa de gente; de fole estafado... uma asma antiga. Seria a mãe de Rosa em seus derradeiros anelos? Engasgara-se com a própria saliva? Não iria ver. Deus lá sabe o que faz! Só a lembrança daquela figura bastava para o deixar o resto da vida de vela. Mas não teria coragem de pôr um pé fora do quarto, quanto mais de lhe entrar no aposento e socorrê-la. Sentou-se na cama, revólver nas mãos. O rato se debatia ainda contra a morte certa. Um gesto seu poderia fazer a diferença. O que o impedia? Talvez o mesmo que a Deus ante a má sorte dos homens: uma mistura de displicência e asco. Superstição e culpa o fizeram precipitar-se para a ratoeira. Com os dedos pinçados, aliviou a mola da armadilha, sacudindo-a. O rato caiu, no silêncio dos corpos vagos. Tinha os olhos abertos, mas a vida que se lhe fora não tornaria mais. Era tarde. Como tudo na sua vida por aqueles dias, era tarde. Mexeu nele com a ponta do revólver. Parecia respirar ainda. Nos olhos, um resto de vida, ou de súplica. Por fim, a placidez e nada. Cornélio sentiu um pungir de remorso no ventre. E se agisse assim com ele, Deus, na hora derradeira? Com o cano da arma moveu o bicho para debaixo da cadeira, onde o olhar o não alcançava e, pouco depois, o alívio.

O gemido persistia. Iria ainda a tempo de, ao menos, salvar a velha? Pelo tempo que levava, tendo se engasgado, já teria morrido dez vezes. Talvez não passasse do gemer moído dos condenados, essa espécie de reza a Deus e castigo aos viventes. Talvez sempre assim, quando a casa sossegava, fantasma entre dois mundos, do qual só à noite dá fé, feito um cupim a roer às cegas os barrotes do telhado. E se lhe não dera pela presença na véspera, talvez não tenha sido senão pela falta de atenção ou de um rato que o despertasse para a realidade do outro mundo. De súbito, tudo naquela casa lhe pareceu a antecâmera do Purgatório. E se avisasse Rosa? Ficaria agradecida. Ou não! Os gemidos chegavam em ondas por debaixo da porta. Continham uma rouquidão incompatível com a figura. Duravam, cadenciados... Foi então que a voz de Paco Alto lhe ecoou no estômago:

— *É um bicho safado, isto! Só se amança com rédeas e esporas.*

Não queria acreditar no que a intuição lhe ditava. Andou pelo quarto. O soalho queixava-se pelo peso do corpo ou pelo adiantado da hora. Abriu a porta. Não teve dúvidas. Vinham do quarto em frente ao seu e não do aposento de Rosa ou da velha. O revólver lhe tremia na mão. Era claro, agora, o gemido. Só um. De homem. Nem um ranger de cama. Um som surdo, apenas, como uma vibração da terra, do soalho da casa. E a voz de Paco Alto:

— *Agora, que nunca cobri gado como aquele, lá isso nunca!*

A febre da traição trepou feito um gato escaldado por si a cima.

— *Até queima!*

Como fora ela capaz? Ela que parecia nutrir por ele um desprezo transparente. Afinal, havia mais intimidade do que lhe dera a entender. Estariam mancomunados? Teria sido Rosa quem o mandara ali? Teria ela o reconhecido e... Ao contrário dos homens, foram as mulheres talhadas para as sutilezas dos pormenores, do olhar mais que dos olhos; do entoar mais que dos verbos, enfim, dos lábios às mãos, dos dedos às unhas, do andar aos trejeitos mais discretos do corpo. A ideia o apavorou. Subestimara-a e ao destino provocado. E agora... Seria? Recompôs o cenário e seu enredo: a saída dela; a chegada de Paco Alto; a afabilidade do trato; a aguardente em bica... Aguardariam pela noite alta; pelo efeito da destilação e do cansaço? Não sabia o que pensar. O ciúme parecia suplantar o medo. Na cabeça e no coração, um sentimento apenas. As mãos lhe doíam de tanto apertar maçaneta e arma. Para que queria ele um revólver, afinal? — *Só mesmo para fazer figura, pois!* Quem o procuraria, se metesse uma bala em cada um? Fugido já ele andava! Um desabafo do ressentimento, que não era desses, Cornélio Santos Dias de Pentecostes. Voltou para a cama com o bicho do ciúme a lhe roer o coração. Não há pior demônio que o da fantasia. Apagou a luz, tapou a cabeça com a almofada, mas era como se Paco Alto lhe gemesse dentro. Ouviu enfim uma porta; passos no corredor, descalços, pesados; outra porta; rangidos de cama, um tossir de purga. Um cheiro a tabaco chegou-lhe às narinas sensíveis. Paco Alto coroava de espírito a sua cavalgada de glória. De quando em quando, um ajeitar de corpos no leito rompia o silêncio sobrante da batalha. Só dentro de si barulho ainda. E se desse um tiro em cada um dentro da sua cabeça? Tinha uma arma na mão e todo o desespero dos corneados. Acendeu a luz, andou pelo quarto, fez a mala, abriu a janela... Mas não teve coragem de sair. Alguma coisa o prendia ali: um querer encará-la uma última vez, ele que não voltaria a conseguir olhar para ela da mesma maneira; um desejo de a castigar de algum modo, dando-lhe a entender quem era, fazê-la perceber que sempre tivera motivos para não ter voltado... E se estivessem mancomunados um com o outro para lhe acabar com a raça? Não estavam! Um pressentimento forte lhe dizia não estarem. Se até àquela hora nada... Que quereria isso dizer?! A cabeça zonzeava. Uma e meia da manhã. O que ainda faltava para ser dia claro! Se partisse, chegaria ao porto na hora de apanhar a primeira embarcação que descesse o rio. Antes das nove da manhã ninguém viria lhe bater à porta. Que sentido havia em esperar o quê? Vai-te embora, Cornélio! Vai-te embora! — a voz da razão puxando por ele. Mas, naquele momento, ou pela raiva enciumada ou pela afoiteza da aguardente, a vontade de a castigar suplantava o medo. Talvez o já ter temido tanto o anestesiasse de algum modo. Deitou-se; levantou-se; andou pelo quarto, hora trás hora. A aguardente e o sono quebravam-no a espaços, toscanejares breves dos quais despertava angustiado. E assim toda a noite, num ferver absurdo de ciúmes. Ele que nunca fora ciumento. Pagava na carne o preço caro das suas faltas todas. Era culpa sua! Tudo aquilo era culpa sua! Fora ele quem lançara nos braços rudes daquele não sei quê de Santa Rita a Rosa Cabrera dos seus sonhos idos

— *Vai para uma dúzia de anos.*

ele, quem a endurecera; quem lhe roubara tudo: sonhos, vida, futuro... Sempre fugira de se enfrentar; sempre se recusara a pensar na dimensão dos seus atos; sempre fizera por ignorar como um pequeno gesto pode destruir tanto. Um pequeno gesto, como aquele que lhe bastaria para pôr fim a tudo. — *Encostado às têmporas, talvez!* Um pequeno gesto e o desespero a se dissipar no escuro do Universo, para sempre, que aquilo, bem razão tinha Ataído Russo, não se poderia chamar viver. Tivesse ele a coragem do velho Sérgio; do professor Mata-Juan! Não tinha. Era Cornélio Santos Dias de Pentecostes, um "espinha mole"; um coração sem bravura nem barbaria, um punhado de massapão, impotente ante a adversidade e o vício.

    E agora, Rosa? Como remediar a vida? Como eu te perdoar ou você a mim? Porque não lhe dissera logo quem era? Que adiantaria atirar água às cinzas?! — *Vai para uma dúzia de anos.* Desse as voltas que entendesse ao pensamento, não existia forma de se livrar da culpa e do remorso, do ciúme e da frustração. Estava feito; não havia como desfazer. Como se conserta o passado, Rosa? Com que linhas se remenda? Bem o pressentimento lhe dissera não dever ter ido ali, matar a fantasia, acabar o que em si ainda brilhava de esperança no amor sincero. Por que nunca ouvia ele a voz da razão? Por que insistira em ir? Todos os sinais lhe indicaram não ser boa ideia! Quantos mais anjos queria ele espalhados na sua vida para o desviarem dos maus caminhos que os seus demônios insistiam vê-lo trilhar? Talvez precisasse ter ido; confrontar-se com a verdade, com a crueldade da sua displicência egoísta, com a razão pela qual era perseguido, com a sua ligeireza e leviandade de espírito; ver morrer a última das suas ilusões; fechar, de uma vez e para sempre, aquele capítulo indefinido da sua vida; enfim, aceitar não ser ali o seu lugar. Nunca fora. Percebia-o agora. E de novo tarde. Mas onde seria, afinal? Partiria mal o sol raiasse. Apenas o tempo de a olhar pela última vez e iria para sempre, antes de Paco Alto se alçar. E pensando no quanto talvez lhe não dissesse, deixou-se ficar, olhos fechados, pavio ateado e revólver na mão, feito um crucifixo sobre o peito. De madrugada, já depois dos galos cantarem, o cansaço lhe conquistou a zanga e Cornélio perdeu para o sono sem dar por se ir.

XXVI

Quando Rosa se levantou, já Cornélio se achava sentado na varanda, de mala aos pés, sob o olhar ameaçador do cachorro.

— Já acordado?! — perguntou a dona da casa, descalça e nua sob uma camisa de noite pouco mais espessa que um véu.

— Sim — respondeu Cornélio, seco, curto, sem se lhe deter na figura.

— Dormiu mal? — tornou Rosa, que lhe parecia de muitas falas naquela manhã; feliz, de algum modo.

— Dormi muito bem — tornou este, com ciúme e sono a estrelarem nos olhos.

— Vou-lhe preparar o café.

— Não carece. Estou de partida.

— E como vai para a cidade?

Cornélio não soube o que responder. Disse:

— A pé.

— Ainda é uma légua e meia de caminho. Se quiser esperar, o Paco pode levá-lo. A que horas é o barco?

— Não sei. Obrigado, mas não carece.

— Você é que sabe — tornou esta, voltando para dentro da casa.

Cornélio ficou desamparado, na varanda, de olhos no cão, sem saber que passo dar. O Paco?! Com que então, o Paco?! Raiva e impotência à bulha em si. *Você é que sabe.* Era tudo quanto tinha para lhe dizer? Quando Rosa voltou à rua encontrou-o na mesma posição.

— Mudou de ideia?

Cornélio se desculpou com o cão:

— Queria chegar inteiro à estrada.

Rosa já descia o degrau da varanda quando um aguaceiro repentino caiu sem anúncio, obrigando Cornélio a esperar. Seria chuvinha breve; humor intempestivo do céu.

— Vai ter de esperar. Se quiser café, peça — disse Rosa, recolhendo-se à cozinha com o molho de lenha que viera buscar.

Quando o cheiro lhe chegou às narinas, Cornélio rendeu-se e pediu. Mas não abriu a boca por todo o tempo de ser servido. Rosa tampouco adiantou assunto. O traquitanear da louça no interior da casa principiou a irritá-lo. Queria pegar por algum lado, levantar uma discussão, dizer-lhe quem era, chamar-lhe traidora... Quanto mais Rosa lhe parecia feliz no seu jeito grosseiro de ser, mais vontade tinha de lhe dizer quanto toda a noite se lhe entalara na garganta. Quem era aquela mulher que ali estava? Por quem vivera ele embeiçado toda a vida? Tal como chegara, a chuva esgotara-se num repente, e o sol prateava agora o cenário encharcado do mundo. Para Cornélio, todavia, beleza alguma. Ganhava coragem para algo que talvez jamais dissesse quando Paco Alto:

— Ora, bom dia! — sentando-se à mesa, descalço e em tronco nu, na impertinência dos homens estrondosos.

Cornélio cerrou os dentes, devolvendo o cumprimento a contragosto.

— Acordei com a ventania! Um homem nem pode dormir em paz. O amigo já comeu?

— Já tomei café — tornou Cornélio, para abreviar.

— Então me faça companhia. Rosa!

Cornélio não se mexeu.

— Já vou! — atirou esta de dentro da casa num tom que a Cornélio soou submisso e lhe não reconhecia, não tardando com a cafeteira, pão, toucinho e uma garrafa de aguardente.

— É servido?

— Agradecido.

— Estou a pensar tirar a tarde para uma pescaria. Acompanha-me?

Cornélio informou estar de partida.

— Uma pena, amigo Gamarra! E a que horas parte?

— Agora mesmo.

— E tem montaria?

— Não senhor. Vou a pé.

— Era o que faltava! Eu mesmo o acompanho. Preciso de anzóis e linha. Rosa!

De novo a dona da casa apareceu com o ar fechado das aborrecidas a fingir.

— Prepara a carroça, que eu vou levar aqui o amigo Gamarra à cidade.

— Não carece — ainda tentou Cornélio.

— Faço gosto e questão! Como lhe disse, também preciso ir à cidade.

Quando Rosa voltou com a mula pela arreata, Paco Alto pediu um minuto para se vestir, deixando ambos sós. Cornélio levantou-se. Rosa arrumou-lhe a mala na carroça, perguntou:

— Quer uma comida para a viagem?

Não precisa, obrigado. E uma vez mais os olhos de ambos cruzaram-se por instantes.

— Você é que sabe. Boa viagem.

Cornélio agradeceu. Não sabia o que dizer. O cão mirava-o na sombra da dona.

— Vamos! — atirou Paco Alto, ajeitando o chapéu na cabeça desgrenhada.

Cornélio estendeu a mão para a dona da casa, que a apertou, dizendo:

— Rosa... — desagravando a voz.

E foi tudo quanto a coragem e o atrevimento lhe permitiram, antes de tomar lugar ao lado de Paco Alto. Sem olhar para trás, deixou-se guiar por aquele condutor que, ainda a viagem não começara e já levava conversa feita. Tudo em si lhe pedia para se virar. Resistia. Sabia não haver de encontrar aqueles olhos que, doze anos antes, despediram-se dele, em silêncio, no afunilar da paisagem, garantindo-lhe, ao contrário da ideia de Romão Cabrera, não precisarem de papéis para serem felizes. Por fim, não se conteve. Mas Rosa já lá não estava. No seu lugar, apenas uns olhos de cão sem nome lhe assegurando da partida.

— Tem qualquer coisa aquela Rosa, não tem amigo Gamarra?

— Desculpe?! — tornou Cornélio, na lassidão dos corações magoados.

— Aquela Rosa, tem qualquer coisa. Há uma dúzia de anos que me enfeitiça. Não sei o que é — enfatizou Paco Alto, dando rédea à mula.

E porque parecia não aguentar o silêncio, começou a contar tê-lo Romão Cabrera, em dia de desespero, contratado para matar um sacaninha que lhe desonrara a filha, oferecendo-lhe a castidade da menina, que jurara intacta.

— E estava! Ah ah ah ah ah!

Cornélio não queria ouvir mais nada. No bolso do casaco o revólver lhe garantia estar com ele para o que desse e viesse. Tentou desviar o assunto, mas Paco Alto parecia determinado a lhe contar aquela história até ao fim.

— De modo que foi assim que aqui vim ter, para reclamar a paga do prometido. Não sei se me faço entender!

— E matou? — perguntou Cornélio, na esperança de outro ter pagado por si o agravo.

— Quem? O sacaninha?

— Sim.

— Sou um homem da paz, amigo Gamarra! Ah ah ah ah ah! Não sei se me faço entender!

Cornélio teve um gesto indefinido e Paco Alto esclareceu:

— Na altura não havia ninguém que desse pelo nome que o velho me deu. E como estava curioso quanto à iguaria prometida... Sou um homem de palavra, não duvide! Mas há coisas que só Deus pode. E como tinha a certeza de que o safadozinho não tornaria a aparecer... Disse-lhe que sim e ficamos satisfeitos os dois.

— E a Rosa?

— Continuou acabrunhada por uns meses. Mas eu depressa a fiz esquecer o impostorzinho. Não sei se me faço entender!

Cornélio se arrependeu de ter perguntado. Engoliu em seco e não teve outro remédio senão seguir ouvindo a outra parte da história do erro da sua vida, que o desperdício de uns é o provento de outros.

— O velho ainda insistiu no casamento. Mas não estava no acordo. Ah ah ah ah! Pouco depois foi denunciado às autoridades e enforcado. Parece que tinha ligações aos rebeldes. E como era preciso um homem na casa... fui ficando. A velha é que nunca me gramou. Especialmente depois da morte do marido. Via coisas nas miudezas das galinhas e depois delirava. Mas, por ser má bisca, olhe, Deus castigou-a! Não sei se me faço entender!

Cornélio acenou com a cabeça.

— Em resumo, não foi preciso sujar as mãos. Agora, se o safadozinho algum dia por aqui aparecer... Bem, como lhe disse, sou um homem de palavra! Não sei se me faço entender!

Cornélio recebeu tais palavras como um recado. O temor de ter aquele homem aparecido na sua vida com propósito maligno emergiu de novo. Sozinhos, naquele caminho de mata... Nem daí a cem anos lhe dariam com os ossos! Levou a mão ao bolso. Mas se num minuto Paco Alto lhe parecia um assassino traquejado, no seguinte dava a ideia de não passar de um burlãozinho. E porque quer uns quer outros andassem pelo país fora, não sabia para que lado inclinar-se mais. Pela via das dúvidas, não largaria o revólver enquanto não se separassem.

— Nem sei porque estou contando isto! — atirou o outro. — Olhe, simpatizei contigo!

Cornélio fungou um sorriso bambo. Paco Alto pegara já noutra história, contando sobre as suas aventuras, mas, por não serem sobre Rosa, a atenção se derivou. Teria ela reconhecido no derradeiro momento da despedida? Parecia tê-la sentido estremecer ao lhe pronunciar o nome, ao lhe tocar a mão, ao desagravar a voz fingida... Fora por isso que tão depressa se recolhera a casa? E se lhe escrevesse? — pensou, ele que por aqueles dias parecia crer resolver todos os problemas todos por correspondência. *Aqui ninguém sabe ler.* E se soubesse, o que adiantaria? Pensaria nele, como ele nela, naquele instante? Um vislumbre do passado? Uma chispa de dúvida? Sofrera por ele aqueles anos todos, como ele julgava ter sofrido por ela? *Continuou acabrunhada por uns meses...* Que interessava isso naquele epilogar? Pensou por alto nas mulheres da sua vida. A quantas causara sofrimento, não por maldade, mas por ser covarde e fraco? Talvez todas se lhe tivessem entregado de boa vontade, como aos homens corajosos que, embora sejam de muitas, gozam, entre as amantes, da disputa intrépida pelo protagonismo que caracteriza o orgulho dos corações ameaçados. Pelo menos teria lhes dado a oportunidade de decidirem; de se defenderem. Mas um homem não se mede por sua sombra ao acaso. E ele era assim, um pinga-amor inveterado. Perdera-as todas, uma por uma. Quem tudo quer... — dizia-se e era bem certo. Tivera tantas e no fim, ao contrário do visconde de Cachaguara, não contaria com uma única aguardando por si. Nem Mariana, que o tempo amortece tudo. Rosa Cabrera... Trocaria tudo por Rosa Cabrera. Não aquela. Uma que não havia nem houve. Para diante. Não podia senão olhar para diante, que a vida, havendo uma, é para diante. Ia nestes pensamentos, Cornélio de Pentecostes, quando a carroça parou.

— Aqui estamos, amigo Gamarra!

Na praça do porto, os dois homens despediram-se. Paco Alto lhe desejou boa sorte e Cornélio, apesar de tudo, não conseguiu querer-lhe mal. Apertando-lhe a mão estendida, agradeceu, e, como quem dissesse

— Tome conta da Rosa!
declarou
— Foi um gosto.
e partiu.

Livre de Paco Alto, Cornélio dirigiu-se à velha estação fluvial a saber da partida do próximo vapor. Estava prevista para as onze e meia da manhã. Comprou bilhete de cabine e sentou-se à espera. Não faltava já muito para surgir no horizonte. Olhou para o bilhete. Pelo carimbo da data fez contas aos dias. Cumpriam-se, precisamente, os dez sentenciados pelo matador. Uma mistura de excitação e medo confundiram-se por dentro. Voltou a contar pelos dedos. Às seis da tarde dessa terça-feira, a fazer fé no rigor do assassino, deveria ser um homem livre. Um homem livre para quê? Assim este o não perseguisse ou achasse mais, que liberdade seria a sua, senão para seguir fugindo? Que importavam tais perguntas naquela hora? Era embarcar e rezar a Deus, ou a quem por Ele se encarregasse dos assuntos menores dos homens. Pelo meio-dia o vapor não tinha ainda chegado. E se apanhasse uma balsa? Não queria dormir em mais terra nenhuma até chegar a Monte-Goya, onde a multidão o anularia e melhor podia passar despercebido. Esperou. Já passava da uma quando os passageiros foram informados: segundo o último telegrama, estar o barco atrasado, com hora prevista de chegada às cinco e partida às cinco e meia.

— Que maçada! — resmungou Cornélio para si mesmo.

Pagou para guardar a mala e dirigiu-se ao centro da cidade, a fim de despachar a carta para Ataído Russo e comer qualquer coisa antes do embarque. Hora de almoço. Quase ninguém pelas ruas. Comeria primeiro; trataria da carta depois. À passagem por um velho, recebeu deste um cumprimento que devolveu. O dia estava claro e o calor fazia lembrar uma manhã de verão alto. Ia levado, sem pensamentos, quando um clarão o cegou. Quando recuperou o sentido não sabia onde estava. O mundo de pernas para o ar; o chão por firmamento, e quatro patas de uma cavalgadura a espernearem contra um céu de folhas secas feito uma barata ao contrário. Que lhe acontecera? Os sentidos toldados; a cabeça num peso de embriaguez; a boca ácida. Quando o fôlego lhe chegou para perguntar onde estava; o que se tinha passado, tudo quanto ouviu foram os cascos da montaria contra o chão da mata. A última vez que se achara naquele propósito fora depois de conhecer Balaena Carabonna. Não se conseguia mexer. As mãos atadas, os pés atados.

— Onde estou eu?

Nenhum retorno. Além da montada onde ia derrubado, uma outra, seguia adiante. A custo divisou um pouco mais. Uns sapatinhos de verniz e aquilo que lhe pareceu uma batina de padre.

— Quem vai aí?

Silêncio. E a aflição crescendo, como num sonho do qual se não acorda por mais voltas dadas. Estava dentro de um pesadelo! Acorda, Cornélio! Quando a montaria parou, sentiu uma mão atirá-lo para o chão. Uma dor no peito, no ombro, na cabeça, como se tudo partido dentro de si. Quando por fim divisou, contra o sol candente, a figura que o apeara à bruta, deu com a imagem de um padre, ar sóbrio, rosto escanhoado, óculos finos, atrás dos quais a frieza de uns olhos que algo em si jurava conhecer de algum lugar. Mas foi quando a voz deste

— Eu o avisei, senhor Cornélio, que tinha um faro apurado. Não há canto no mundo onde se possa esconder de mim.

que todas as dúvidas se dissiparam.

— Senhor Mata Mãe?!

A figura do padre teve um trejeito canino na boca.

Os joelhos bambeavam e o coração lhe batia, descontrolado, feito um cavalo estafado.

— Vai matar-me aqui?

— Não gosta do lugar? — a voz do matador, com ironia.

— Ainda tenho umas horas! — argumentou no desespero dos injustiçados. Posso pagar por elas!

— Sabe quanto me deve?

— Eu pago!

— E onde o senhor vai arranjar essa soma?

— Trago comigo algumas joias; relógios caros...

— Onde?

— Na minha mala. Está guardada na estação.

— Refere-se a esta que aqui levo? — sorriu o assassino, destapando o flanco do cavalo onde a mala referida seguia pendurada.

— Isso é roubo! — gritou, aflito, de mãos atadas.

— É pelo trabalho extra que me deu.

— Não é melhor o senhor me levar vivo à presença de quem lhe encomendou o serviço? Como fará prova de que me matou?

— Não se inquiete com isso. Sou um homem de palavra. Quem me contrata, sabe.

A boca seca; um quê de febre... Tudo em si se debatia contra a sensação horrível de quem, dentro de um pesadelo, não consegue acordar.

— Mas, se fizer gosto — escarneceu o matador —, poderei lhe levar a cabeça num saco.

Cornélio sentiu um fio de urina lhe escorrer pelas pernas abaixo. E caindo de joelhos, implorou:

— Por favor, não me mate! Sou um homem bom! Nunca fiz mal a ninguém! — aos soluços; mãos apertadas sobre o rosto

— Cave! — ordenou o matador, atirando-lhe uma pá para junto da figura suplicante.

— Quê?

— Cave!

A ordem foi dada com tanta violência, que sentiu a revolta apoderar-se dele.

— Quer que eu cave a minha própria sepultura? Pois lhe digo: não cavo.

— Cava, sim! Sabe por quê? Porque cavar é estar vivo e estar vivo é ter esperança. É por isso que as vítimas obedecem aos seus algozes até ao último instante.

— Não cavo! — atirou com toda a coragem que não tinha.

Um tiro passou-lhe a rasar a orelha. Teve a sensação que lhe entrara no corpo.

— A próxima será em cheio. E pode ter a certeza que não me importo de o deixar aí estendido à mercê dos bichos. Agora cave!

— Tenho as mãos atadas.

— Não se preocupe, até às seis da tarde o dia é todo seu.

De joelhos, mãos e pés amarrados, Cornélio começou como pôde a cavar a própria sepultura. Todo o corpo lhe doía. Encostado a uma árvore, o matador fumava, tranquilo, o seu cigarro. Não reconhecia naquele homem o assassino que o abordara em Santa Cruz dos Mártires. E no entanto, era ele. Também o pensara ao ver Paco Alto pela primeira vez. Era agora diferente. A voz cava, a presença opressiva, o ar gélido dos sem piedade. *A morte é mais real do que se imagina. E tem sempre uma figura* — garantira-lhe a mãe. Mas não era a morte. Era um homem, de carne e osso, com um cálice de peçonha no lugar do coração. Talvez a morte fosse mais humana do que aquele Mata Mãe! A ironia de se disfarçar, ele também, para lhe dar caça, ainda por cima de padre, para lhe confirmar vir a mando de quem vinha...

— Sei que foi o padre Pôncio Leona quem o mandou! — gritou do fundo do palmo escavado.

O matador nem se mexeu. Quem o denunciara? Quem sabia estar ele ali, em Caribello, àquela hora? Paco Alto? Quem mais? As dores da queda alastravam por todo o lado.

— Não consigo cavar assim! — atirou, mais por desabafo que por rogo.

O assassino era um cão de quinta; uma presença apenas, de olhos fechados, silencioso. Cornélio cavava, devagar, como podia. Lembrou-se então da arma. Levou as mãos aos bolsos do casaco. Nada. Procurou nas calças; no cós... Teria lhe tirado, por certo, o maldito! Nem pôr fim à própria vida com dignidade podia. Pensava em como sair dali, na distração momentânea daquele sanguinário para lhe dar com a pá e fugir. Parecia dormir. Não dormiria, por certo. Queria fazer qualquer coisa, mas sentia-se pesado, preso, impotente, como quem dentro de um pesadelo. Não se poderia permitir morrer assim. Enquanto isso, cavava. Todo ele era suor e terra e dores e medo. A cabeça não parava. Por que se permitia a tal coisa? Por que não se revoltava? Por que não o enfrentava? Morrer por morrer, mais valia de um tiro feito um cão escabioso. O que faz um homem obedecer cegamente? Que covardia era aquela e onde nasce? Medo e esperança cavavam por si. Sentia-se uma ovelha andando para a ara das imolações e nem um movimento, um gesto, pouco mais que um *mé* de protesto e só. Cavava, como a ovelha que dá lã e leite e sangue e a carne dos filhos sem se revoltar. Cavava, com o coração a bater-lhe em todas as células do corpo. Era um pesadelo! Só podia ser um pesadelo! Nada daquilo fazia sentido. Pois se nem as feições do assassino lhe pareciam as mesmas! Acorda, Cornélio! Acorda! E cavava, cavava... Quando a cova já ia com a altura de um homem, o matador disse:

— Pode começar a se tapar.

— Quê?

O revólver apontado na sua direção foi a repetição da ordem. Não disse nada. Reagia apenas ao mando. Chorava, tremia, não pensava já em coisa alguma. Nem um pensamento para a mulher, para os filhos; para a mãe que o parira a contragosto numa manhã de Pentecostes à hora limite entre a vida e a morte. Nada. Medo e o bater desesperado do coração. Parecia, finalmente, render-se ao destino. Se não conseguira atirar-se ao assassino quando estava em solo raso, como fazê-lo agora a dois metros de fundo?

Dentro da cova, ia puxando terra para se tapar. Ao cabo de dez minutos estava exausto. Tinha terra até ao peito. Não podia mais. O coração batia tão violentamente que, por momentos, perdeu a consciência. Quando voltou a si, caíam-lhe pazadas de terra sobre a cabeça. Gritou por misericórdia, mas... Terra na boca, terra nos olhos; uma aflição sem nome. Tapou a cara, enrolando-se como pôde. De súbito, tudo escuro, pesado, sufocante... O desespero o fez cavar às cegas, numa aflição de mãos, para chegar à tona, ele que lá estivera e se deixara sepultar; ele que não tivera coragem de se defender. Debaixo do chão, debatia-se em vão contra a morte que o invadia por todos os lados. Asfixia, desespero e a consciência a se ir, num estourar de peito; o descontrole a lhe abrir a boca, terra e morte e o fim diante dos olhos feito uma luz cegante à hora terminal. Dez dias em ponto. Era uma vez Cornélio Santos Dias de Pentecostes.

XXVII

Desde que o sol raiara que Raul Bucénio andava pelas ruas à caça de Martim San Roman, jurando, a quem dizia não saber dele, haver de matá-lo onde quer que o achasse, assim fosse dentro da igreja, debaixo das saias do padre. Campeão de luta livre, Raul Bucénio tinha, diziam, a força de um boi. Afirmação que, no bilhete deixado à sua porta, denunciando o adultério, serviu para inteirá-lo da chacota feita nas suas costas quando dele se falava, dizendo:

— *Se fosse só a força, estava ele bem!*

Altina Sandra, mulher que jurava não tê-lo enganado, e à qual, por milagre, poupara a vida, não correra menos ruas; não batera a menos portas.

— *Se virem o Martim San Roman digam-lhe que fuja!* — rogava em lágrimas.

Se dúvidas havia quanto a corresponder à verdade o boato que o destempero de Raul Bucénio espalhava, dissipavam-se todas na aflição que na mulher viam. E elevavam-lhe a coragem, pois era precisa muita, não só para enganar um homem como aquele, mas para, andando o marido, por um lado, a caçar-lhe o amante, afoitar-se ela a defendê-lo, por outro. Iludem muito as aparências, e não raras vezes produzem maus efeitos as boas intenções. Não o fazia, a pobre, por Martim, com o qual jamais se amantizara, mas para evitar ir o marido parar à ponta de uma corda e deixar órfãos os três filhos que lhe fizera. Naquele momento, porém, a verdade era o boato que corria pela cidade feito um rastilho de pólvora.

Raul Bucénio era um homem perdido do juízo. Havia horas que o procurava em vão e, a quem perguntava por ele, recebia a invariável resposta:

— Ainda hoje o não vi.

Correra a zona baixa da cidade, onde lhe diziam cumprir, San Roman, a maior parte da gandaia. Bateu a todas as portas; entrou em todos os bares de tresnoitados, onde restos de gente aguardava por um último copo para rumar a casa; perguntou a todas as caras que vira passar... Nada. Ninguém parecia tê-lo visto. Nem as damas da rua, cujas noites não terminavam nunca, davam-lhe outra resposta para além do "não sei" precedendo o convite. Onde se teria aquele maldito metido? Sabia ter amigos em toda a cidade capazes de dizerem terem o visto para norte quando o sabiam para sul e que até as mulheres às quais enganara lhe dariam cobertura. Mas se um dia é da caça, outro é do caçador. Apanharia o cabra, que nada se esconde para sempre, e lhe torceria o pescoço, feito a um pombo tenro, com as próprias mãos.

A manhã crescera e a cidade estava na rua. Desde a véspera que não havia outro tema nas bocas de toda a gente. Raúl Bucénio nem reparava nos comentários à sua passagem; nos olhares fingindo não o verem; no desviar apressado de quem com ele se cruzava... Os seus olhos cegos procuravam entre os passantes a cabeça alourada, o bigodinho aprumado, o fatinho branco com que sempre se vestia, o panamá de palha com fitinha a condizer com a gravata... enfim, o figurão da terra que nem à distância de cem metros passava despercebido. Junto à capela velha, onde de segunda a sexta as senhoras da sociedade se juntavam para rezar um terço depois da missa, Raul Bucénio perguntou:

— Alguém viu o Martim San Roman?

Todas as cabeças acenaram que não. Nem a hora nem o local eram próprios para encontrar Martim San Roman, nem elas eram senhoras que se dessem a tais relações para saberem responder pela vida e paradeiro desses malandros.

— A esta hora melhor seria procurá-lo na alcova de alguma perdida do que aqui, entre senhoras de bem! — atirou de entre elas uma roliça, pequenina, com ar de despeitada.

Raúl Bucénio nem fez caso do pudor ofendido e se foi dali no seu passo pesado de gigante. Apesar do falatório em torno do caso, só uma das presentes parecia estar a par do sucedido, contando às outras o pouco sabido com um tanto inventado. Antuérpia Caya, mulher de Alvarites Pimentel, Alcaide da terra, que concordara com as palavras proferidas pelas senhoras que a acompanhavam, alegou indisposição e norteou para casa com o passo mais discreto de que foi capaz. Levava o coração nas mãos. Entrada em casa, correu ao quarto onde a luz da manhã entrava às tiras pelas gelosias de madeira.

— Tem que fugir, Martim! O Raul Bucénio anda pela cidade a dizer a toda a gente que te vai matar.

Martim San Roman abriu um olho e, como se sonhasse as palavras de Antuérpia, voltou-se para o lado e pegou no sono onde o largara.

— Acorda, homem de Deus! Não ouviu o que te disse?

Sacudido pelo medo da mulher, Martim San Roman abriu os olhos a custo, tentando se pôr de pé dentro da sua cabeça.

— O que é que você quer que eu faça?

— Raul Bucénio anda desde manhã à tua procura, e jura que te mata!

— E isso por quê?

— Parece que lhe seduziu a mulher — atirou a esposa do alcaide, no tom contido dos infiéis desapontados.

Martim soltou uma gargalhada.

— Aquela cara de fome com cor de lula desmaiada?! Se ao menos tivesse cu ou umas mamas que se vissem!

— Martim!

— Isso deve ser engano. Quer dizer: calhando é mesmo corno. Mas não fui eu quem lhe talhou os galhos.

— Eu o vi. Parece que anda cego.

— Há muito tempo! Para ter casado com aquele cabide, e ainda por cima se deixar cornear...

— Oh, Martim, pelo amor dos santos todos, vista-se e foge!

San Roman procurou a onça do tabaco, enrolou um cigarro, puxou-lhe fogo, aspirou fundo e disse:

— Deita-se aqui, anda!

E se ele aparece?

— Mas quem é que sabe que eu estou aqui?

— Ninguém.

— Pois está claro, que ninguém! Mas esse um metro e noventa de estrume alguma vez se atreveria a entrar em casa do Alcaide, seu camarada de confraria de São Cornélio, chamando puta à mulher dele?!

— Ofende-me, Martim!

— Oh, minha joia! Não se melindres com tão pouco. Pois não é você minha nas noites que o teu marido anda pela capital em jantaradas com políticos?

— E isso faz de mim...

— Só minha, minha joia! Só minha!

Antuérpia Caya baixou os olhos, misto de vergonha e agravo.

— E agora que me acordou, e já rezou os teus pecados, anda logo acalmar esse coraçãozinho que vive constrangido nesse corpete apertado.

A sagrada esposa de Alvarites Pimentel tirou o véu da cabeça, a mantilha dos ombros, descalçou os sapatos com os pés, fez beicinho, arrelia e mimo, sorriu com os olhos, com as abas do nariz e esperou que Martim a puxasse para a cama onde uma semana por mês era feliz.

Martim San Roman era um vadio dos sete costados. Malandro, bem vestido, pedia a meio mundo para pagar ao outro meio ao qual ficava a dever. As mulheres e o jogo eram a sua perdição. Sempre de navalha no bolso, perdera a conta em quantas lutas de faca entrara e de quantas saíra em braços a ponto de enterrar e benzer. Nascera com o corpo fechado, contava a finada mãe que o parira em noite de tempestade à luz de uma candeia nas entranhas de um barco. Dançarino de primeira água e um sortudo de igual quilate, tinha fama de encornador, não se constrangendo das suas conquistas nem dos chifres por si plantados em testas postas a jeito. A quem lhe perguntava se não tinha vergonha de encornar meio mundo, respondia que

— Corno se encorna sozinho!

defendendo que se uma mulher arriscava a vida plantando galhos no marido é porque o tal os merecia bem postos.

— Mulher satisfeita não procura fora — dizia. E a verdade é que a sua, apesar de todos os desgostos e brigas, nunca se deixara levar por outro malandro ou homem sério que a cortejasse, e não poucos pretendentes a adulavam. — Mulher se prende na cama! — repetia sempre que a conversa surgia. — Tudo o mais é conversa de poetas e novelistas.

E se alguém argumentava com casos nos quais os atraiçoados haviam morto os traidores, respondia com a graça de quem não teme a morte:

— Então é porque tão corno era um como o outro!

Jamais algo ou alguém o detivera de se meter com mulher alheia, assim esta lhe agradasse. Nem mesmo Georgete, a *Cigana*, a qual despertava nele coisas que nenhuma outra lograra antes de si, a ponto de ter juntado com ela os ternos que vestia, que mais nada tinha de seu. César Casanova, amigo de muitos anos e de farra, dissera-lhe um dia:

— Isso foi magia que te fizeram! — quando este lhe anunciou que iria viver com a *Cigana*. — Feitiço de cigana é danação para a vida toda.

Martim San Roman, que mesmo nos momentos mais dramáticos da vida encontrava sempre a melhor parte e com que se rir, respondeu:

— Se você algum dia provar cigana assanhada, então falamos.

Mas a verdade é que também ele sentia haver em Georgete uma força que só podia vir das tripas da terra, e cria, como em pouca coisa na vida, tê-lo esta embruxado com sortilégios do demônio que, tanto quanto sabia, era o único deus dos ciganos.

Por três meses, apenas, lograra Georgete, afastá-lo de si mesmo. Três meses durante os quais viveram fechados em casa, saindo apenas de noite para comer, beber e dançar. E o dinheiro não faltou um só dia, que quem anda alinhado com os astros nada há que lhe falte. A sorte de San Roman era tanta por aqueles dias que depressa deixou de ter quem apostasse com ele valor de significado. Comiam no Imperial, iguarias das mais caras e bebiam importado sem se importarem com a despesa. Os vizinhos, especialmente os homens, reclamavam com o Alcaide por conta do barulho que vinha de casa deles a toda a hora e levantava nas mulheres ideias raras e nas crianças perguntas inconvenientes. Macário César, senhorio do casal, dera uma tarde os parabéns a António Matilde, o carpinteiro que lhes fizera a mobília, dizendo:

— Os solavancos que aquela cama leva todos os dias, se não foi feita em pau-santo, não sei no que foi!

O idílio de Martim San Roman e Georgete, a *Cigana*, foi-se esgotando aos poucos e, aos poucos, voltando este à vadiagem da sua religião. Se a princípio as tardes lhe chegavam para uma mãozinha de batota depois do almoço, não tardou a fazê-la esperar para jantar e jantar, ele mesmo, onde a fome o encontrasse. Desculpava-se com os amigos, que o desafiavam e, por ser homem, não poderia vir para casa correndo, só porque tinha a mulher à sua espera. Não obstante as discussões, Georgete foi-lhe perdoando, pois, mesmo tocado a álcool, vinha para seus braços, todas as noites, acordando-a a que horas fosse, para o amor que só ela sabia fazer com ele. E se as tardes se tornaram noites, as noites, depressa, se tornaram madrugadas. As unhas de Georgete, que o amava e lhe tinha agora raiva em proporcionais medidas, deixavam-lhe, nas marés de azedume, mais marcas no corpo do que golpes de faca recebera na vida. Porém, no fim de cada briga, de não restar um só prato em casa e de todo o Bairro Malanguero ter acordado ao som dos gritos com que se agrediam, agarrava-se aos cabelos, beijava-o e lhe batia, até acabar, descabelada e nua, sob o peso do seu corpo, em lágrimas e gargalhadas, perdoando-lhe tudo, desde as dívidas que lhe batiam à porta, às noites inteiras passadas fora, nos braços de uma "puta de ocasião" à qual rogava todas as pragas; deitava todos os sortilégios conhecidos para que adoecesse e definhasse e morresse, devagarinho, gemendo, contorcida de dores. Apenas uma coisa não haveria jamais de lhe perdoar, que este entregasse a outra mulher o coração que lhe pertencia.

— Livra-se de abrir o coração a outra que não eu. Vou atrás de ti até às portas do Inferno e capo-te e mato-te e cuspo-te em cima.

San Roman ria do dramatismo com que Georgete o dizia, mas tinha a certeza, como de poucas coisas na vida, de haver sido aquela mulher, temperada no aço das fêmeas ciumentas, de cumpri-lo, assim fosse o último ato de seus dias. Também lhe temia as pragas rogadas de cada vez que se ia, embora acreditasse lhe saírem da boca apenas e nunca do coração. Por isso, ou por não ser da sua natureza se dar, que ao corpo fechado pertence coração e tripas, não se entregava a sentimentos maiores do que os seus humores pudessem suportar. Assim foi, por mais de um ano, até que numa noite de São João chegou à cidade uma ruiva chamada Cayara, contorcionista de circo e mulher de atributos singulares. Martim passou a sair depois do almoço e a voltar a meio da manhã seguinte, para se lavar, barbear, mudar de roupa e sair de novo. Desculpava-se com César Casanova, que precisava recuperar dinheiro de uma aposta e carecia de um companheiro para o jogo. Era muita a soma e tinham de passar a noite em casa de um barão do café a jogar até a dívida estar paga. Os dias foram-se passando, até San Roman chegar a casa com dois chupões no pescoço. Georgete não lhe fez perguntas. Pegou na tranca da porta e lhe descarregou a raiva em cima do corpo, deixando-o pronto para ser velado. Mais de um mês levou Martim a sair de casa. Os amigos o visitavam, traziam-lhe iguarias, notícias do mundo, mas era Georgete quem o tratava, cuidava-lhe de todos os estragos que a tranca da porta fizera. Mal recuperou, Martim arrumou a roupa numa mala e rumou do chalé de Casanova. Atrás dele, atirando-se aos pés em súplicas de perdão, Georgete, a *Cigana*, jurava arrependimento; não tornar a repetir o desatino; aceitar poder ele

— ...beliscar uma branquinha de vez em quando.

por ser homem e guloso, e todas as coisas impossíveis de cumprir que o momento lhe ditou. Martim disse que nem morto voltaria à sua cama, à sua vida. Georgete se atirou ao rio diante do chalé de Casanova, e de novo, depois de a salvarem no limite do fôlego. Martim, que não deixara de a desejar, cedeu. De volta a casa, Georgete jurou, como se pudesse cumprir, nunca mais lhe perguntar "onde" e "com quem", se este jurasse assumi-la como sua mulher legítima, verdadeira e única, apesar das fraquezas do momento; aquela que lhe daria filhos; a qual a história eternizaria como sua companheira, como sua viúva no dia em que uma navalha mais funda lhe trespassasse alguma parte menos fechada do corpo, visto o destino com que se nasce não ser o destino com que se morre. Martim San Roman, tendo tudo a ganhar, jurou. Mas, porque há promessas válidas apenas na quentura do desespero, depressa o de sempre voltou ao mesmo e a vida de ambos passou a se dividir entre o inferno das brigas e o paraíso das pazes, de tal modo que os vizinhos não sabiam aquilo que os incomodava mais, se a algazarra das rixas, se a chinfrineira das reconciliações. Insultavam-se, batiam-se, separavam-se, reconciliavam-se e recomeçavam: San Roman, nas ruas, pelas mesas de jogo, em camas alheias; Georgete, em casa, chorando a fúria de amar o último dos boêmios até à medula dos ossos. Nos momentos de desespero lhe vinham à lembrança as palavras de uma tia velha, ao lhe saber da loucura de se juntar com aquele homem:

— *Vais ser mais infeliz que uma pata num galinheiro!*

E era. Mas igualmente a rainha entre as galinhas, pois sabia, apesar de todos os dissabores, ser ele seu e amá-la, tinha a certeza, não só pela forma como a tomava e ficava em si até à rendição e depois dela, mas também pelos vestidos e joias que de presente lhe trazia, não obstante ter, em pouco tempo, de empenhá-los — não importava, pois a intenção suplantava a tristeza da má sorte.

Aos poucos, Martim deixou de lhe encobrir as aventuras, tornando-se o honesto que enraivece quem lhe pergunta pelas verdades, atirando-lhe à cara:

— Não quer saber, não pergunte!

Apenas um nome lhe encobria entre todos: Antuérpia Caya, a sagrada mulher do Alcaide Pimentel. Não por estimá-la acima de qualquer outra, ou respeitá-la particularmente, mas por ser mulher de influência que, de bem consigo, escudaria-o de apuros e de cuja bolsa poderia esperar sempre um generoso "empréstimo". E porque um homem bem relacionado entre as mulheres acaba sempre por ser influente na política entre os homens, Martim San Roman mexia, na sombra, os cordéis possíveis a favor de Alvarites Pimentel, pois, enquanto este se mantivesse empoderado, Antuérpia Caya seguiria sendo a mulher mais influente da cidade. Assim, andando o marido por fora, era seu todo o tempo possível, tratando-a com o mais aprumado desvelo da sua arte. Sorte não ter esta filhos, e lhe ser a criadagem fiel, em especial Sebastião Gallo, que o introduzia e tirava da casa na carroça da lenha, tornando os encontros impermeáveis, como o daquele dia em que o Alcaide estava para a capital e Raul Bucénio o procurava por toda a cidade para o matar.

Embrulhados nos lençóis revoltos, Martim San Roman e Antuérpia Caya fumavam, dividindo o cigarro da rendição.

— Almoça comigo?

— Não posso. Tenho um compromisso.

— Você não pode andar na rua, Martim! Não enquanto aquele homem andar atrás de você.

— E o que me aconselha? A ficar aqui, na tua cama, até o mundo se pôr sereno?

— Você brinca! Se o meu marido não estivesse para chegar, não te deixaria sair.

— Expulsa-me, então?!

— Martim!

— Se eu morrer, a culpa é tua.

— Não brinque com coisas sérias, Martim!

San Roman sorriu. Tinha lá medo de corneados! Nascera para morrer de velho, para ser uma lenda da vadiagem, um ancião a quem os rapazes novos, ainda por nascer, viriam prestar homenagem, pagar copos e cigarros e pedir conselhos sobre as mulheres e os seus doces ardis. Despediram-se. Antuérpia com o coração apertado; Martim San Roman com a descontração com que enfrentava tudo na vida. Como de todas as vezes, meteu-se na carroça da lenha e foi levado por Sebastião Gallo, até ao limite da cidade. Junto às ruínas da velha fábrica de tijolo, desceu, despediu-se do fiel "escudeiro", pôs-lhe um cigarro enrolado no canto da boca e foi à sua vida, assobiando até ao chalé de César Casanova, o melhor e mais estimado amigo de todas as suas aventuras e desventuras.

— Ouvi dizer que querem te matar — atirou César Casanova ao vê-lo entrar.

— Já chegou aqui a notícia?

— Trouxe-me o Palagêma. Junto a essa garrafinha de rum.

— Quer mesmo matar você! — atirou Martim, pegando na garrafa.

— Pelos vistos ainda morre primeiro do que eu! — gracejou o outro.

San Roman soltou uma gargalhada. E riram ambos, visto nenhum temer a morte, pois a vida lhes fora, até ao momento, generosa e boa.

— Brindemos a isso, então! — abrindo a garrafa, servindo-os e puxando uma cadeira para se sentar à cabeceira do amigo.

— Mas me diz aqui: comeu a mulher do Raul Bucénio?

— Mais depressa comia uma ninhada de gatos. Um traste daqueles nem bêbado se come.

César Casanova não conteve a gargalhada, nem o ataque de tosse que se lhe seguiu. Aos trinta e nove anos, era um homem condenado pela fraqueza dos pulmões. Pintor, nascido na capital do país vizinho, apaixonara-se por aquela terra depois de ter corrido a Europa na juventude e de dona Enna Cabaldonero lhe pedir que a pintasse, nua como viera ao mundo. Viúva de um major caído na Guerra Civil, dona Enna Cabaldonero deixara-lhe em testamento aquele chalé à beira rio, onde Casanova a fizera feliz por onze anos. Era quanto tinha de seu. Refugiara-se ali, de onde nunca quisera sair, ia para ano e meio, depois da cidade inteira o ter ostracizado por conta de uma falta de sensibilidade que as massas brutas nutrem, quase sempre, pelas excentricidades dos artistas. Encomendara-lhe o padre um quadro representando Nossa Senhora. Casanova honrou-se com o pedido e escolheu para modelo uma jovem prostituta do porto com a qual se vinha deitando desde a morte de dona Enna Cabaldonero. Sobejamente conhecida na parte baixa da cidade, demorou quase um ano às feições da Virgem serem identificadas nas da menina de má fama. Tempo durante o qual aquela bela Madona estivera exposta na igreja, atraindo a si as orações e as preces, as lágrimas desoladas e os suspiros de promessas das mais ilustres damas da cidade. O padre andou para morrer e as senhoras, que haviam orado e rogado àquela Messalina do porto em vez de a à mãe de Jesus, andavam agoniadas, consumidas, aos "abrenúncios" e "credos". O quadro foi removido, mas o padre não permitiu, como as fiéis lhe exigiam, ser espezinhado até à partícula, afinal, apesar da maculada origem das feições, representava a mãe do Salvador. Porém, não descansaram estas enquanto os maridos não correram com o pintor da cidade. Desde esse tempo que Casanova vivia proscrito, confinado ao seu pedacinho de chão, que se recusara abandonar, auxiliado pelos amigos, pintando à beira rio e aguardando que a tuberculose o levasse.

Depois de dois copos de rum, Martim lhe apresentou o avio que lhe trouxera da casa de Antuérpia Caya, a qual, às escondidas do marido, era quem mais contribuía, por intermédio deste, para o sustento do pintor excomungado.

— Digno de um rei! — sorriu ele.

— É o que você é, amigo! — sorriu San Roman, colocando-lhe a mão sobre o ombro mirrado.

Casanova apertou os lábios, que, por mais fingimento e disfarce não há heróis à hora da morte. O constrangimento foi breve, pois logo Martim aliviou o ambiente com a narrativa dos últimos dias. Conversaram por uma hora, até à chegada de Evaristo Cambé, que, junto com San Roman, Carlos Palagêma e Antero Ay, compunha o grupo de amigos chegados que se revezavam para deixar o pintor sozinho o mínimo tempo possível. Ao ver Martim, Evaristo Cambé, exclamou:

— Martim! O Raul Bu...

— Já sei, já sei!

— A cidade está em polvorosa!

— É o mal dos lugares pequenos! Qualquer pontinha de corno é peça para levar a palco.

— Mas por que você foi se meter logo com a mulher do Raúl Bucénio?!

— Não tenho nada que ver com esse ramalhete de galhos! O mais certo é ter sido outro a quem enfeitei a testa a espalhar o boato para que a besta do Raul viesse fazer o serviço que ele, por ser corno, não se atreve.

— Ainda que assim seja. Se este anda atrás de você, de que adianta a verdade? Ainda por cima agora, depois de toda a gente lhe conhecer a vergonha? — argumentou Evaristo Cambé.

— Se calhar é melhor ficar aqui — disse Casanova.

— Não vou a casa há dois dias. Se não me mata o Bucénio, me mata a Georgete! Prefiro morrer às mãos de um homem, apesar de corno!

Uma gargalhada encheu o aposento e, no rasto desta, novo ataque de tosse. Quanto mais tempo duraria César Casanova? Via-se a morte tomar conta dele aos poucos. Não eram seus, já, os olhos febris com que os via; seu, aquele peito magro cuja arcadura mal o continha. Beberam, como insistiu, e se despediram de Martim, que dali se foi, assobiando, na descontração que enraivece.

À passagem por uma baiuca do porto, San Roman decidiu tomar um copo e adiar mais um pouco a fúria de Georgete, a qual o desconjuraria, e a toda a sua ascendência, por não pôr os pés em casa havia dois dias e duas noites. Foi por um tique dos ponteiros que não se cruzara com Raul Bucénio. A tal ponto que quem se achava no bar, exclamou, mal o viu entrar:

— Foge, Martim!

San Roman não só ignorou o alerta, como se foi encostar ao balcão para beber uma pura.

— Não ouviu, homem, o que te dizem? Raul Bucénio jura acabar contigo antes do sol se pôr — atirou-lhe o dono da venda.

Martim tragou o copo que este por reflexo lhe servira, estendendo-lhe vazio para o encher de novo.

— Vai uma cartada a cem *cádos* a aposta? — perguntou.

Todos os olhos se entrecruzaram. Não sabiam quem era mais louco, se aquele desgraçado sentenciado de morte, se o outro que, matando este, não se livraria da forca.

XXVIII

Batiam as treze horas no campanário da igreja e uns dedos na porta de Georgete, a *Cigana*. Desde as sete e meia da manhã, quando Altina Sandra a viera alertar, e a Martim, do ciúme destemperado do marido, que andava num desassossego. Talvez fosse por isso que aquele desgraçado não aparecia em casa desde a tarde da antevéspera. A figura seca e amarelada de Altina Sandra bastava para Georgete se descansar quanto ao falatório, pois conhecia os gostos do homem a que chamava seu. Porém, a loucura pela qual, diziam, estar possuído Raul Bucénio lhe apertava o coração até à dor da viuvez. Assim, quando a porta trepidou, temeu ser a notícia que pedira ao Céu para receber jamais. Era Raul Bucénio, suado, olhos raiados pela raiva que lhe bulia no sangue desde as primeiras horas do dia. Só agora lhe viera à ideia procurá-lo em casa, pois toda a gente dizia ser o lugar onde aquele tratante menos parava. Agarrada à porta, Georgete era uma figura de pedra com o vento do polo por dentro.

— Não está! Não sei dele há dois dias. Nem quero saber! — retornou à pergunta do lutador.

— Pois se esse safado aparecer por aqui, diz-lhe que antes de o sol se pôr será um homem morto!

— Se ele aparecer por aqui, quem o mata sou eu! E se me voltas a bater à porta a perguntar por esse filho de uma cadela parida, mando-te para o Inferno com ele! — gritou para a rua, fechando-lhe a porta na cara com toda a força.

Do lado de fora, Raul Bucénio demorou a acertar a expectativa com a reação da cigana. Do lado de dentro, escorrendo pela porta abaixo, Georgete tremia por onde havia corpo. Não sabia de onde lhe viera tal força desassombrada. Depois de o ouvir partir, juntou os pedaços do seu desarranjo e voltou para o altar de velas improvisado, onde desde cedo rezava por "aquele desgraçado" que era a luz e a noite da sua vida. Uma vez mais deitou as cartas e, uma vez mais, não achou nelas um sinal do destino de Martim San Roman. As mãos. Não havia melhor mapa da vida do que as mãos. Quantas vezes lhe lera ela a sina? Em especial quando este lhe adormecia ao lado após ter sido seu, à procura de uma linha nova, de uma mudança de rumo, de algo que lhe indicasse jamais haver ele de ser de outra; de um cantinho só seu, uma vereda correndo na margem desse rio longo que lhe desaguava a meio do pulso e indicava, sem margem para dúvidas, haver ele de morrer velho e de bem com a vida. Mas, porque a superstição é um dos reflexos do medo, temeu lhe haver escapado algum pormenor, que as ciganas também se enganam. Fechou os olhos, lembrou-lhe as mãos que conhecia de cor, e lá estava a linha quase infinita da vida gravada por Deus à nascença e que causava, a quem pegava nelas, uma sensação de fascínio por aquele homem, aparentemente imortal. Mas a dúvida... Não queria ir para a rua procurar por ele; mostrar-se ralada com aquele desgraçado; humilhar-se diante de toda a gente... Noutra altura talvez se não importasse com isso, mas estava furiosa e, apesar do medo, o orgulho falava mais alto. De que serve o orgulho, Georgete, se te levarem o homem; se te roubarem a luz e a noite da tua vida? E nisto rezava, que rezar é tudo para quem pouco pode diante do destino, pois os milagres os faz Deus, ou a Virgem Mãe, a quem pedia.

À mesma hora, em casa do Alcaide, Abel Marta, mandado chamar por dona Antuérpia Caya, ouvia desta:

— Tem de mandar prender o Raul Bucénio, sargento!

— Sabe quantas pessoas já me pediram para prender esse homem? Só mulheres, passa de uma dúzia! Não posso prender alguém só porque diz que vai matar fulano ou beltrano. Se não matou não posso prender, ou teria o posto cheio de bêbados engaiolados.

— Se Martim San Roman for morto, a culpa será do senhor, sargento! — exaltava-se a alcaidessa. — Não me parece que o meu marido queira um crime na cidade por conta de o senhor não ter feito nada. Afinal, quem é a autoridade máxima da cidade na sua ausência? — atirou Antuérpia Caya, escolhendo as palavras a dedo.

À expressão "autoridade máxima", Abel Marta endireitou-se. Era ele, de fato.

— Agora, se não for o senhor a exercer o mando que lhe cabe para proteger os cidadãos desta cidade, quem poderá impedir aquele homem de matar outro?!

A vaidade do sargento cresceu. A ponto de se atrever a enfrentar o animal que, por todo o país e arredores, levava de vencida quantos combatessem consigo. Pôs-se ao serviço da alcaidessa, dando-lhe a palavra de pôr os seus homens na rua atrás de Raul Bucénio.

— Fique descansada, senhora Alcaidessa. Farei tudo ao meu alcance — disse e saiu.

Dez minutos depois, os três guardas de serviço ao posto, percorriam as ruas da cidade à procura de Raúl Bucénio. Batia a uma e meia quando Martim San Roman deixou a baiuca do porto. Àquela hora a cidade vagava. E, à parte ele, Raúl Bucénio e os três guardas destacados pelo sargento Marta, poucas almas andavam pelas ruas. Quanto mais tempo ficava fora, menos vontade tinha de regressar a casa, pois nunca eram bonitas as brigas que o aguardavam. Mas verdade também que, ao fim de uns dias, era de Georgete e do seu cheiro morno que sentia falta acima de tudo. O estômago deu-lhe sinal. Que fizera ela para o almoço? Da véspera, claro está! À passagem pelo Hotel Cordovelo, ouviu nas suas costas:

— Martim?!

Era Ana Rita, filha de Artur Cordovelo, o dono do único hotel da cidade.

— Já sabe que o Raul Bucénio anda atrás de ti? — perguntou a jovem, com preocupação sincera.

Martim sorriu. Disse-lhe saber, não estar preocupado, e não estivesse ela também.

— Os meus pais estão almoçando. Pode ficar no meu quarto até à noite.

— Oh, minha flor! Hoje não posso — tomando-a pela cintura.

— Não estou falando disso! — atirou a menina, olhando para um lado e para o outro. — Estou preocupada contigo.

— Pois não estejas. Não é o meu dia.

— Sabes que o Raúl Bucénio é uma besta!

— E das grandes!

— Falo sério, Martim!

San Roman tirou a navalha do bolso e, sorrindo, tornou:

— Todas as bestas sangram, minha flor do Paraíso!

— Ficarei mais descansada se ficar aqui. Se entrar agora ninguém dará por você.

Como era boa e inocente a filha única de Artur Cordovelo! Naquele momento, um sentimento desconhecido o fez arrepender-se de a ter seduzido. Mas a vida é assim mesmo. Não fosse ele, seria outro, que a inocência, feito a penugem dos pássaros, não serve senão para se perder. E encaminhando-a para dentro da casa, beijou-lhe a boca cândida com os seus lábios grossos de homem gasto. Noutra altura teria aceitado a oferta. Mas já adiara demasiado o confronto com Georgete. Depositou-lhe depois um beijo na mão, despediu-se e partiu.

No Largo dos Mártires de Abril e Maio, Raul Bucénio encontrou o Pinta, um rapazito de fretes que nas horas vagas engraxava sapatos pelo porto.

— Não viste por aí o merda do San Roman? — perguntou o lutador, com os olhos raiados de todo o sangue.

O rapazito, temendo pelos ossos se lhe não respondesse a preceito, disse tê-lo visto passar o chafariz em direção ao Terreiro da Matriz. Era a primeira alma, em mais de seis horas, que testemunhava havê-lo visto. Não andava longe, o safado! E virando costas, cruzou a Travessa da Boa-Morte rumo ao coração da cidade. Desembocava na grande praça, pelo lado da Alcaidaria, quando uma voz, à sua ilharga, lhe ordenou:

— Mãos ao alto!

Raul Bucénio virou a cabeça para a nascente da voz. Um guarda, sem um pelo de barba, apontava-lhe um fuzil, repetindo:

— Mãos ao alto! O senhor está preso!

Raul Bucénio avançou para ele e, sem lhe dar tempo para mais nada, desmaiou-o com um estalo, tirando-lhe o fuzil das mãos. Ninguém na praça, por ele ou contra. O Sol estrelava sem reservas sobre o Terreiro da Matriz; sobre a cabeça desatinada de Raul Bucénio, o qual, tomado pelo Diabo, meteu direito à igreja de arma em punho. Ninguém no templo. E, pela ideia que o episódio anterior lhe despertara, subiu a escada da torre, indo instalar-se no campanário, de olhos no terreiro, à espera da hora destinada por Deus para Martim San Roman morrer. A cegueira e o destrambelho eram em si hegemônicos. Às duas em ponto, quando o sacristão Pirocalho puxou as cordas do sino, a cabeça, dorida pela traição e pela raiva, estalou a ponto de cometer uma loucura. Todo o corpo lhe tremia. Ninguém o sabia ali. Aguentaria quantas marteladas no bronze tivesse de aguentar até limpar a grandeza do seu nome.

Em casa, Georgete dava voltas atormentadas pela cozinha. Por fim, incapaz de aguentar mais, pegou na maior faca encontrada e saiu. Apesar de toda a raiva que lhe tinha, não podia permitir que o matassem. Não podia. Encontraria Raul Bucénio e lhe espetaria no bucho, que por mais forte que um homem seja, pode pouco contra o aço. No campanário, com o sol das duas a lhe dar em cheio, Raul Bucénio parecia não ver bem. O calor e a fúria lhe toldavam a vista e não por uma, nem duas vezes, teve a sensação de o ver entrar na praça, com o seu jeito provocador e dengoso de andar pelo mundo. O Terreiro da Matriz era a confluência de todas as ruas importantes. Por ali haveria algum dia San Roman de passar. Na Praça, junto aos arcos da Alcaidaria, o guarda tonto voltava a si, lento, desnorteado. Pegou no chapéu, levantou-se, sacudiu a roupa, e de mão na cabeça cruzou o terreiro em direção ao posto num cambaleio de bêbado. Raúl Bucénio não dera por o rapazito desaparecer. Por instantes temeu ter adormecido. Quanto tempo? Esperaria. A imagem de Altina, nua, debaixo daquele safado de má fama, fervia-lhe o sangue a ponto de desmaio. Certo não ter ele outra prova além do bilhete deixado debaixo da porta e toda a peça que de imediato se lhe formou na cabeça. Mas era quanto lhe bastava. Quem se atreveria a brincar com coisa tão séria com um homem como ele? E Martim San Roman... Quem, mais do que ele? A cada segundo as imagens tornavam-se mais claras. Ciúme e raiva coloriam tudo. A tal ponto que, se houvesse visto realmente com os próprios olhos a traição que a mulher lhe jurara pela saúde dos filhos ser mentira, não haveria de guardar tantos pormenores como aqueles que a imaginação lhe ditava. Os rogos e juras desta entremeavam-lhe nos pensamentos. Mas o que provam as juras em momentos de desespero? De súbito, todo o corpo lhe tremeu. Da Rua Nova do Cais viu surgir a figura de Martim San Roman. Abanou a cabeça, esfregou os olhos. Não era delírio; miragem do cansaço. Era bem ele! Quis descer, tomá-lo nas mãos, apertar-lhe o pescoço até lhe faltar o pio. Mas temera perdê-lo de vista nesse entretanto. Tinha ainda de ajustar contas com a mulher, que aquilo que pareceu um perdão, não o era. Mas se a matasse primeiro haveria Martim de fugir-lhe. Ela, pelo contrário, estaria em casa. Assim cria. Apontou a arma ao alvo. Ainda estava longe, mas era bom de mira, que quatro anos de guerra civil dera-lhe traquejo bastante a matar bastardos. Limpou o suor da fronte, firmou a arma no muro do campanário. De olho piscado, seguiu Martim San Roman a passar pelo coreto, aproximar-se da igreja. O suor pingava-lhe das pestanas. O sol lhe ardia impiedoso sobre a cabeça descabelada. Tudo em si era uma febre de morte. Estava agora, perfeito, o alvo, desprotegido, sozinho. A mira lhe batia em cheio no coração. Não havia como errar o tiro. Apertou mais ainda o olho piscado. Inspirou fundo. Suspendeu o fôlego. No silêncio de fim de mundo que pairava sobre a cidade só o coração de boi se lhe ouvia. Do outro lado da praça, Georgete, a *Cigana*, faca sob a blusa, passava pelo guarda batido, retornado à rua na companhia do sargento.

— Martim! — ouviu-se chamar.

E no mesmo instante um tiro a deitar por terra o alvo que Raul Bucénio tinha na mira, sem se torcer nem mexer. Georgete caiu na aflição da corrida.

— Martim! — gritava na rouquidão da voz que era a sua. — Martim! — Pondo-se de pé e correndo de novo, coração numa bigorna, rumo ao corpo do homem que era seu.

Um grito surgiu detrás das pestanas da casa do Alcaide. Em menos de um ai se encheu a praça de gente.

— Mataram Martim San Roman! — bradava quem vinha à rua para quem em casa estava. — Mataram Martim San Roman!

— Martim! — gemeu Georgete, desmaiando sobre o cadáver que jazia, imóvel, de borco, no chão da praça.

Acompanhado pelo guarda desarmado, Abel Marta, revólver em punho, gritou:

— Ninguém mexe no corpo! Chamem o médico!

— Foi dali de cima! — apontou um homem para o campanário da igreja.

Sacristão e padre chegaram no mesmo passo. Alertados pelo tiro, os restantes guardas correram à praça e, na cola do sargento, entraram na igreja.

— Não quero armas aí dentro! — atirou o padre Sílvio Castorino nas costas surdas dos militares.

Descendo, vinha Raul Bucénio, que, ao ver os guardas atirou a arma para o chão da igreja à sua frente.

— A partir de agora é com Deus, sargento.

— O que é que se passou? — perguntou uma voz nas costas de Rosalino Salsilho, o dono da Tabacaria Requinte que engrossava o grupo crescente.

— Você? Mas...

— Quê?

— Martim?! — gritou Antero Ay, correndo para o amigo. Está bem?

— Sim. O que é que se passou?

— Até agora era você quem estava ali, morto.

— Martim! — chamou Georgete, mal vinda a si. — Martim!

Acabada de chegar, Antuérpia Caya sentiu os olhos turvarem na direção da figura. Ao contrário de Georgete, não podia um gesto, uma manifestação mais enfática... E, na impotência dos comprometidos, deixou-se entre os demais, representando o marido, na imperturbabilidade que o seu papel exigia. Também Ana Rita correra à praça ao som do disparo. Estava vivo. *Não é o meu dia*. Bem certo!

Agarrada ao seu homem, Georgete, chorava.

Mãos algemadas atrás das costas, Raul Bucénio saiu da igreja escoltado pela guarda.

— Você? — atirou o sargento Marta, olhando para Martim San Roman.

— O que tem? — perguntou este.

— Mas não foi baleado?

— Tanta vez, sargento! Mas hoje não.

Ao ver San Roman em pé, no meio da gente, Raul Bucénio arrancou para ele com ganas de matá-lo. Os guardas não conseguiram segurá-lo, e foi o sargento que, alçando o revólver, o deitou por terra com um tiro no joelho.

— Calma, safado! — disse Abel Marta, a autoridade máxima na cidade quando o Alcaide Pimentel não estava.

O tiro assustou toda a gente.

— Pois! Calma, safado! — repetiu San Roman, com um sorriso cínico nos lábios.

Os guardas levantaram Raul Bucénio que, ferido e algemado, ainda se espremia para lhe chegar.

— Olha que te acabo com o outro, se não se acalma! — disse o sargento, apontando-lhe o revólver à perna.

— Mato-te, desgraçado! — atirou o lutador, fazendo força nos guardas. — Mato-te!

— Na próxima vida, talvez! — sorriu San Roman, levando a mão ao chapéu, em jeito de, até à vista.

O doutor Miranda, que morava na rua de cima, chegou, esbaforido, com a mala do ofício. Virou o corpo. Uma mancha de sangue lhe encharcava todo o lado esquerdo do peito. A multidão apertou-se ao redor. A testa em sangue, da queda, o rosto coberto do pó da praça...

— Quem é o homem? — perguntou uma voz no meio do grupo.

Ninguém respondeu. Parecia nunca o terem visto por ali.

XXIX

Não era ainda dia claro quando o forasteiro chegou à cidade. Atou o cavalo ao candeeiro de gás que havia diante da Pensão Libertadores, e entrou, com um alforje de couro ao ombro, onde guardava tudo de seu.

— Quero um quarto com vista para a praça — disse, pondo as mãos enormes sobre o balcão.

— Pois não — respondeu a dona da pensão, procurando no livro de registros os quartos vagos. — Temos dois. Um no primeiro andar e outro no segundo. O do segundo andar é menor.

— Qual deles tem melhor vista?

— O do segundo. Por conta das árvores.

— É com esse que eu fico — sorriu o forasteiro.

— Em que nome fica?

— Amadeu Zapeta — declarou o homem, colocando a cédula sobre o balcão.

Cumpridas as formalidades, a mulher fez sinal a um rapazinho para carregar os pertences do hóspede para o quarto 19, desejando-lhe uma boa estada, deixando-se, em nome da casa, à disposição para qualquer necessidade.

Era um quarto simples, cama, armário, lavatório e jarro, uma cadeira e uma mesa junto à janela, que o rapazinho das malas se apressou a abrir para a varanda.

— Quer ganhar uma destas? — perguntou o forasteiro exibindo uma nota de mil *cádos*.

O garoto acenou com a cabeça, olhos brilhantes.

— Então, chega aqui — e apontando pessoas na rua, foi perguntando:
— Quem é aquele?
— É D. Feliciano.
— E o que faz ele?
— Tem terras. É o sogro do senhor Alcaide.
Não interessava. Poder e contatos demais.
— E aquele?
— É o senhor Basílio. O dono da Barbearia Central.
Seria uma boa aposta, mas demasiada clientela.
— E aquele ali, de chapéu de palha na mão?
— Não conheço.
— E o de branco?
— É o professor Murilo.

Professores não interessavam, pois não tinham sequer para as meias solas. Continuou perguntando, e o rapazinho, respondendo: "beltrano de coisa; fulano de tal..." entusiasmado, como se uma nota por resposta certa.

— E aquele?
— O da bengala?
— Esse.
— É o senhor Alcino.
— Alcino quê?
— Alcino Góis — tornou o garoto.
— E que faz ele?
— É escrivão da Alcaidaria.
— Escrivão da Alcaidaria — repetiu o forasteiro para si mesmo.
— É casado?
— Sim, senhor.
— Pai de filhos?
— Cinco filhas.
— É figura de importância aqui na terra?

O rapaz o olhou com admiração. Não compreendera a pergunta.

— Se é pessoa de importância aqui na cidade?

— É o escrivão da Alcaidaria — repetiu o rapazinho, para quem toda a figura de chapéu e gravata se revestia de importância.

Alcino Góis entrou na igreja. Não eram ainda oito da manhã.

— É um homem devoto?

— Quem?

— O escrivão?

— Não sei, não senhor.

— Sabes se costuma ir muito à igreja?

— Todos os dias. Duas vezes.

— E não sabes tu se é devoto?

— Não, senhor.

— E que faz um homem ir duas vezes por dia à igreja?

— Dizem que é promessa.

— Promessa?

— Para Deus lhe dar um filho rapaz.

O forasteiro sorriu.

— Pode ir — atirou, estendendo-lhe a nota prometida.

Logo o garoto saiu, foi sentar-se na varanda. Acendeu um cigarro, deixando-se a tirar as medidas à praça. Era uma como tantas, a igreja de um lado a alcaidaria do outro, as principais casas da cidade a contornando. O de sempre, que até no arredondar do ninho não são os homens diferentes dos bichos. Crescia o movimento àquela hora. As oito badaladas da manhã ecoaram frias no céu limpo da cidade. Um grupo de mulheres entrou na igreja e, no movimento contrário, saiu Alcino Góis, cumprimentando-as e descendo a escadaria para a praça apoiado na bengala dos inseguros, visto ter o passo certo dos quarentões sadios. Viu-o cumprimentar de chapéu meia dúzia de passantes e internar-se no edifício municipal do outro lado do rossio. Terminou o cigarro, tranquilo, aquecido pelo sol plácido da manhã, e foi se deitar sobre a cama, calçado e vestido, para dormir, sem sobressaltos, até à aprumada hora do meio-dia. Vinte minutos depois, aprumado dentro de um terno de linho cru, chapéu e sapatinho a condizer, desceu à taberna do lado para um ensopado de vitela. Bebeu e fumou descontraído até ao avizinhar das duas, quando tomou o caminho da igreja, por ser, como em todo o lado, a hora mais erma do dia.

* * *

De olhos errantes por uma brancura de véus, Cornélio Santos Dias de Pentecostes tinha a certeza de estar às portas da Eternidade. Os derredores eram de musselina ou algodão cru, para além do qual apenas formas indistintas e escuras. A consciência demorava a se formar, à semelhança de quem acorda de um sono profundo e longo em lugar desconhecido, e as palavras, como no princípio dos tempos, pareciam presas na vontade impotente de as proferir. Acordava da morte, tal qual de um sonho, suavemente. E porque nenhum puxão o arrancara ao mar do afogamento, sabia emergir, não de um pesadelo no qual fora enterrado vivo, mas da própria vida que, tirando o medo da última hora, não custara assim tanto deixar. Respirou fundo e tudo lhe doeu. Seriam as dores da alma desgarrando-se do corpo? Se vir ao mundo é um suplício, quanto não há de custar a desencarnação?! Estava morto, fazer o quê?! Esperava. Tinha a eternidade por sua conta! — achou-lhe o pensamento com que brincar. Na cabeça as imagens misturavam-se. A lembrança dos últimos momentos era horrível: a figura do assassino; o buraco aberto na terra; a asfixia; uma luz cegante e a escuridão, por fim. Mas, à primeira vista, a existência não terminava com a morte! E se, por um lado, medo, por outro, uma imensa curiosidade. Procurou levantar-se. Todos os movimentos presos. Nada no corpo lhe respondia. Apenas as dores lhe indicavam estar vivo, ou lá que nome dar ao seu novo estado.

— Tem alguém aí?

Nenhum retorno.

— Tem alguém aí? — repetiu o mais alto que a fraqueza lhe permitiu.

Nada. Que lugar seria aquele? — perguntava-se, num esforço de memória, passando os olhos pelo cenário de branco que o rodeava. Procurou reconstituir as últimas horas da sua existência sobre a terra, desde a chegada ao porto, na companhia de Paco Alto, até ao seu último instante de consciência. Havia um hiato de tempo em branco que mediava a sua subida à cidade e o se achar, de borco, sobre o lombo da montaria a caminho do Moriá. Imagens vagas. Nenhuma garantia de fidelidade. Um cão a contas com a sarna do rabo; uns cântaros de barro sobre o lombo de um burro; uma saudação ao largo; um quê de céu, talvez, sobre os telhados. Era tudo. Por mais esforço que fizesse, apenas uma luz cegante, feito um golpe à traição ou uma lambada de Deus, depois do que, a cabeça pendida para o chão e o mundo a trote de pernas para o ar. Daí para diante tudo claro, de novo, tudo tão vívido, tão doloroso que desistiu de rever.

Quem avisaria Mariana; as crianças? Desaparecera-lhes da vida sem deixar rasto. Sorte haver outro mundo e poder, um dia, explicar-se. Ante aquela ideia um rasgo de felicidade atravessou-lhe o espírito: Sérgio de Niã Côco! Poderia voltar a vê-lo, em breve! Na excitação, procurou, uma vez mais, erguer-se e, uma vez mais, nada no corpo lhe obedeceu. Sentia-se amarrado, braços e pernas; a cabeça num penoso estalar de pedras. Seria isso, não ter corpo? Então e as dores, por que as sentia?

— Tem alguém aí? — tornou a tentar.

A língua pesava. Encheu o peito e chamou de novo:

— Tem alguém aí?

Um som de passos chegou até ele.

— Já acordou? — atirou uma jovem, toda vestida de branco, com um sorriso tão alvo como nunca na vida vira.

Estava no Céu! Apesar de toda a sua vida de libertinagem, estava no Céu! Era bem certo saber Deus quem eram os seus! Conhecia-lhe a fraqueza do corpo e com ela a grandeza do seu coração delicado. Nunca fizera mal a ninguém. Pelo menos com a intenção de fazê-lo. Ainda assim, perguntou:

— Onde estou?

A jovem, sem desmanchar o sorriso, respondeu:

— Na Misericórdia de Jesus.

A esperança de tudo não ter passado de um sonho murchou de repente. Sempre estava morto. Que outra coisa poderia ele estar, afinal?

— Como se sente?

— Dói-me tudo.

— É normal — sorriu a jovem.

Cornélio lhe mirou os gestos delicados, as mãos tão brancas. Seria aquela a mulher que lhe estaria destinada no além? Melhor não se entusiasmar já, mas... Ou era o Paraíso ou não era!

— Qual a graça da senhorita?

— Doroteia. Irmã Doroteia.

— No céu somos todos irmãos! — riu Cornélio, encolhendo-se na mesma ação.

— Está bem-disposto! É bom. Nem parece que levou um tiro!

— Quê? Um tiro? Eu morri de um tiro?

A jovem não conseguiu conter o riso. Tinha a inocência das virgens devotadas a Deus.

— O senhor não está morto!

Os olhos de Cornélio estrelaram.

— Não?!

— Não.

— Então o que foi que me aconteceu? Por que é que eu estou aqui? Que lugar é este? — perguntava sem tomar fôlego, procurando, entre dores, pôr-se de pé.

— Tenha calma — tornou a jovem irmã de caridade. E desatando-lhe braços e pernas — precaução para evitar cair da maca por um acordar desnorteado —, ajudou-o a recostar-se um pouco. — O senhor está no Hospital da Misericórdia. Foi alvejado.

Em Cornélio tudo era espanto. E por falta de melhor que perguntar:

— E já apanharam o homem que me quis matar?

— Na verdade ninguém o quis matar. O senhor foi baleado por engano, num ajuste de contas que não lhe correspondia. Mas felizmente as mãos do Pai estavam lá, e com elas as do doutor Miranda, que lhe retirou a bala do ombro.

Cornélio olhou para o braço enfaixado.

— Eu não estava presente, mas quem viu, diz que com o embate do tiro o senhor caiu de borco no chão, batendo com a cabeça — declarou a jovem irmã de caridade. — Não se lembra de nada? — indagou, ajeitando-lhe o travesseiro atrás das costas.

Cornélio abanou a cabeça. Depois de entrar na praça já nada era certo. Um clarão, feito uma cegueira repentina. Fora resultado do tiro? Então e o matador? Tinha absoluta certeza de ter sido real!

— Tem a certeza que estou vivo?

— Como estar eu também.

— E não me acharam enterrado numa clareira na mata?

A essa pergunta a jovem freira não respondeu. Talvez a pancada na cabeça houvesse sido mais grave do que o doutor temia.

— Que dia é hoje? — perguntou o caixeiro-viajante.

— Terça-feira.

— E que horas são?

— Quase quatro da tarde.

— Preciso de me levantar. Tenho compromissos.

Mexendo-se na maca, Cornélio teve uma breve sensação de desmaio.

— É do clorofórmio. O senhor está fraco. O doutor disse que, mais do que a bala, a pancada na cabeça poderia ter sido fatal.

Cornélio levou a mão à ligadura que lhe rodeava a cabeça.

— A minha peruca? — perguntou assustado.

— As suas coisas estão todas guardadas.

Um gesto reflexo procurou pelo bigode. Pareceu-lhe ter aguentado estoico em seu posto.

Quase quatro da tarde. Tinha uma hora e meia para apanhar o barco. *Quase quatro da tarde.* Havia passado pouco mais de duas horas desde que subira à cidade... Mais do que isso precisara ele para abrir a cova! As mãos amarradas, os pés amarrados; as dores ao cavar... Seria possível não ter tudo passado de...

— Como está o nosso paciente? — perguntou um homem alto, de bata, afastando mais as cortinas abertas.

— Ainda está um pouco fraco, doutor — disse a freirinha.

— Foi mais o susto que outra coisa. Mas teve sorte. Podia ter ido desta para outra. Como é que se sente?

— Meio zonzo.

— Normalíssimo!

— Posso ter sonhado este tempo todo, doutor?

— Como assim?

— Se posso ter sonhado que estava noutro lugar... Assim uma espécie de pesadelo, mas real. Não sei explicar bem — tentava, Cornélio, entre o desnorte e a apreensão.

— Pode, com certeza! A pancada foi forte. E o clorofórmio que lhe ministrei para poder extrair a bala também não é um tônico para abrir o apetite! — riu o médico. — Mas, que mal tem isso? Está vivo e de saúde. É o que interessa.

Cornélio não sabia o que pensar. Perguntou:

— Já posso ir embora?

— Poder, pode. Mas não aconselho. Estas coisas, às vezes, se complicam. O ombro está fino. Agora são dores por umas semanas e pronto. A cabeça é que pode dar mais complicações.

— É o que ela tem feito a vida toda! — murmurou Cornélio.

— Como disse?

— Tenho compromissos, doutor.

— Nesse caso, passe aqui amanhã para ver como está, e dentro de três dias trocamos a faixa. Nada de movimentos bruscos; nada de esforços... Todo o repouso possível.

Cornélio assentiu com a cabeça. Dentro de dois dias contava estar em Monte-Goya; três em Manzanura. Num lugar ou noutro havia bons médicos — pensou.

— Posso ir, doutor?

— Daqui a uma hora. Se não tiver de tirar o pai da forca.

Cornélio assentiu. Ia a tempo ainda de apanhar o vapor.

— Obrigado, doutor!

— Ora! Agradeça a Deus por ter soprado a bala para o lado.

A freirinha se benzeu. Cornélio apertou os lábios. Não lhe ocorreu mais nada que dizer.

O forasteiro deu uma volta pela igreja, com a atenção de quem procura pormenores, algum em particular. Era um templo modesto para o tamanho da cidade. Vazio, como previra, dada a hora. Observou a pia batismal; uma pequena capela gradeada; a caixa das esmolas... Afastou a cortina do confessionário: um travesseiro no chão era tudo. Não servia. Sentou-se, enfim, num banco, passou a mão sob o genuflexório. Era largo, fechado na frente. Há sempre solução, assim se saiba esquadrinhar. Dirigiu-se depois à sacristia. Bateu. Ninguém. Nova volta pela igreja. De súbito, o badalar das duas. Aguardou. O ecoar dos sinos ainda soava e já um chinelar descia as escadinhas da torre.

— Pois não? — perguntou o sacristão, um rapaz dos seus vinte, mal barbeado, ao se surpreender com a presença.

— Boa tarde! Venho por uma questão de melindre — atirou o forasteiro, aconchegando o chapéu no peito.

— O senhor padre só volta depois das três.

— É mesmo com você que pretendo falar.

O sacristão arqueou o cenho às palavras do forasteiro. Que poderia tão bem-posto cavalheiro querer com ele, figura de baixo-relevo na vida da cidade?

— Se eu puder ajudar... — tornou o rapazinho, levantando as mãos, na incompreensão acanhada dos seres simples.

O forasteiro lhe disse então se tratar de um "assunto de Estado" da maior delicadeza. A tais palavras, o sacristão se assustou. Era um rapaz modesto, sem ligações à política; um humilde servente de Deus e da comunidade. A carga dramática surtira o primeiro efeito desejado. O forasteiro passou depois à explicação: uma correspondência secreta que seria trocada ali, naquela cidade, por alguns dias e que carecia de um lugar sagrado e discreto para a sua realização. E por terem a bênção de Deus as boas causas ao serviço dos povos, não havia melhor lugar do que aquele.

— A correspondência será deixada num envelope fechado, debaixo do último genuflexório do lado direito de quem entra. Só tem de recolhê-lo e entregar em mão, à meia-noite, nas traseiras da igreja.

O sacristão, assustado, já se preparava para se negar, quando o forasteiro lhe estendeu uma nota de dez mil *cádos*, dizendo:

— Por cada envelope, uma nota destas. O que me diz?

O rapaz teve um breve instante de hesitação, mais por culpa que por probidade.

— Eu próprio viria recolhê-lo e não o incomodaria. Mas não convém me verem várias vezes no mesmo lugar. Por isso, peço a sua ajuda e a sua absoluta descrição.

Olhando a nota, o rapaz acenou com a cabeça, como se o não proferir um "sim" o tornasse menos indigno do traje e da função. Tal como o rapazinho da pensão, também ele queria ganhar algum dinheiro. Querem sempre, os pobres! Eis porque tão fácil é usá-los; corrompê-los. Dez mil *cádos*, assim, do nada, apenas para entregar uma carta? Que chovessem, pois, cartas, encomendas, bilhetes avulsos. Por dentro, radiava, mas por fora era a figura parva de um pastor de presépio, pálido e mudo pintado no barro.

— Preciso apenas que jure, diante da imagem do Salvador, não abrir a boca sobre este assunto com ninguém.

— Juro! — disse o rapaz, pensando na felicidade que aquele dinheiro lhe poderia proporcionar.

— Só mais uma coisa. Vou precisar de um lugar reservado, aqui perto, entre as cinco e meia e as seis e meia. Como já deve ter compreendido, sou agente do Governo... Tenho de vigiar o portador e não posso aparecer assim. Não sei se me entende! Pode não ser preciso todos os dias, mas tenho de garantir que esteja disponível o espaço em caso de necessidade. O amigo sabe como estas coisas são!

O rapazinho acenou com a cabeça, como se realmente soubesse. Parecia estar a se complicar a tarefa apresentada simples.

— Pode ser um celeiro, um barracão velho, a sacristia...

O rapaz hesitou.

— Pode ser uma arrecadação? — perguntou por fim.

— Perfeitamente!

— Temos uma despensa na parte de trás. Tenho a chave. O senhor padre costuma sair entre as quatro e as cinco e depois só volta para a missa das sete. Mas se voltar mais cedo... a sacristia...

— A arrecadação serve perfeitamente! O importante é o sigilo. Trata-se de uma missão revestida da mais alta importância para o país. E o amigo está a prestar um serviço inestimável à nação! Pode se orgulhar de ser um exemplar cidadão!

O rapazinho teve um sorriso constrangido. Não sabia o que dizer. Pois, sim senhor...

— Então às cinco e meia passarei por lá. Deixe a porta encostada e o resto por minha conta. Não precisa sequer de se preocupar comigo. Só tem de recolher o envelope que será colocado amanhã pelas seis onde lhe disse. Ainda sabe onde é?

— Sim.

— Ótimo! E me entregar depois à meia-noite, nas traseiras da igreja.

O sacristão acenou com a cabeça.

— E para o amigo ver que sou um homem de bem e de palavra, tome mais dez mil, pela presteza e simpatia. — Estendendo-lhe a nota e depois a mão, pesada, para o selar daquele acordo tácito.

— Martim San Roman. Muito gosto! — apresentou-se o mais famigerado galdério de Caribello, estendendo a mão.

Cornélio devolveu o cumprimento, retribuindo a apresentação:

— Guido Gamarra.

— Quis vir conhecer o homem que Deus pôs no meu lugar para levar o tiro daquele corno! — sorriu Martim. — E perguntar se há alguma coisa que possa fazer por si, para o compensar.

Por alguma razão inexplicável, Cornélio simpatizou de imediato com San Roman. Disse-lhe que a única coisa que precisava era de um terno e de apanhar o barco naquele mesmo dia para a capital.

— Pois o terno, terei todo o gosto em lhe oferecer um dos meus. Afinal, mais parecidos de corpo não poderíamos ser, não sendo gêmeos! — riu

San Roman. — Quanto ao barco, também pode ficar descansado. Tenho conhecimentos bastantes para o atrasar o tempo que for preciso a fim de o amigo o apanhar tranquilamente.

— Não sei como lhe agradecer.

— Pois, já agradeceu!

E riram ambos. Martim de peito cheio; Cornélio tão sinceramente quanto as dores lhe permitiram.

— Então se é só do que carece, dê-me uma horinha para tratar de tudo e já aqui passo. Eu mesmo o acompanharei ao porto.

Assim ficaram. Uma hora e dez depois, Martim San Roman estava de volta com o terno, a charrete e a garantia de que o barco não partiria sem ele embarcar. Cornélio se aperaltou, empenhou seus préstimos ao doutor que o salvara, despediu-se da freirinha, cujo rosto, à hora da ressurreição, não haveria jamais de esquecer, e, na companhia daquele confrade de má vida, abandonou a Misericórdia de Jesus.

Lado a lado, vestidinhos de igual, Cornélio de Pentecostes e Martim San Roman eram um par de siameses a caminho do porto. Apenas o braço ao peito e o chapéu enviesado sobre a cabeça enfaixada de um o distinguia do outro.

— O sargento falou com você? — perguntou San Roman.

— Não. Algum problema?

— O tipo que quase o matou está preso. Talvez fosse bom testemunhar contra ele.

— Mas nesta altura não me dá jeito ficar.

— Eu sei, eu sei! Mas se me puder deixar o seu contato, para o caso de ser necessário... É possível que não seja, pois, além de tê-lo baleado e ter alardeado por toda a cidade que me iria matar, ainda agrediu um guarda e roubou-lhe a arma. Já vi gente enforcada por menos. Mas pela via das dúvidas... Vou fazer o possível para aquele animal não sair da cadeia senão para a ponta da corda.

Cornélio engoliu em seco. Não sabia sequer de quem se tratava e, apesar do estrago, não lhe queria mal. Mas concordou, dando-lhe a antiga morada do velho Sérgio, em Monte-Goya, dizendo que lhe escrevesse em caso de necessidade, ou o visitasse, se algum dia fosse por aquelas bandas, garantindo ter todo o gosto em recebê-lo. Martim agradeceu, longe de imaginar sentar-se ao lado de um logrador tão grande ou maior do que ele. Ali, ombro com ombro com aquele homem que toda a gente cumprimentava ao passar, Cornélio sentia-se protegido, de alguma maneira. Inspirou fundo e pensou em como era irônica a vida. Andava ele fugido de um assassino contratado por conta de uma traição e quase morrera às mãos de um corneado e por engano.

Chegados ao porto, lá estava o vapor. Cornélio levantou a mala, que Martim fez questão de carregar. Junto à prancha, que os aguardava, San Roman enrolou um cigarro, colocando nos lábios.

— Para a viagem! — riu e fez rir. — Se algum dia precisar de alguma coisa da minha parte, não hesite: Martim San Roman, um amigo ao dispor!

Cornélio agradeceu e se despediu. O comandante do barco veio esperá-lo à prancha, dando-lhe as boas-vindas, acenando para terra onde Martim lhe correspondeu. Aquela terra tinha qualquer coisa. Tivesse ficado ali doze anos antes e teria em Rosa a mulher da sua vida e em San Roman um companheiro para todas as horas. Mas, enfim, a vida é o que é!

A duzentas léguas dali, Alcino Góis cruzou a praça em direção à igreja, para a segunda prosternação do dia. Cada homem com seus medos. E o seu era morrer-lhe o apelido com ele, o que, bem vistas as coisas, é o de toda a gente: o da anulação; o da eterna morte. À varanda da pensão, os olhos do forasteiro seguiam-lhe os passos. Seis e cinco da tarde. Estava na hora. Pegou no alforje, desceu, cruzou a praça, deu a volta à igreja, entrou na arrecadação, cuja porta se achava encostada, mudou de roupa, disfarçou-se e saiu. Nem um minuto depois entrava na igreja, todo de negro, barba cerrada, chapéu e botas de montador. À passagem pela pia da água benta descobriu a cabeça e benzeu-se, mais por superstição que por respeito, pois ia agora a trabalho e, embora pouco devoto, era um homem acautelado, visto no seu ofício o risco ser grande.

A meio do templo, de mãos no colo, o escrivão da Alcaidaria aguardava a graça de um milagre. Parecia um homem tímido, reservado, covarde o suficiente para lhe render mais do que o anterior. Culpa sua, que más escolhas e pressas nunca dão bom resultado! Parecera-lhe, na altura, a presa ideal, vendo-o desembarcar, ligeiro, com ar de viajante comprometido... Ainda para mais depois de um garoto do porto lhe garantir tratar-se de um cidadão da terra! Mas era assim aquele mister: uns dias peixe gordo, outros, pouco além do anzol. Afinal, tal como o negócio daquelas paredes, dependia mais do medo e dos pecados dos "crentes", que do método ou improviso.

Um pouco adiante de Alcino Góis, duas mulheres rezavam, mais uma para a outra do que a Deus. Rente ao altar, uma jovem, em posição tão constrita, que à distância de vinte passos se lhe podiam adivinhar as aflições do coração. O forasteiro avançou no templo. O cardado das botas picotando o chão atraiu os olhares das duas mulheres. Era claro quem ali estava por tormento e por vício. A figura deste as fez se voltarem para diante. O bom que é nunca faltar pano com que entremear a reza! Só Cristo, a jovem e Alcino Góis, permaneciam de cabeça baixa para o silencioso vale das incertezas.

Seis e vinte da tarde quando a sirene do vapor deu sinal de partida. Encostado à amurada da proa, Cornélio de Pentecostes contemplava o dia esbater-se para poente. Havia nas cores do mundo um quê de despedida magoada. O cheiro a lenha queimada, mais intenso sempre nas manobras de arranque, chegou-lhe às narinas. Veio-lhe à memória a viagem empreendida, doze anos antes, em sentido inverso, quando os fogos grassavam por todo o lado e Sérgio de Niã Côco lhe falecia aos poucos nos braços. Parecia ter sido noutra vida! Até a realidade que lhe ficava para trás parecia pertencer a outra existência, tão intensos haviam sido os seus últimos dias. Uma vida inteira cabia-lhes dentro; meia vida só nas últimas vinte e quatro horas. Conferira os seus pertences. Tudo conforme. Entre as peças achou a aliança que agora rodava na palma da mão. Enfiou-a no dedo. Sentiu-se outro, de repente. Curioso como um objeto de nada pode tanto em horas de carecer! Como estaria Mariana? Por aqueles dias, longe ainda do desespero que daí a semanas ou meses a consumiriam. Ainda pensara, na Misericórdia, voltar para casa, explicar-lhe tudo, ao patrão, ao padre, e aceitar o destino com a coragem que, por se achar longe, julgou ter. Tivesse ele enviado a carta para Ataído Russo e talvez Pôncio Leona houvesse já sido expulso de Santa Cruz dos Mártires! Não fora ainda nesse dia. Em Monte-Goya. De Monte-Goya não passaria. Às cartas que tencionava compor, nem daí a uma semana veria o fundo ao caldeirão das letras. De que lhe valiam as suposições? Não podia voltar. Não para já. Pensou nos filhos... De momento teria de esquecê-los; de guardá-los no baú onde por uma dúzia de anos mantivera Rosa Cabrera tão apartada de si quanto possível. Perdoariam-no? Por quanto tempo seria aquela viagem? Poderia ser por poucos anos. Também poderia ser por muitos. Pensou na idade; na fantasmagórica mãe de Rosa... Até ela tinha quem a cuidasse! E a ele, se fugido a vida toda, quem o socorreria nas tristes estepes da velhice? Lembrou-se de Ana Lúcia, a sua menina. Pela mão de quem subiria ela ao altar? Talvez pudesse estar de volta a tempo, como a tempo regressara para se despedir do pai. Afinal, o padre Pôncio Leona não ia para novo. Mais dez anos? Quinze? Dez. Em dez anos estaria de volta. Tudo haveria, então, de estar sanado. Seria ainda um homem novo e Mariana... Teve raiva do padre; do assassino... Fizeram-no perder tudo. Eles, ou o medo, esse espírito nefando que conduz o homem do nascer até à morte, e o faz correr e lutar; emparelhar-se e conceber, pois, embora ninguém fique para semente, de quem semeia sempre a semente fica? Não há deus superior ao medo, o único ao qual se obedece sempre e até ao fim, que chega um homem a estar disposto a se anular, a se fingir outro, a entregar de si tudo e mendigar, sozinho pelo mundo; a cobrir-se de terra até à inconsciência só por um lampejo de esperança, só para adiar a morte uns segundos, porque sobreviver é tudo quanto importa ao instinto em horas de aflição. Bem razão tinha Mastian Peneda! — pensava-o de novo. Afinal, o que é a vida senão uma luta constante pela sobrevivência, na qual o medo é escudo e gládio. Só se sobrevive de dois modos: ou fugindo ou enfrentando. E se quem anda tolhido não vive; quem aguenta firme não morre menos. Pensou no professor Mata-Juan; no velho Sérgio de Niã Côco... O que valeria mais: espernear, ou aceitar a vida como ela é? Mas como é ela, afinal? Para os fortes, o enfrentamento; para si, Cornélio Santos Dias de Pentecostes, a vastidão desnorteada do mundo. *E o amigo chama a isso viver?* Não menos razão tinha o jornalista-poeta, que nisto de argumentos nunca o lado é só um. Infelizmente não tinha a vida tantas oportunidades quantas opiniões se tecem para ela. Era uma e só e incerta e minaz... E, *falar de longe, bem sentado, com a carinha ensaboada...* peço desculpa, amigo Ataído, assim também eu! Nem tanto a norte nem tanto a sul. Dez anos. Dentro de dez anos estaria de volta. Por agora, era esquecer e andar, que a vida é para diante, sempre para diante, como o vapor que vai para onde o nariz lhe aponta, sem interrogações nem penas.

A um homem que passava, Cornélio pediu fogo para o seu cigarro. Fixava o rio. Seis e meia da tarde. E ao pensá-lo, um sentimento de liberdade nascido no vente subiu por si a cima, invadindo-o todo. Passara o prazo dado pelo matador para o fim dos seus dias! Não podia se agarrar a isso como a um dogma, todavia, tal meia hora provava não serem os homens quem determina o destino dos homens, mas as leis maiores do Universo. Talvez o destino se não possa mudar. Talvez estivesse certa Manuela Canti. Afinal, ao contrário de seu bisavô e do visconde de Cachaguara, não fora a morte quem o procurara. Era coisa de homens, e tal deixava-o, apesar de todas as reservas, um tudo-nada mais tranquilo, visto melhor se lograrem os desta vida que os da outra. E se Rosa Cabrera o não reconhecera, como ia acreditando, então... O prazer de uma liberdade nova tomava conta de si e não podia, nem queria, reprimi-la. De certo modo experimentava o alívio próprio das condenações cumpridas, que nisto de penas, é mais o que se sente ter pago do que o pago realmente.

Dez dias. Parecia tudo tão distante, já, numa outra vida, de fato. Olhava para a frente. Daí a dois dias, se tudo corresse bem, chegaria a Monte-Goya, e, daí a três, à capital do país vizinho. Estava vivo, e aquele cigarro, que nem sabia fumar, estava-lhe a saber pela vida toda. Não tornaria a olhar para trás: para o porto que deixava; para Mariana; para os filhos; para Rosa Cabrera dos seus sonhos idos; para a vida afastando-se aos poucos, nó a nó. Não tornaria a olhar para trás, que até o seu regresso era para diante — dizia para consigo, num prometer sem sentido. E assim ia, de olhos postos no horizonte do amanhã, quando uma voz: — Que horror, este tempo! Tudo se pega ao corpo! Se me vejo na capital ainda penso que é mentira! Oh, pobreza de país! — disse, num abano de leque, uma mulher na fronteira dos cinquenta, bem-parecida, elegante e com uma redondeza de peito que Cornélio não conseguiu ignorar.

O dia perdia a força, e a fraqueza em que vinha parecia retardar todas as reações em si. Não sabendo o que dizer, levou a mão ao chapéu, sem o tirar.

— O senhor deve ser um homem importante! — provocou, baixando o leque para o peito.

— Eu?! — admirou-se Cornélio com o comentário.

— Pois se aqui não está mais ninguém! — exclamou esta, olhando derredor.

— Ora, minha senhora! Sou um pobre diabo!

— A ponto de o barco ter esperado quase uma hora só para o senhor subir a bordo!

— Uma amabilidade do comandante pela condição em que me encontro — Sorriu Cornélio. — Não passo de um homem humilde. Afianço-lhe! — acrescentou, com duas gotinhas de despudor na entoação.

— Vê-se, pelo trajar! — sorriu a mulher, que procurava conversa e companhia.

— Se lhe disser que é roupa emprestada, por certo não crerá!

— Por certo não — devolveu esta, num repuxar de lábios batonados. — E isso no braço?

— Um tiro.

— Santo Deus! Como?

— Para defender uma dama — tornou Cornélio, a quem a pontinha de febre aligeirava o ânimo de mentir.

— Um duelo?

— Não bem. Um marido enciumado que se preparava para matar a esposa.

— E o senhor se interpôs?!

Cornélio acenou com a cabeça ligada, num inflar de vaidade. A mulher tomou ares de orgulho, como se ela a defendida.

— Podia ter morrido!

— Passou-me a dois dedos do coração, disse o médico — emplumou Cornélio, para quem falar sem mentir era tarefa penosa.

— Santíssimo nome de Jesus! Tem um coração grande, o senhor!

— Diria que não, ou teria morrido do tiro!

A mulher soltou uma gargalhada, cobrindo o rosto com o leque.

— Chamo-me Anaisa Delcontte. O senhor?

— Guido. Guido Gamarra.

— Guido! Gostei.

Cornélio levou a mão anilhada ao chapéu.

— É casado? — perguntou ela, olhando-lhe para a mão, desiludida.

— Viúvo.

A mulher inspirou fundo, alargando o decote, para exclamar:

— Como eu! — num tom misto de agrado e lamento.

E lhe resumiu a condição: um barão da borracha, viúvo de um primeiro casamento (do qual já três filhos), que lhe deixara uma pequena fortuna e que estes

— ...se preparavam para a surripiar! Mas não tiveram sorte. Contratei o melhor advogado do país! Que a mim ninguém me come! — E voltando ao falecido, foi dizendo, em suspiros profundos de arredondar o peito: — Uma preciosidade! Um cavalheiro! Uma distinção! Saíram os filhos à outra banda!

Porém, apesar dos lamentos e os elogios ao finado, Cornélio percebeu, não pelos verbos, mas pelos tons do corpo ao conjugá-los, estar este, havia muito, sepultado no vale dos esquecidos. E se dúvidas lhe restavam, morreram, uma a uma, no adiantar da conversa, ao relatar-lhe ela vir, precisamente, de vender uma mina

— Que não percebo nada dessas coisas!

e despachar o resto das partilhas

— Para poder entregar-me à serenidade dos dias bons que a vida ainda me guarde.

— Vive na capital, a senhora? — perguntou Cornélio?

— Numa quinta, nos arredores. Sozinha... Que Deus nunca me deu filhos — declarou, sem expressiva pena na voz, avivando o leque.

Era inglório o esforço de Cornélio em dominar os olhos que lhe planavam, feito abutres, sobre o abismo dos peitos, onde este mundo e o outro cabiam dentro. Agradava-se da brancura; do colo sardento, revelador do corpo sarapintado de gata que suspirava sob o vestido pardo de luto leve, o qual, não obstante o seu estado, imaginava lhe caindo aos pés.

— Estou ainda em bom tempo de aproveitar a vida. E, modéstia à parte — sorriu, com um golpe de leque — ainda tenho tudo no lugar!

— Se a senhora não se ofender, concordo — devolveu Cornélio a quem as cem dores do corpo pareciam dormidas.

— Na minha idade todos os elogios são bem-vindos. Em especial se da boca de um cavalheiro tão distinto — atirou a viúva, num risinho nervoso. E para aliviar o embaraço, provocou: — Apesar de insistir não passar de um pobre diabo!

Cornélio pôs de lado as modéstias, que odores brandos não despertam primaveras, e falou-lhe de si, da sua viuvez profunda; dos filhos que o ventre da esposa nunca lograra medrar; do seu negócio de joalharia fina, do qual se desfizera, bem como de tudo o resto, para se perder pelo mundo.

— Vai à aventura, o cavalheiro?

— Até que algo maior me prenda.

A mulher sorriu, como se em tais palavras um chamado.

— E vai assim, nesse estado? Deveria descansar.

— Foi o que o médico me disse! Trinta dias de repouso, respirando bons ares e tomando bom vinho.

Uma nova gargalhada nasceu do peito generoso da baronesa da borracha, tornando:

— Então se o médico lhe disse, deveria considerá-lo!

— Neste momento, nem casa tenho — tornou Cornélio.

A figura mazelada daquele homem distinto, viúvo, baleado, solitário e sem rumo levantava nela excitações de juventude; cuidadores instintos.

— Se eu não fosse uma senhora viúva — disse a mulher —, convidaria-o a passar uns tempos lá em casa. A fazenda é grande, afastada do buliço, tem bons ares e uma garrafeira apresentável.

Cornélio sorriu, tornando:

— Se eu não fosse viúvo, aceitaria de bom grado o convite que não pode me fazer.

Anaisa Delcontte, como dissera se chamar, riu, contendo a vergonha no leque. Cornélio sonhava já, não obstante as dores, que um homem, quando tem precisões, lá se ajeita e arranja. Olhava para aquela viúva, toda peitos de mãe por ser... E ele ali, tão carente de trato; de um colo nutrido onde convalescer da miséria dos últimos dias! A noite nascia quente. Pelo menos a avaliar pelo afã do leque.

— O senhor aceita me fazer companhia ao jantar? — perguntou ela, por fim.

Cornélio sorriu e, levando a mão ao chapéu, devolveu:

— Era precisamente aquilo que eu lhe ia perguntar.

Concentrado a rogar ao Céu o filho que o ventre da mulher teimava em lhe não providenciar, o escrivão da Alcaidaria nem deu pelo forasteiro se sentar ao seu lado. Olhos fechados, cabeça pendida sobre a trança dos dedos, só pareceu despertar da humildade quando a voz deste:

— Senhor Alcino Góis?

— Sim!?

— Chamo-me Tordesílio Mata Mãe.

O homem franziu a testa. O nome não lhe dizia nada, mas lhe fez sinal para que este falasse.

— Não lhe tomarei muito tempo. Serei breve. Fui contratado para o matar.

Este livro foi impresso nas oficinas gráficas da Editora Vozes Ltda.,
Rua Frei Luís, 100 – Petrópolis, RJ.